KB177706

DONGSUH MYSTERY BOOKS 24

TOO MANY COOKS

요리장이 너무 많다

렉스 스타우트/김우탁 옮김

동서문화사

옮긴이 김우탁(金遇鐸)

서울대 영문과 졸업. Hawaii대학대학원 수료. 성균관대·명지대 교수 역임. 옮긴책 재플리조《신데렐라의 함정》푸르텔《사고기계》등이 있다.

DONGSUH MYSTERY BOOKS 24

요리장이 너무 많다

스타우트 지음/김우탁 옮김

1판 1쇄 발행/1977년 12월 1일

2판 1쇄 발행/2003년 1월 1일

2판 3쇄 발행/2009년 3월 1일

발행인 고정일/발행처 동서문화사

창업 1956. 12. 12. 등록 16-345(윤)

서울강남구신사동 540-22 ☎ 546-0331~6 (FAX) 545-0331

www.epascal.co.kr

*

사업자등록번호 211-87-75330

ISBN 978-89-497-0105-9 04840

ISBN 978-89-497-0081-6 (세트)

요리장이 너무 많다
차례

등장 인물

마르코 뷰크식
헬로메 벨린
도메니코 롯시
필립 래스지오
레옹 블랑 　　　　　　세계의 명요리장(名料理長)
램지 키스
피에르 몽도르
세르게이 발렌코
로렌스 코인
루이 세르반

콘스탄서 벨린　헬로메의 딸
디나 래스지오　도메니코의 딸, 래스지오의 아내
클레 애슐리　카노와 수퍼의 지배인
거셤 오델　카노와 수퍼의 고용 탐정
밸리 트루먼　마링 군(郡)의 검사
샘 페티글루　보안관
레이몬드 리게트　처칠 호텔의 지배인 겸 공동경영자
아치 굿드윈　울프의 조수
네로 울프　사립탐정

제1장

펜실베이니아 역 플랫폼을 열차를 따라 왔다갔다하면서 이마의 땀을 닦고, 나는 잠깐 쉬면서 마음을 안정시킨 뒤, 수영복을 입고 맨손으로 케오프스의 피라미드를 이집트로부터 엠파이어스테이트 빌딩 옥상으로 옮기는 계약 입찰에 응해도 좋을 것 같은 기분으로 담배에 불을 붙였다. 바로 지금 내가 해낸 일은 이런 식으로 느껴질 만큼 굉장한 것이었다. 그러나 세 모금 째를 빨아들이고 있을 때, 옆에서 창문 두드리는 소리가 들려 걸음을 멈추고 유리 너머로 안을 들여다보려고 몸을 앞으로 구부렸다. 신형 플루먼 카의 칸막이실 좌석에서, 내가 가까스로 무사히 데리고 들어가 두고 나온 네로 울프가 필사적인 얼굴로 나를 노려보고 있었다. 울프는 닫혀 있는 창문 너머로 나를 향해 소리쳤다.

"아치! 제기랄, 빨리 타게! 이제 곧 차가 떠날 걸세! 자네가 차표를 가지고 있잖나!"

나도 마주 고함을 쳐주었다.

"거기서 담배를 피우면 안 된다고 하지 않았습니까! 아직 9시 32

분밖에 안 되었습니다! 게다가 나는 이제 가지 않기로 했습니다. 즐거운 꿈이라도 꾸십시오!"

나는 건들건들 계속 걸어갔다. 차표는 무슨 차표람! 울프가 걱정하는 것은 차표 따위가 아니다. 다만 혼자 열차 안에 남았는데, 그 열차가 이제 곧 움직이기 시작할지도 모른다고 생각되자 너무도 무서워 몹시 흥분한 것뿐이다. 그는 움직이는 것을 아주 싫어한다. 그리고 십중팔구 이제부터 가려고 하는 곳도 조금 전에 떠나온 곳과 비슷하여 별차이가 없다는 것이 그가 입버릇처럼 하는 말이다. 이미 4월인데도 단 나흘 동안의 여행을 위해 트렁크가 세 개, 여행용 가방이두 개, 코트가 두 벌이나 되는 큰짐을 들고 집을 떠날 때 플리츠 블레너가 현관 계단 위에 서서 눈물을 글썽였다. 네로 울프를 차안에 밀어 넣은 다음에도 시오드 호스트먼이 달려와 난초에 관해 누누이 2, 30번이나 질문을 늘어놓았다. 이윽고 몸집이 작은 솔 팬더가 우리를 역에 내려놓은 뒤 잘 다녀오라는 인사를 할 단계가 되자 목이 메어 울먹거리는 대소동이 벌어지기는 했지만, 아무튼 나는 열차가 떠나기 20분 전에 울프를 역까지 데리고 왔던 것이다. 마치 달을 더욱 빛나도록 갈고 닦기 위해, 별을 주우러 우주에라도 가는 것 같은 소란이었다.

별을 주우려면, 열차와 플랫폼 사이의 틈에 담배를 집어던졌을 때 나는 그 자리에서 주울 수도 있었다. 적어도 별을 만질 수는 있었던 것이다. 그 여자는 희미한 향기를 맡을 수 있을 정도로 가깝게 바싹 지나갔다. 향수 냄새였을지도 모르지만, 그 여자에게서 풍겨오자 아주 자연스럽게 느껴졌다. 그 얼굴의 화장 역시 인공 화장품을 썼을는지도 모르지만, 날 때부터 타고난 것으로 손을 가할 필요 따위는 아예 없는 듯한 인상을 주었다.

그 여자가 대량 생산된 물건이 아니라, 구석구석까지 손수 만들어진 것이라는 점은 척 보기만 해도 알 수 있었다. 그녀는, 갈색 케이프를 걸치고 역시 갈색 천으로 된 모자를 비스듬히 쓴 키가 크고 뚱뚱한 사나이와 팔짱을 끼고 있었는데, 그 손을 놓더니 짐꾼의 뒤를 따라 남자보다 앞서 우리가 탄 뒤칸에 올라탔다.

'내 재산이라고는 이 마음뿐인데, 그 마음을 이토록 빼앗길 줄 알았더라면 아예 눈을 가려버릴걸.'

나는 마음속으로 중얼거리고 짐짓 무관심한 체 꾸미며 어깨를 으쓱움츠렸다. 그리고는 늦지 않도록 타주시기 바란다는 안내말을 들으면서 승강구 발판에 올라섰다.

칸막이실에서는 울프가 창가의 큰 의자에 앉아 두 팔을 쑥 내밀어 의자를 움켜쥐고 있었다. 그러나 보기 좋게 타이밍이 빗나가 한 번몸을 앞으로 허우적거린 뒤에야 좌석에 깊숙이 앉았다. 울프가 몹시 성이 나 있는 것을 보자 나는 모든 것을 무시하는 편이 좋겠다고 생각하고 가방에서 잡지를 꺼내어 구석의 작은 의자에 앉았다. 울프는 아직도 두 손으로 의자를 움켜쥔 채 나를 향해 커다랗게 소리를 질렀다.

"카노와 수퍼에 도착하는 것은 내일 11시 25분일세. 14시간이나 걸리지. 이 차칸은 피츠버그에서 다른 열차에 연결되는 걸세. 만약 늦어지기라도 한다면 오후 열차까지 기다려야만해. 기관차가 고장이라도 나면……."

나는 차갑게 말을 가로막았다.

"나는 귀머거리가 아닙니다. 그렇게 호통을 치고 싶으시거든 마음대로 고함을 치십시오, 허비하게 되는 것은 당신의 호흡뿐이니까요, 그렇지만 이런 곤욕을 치르게 된 것이 내 탓이라는 듯한 느낌이 말씀이나 어조에 풍기지 않도록 해주셨으면 합니다. 어차피 이렇게 되리라는 것을 알고 있었기 때문에 당신에게 드릴 말씀을 어젯밤 생각해 두었지요. 이 여행은 당신이 먼저 말을 꺼낸 일입니다. 당신이 가고 싶어한 것입니다. 거기까지 가는 도중이야 어떻든 카노와 수퍼에 가고 싶었던 거지요. 그래서 6개월 전 당신은 4월 6일에 카노와 수퍼에 가겠다고 뷰크식 씨에게 말씀하셨습니다. 그런데 당신은 지금 그것을 후회하고 계시는 겁니다. 나도 후회하고 있습니다. 그러나 다른 것은 몰라도 이 열차의 기관차에 관한한, 이런 호화열차에는 최신형의 가장 좋은 기관차만을 쓰고 있으므로 어린아이라도——."

열차는 이미 강 아래를 빠져나와 속력을 내면서 뉴저지 조차장(操車場)을 통과하고 있었다.

울프가 그래도 계속 고함을 질렀다.

"기관차에는 움직이는 부품이 2천 3백 9개나 달려 있다네!"

나는 잡지를 내려놓으며 웃어주어도 손해될 건 없다고 생각되어 울프에게 빙긋 미소지어 보였다.

울프는 기관차 공포증에 걸려 있었으므로, 언제까지나 생각을 떨쳐버리지 못하고 자꾸만 걱정하게 하는 것은 현명하지 못했다. 나에게나 울프에게나 사태를 더욱 악화시킬 뿐이었기 때문이다. 울프의 관심이 뭔가 다른 일에 돌려지게 해야만 했다. 그러나 즐거운 이야깃거리가 미처 생각나기도 전에 방해가 생겨, 내가 플랫폼에서 담배를 피우고 있는 동안 울프는 너무나도 공포에 질려 미친 사람처럼 되어 있었는지도 모르지만 살아 있을 기력까지 잃은 건 아니었다는 사실을 알 수 있었다.

노크 소리가 들리고 문이 열리더니 유리잔 하나와 맥주 세 병을 쟁반에 받쳐들고 급사가 들어왔다. 급사는 접는 식 테이블을 꺼내더니 유리잔과 맥주를 한 병 뚜껑을 따서 놓고 나머지 두 병은 오프너와 함께 선반에 올려놓은 뒤 나에게서 돈을 받아들고 나갔다. 열차가 커브에 이르러 흔들리자 울프는 화가 나는 듯 얼굴을 찡그렸다. 이어서 다시 직선 길로 들어서자 유리잔을 집어 한 번, 두 번, 다섯 번 꿀꺽꿀꺽 맥주를 들이켜고는 빈 잔을 내려놓았다. 그리고 거품이 묻은 입술을 손수건으로 닦고 나더니 언제 신경질을 냈는지 까맣게 잊은 듯이 말했다.

"맛좋군. 잊지 말고 맨 처음 맥주는 마시기 알맞게 차가웠다고 플리츠에게 말해 주어야 겠는걸."

"필라델피아에서 전보를 치는 게 어떻습니까?"

"고맙네. 나는 고문(拷問)을 당하고 있는 걸세. 그쯤은 자네도 알겠지? 미안하네만 아치, 자네에게는 어김없이 급료를 지불하고 있으니까 가방에서 책을 가져다 줄 수 없겠나? 존 갠더의 《유럽의 내막》일세."

나는 가방을 잡아당겨 그 책을 찾아냈다.

30분 뒤 두 번째 방해가 들어왔을 때, 열차는 뉴저지 중부의 밤을 헤치며 쾌적하게 속력을 내고 있었다. 세 병의 맥주는 이미 깨끗이 비워져버렸고, 울프는 이마에 주름을 잡으며 책을 노려보고 있었다. 그러나 책장을 넘기는 것으로 보아 정말 읽고 있다는 것을 알 수 있었다. 나는 《범죄학회보(犯罪學會報)》에 실린 '증거의 대조'라는 기사를 그럭저럭 다 읽어가고 있었다. 그러나 네로 울프의 옷을 벗기는 문제로 머릿속이 가득차 있었기 때문에 증거 대조에 대해 이것저것 생각할 여유가 없었으므로 그다지 얻은 바가 없었다. 말할 것도 없이 집에서는 네로 울프도 그 정도의 일은 자신이 직접 했다. 나는 단순히 그의 비서 겸 호위 겸, 업무 매니저 겸 조수 겸 희생물이므로 주변의 자질구레한 일까지 보살필 의리도 의무도 없다는 것은 말할 나위도 없는 일이다. 그러나 이제 두 시간만 지나면 자정인데도 울프는 아직 바지를 입고 있어 어쩔 수 없이 열차를 전복(轉覆)시키지 않고 바지를 벗게 하는 방법을 누군가가 생각해 내야만 했던 것이다. 울프가 서투르다는 말은 아니지만, 우선 움직이는 열차 안에서 몸의 균형을 잡아본 적이 한 번도 없다. 그리고 몸무게가 2백 50파운드에서 3백 50파운드 사이였으므로 옆으로 눕게 하고 바지를 잡아 벗기는 것은 불가능했다. 내가 알고 있는 한 울프는 지금까지 저울에 올라서 본 일이 없었으므로, 아무도 그 몸무게를 똑똑히 알지 못했다. 중대한 문제에 직면해 있는 탓으로 그날 밤 나는 꽤 무겁게 보고 있었는데, 대강 짐작으로 3백 10파운드라고 낙착되려는 순간 문을 노크하는 소리가 들렸기 때문에 나는 "들어오시오!"라고 소리쳤다.

노크한 사람은 마르코 뷰크식이었다. 뷰크식과 전화로 미리 의논이 되어 있었으므로 그가 이 열차를 탔으리라는 것은 알고 있었다. 3월 첫무렵 울프의 집에서 식사를 함께 한 뒤로 만나지 못했다. 한 달에 한 번 식사를 함께 하기로 되어 있었던 것이다. 뷰크식은 고용인 외에 울프가 이름으로 부르는 겨우 두 사람의 인물 가운데 하나였다. 문을 닫자 그는 뒷다리로 선 사자처럼 숱이 많고 더부룩한 머리카락을 보이면서 그 자리에 우뚝 서 있었다. 몸집이 컸으나 뚱뚱하지는 않다.

울프가 그를 보자 소리쳤다.

"마르코! 좌석이나 침대를 잡지 않았나? 어쩌려고 이 괴물의 뱃속을 뛰어 다니는 건가?"

뷰크식은 깨끗한 흰 이를 보이며 싱긋 웃었다.

"네로, 자네는 어쩔 수 없는 위인이로군! 난 자네와 달라서 젤리로 뭉쳐놓은 자라가 아닐세. 그건 어찌되었든 자네는 기차를 타고 있는 걸세. 굉장한데 그래!

자네도 찾았고, 이 뒤칸에서는 5년이나 만나지 못했던 동료도 만났다네. 지금까지 그 친구와 이야기하다가 왔는데, 자네를 만나보라고 권했지. 그가 있는 칸에 가 주면 틀림없이 기뻐 할 걸세."

울프는 지그시 입술을 깨물며 대답했다.

"글쎄, 나를 놀려대고 싶은 모양이네만, 나는 아크로바트 광대가 아닐세. 이 열차가 멎어 기관차를 떼어놓을 때까지 나는 절대로 일어나지 않겠네."

"그럼……" 뷰크식은 소리내어 웃으며 쌓아놓은 짐을 흘끗 보았다. "여러 가지 것들이 다 갖추어진 모양이군. 자네가 가까스로나마 일어설 수 있으리라고는 생각도 안했었네. 그럼, 친구를 대신 이리로 데려오지. 자네만 괜찮다면 말일세. 정말은 그것을 물어보려고 온 걸세."

"지금 말인가?"

"으음, 당장."

울프는 고개를 저었다.

"제발 좀 봐주게, 마르코. 나를 좀 보게나. 인사를 나누고 이야기를 할 수 있는 상태가 못 되네."

"그럼, 그냥 얼굴만 보게 하겠네. 벌써 그에게 권했거든."

"아니, 그것도 안되겠어. 장애물이나 터무니없는 변덕으로 만약 이 열차가 불시에 멎기라도 한다면 우리는 모두 시속 80마일로 곧장 앞으로 날아가 버리고 마는 걸세. 알겠나? 그런 때에 싱글벙글 입을 벌리고 지껄여댈 수 있다고 생각하나?"

울프는 다시 입술을 깨물었다. 그러나 곧 그 입술이 움직이며 분명하게 말했다.

"내일로 하세."

뷰크식도 울프에게 지지 않을 만큼 고집을 부리는 데 익숙한 듯 조금 버티고 있었으나 울프의 태도는 완강하여 변함이 없었다. 어떻게든 꺾어보려고 울프를 놀리기도 해보았지만, 그것도 헛수고로 끝났다. 마침내 뷰크식은 단념했는지 어깨를 으쓱 움츠려 보이며 말했다.

"그럼, 내일로 하지. 아무 장애물에도 부딪치지 않고 아직 살아 있다면 말일세. 벨린에게는 자네가 벌써 잠이 들었더라고 말하겠네."

"벨린?" 울프는 자세를 고쳐 앉더니 팔걸이를 잡았던 손에서 힘이 빠져버렸다. "설마 헬로메 벨린은 아니겠지?"

"물론 그 사람일세. 그 친구도 15명의 요리장 가운데 하나일세."

"데려오게." 울프는 반쯤 눈을 감고 말했다. "무슨 일이 있어도 데려와주게. 만나고 싶네. 어째서 자넨 벨린이라는 말을 하지 않았나?"

뷰크식은 손을 흔들면서 나갔다. 3분쯤 지나자 다시 돌아와 동료를 위해 문을 열었다. 그러나 손님은 두 사람인 듯했다. 나에게 있어 무엇보다도 중요한 사람이 먼저 들어왔다. 이미 코트는 벗고 있었지만 모자는 쓴 채였으며, 희미하니 매혹적인 향기가 역 플랫폼에서 내 옆을 지나쳤을 때와 같이 풍겼다. 나는 그녀가 아직 매우 젊으며, 차 안 불빛으로 보니 그 눈이 어두운 자주빛이라는 것을 알아볼 수 있었다. 그리고 그 입술은 그녀가 자연스럽고 조심스러운 미소를 끊임없이 짓는 여자임을 말해주고 있었다. 울프는 놀란 듯한 눈길을 흘끗 그녀에게 던지고 그 뒤에 대기하고 있는 키가 크고 뚱뚱한 사나이에게로 주의를 돌렸는데, 갈색 케이프와 찌부러진 모자를 벗고 있어도 나는 곧 그 사나이를 알아보았다.

뷰크식은 두 사람 곁에 서 있었다.

"네로 울프 씨, 굿드윈 씨, 헬로메 벨린 씨, 그리고 따님이신 콘스탄서 벨린 양."

가볍게 머리를 숙여 모두들 인사를 나누는 사이에 나는 저마다 적당한 자리에 앉을 수 있도록 남모르게 마음을 썼다. 몸집이 우람한 세 사나이가 좌석에 앉고, 절세의 미녀가 작은 의자에, 그리고 내가 그 옆에 놓아둔 여행가방에 앉게 되었다. 그러나 곧 그렇게 앉으면 좋지 않다는 것을 깨닫고 나는 콘스탄서가 좀 더 잘 보이도록 벽에 등을 돌리는 위치로 옮겼다.

콘스탄서는 친밀감이 담긴 순진한 미소를 던져 주었지만 그 이상의 호의는 보이려고 하지 않았다. 뷰크식이 엽궐련에 불을 붙이고 헬로메 벨린이 낡고 검은 큼직한 파이프에 담배를 담아 불을 붙여 뭉게뭉게 연기를 뿜어내자 울프가 쩔쩔매는 것을 나는 한쪽 구석에서 볼 수 있었다. 콘스탄서의 아버지라는 것을 알고 있었기 때문에 나에게는 헬로메 벨린의 모든 것이 믿음직하게 생각되었다. 검은머리에는 이미 꽤 많은 흰머리가 섞였고 깨끗이 면도한 턱수염에는 흰 새치가 더욱 눈에 띄었으며, 우묵하게 들어간 눈이 검게 빛나고 있었다.

헬로메 벨린은 울프에게 말하고 있었다.

"미국은 이번에 처음 왔습니다. 그러나 이미 이 나라의 뛰어난 점을 알아차렸지요, 이 기차는 틈새로 전혀 바람이 들어오지 않거든요, 전혀! 게다가 갈매기가 날고 있는 것처럼 부드럽게 달리고 있습니다! 정말 훌륭합니다!"

울프가 몸을 떨고 있었지만 헬로메는 알아차리지 못했다. 헬로메는 계속 많은 말을 했다. '미국은 이번에 처음 왔다'는 말을 듣고 나는 깜짝 놀랐다. 나는 앞으로 몸을 내밀어 동경하는 '그대'를 향해 속삭였다.

"영어를 하실 수 있습니까?"

"네, 부자유스럽지 않을 정도로 할 수 있어요. 런던에 3년 있었거든요. 아버지께서 탤튼에 계셨기 때문에……."

"그러십니까?"

나는 고개를 끄덕이고 나서 잘 보이도록 다시 벽에 기대앉았다. 그리고 지금까지 만났던 갖가지 유혹에 빠져서 목에 고리를 끼게 되는 곤경에 빠지지 않았던 것은 나의 현명함을 나타내는 게 아니고 무엇인가 하고 생각했다. 그렇게 되었더라면 아마 지금쯤 이를 갈고 있을 것이다. 그러므로 나로서 할 수 있는 일은 나이를 먹어 이가 못쓰게 되어 이를 갈 수 없게 될 때까지 경솔한 짓을 하지 않는 것뿐이다. 그러나 미인을 쳐다보아서 안 된다는 법은 없다. 콘스탄서의 아버지는 아직도 계속 말을 하고 있었다.

"마르코에게서 들었습니다만, 당신은 루이 세르반에게 초대받으셨다지요? 그렇다면 마지막 밤은 당신을 위한 밤입니다. 미국 사람이 이런 명예를 갖게 되는 건 이번이 처음이지요. 1932년에 파리에서 아르망 플루리가 아직 살아 있어 우리의 회장이었을 때 연설을 한 사람은 프랑스의 수상이었습니다. 1927년에는 그 무렵 아직 전문가가 되어 있지 않았던 페리드 카르더였지요. 마르코에게서 들었습니다만, 당신은 형사라면서요? 정말입니까?"

헬로메 벨린은 울프의 우람한 몸집을 쳐다보았다.

울프는 고개를 끄덕여 보이며 대답했다.

"뭐, 비슷한 것이지만 경찰관은 아닙니다. 사립탐정이지요. 사람들의 부탁을 받아 교묘하게 범인을 함정에 빠지게 하여 그들을 형무소에 보내기도 하고 사형이 되도록 하는데 필요한 증거를 찾아내기도 하는 겁니다."

"훌륭하시군요! 참으로 언짢은 일입니다."

울프는 어깨를 으쓱해 보이려고 반 인치쯤 어깨를 들었지만, 열차가 흔들렸기 때문에 거기에서 멈추고 말았다. 이마에 주름이 잡혀 있었는데, 벨린에 대해 성이 난 것이 아니라 열차에 대해 화를 내고 있었던 것이다.

"그럴지도 모르지요. 먹다 남은 찌꺼기를 모으러 다니는 사람은 남이 먹다 남긴 것들을 모으고, 상원의원은 고관들의 오직(汚職) 증거를 모으지요. 그래도 먹다 남은 찌꺼기를 모으러 다니는 편이 낫다고 하여 그 일을 택하는 사람도 있습니다. 하지만 찌꺼기 수집쪽은 수입이 적지요. 문제는 바로 그 점입니다. 나는 값싸게 자신을 파는 그런 짓은 하지 않습니다. 듬뿍 빼앗아오는 겁니다."

헬로메는 그 말을 그냥 흘려버리며 소리 죽여 웃었다.

"그러나 거기서 연설할 때 찌꺼기를 모으는 일에 대해 이야기할 생각은 아니시겠지요, 설마?"

"물론이지요. '고급 요리에 미친 미국의 공헌'이라는 제목으로 이야기해 달라고 세르반 씨가 말하더군요."

"흐음!" 하고 헬로메 벨린은 코웃음쳤다. "아무 공헌도 하지 못했지요."

울프는 눈썹을 치켜올렸다.

"아무 공헌도 하지 못했다고요?"

"네. 미국에도 훌륭한 가정 요리가 있다는 말은 들었습니다. 아직 먹어본 일은 없습니다만 뉴잉글랜드 식의 고기와 야채를 잡탕으로 끓인 것, 옥수수빵, 클램 차우더며 밀크 글레비에 대해서도 들었습니다. 이런 것은 대중들이 먹는 것입니다만, 물론 맛이 좋으면 결코 경멸해서는 안 되지요. 그러나 일류 요리사가 만드는 것은 아닙니다."

헬로메 벨린은 또 코웃음쳤다.

"그런 것과 고급 요리와의 관계는 센티멘털한 러브송과 베토벤이나 바그너의 관계와 같은 것이지요."

"하긴 그렇군요. 버터와 치킨 블로스와 셰리로 끓인 테라핀을 잡수신 일이 있습니까?"

울프는 벨린에게도 손가락을 쑥 내밀었다.

"아니오."

"두께가 2인치나 되고 나이프를 대면 뜨거운 피가 배어나오는 그런 프랑크드 포터하우스 스테이크에 파세리와 신선한 라임 슬라이스를 곁들여 혓바닥에 올려놓으면 사르르 녹는 것 같은 으깬 감자로 둘레를 싸고 살짝 구운 신선한 버섯을 두툼하게 썰어서 함께 곁들인 것을 먹어본 일이 있습니까?"

"아니오."

"그럼, 뉴올리언즈의 크레올 트라이프(내장 요리)는? 초(酢)와 당밀(唐蜜)과 우스터 소스와 시들과 양념들을 넣어 오븐에 구운 미즐리 분 카운티 햄은? 치킨 말렝고는? 레즌과 양파와 아몬드와 셰리와 멕시칸 소시지가 들어 있는 걸쭉한 에그 소스를 끼얹은 치킨은? 테네시 오포섬은 어떻고요? 롭스터 뉴버그는? 필라델피아 스내퍼 수프는? 아마 먹어본 일이 없으실 테지요?"

울프는 여전히 헬로메 벨린에게로 손가락을 내밀고 있었다.

"미식가(美食家)의 천국은 프랑스입니다. 그것은 인정하지요. 그러나 프랑스로 가는 도중에 미국에 들러서 간다고 해도 손해될 건 없으리라고 생각합니다. 나는 파리의 팔라몽에서 컨 식의 트리프를 먹어보았습니다. 확실히 훌륭한 맛이었지만, 크레올 트라이프도 그것 못지 않습니다. 게다가 크레올 트라이프는 포도주가 너무 독해서 목이 막히는 일이 적습니다. 아직도 젊어 지금보다 쉽게 다닐 수 있었을 때 본고장인 마르세이유에서 부이야베스도 먹어보았는데, 뉴올리언즈의 부이야베스에 비하면 그런 것은 다만 배부르게 하기 위한 음식에 지나지 않더군요."

순간 나는 헬로메 벨린이 울프에게 침을 뱉고 있는 것이 아닌가 생각했으나, 너무도 노여워서 목소리가 나오지 않을 뿐이라는 것을 곧 알았다. 나는 그런 일은 그 두 사람에게 맡겨두고 다시 콘스탄서 쪽으로 몸을 굽히며 말했다.

"아버님께서는 유명한 요리사라지요?"

눈썹을 살짝 치켜올리고 자줏빛 눈으로 나를 바라보면서 콘스탄서는 목에 걸린 듯한 목소리로 대답했다.

"상 레모의 코리도나에서 요리장으로 계신답니다. 모르셨나요?"

나는 고개를 저으며 얼른 대답했다.

"아니, 알고 있었습니다. 15명의 훌륭한 명요리장 리스트를 보았으니까요. 어제 뉴욕타임즈 부록에 실렸더군요. 말을 걸 기회를 만들려고 일부러 물어본 것뿐입니다. 당신도 요리를 하십니까?"

"아니에요, 난 요리라면 질색이에요. 커피를 끓이는 것은 아주 잘 하지만요."

나는 연한 갈색에 줄무늬가 들어 있는 와이셔츠를 입고 진한 갈색 물방울무늬의 넥타이를 매고 있었는데, 콘스탄서는 그 넥타이쯤까지 시선을 내렸다가 다시 눈을 들면서 말했다.

"뷰크식 씨께서 소개해 주셨을 때 성함을 잘 듣지 못했어요. 당신도 탐정이신가요?"

"아치볼드 굿드윈이라고 합니다. 아치볼드란 신성하고 선량하다는 의미입니다만, 모두 아치라고 밖에 불러주지 않습니다. 프랑스 여자는 아치라는 발음을 잘하지 못하는 것 같더군요. 한 번 해보십시오."

"난 프랑스 사람이 아니에요."

콘스탄서는 이맛살을 찡그렸다. 너무나도 살결이 곱기 때문에 새 테니스볼에 살짝 주름이 잡힌 것 같았다.

"카탈로니아(에스파냐 동북부 지방. 중심 도시는 바르셀로나) 사람이에요. 아치라고 발음할 수 있을 것으로 생각해요. 아치, 아치, 어때요? 이것으로 되었나요?"

"아주 좋습니다."

"당신도 탐정인가요?"

"물론이지요."

그 때 간접적인 울프의 방해가 들어왔다. 나는 카탈로니아 아가씨와의 이야기에 열중해 있었으므로 다른 사람들 이야기는 전혀 듣지 않았던 것이다. 나의 이야기를 멈추게 한 것은 의자에서 일어나 콘스탄서 보고 식당칸으로 가자고 말한 뷰크식이었다. 아무래도 울프가 콘스탄서의 아버지와 단둘이 이야기하고 싶다는 희망을 나타낸 듯했으므로, 어떤 이야기를 하려는 것인가 생각하면서 나는 울프에게로 눈길을 돌렸다. 그는 손가락으로 무릎을 조용히 두드리고 있었으므로 중요한 용건이라는 것을 알 수 있었다. 콘스탄서가 일어났으므로 나도 따라 일어났다.

"함께 가도 괜찮겠습니까?"하고 나는 가볍게 머리를 숙이며 물은 다음 울프에게 말했다. "볼일이 있으시면 급사를 보내주십시오. 벨린 양과 이야기하던 참이라서요."

"아가씨의 상대라면 뷰크식이 해줄 걸세. 자네의 기록이 필요하네. 아니, 그보다 필요하다고 부탁하는 참일세. 앉게나."

이렇게 되어 뷰크식이 콘스탄서를 데리고 가버렸다. 근무는 하루 여덟 시간이라는 최후 통첩을 말하고 싶은 기분이었으나, 나는 다시 작은 의자에 앉았다. 움직이고 있는 열차 안이란 이런 일을 하는 데 가장 불편한 장소라는 것을 알고 있었다.

벨린의 파이프에 또다시 담배가 담겨졌다. 울프는 아무렇지도 않은 태연한 말투로 이야기하고 있었지만, 그것은 상대방에게 무섭게 덤벼들려는 예고와도 같은 것이었다.

"25년 전에 내가 체험한 것을 한 가지 이야기하고 싶습니다. 들어주신다 해도 별로 지루하거나 심심하게 해드리는 일은 없으리라고 생각합니다. ”

벨린은 뭐라고 투덜투덜했다. 울프는 이야기를 계속했다.

“전쟁 전 피겔라스에서 있었던 일입니다. ”

벨린은 파이프를 입에서 떼고 말했다.

“그래서요 ? ”

“나는 그 때 아직 애송이였는데, 오스트리아 정부의 비밀 지령을 띠고 에스파냐에 가 있었지요. 어떤 인물의 행방을 쫓다보니 피겔라스에 이르렀는데, 어느 날 밤 10시에 저녁식사를 미처 하지 못했으므로 광장 한구석에 있는 작은 술집으로 들어가 뭐든 좀 먹게 해달라고 부탁했습니다. 그 집 여주인은 별 것 없다면서 자기 집에서 만든 포도주와 빵과 소시지 한 접시를 내주더군요. ”

울프는 조금 몸을 앞으로 내밀었다.

“그런 소시지는 르쿠르스도 맛보지 못했을 겁니다. 블리아 사발랑도, 바텔도, 에스코피에도 그런 소시지는 만들지 못했을 겁니다. 그래서 어디서 구했느냐고 여주인에게 물었지요. 그랬더니 아들이 만들었다고 하더군요. 아드님을 좀 만나게 해달라고 부탁했지만, 외출했다는 겁니다. 그래서 이번에는 만드는 법을 가르쳐달라고 부탁했지요. 그러자 그것은 아들밖에 모른다는 대답이었습니다. 그래서 이름을 물었더니, 여주인은 ‘헬로메 벨린’이라고 대답 했습니다.

나는 그 소시지를 세 접시나 먹어치우고 이튿날 아침 다시 그 가게를 찾아가 아들을 만나기로 했지요. 그런데 그 한 시간 뒤 내가 쫓던 사나이가 폴 반들로 달아나 거기서 알제리아로 가는 배를 탔기 때문에 나는 그 뒤를 쫓지 않을 수 없었습니다. 결국 그자를 쫓아 카이로까지 갔으나 또 다른 볼일이 생겨 다시 에스파냐를 찾을 기회가 없는 채 전쟁이 일어나고 말았지요. ”

울프는 의자등받이에 기대더니 한숨을 내쉬었다.

"아직도 눈을 감으면 그 소시지 맛이 되살아납니다."

벨린은 고개를 끄덕였다. 이마에 주름살이 잡혀 있었다.

"재미있는 이야기군요, 울프 씨. 청찬을 받아 영광입니다. 그러나 말할 것도 없이 소시스 미뉴이는——"

"그 무렵에는 아직 소시스 미뉴이 따위로 불려지지 않았답니다. 에스파냐의 작은 도시에 있는 작은 가게에서 직접 만든 소시지에 지나지 않았지요. 바로 그 점입니다, 내가 알아주기를 바라는 것은.

아직 애송이 무렵 음식의 맛을 잘 알지도 못하던 때 일에 쫓기면서 이름도 없는 가게에서 먹었는데, 나는 그 소시지를 기막힌 걸작이라고 인정했거든요. 잘 기억하고 있습니다. 맨 처음의 것을 먹어보고 곧 희한하다고 생각했지요. 그리고 재료를 적당히 섞다가 우연히 맛있게 만들어진 것이 아닌가 생각했습니다. 그런데 다른 것도 모두 똑같은 맛이었고, 세 접시나 되는 소시지가 모두 똑같은 솜씨였던 것입니다. 정말 훌륭하더군요.

내 미각은 그 가게에서 소시지에 박수를 보냈습니다. 헬로메 벨린이 유명해져, 그가 만든 소시스 미뉴이가 아주 훌륭한 것이라고 하여 니스나 몬테카를로 같은 데서 자동차를 몰아 상 레모의 코리도나로 점심식사를 하러 가는 사람들과는 다릅니다. 아직 이름 없는 때부터 나는 위대한 점을 인정한 셈입니다. 똑같은 차를 몰아 코리도나로 찾아갔다 하더라도 내 경우에는 잘난 체하고 웃기 위해서가 아니라 먹기 위해서라고 말할 수 있겠지요."

벨린은 여전히 이마에 주름을 잡고 불만스러운 듯이 말했다.

"나는 소시지 말고 다른 것들도 만듭니다."

"알고 있습니다. 당신은 그 방면의 명인(名人)이니까요."

울프는 벨린에게로 쑥 내민 손가락을 흔들기 시작했다.

"아무래도 기분이 상하신 것 같군요. 이런 이야기를 꺼낸 건 어떤 부탁을 드리기 위해 일부러 생각해 낸 것인데, 내 이야기 솜씨가 서툴렀나 보지요? 당신이 소시지 만드는 방법을 가르쳐주기를 20년 동안 계속 거부해 온 사실에 대해 이러니저러니 이야기할 생각은 없습니다. 요리장도 남의 일뿐만 아니라 자신의 일을 생각해야 하니까요. 어떻게든 그 소시지를 만들어보려고 소비한 갖가지 노력에 대해서도 나는 알고 있지만, 모두 실패하고 있지요. 나는——."

"실패?" 벨린은 코웃음치면서 소리쳤다. "모욕입니다! 위법입니다!"

"옳은 말씀입니다. 동감입니다. 만약 당신이 그것을 만드는 방법을 공표한다면, 온 세계의 1만 개나 되는 레스토랑의 조리장에서 그 소시지와 비슷하지도 않은 물건이 만들어지게 되겠지요. 그렇게 되는 것을 피하고 싶다고 생각하는 것은 아주 당연한 일입니다. 그야 훌륭한 요리사도 몇 명쯤은 있지만 그 수는 극히 한정되어 있지요. 요리사라고 할 수도 없을 것 같은 사람들이 얼마든지 있으니까요. 그러나 그 가운데는 아주 좋은 요리사도 있답니다. 플리츠 블레너라고 하는데, 창조력은 없지만 솜씨가 좋고 진짜와 가짜를 가려내는 혀를 가지고 있습니다. 게다가 신중한 사나이지요. 나도 그렇지만 말입니다. 부탁이 있습니다. 그 때문에 장황하게 늘어놓은 것인데, 그 소스 미뉴이 만드는 방법을 가르쳐 주실 수 없겠습니까?"

"뭐라고요?"

벨린은 하마터면 파이프를 떨어뜨릴 뻔했다. 그는 재빨리 파이프를 힘차게 움켜쥐더니 울프를 찬찬히 살펴보며 껄껄 웃기 시작했다. 가까스로 웃음을 그치자 그는 멸시하는 듯한 눈길로 흘끗 울프를 보며 물었다.

"당신에게 말인가요?"

그 목소리에는 일이 귀찮게 될 것 같은 울림이 담겨 있었다. 목소리의 주인이 콘스탄서의 아버지이므로 더욱 그러했다.

울프는 조용하게 말했다.

"그렇지요, 나에게. 당신의 신뢰를 배반하는 짓은 하지 않습니다. 아무에게도 가르쳐 주거나 하지 않겠습니다. 그리고 굿드윈과 나만 먹겠습니다. 내가 그 소시지 만드는 방법을 알고 싶은 것은 자랑하기 위해서가 아니라 먹기 위해서니까요. 게다가——."

"그래요? 놀랐는데요. 내가 정말 그 방법을 가르쳐드릴 거라고 생각하고——."

"아니, 그런 것이 아닙니다. 다만 부탁할 뿐입니다. 물론 나에 대해서 조사해 봐야겠지요. 비용도 드리겠습니다. 나는 약속을 어긴 일이 없습니다. 그 비용 외에 3천 달러를 드리겠습니다. 상당한 금액의 조사료 외에 말입니다."

"50만 프랑을 주겠다고 한 일도 있었답니다."

"그건 장사에 쓰기 위해서겠지요. 내 경우는 개인적으로 쓸 뿐이라고 보증할 수 있습니다. 당신이 탤튼에 있을 때 1928년에서 1930년에 걸쳐 네 번——런던의 어떤 사나이가 그곳에 가서 소시스 미뉴이를 부탁하여 주머니에 조금 넣어 가지고 와 나에게 보내주었습니다. 그래서 나는 그것을 분석해 보았습니다. 나 자신도 해 보았고, 식품 전문가며 요리장 및 화학자에게도 부탁했지요. 그러나 결과는 전혀 만족할 수 없는 것이었습니다. 분명히 재료와 만드는 방법이 서로 어울려 그 맛이 나는 것이더군요. 나는——."

벨린은 덤벼들 듯이 물었다.

"그 사나이는 래스지오입니까?"

"래스지오?"

"필립 래스지오 말입니다." 벨린은 그 이름을 입에 담기도 싫다는 듯이 말했다. "요리장에게도 분석하게 했다고 하셨지요?"

"아아, 래스지오가 아닙니다. 그와는 아는 사이가 아닙니다. 내가 이런 일까지 고백한 것은, 남몰래 당신의 비밀을 알아내려고 할 정도로 그 소시지 만드는 방법을 알고 싶었다는 점을 이해해 주기 바랐기 때문입니다. 틀림없이 만드는 방법의 비밀을 다른 사람에게 말하지 않겠다는 약속을 굳게 지키겠습니다. 또 한 가지 고백하지요, 내가 이런 당치도 않은 여행에 나선 것은 초대받은 일을 영광스럽게 생각했기 때문만이 아닙니다. 당신을 만나는 것이 주된 목적이었습니다. 나도 언제까지나 살아 있을 수 있는 인간은 아닙니다. 읽을 수 있는 책이며 식사할 수 있는 횟수에 한도가 있습니다."

울프는 한숨을 쉬며 반쯤 눈을 감았다가 다시 떴다.

"그럼, 5천 달러. 값에 대해 이러니저러니 말다툼하기는 싫습니다."

"싫습니다." 벨린의 목소리는 거칠었다. "뷰크식은 이런 일을 알고 있었습니까? 이런 이야기를 하게 하려고 뷰크식은——."

"천만에요! 그렇게 생각지 마십시오. 모든 것은 여기서만의 이야기입니다. 아직 이 일은 아무에게도 이야기하지 않았습니다. 우선 당신에게 부탁하는 의미로 이 이야기를 꺼낸 것이니까, 다시 한 번 부탁하기로 하겠습니다. 어떻습니까, 내 소망을 들어주실 수 없을까요?"

"안됩니다."

"어떤 조건을 내세워도?"

"물론이지요."

울프는 뱃속으로부터 깊이 한숨을 쉬며 고개를 내저었다.

"어리석었습니다. 열차 안에서 이런 이야기를 한 게 잘못인 것 같습니다. 내가 어떻게 되었었나 보군요, 맥주라도 한 잔 어떠십니까?"

울프는 초인종으로 손을 뻗쳤다.

"괜찮습니다." 벨린은 또다시 코를 울렸다. "아니, 그럼, 한 잔 하겠습니다."

"좋습니다."

울프는 의자등받이에 기대앉더니 눈을 감았다. 벨린은 또 파이프에 불을 붙였다. 열차가 덜컹덜컹 철로의 이음매를 건너고 커브에 이르러 흔들리자 울프의 손이 팔걸이로 뻗쳐 꼭 움켜쥐었다. 급사가 와서 주문을 받고 곧 맥주와 유리잔을 가져오자 병마개를 뽑아 따랐다. 나는 또 돈을 치렀다. 맥주를 마시며 나는 금전출납부의 여백에 소시지 그림을 그렸다.

"맥주를 함께 마시게 해주어 고맙습니다." 울프가 말했다. "우리가 친해서 안 될 이유는 없으니까요. 아무래도 내가 실수를 저지른 것 같습니다. 일을 부탁하기 전, 당신이 우쭐해도 좋을 만한 이야기를 할 때부터 당신은 적의가 있는 눈초리였습니다. 이야기하는 태도도 무뚝뚝한 것 같았는데, 뭔가 마음에 거슬리는 일이라도 있었습니까?"

벨린은 빈 유리잔을 내려놓고 입맛을 다시며, 그 손이 자신도 모르게 걸치지도 않은 앞치마 밑 쪽으로 내려갔다. 그러나 얼른 다시 올려 손수건을 꺼내 입을 닦더니 몸을 앞으로 숙이고 울프의 무릎을 손가락으로 툭툭 두드리며 나무라듯이 말했다.

"당신은 당신이 살고 있는 나라를 착각하고 있는 것 같습니다."

울프는 눈썹을 치켜올리며 말했다.

"그래요? 그런 일은 메릴랜드 식 테라핀이라도 먹어본 다음에 말하는 법이지요. 이렇게 말하기는 뭣합니다만, 플리츠 블레너가 만든 네로 울프 식 오이스터 파이라도 좋겠지요. 미국의 굴에 비하면 유럽의 굴은 퇴색하여 불그스름해진 원형질의 물방울 같은 것입니다."

"굴에 대해서 말하는 게 아닙니다. 당신은 필립 래스지오 같은 존재를 허락하고 있는 나라에 살고 있다는 것입니다."

"하긴 그렇군요. 그러나 그와는 만나본 일도 없는데요."

"그 녀석은 당신이 사는 뉴욕의 처칠 호텔에서 돼지먹이를 만들고 있습니다! 그런 것쯤은 아시겠지요?"

"확실히 래스지오에 대한 이야기는 들었습니다. 당신들의 동료이고 ──."

"동료라고요? 당치도 않은 말입니다!"

벨린은 두 손을 재빠르고 멋있게 움직여 필립 래스지오를 창문으로 내던지는 제스처를 해 보였다.

"그 녀석은 동료가 아닙니다!"

"그렇습니까?" 울프는 고개를 갸웃했다. "하지만 그 사람도 15명의 명요리장 가운데 한 사람이고, 당신도 그렇지 않습니까? 래스지오에게는 그런 자격이 없단 말씀입니까?"

벨린은 다시 울프의 무릎을 탁 쳤다. 자기 몸을 만지면 질색하는 울프가 소시지 때문에 가만히 참고 있는 것을 보며 나는 빙긋 웃었다. 벨린은 목소리를 죽여 천천히 말했다.

"래스지오 같은 녀석은 잘게 다져서 돼지에게라도 먹이면 됩니다! 그러나 그렇게 하면 햄을 먹을 수 없게 되겠군요. 그러니까 그냥 잘게 다지기만 해도 됩니다."

벨린은 바닥의 구멍을 손가락으로 가리켰다.

"그리고 묻어버리는 겁니다. 나는 옛날부터 래스지오를 알고 있었지요. 터키 사람이던가요? 분명한 것은 아무도 모릅니다. 진짜 이름을 알고 있는 사람도 없습니다. 1920년 녀석은 내 친구인 타라고나의 첼로터에게서 로니온 오 몬타뉴 만드는 방법을 훔쳐다가 자기가 처음 만들어낸 것이라고 했지요. 그밖에도 여러 가지 것을 훔치고 있습니다. 그런데 내가 맹렬히 반대했는데도 1927년에 15명의 명요리장 가운데 한 사람으로 뽑히고 말았더군요! 녀석의 젊은 아내를 보신 일이 있으십니까? 디나라고 하며 런던 엠파이어 카페의 도메니코 롯시의 딸인데, 곧잘 내 무릎에 올려 놓고 놀게 해주었지요."

벨린은 자기의 무릎을 두드렸다.

"이것은 아시리라고 생각합니다만, 본디 당신 친구인 뷰크식의 아내였는데 래스지오가 가로챘답니다. 뷰크식은 반드시 녀석을 죽일 겁니다. 지금으로서는 미적미적 미루고 있을 뿐이지만 말입니다."

벨린은 두 손을 마주 쥐고 흔들어대며 계속 열을 올렸다.

"녀석은 개 같은 놈, 뱀 같은 놈입니다! 더러운 놈이지요! 우리들 모두가 좋아하는 레옹 블랑——전에는 명요리장이라는 말을 들은 레옹 블랑을 아시겠지요? 지금 그는 보스턴의 윌로 클럽이라는 평판이 좋지 않은 가게에서 썩고 있습니다. 그가 요리장으로 있었기 때문에 뉴욕의 처칠 호텔이 오랜 세월에 걸쳐 평판이 좋았다는 것은 아시겠지요? 래스지오가 그 지위를 빼앗았답니다. 놈이 교묘하게 돌아다니며 거짓말하고 궤변을 늘어놓아 그 지위를 빼앗았습니다. 레옹도 그 녀석을 죽일 것입니다, 틀림없이! 당연한 일이지요."

울프는 중얼거리듯 말했다.

"이것으로 세 번 죽게 되는 셈이군요. 래스지오는 아직도 더 죽어야 합니까?"

벨린은 의자에 깊숙이 앉더니 조용히 노여움을 담아 말했다.

"물론입니다. 나도 죽여주겠습니다."

"당신에게서도 뭔가 훔쳤습니까?"

"놈은 누구에게서도 훔칩니다. 하느님은 아마 도둑질을 시키기 위해 그 녀석을 만들었을 테니까, 녀석의 변호는 신께 맡겨두면 됩니다."

벨린은 앉음새를 고쳤다.

"나는 토요일에 렉스 호를 타고 뉴욕에 도착했습니다. 그리고 그날 밤 억누르기 어려운 증오감을 가지고 딸과 함께 처칠 호텔로 식사를 하러 갔었습니다. 래스지오가 리조트 룸이라고 부르는 살롱에 갔습니다. 녀석이 어디에서 그 아이디어를 훔쳤는지는 모릅니다만, 급사들은 리조트라는 이름으로 알려진 세계적으로 유명한 살롱 및 호텔의 제복을 입고 있었습니다. 모두 제각기 다른 제복이었지요. 카이로의 셰퍼드, 주앙 레팡의 레 피기에, 비알리츠의 콘티넨탈, 캘리포니아의 델 몬테, 지금부터 가려고 하는 카노와 수퍼. 그야말로 수십 종류나 있었습니다. 그리고 테이블에 앉았는데, 뭐가 눈에 띄었다고 생각하십니까? 나의 코리도나 제복을 입고서 래스지오가 만든 돼지먹이를 날라오고 있는 급사였습니다! 생각해 보십시오! 나는 얼른 달려가서 벗으라고 말하려고 했습니다. 이 손으로 잡아 벗겼을지도 모릅니다."

벨린은 울프의 얼굴 앞에서 두 손을 힘있게 흔들었다.

"그런데 딸이 나를 눌러 앉혔습니다. 제발 창피한 꼴을 당하지 않게 해달라면서 말입니다. 그러나 모욕을 당한 나는 어찌되겠습니까? 그런 것은 대수로운 일이 아니라고 말하시겠습니까?"

울프는 동정하듯 고개를 끄덕여 보이면서 팔을 뻗쳐 맥주를 따랐다. 벨린이 계속해서 말했다.

"다행히도 그자가 담당한 테이블은 우리 자리에서 떨어져 있었기 때문에 나는 등을 돌리고 말았습니다. 자, 내 이야기를 계속 들어주십시오. 나는 메뉴를 보았지요. 그랬더니 앙트레 (식사 처음에 먹는 음식) 네 번째에 뭐가 씌어 있었다고 생각하십니까? 뭐라고 생각하십니까?"

"설마 소시스 미뉴이는 아닐 테지요?"

"그렇습니다! 바로 그겁니다! 앙트레 내 번째에 당당히 씌어 있었습니다. 물론 그 말은 전부터 들어왔지요. 래스지오가 벌써 몇 년 전부터 잘게 다진 무두질한 가죽에 뭔지 알 수 없는 향료를 넣어 '소시스 미뉴이'라고 하며 내놓고 있다는 건 알고 있었지만, 우리 집 메뉴에 올라 있는 것처럼 당당히 인쇄되어 있는 것을 보니 화가 치밀어 올랐습니다!

방 전체가 테이블이며 의자며 급사들이 입고 있는 제복까지 흔들흔들 흔들리기 시작하더군요. 그때 래스지오가 나타났다면 이 손으로 죽였을 겁니다. 그러나 그 녀석은 나타나지 않았습니다. 나는 그것을 2인분 주문했지요. 그 때 목소리가 떨리더군요. 사기접시에 담아서 내왔는데, 마치 뭐 같았는지 말하지 않기로 하겠습니다. 이번만은 나도 딸에게 이러쿵 저러쿵할 틈을 주지 않았습니다. 나는 두 손에 하나씩 접시를 들고 일어서서 신중하고 침착하게 손목을 뒤집어 그 소름이 끼칠 듯한 물건을 융단 위에 냅다 메어붙였습니다! 당연히 소란스러워졌지요. 담당 급사가 달려왔습니다. 나는 딸아이의 팔을 움켜쥐고 밖으로 나왔습니다. 급사장이 허둥대며 나를 불렀지만, 조용히 하라고 말해 주었지요! '나는 상 레모에 있는 코리도나의 헬로메 벨린인데, 필립 래스지오를 불러다가 내가 한 짓을 보여주게. 그러나 부디 내 손이 그 녀석의 목덜미에 닿지 않도록 주의하게!'라고 말해 주었습니다. 그 이상 여러 말을 할 필요가 없었지요. 그 뒤 딸을 라스터맨에 데리고 가서 뷰크식을 만났는데, 그는 글래쉬와 샤토 라토우르로 내 노여움을 가라앉혀 주더군요. 29년도 것이었습니다."

울프는 고개를 끄덕이며 말했다.

"그거라면 호랑이라도 얌전해질 겁니다."

"맞았습니다. 무슨 일이 있었다고 생각하십니까? 한 사나이가 호텔로 찾아와 필립 래스지오가 점심식사에 초대하고 싶어한다는 것입니다! 그런 뻔뻔스러운 일을 생각할 수 있습니까? 그러나 그뿐만이 아닙니다. 그 말을 전하러 온 사람이 바로 알베르트 마르피였단 말입니다!"

"내가 아는 사람입니까?"

"아니, 아닙니다. 지금은 알베르트가 아니라 앨버트 마르피라는 이름의 사나이로, 아작시오의 카페에서 과일을 깎고 있는 것을 내가 데려다가 보살펴준 코르시카 사람입니다.

당시 나는 프로방사르에 있었으므로 파리로 데리고 가서 단단히 훈련시켜 어엿한 한 사람 몫의 앙트레 기술자로 만들어 주었답니다. 지금은 처칠 호텔에서 래스지오 바로 밑에서 일하고 있습니다. 래스지오란 녀석이 1930년에 나에게서 데려갔지요. 내가 가장 아끼는 제자를 훔쳐가서 웃음거리로 삼은 것입니다! 그 뻔뻔스러운 녀석은 바로 그 알베르트를 심부름 꾼으로 보내어 점심식사에 초대하고 싶다는 말을 전해온 것입니다. 알베르트는 예복을 차려입고 와서는 아무 일도 없었던 것처럼 완벽한 영어로 그 전갈을 전하더군요!"

"당신은 물론 가지 않으셨겠지요?"

"흥! 내가 독(毒)을 먹을 줄 아십니까? 당장에 알베르트 마르피를 방에서 내쫓아버렸습니다!"

벨린은 부르르 몸을 떨었다.

"나는 평생을 두고 잊지 못할 겁니다. 1926년에 병이 들어서 일을 할 수 없게 되었을 때 하마터면——."

벨린은 엄지손가락과 둘째손가락을 반 인치쯤 떨어지게 하여 내밀 었다.

"알베르트에게 소시스 미뉴이 만드는 방법을 가르쳐줄 뻔했었답니다. 아슬아슬했지요! 가르쳐 주었더라면 어떻게 되었겠습니까! 지금쯤 녀석은 래스지오를 위해서 소시스 미뉴이를 만들고 있을 것입니다! 어휴, 끔찍한 일이지!"

울프도 동의했다. 그는 두 병째의 맥주를 다 마신 뒤였으므로 동정과 이해가 담긴 다정한 위로의 말을 하기 시작했다. 나는 가슴이 아팠다. 그것은 쓸데없는 노력이며, 바라는 것을 손에 넣을 가능성이 없다는 것쯤 알아도 좋을 텐데……. 울프가 눈에 시뻘건 핏발을 세우고 소시지 만드는 방법을 알아내기 위해 아양을 떨며 비위를 맞추는 것을 보고 있노라니 슬그머니 부아가 끓어올랐다. 게다가 열차의 규칙적인 진동으로 눈을 뜨고 있을 수 없을 만큼 졸음이 왔다. 나는 자리에서 일어났다.

울프는 나에게 눈을 돌리고 말했다.

"왜 그러나, 아치?"

"식당칸으로 가겠습니다."

나는 단호한 목소리로 말하고 나서 문을 열고 성큼성큼 밖으로 나왔다.

이미 11시가 지났으므로 식당차의 좌석은 절반이나 비어 있었다. 광고 선전에 나오는 듯한 윤기 있는 머리카락의 건강해 보이는 청년 둘이 하이볼을 마시고 있었고, 30년 동안이나 급사들을 조지라고 불러온 대머리와 머리가 희끗희끗 센 사람이 여기저기 한둘 앉아 있었다. 뷰크식과 콘스탄서는 빈 유리잔을 앞에 놓고 앉아 있었는데, 둘다 눈이 반짝거리지도 않았으며 황홀한 눈빛도 아니었다. 콘스탄서의 반대쪽 자리에는 앞으로 10년쯤 지나면 상당한 인물이 됨직한 청년이 앉아 있었다. 조촐한 회색 양복을 입은 그 청년은 모난 턱에 눈이 파랗고 체격이 좋았다.

나는 두 사람 앞으로 가서 말을 걸었다. 두 사람은 그 말에 대답했다. 눈이 파랗고 체격이 좋은 젊은이가 읽고 있던 책에서 눈을 들더니 자리를 양보하기 위해서 일어나려고 했다.

그러나 뷰크식이 그보다 먼저 일어났다.

"여기에 앉으시지요, 굿드윈 씨. 나와 교체하더라도 벨린 양은 성내지 않을 겁니다. 실은 어젯밤 거의 잠을 자지 못했기 때문에……."

뷰크식은 곧 인사하고 나가버렸다. 나는 자리에 앉아 급사가 얼굴을 내밀기에 손짓으로 불렀다. 콘스탄서는 미국의 진저에일에 매우 반한 것 같았다. 나는 우유를 주문했다. 주문한 것이 오자 우리는 그것을 마셨다.

콘스탄서는 자줏빛 눈을 나에게로 돌렸다. 아까보다 조금 더 거무스름해진 것처럼 보였으나, 낮의 밝은 햇빛 아래에서 보기 전에는 뭐라고 말할 수 없다고 생각했다. 콘스탄서는 낮고 생기 있는 목소리로 말했다.

"당신은 정말 탐정이시라고요. 뷰크식 씨에게 들었는데, 그분은 매달 울프 씨 댁으로 저녁 식사에 초대받아 간다고 하시더군요. 당신도 그 댁에 함께 사신다면서요? 당신은 굉장히 용감해서 울프 씨의 목숨을 세 번이나 구해주었다고 하더군요."

"그런 것은 아무래도 좋습니다. 저쪽에서는 여자들이 어떤 학교에 갑니까 ? ”

“수도원에 있는 학교에 가요. 적어도 툴루스의 내가 다닌 학교는 그랬어요. ”

콘스탄서는 진저에일 잔을 입에서 떼더니 웃음 소리를 내며 말했다.

“수녀와는 전혀 달라요. 신앙심 따위는 없고, 크게 즐기고 싶어하는 편이에요. 세실리아 원장이 다른 사람을 위해 봉사하는 생활이 이 세상에서 가장 순수하고 훌륭한 생활이라고 곧잘 말씀하시기에 나는 곰곰이 생각해 보았지만, 아직 당분간은 인생을 즐기기로 했어요. 투실투실 살이 찌거나, 병이 들거나, 가족이 많이 늘어난 다음에 다른 사람을 위해 봉사하기 시작하는 것이 가장 좋을 거라고 생각해요. 그렇게 생각하지 않으세요 ? ”

나는 찬성할 수 없는 것처럼 고개를 저으면서 대답했다.

“글쎄, 그건 좀…… 이래봬도 나는 상당히 봉사하는 편이거든요. 그러나 물론 정도껏 해야겠지요. 이제까지 당신은 인생을 즐겨왔습니까 ? ”

콘스탄서는 고개를 끄덕여 보이며 말했다.

“가끔요. 내가 아직 어렸을 때 어머니가 돌아가셨기 때문에 아버지가 굉장히 잔소리를 하지요. 상 레모에 놀러 온 미국 여자아이들을 보고 나도 그렇게 행동하려고 생각했지만, 결국 어떻게 해야 좋을지 모르겠더군요. 어찌되었든 나를 따라다니며 시중들어 주는 여자를 태우지 않은 채 갈리 경(卿)의 요트를 타고 곶을 돌았을 때도 아버지에게 금방 알려지고 말았지요. ”

“갈리라는 사람도 함께였습니까 ? ”

“네, 함께 탔지만, 전혀 아무 것도 거들어주지 않았어요. 그는 졸다가 바다에 떨어져버렸지요. 그래서 난 그를 끌어올리려고 세 번

이나 몸을 구부려야만 했답니다. 당신은 영국 사람을 좋아하세
요?"

나는 눈썹을 치켜올리며 대답했다.

"글쎄요……이런 상황에서라면 좋아지겠지요. 이를테면 장소는 무
인도, 내가 이미 사흘이나 아무 것도 먹지 못했는데 그가 토끼를
잡았다거나 한다면 말입니다. 토끼가 없는 섬이라면 멧돼지나 바다
코끼리라도 좋습니다. 당신은 미국 사람을 좋아하십니까?"

"그런 거 몰라요!"

콘스탄서는 소리내어 웃었다.

"어른이 된 뒤로는 상 레모의 도시나 교회에서 겨우 몇 사람의 미
국인을 만났을 뿐이지만, 남자들은 기묘한 이야기를 하며 잘난 척
하고 싶어하는 것 같더군요. 전에 런던에서 알았던 미국 사람은 좋
아했어요. 탤튼에 머물렀던 부자였는데, 위가 나빴기 때문에 아버
지가 특별 요리를 만들어 드리곤 했었지요. 호텔을 떠날 때 멋진
선물을 주셨어요. 뉴욕에 도착한 뒤로 많은 미국 사람을 보았는데,
기막히게 예쁜 사람이 많은 것 같았어요. 어제 호텔에서 본 사람은
굉장히 핸섬했어요. 코는 당신의 코와 조금 비슷했지만, 머리는 더
밝은 색이었어요. 하지만 상당히 잘 알게 된 다음이 아니면 그 사
람이 좋은지 어떤지 잘 모르겠어요……."

콘스탄서는 아직도 계속 재잘거리고 있었지만, 나는 귀찮은 일을
깨닫고 그쪽에 마음이 빼앗기고 말았다. 콘스탄서가 진저에일을 마시
기 위해 잠시 말을 끊었을 때부터 나의 눈길은 그녀의 얼굴에서 떠나
다른 여러 부분을 헤매고 있었다. 그러다가 미국의 여자아이들처럼
스커트 자락을 잡아당기는 따위의 쓸데없는 짓을 하지 않고 다리를
포개고 앉아 있는 그녀의 좋은 다리와 특별히 잘 만들어진 발목에서
부터 위를 향하여 이제까지 본 적이 없을 만큼 훌륭한 광경을 보게

되었다. 거기까지는 좋았지만, 문제는 콘스탄서의 건너편에 앉은 파란 눈의 몸집좋은 사나이도 책 너머로 가만히 눈길을 주고 있었는데 그 눈길이 멈춘 곳이 바로 내가 관찰하고 있는 흥미진진한 대상이었던 것이다. 이러한 사실에 대한 내 마음속의 반응은 비사교적인 것으로 위험을 내포하고 있었다.

즐거운 생각을 같은 동료와 서로 나누어 갖는 데 기쁨을 느낄 수 있다면 좋겠지만, 나는 두 가지 일을 동시에 하고 싶다는 억누르기 힘든 충동을 느끼고 있었다. 그 두 가지란 몸집좋은 사나이를 흘겨보는 것과 콘스탄서에게 스커트 자락을 잡아내리라고 말해주는 것이었다.

나는 두근거리는 마음을 가라앉히고 나서 자신의 심정을 논리적으로 검토했다. 옆자리의 사나이가 콘스탄서의 다리를 보는 데 대해 노여움을 느끼고 보지 못하도록 하고 싶은 욕구를 정당화할 수 있는 전제(前提)는 하나밖에 없었다. 그것은 콘스탄서의 다리가 내 소유라는 것이었다. 그렇다면 즉 그 다리는 분명 내 것이라고 느끼기 시작했거나, 또는 그것을 나 자신의 것으로 만들려는 생각이 내 마음속에서 급속도로 부풀어올랐거나 둘 중 하나일 것이다. 그러나 콘스탄서의 다리는 내 것이 아니니까 그렇게 느끼기 시작했다는 것은 바보스러운 일이다. 두 번째 경우라면 전반적인 상황을 고려해 볼 때 실제적이다. 그러나 뒷손가락질을 받지 않도록 콘스탄서의 다리를 내 것으로 만드는 방법은 하나밖에 없으므로 위험을 내포하고 있는 것이다.

콘스탄서는 아직도 재잘거리고 있었다. 여느 때에는 그렇게 하지 않았지만, 나는 남아 있는 우유를 단숨에 마셔버리고 말참견할 수 있는 기회를 기다려 어두운 자줏빛 눈을 피하듯하며 콘스탄서 쪽을 보았다.

"그렇지요, 그 말이 맞습니다. 상대를 알려면 시간이 걸리지요, 잘 알지 못한다면 좋으니 싫으니 말할 수가 없습니다. 예를 들어서 한눈에 반한다는 말이 있습니다만, 그런 것은 어리석습니다. 그것은 사랑이 아니라 상대방을 잘 알고 싶다는 격렬한 욕구에 지나지 않지요. 롱아일랜드에서 처음으로 아내를 만났을 때의 일이 생각나는군요. 자동차로 그녀를 치었던 겁니다. 대단한 상처는 아니었지만, 그녀를 안아올려 차에 태우고 집까지 바래다주었지요. 그러니 내가 뭐랄까요. 그녀에게 반한 것은 2만 달러를 내라는 소송을 당한 뒤였습니다. 그 뒤 될 대로 되어, 속속 아이가 태어났지요. 클라렌스, 매튼, 이자벨, 멜린다, 패트리셔……."

"뷰크식 씨는 분명 당신이 독신이라고 하셨는데요?"

나는 손을 크게 내저으며 말했다.

"뷰크식 씨와 나는 그다지 친하지 않습니다. 가정일 같은 것은 서로 이야기한 일이 없지요. 동양에서는 자기 아내에 대해 다른 사람에게 이야기하거나 상대의 부인에 대해 묻는 일이 실례가 된다는 것을 아십니까? '머리숱이 적어졌군요'라든가, '아직 혼자서 양말을 신을 수 있습니까?'라고 묻는 거나 같지요."

"그럼, 당신은 결혼했군요?"

"물론입니다. 행복을 만끽하고 있는 셈이지요."

"다른 아이들의 이름은?"

"으음……주된 아이들은 이미 말하지 않았습니까? 나머지는 아직 너무 어립니다."

나는 계속 지껄여대고 콘스탄서도 적당히 맞장구쳐 주었다. 분위기가 갑자기 전혀 다르게 바뀌어 있었다. 나는 위험한 벼랑 끝에서 간신히 구출된 사나이 같은 심정이었으나, 후유 마음이 놓이자 동시에 씁쓰레한 느낌이 들었다. 그 뒤 얼마되지 않아 대수로운 것은 아니지만, 어떤 작은 일이 일어났다. 나는 그 일에 대해 이러니저러니 이야기하고 싶지도 않고 또 그럴 생각도 없다. 그리고 그것이 우연히 일어난 일이었을 가능성도 있다고 기꺼이 인정할 생각이지만, 아무튼 나로서는 눈에 보인 그대로를 여기에 적어놓을 수밖에 없다.

내가 이야기하는 동안에 콘스탄서의 오른팔이 파란 눈의 체격좋은 사나이 쪽 의자팔걸이를 따라서 뻗쳐갔는데, 그 손에는 아직도 진저에일이 절반쯤 남은 유리잔이 들려져 있었다. 그 유리잔이 기울어지기 시작한 것은 내 눈에 들어오지 않았지만, 어느 틈에 조금씩 기울어졌음이 틀림없으며 콘스탄서가 내 쪽을 보고 있었다는 것 또한 단언해도 좋다.

내가 알아차렸을 때는 이미 늦어 있었다. 진저에일이 체격 좋은 사나이의 조촐한 회색 바지 위에 쏟아지기 시작하고 있었던 것이다. 나는 콘스탄서의 말을 가로막고 유리잔을 잡으려고 손을 내밀었다. 콘스탄서는 얼굴을 돌려 진저에일이 엎질러지는 것을 깨닫고 숨을 삼켰다. 체격 좋은 사나이는 얼굴을 붉히며 손수건을 꺼냈다. 앞에서도 말했듯이 이 일에 대해서 구구하게 이야기하려는 생각은 없다. 다만 어떤 사나이가 결혼했다는 사실을 알고 난 4분 뒤에 콘스탄서가 다른 사나이에게 진저에일을 엎지르기 시작했다는 것은 우연이라고 하기에는 너무 기막힌 일이 아닐까?

"어머나! 얼룩이 지지 않을까요? 어이없는 짓을 하고 말았군요! 정말 미안합니다. 이런 일 생각만 해도……나는 손 쪽을 보고 있지 않았기 때문에……."

"신경쓰지 마십시오……정말……정말……상관 없습니다. 얼룩지지 않습니다……아니, 얼룩 같은 건……."

이런 상태가 좀더 계속되었다. 나는 그것을 즐기고 있었다. 그러나 그는 다시 제자리로 돌아오는 것도 빨랐다. 1분쯤 영문모를 말을 지껄이기를 그만두고 침착성을 되찾아 나에게 모국어로 말을 걸어왔다.

"아무렇지도 않습니다. 얼룩 같은 건 지지 않았습니다 정말. 나는 트루먼이라고 합니다. 웨스트버지니아 주 마링 군의 검사로 있는 밸리 트루먼입니다."

이 사나이는 사건을 찾아다니는 독수리이며 정치가였던 것이다. 나와 검사 여러분과의 관계는 대개의 경우 그들의 사진을 화장대 위에 장식해 두고 싶은 마음이 들 만한 것은 아니었지만, 그렇다고 퉁명스럽게 굴 것도 없었다.

나는 자기 소개를 하고 나서 콘스탄서를 소개한 뒤 바지를 더럽히게 한 사죄의 뜻으로 한 잔 사겠다고 말했다.

나는 또 우유를 부탁했는데, 이로써 잠자리에 들기 전의 적량(適量)은 끝나는 것이다. 우유가 오자 그것을 조금씩 마시면서 화가 나 있지 않다는 것을 보여주기 위해 이따금 맞장구치는 것 외에는 거의 말참견을 하지 않고 내 오른쪽에서 친한 관계가 이루어져가는 과정을 조용히 지켜보기로 했다. 우유잔이 절반쯤 비었을 무렵 밸리 트루먼이 이런 말을 하고 있었다.

"당신의 이야기를 듣고 말았습니다. 미안합니다. 그렇지만 귀에 들어왔지요. 상 레모에 대해 이야기하시던 참이었지요? 그곳에는 가 본 일이 없습니다. 니스와 몬테카를로에는 1931년에 갔었지요. 누가 말했는지는 잊어버렸습니다만, 리비에라의 어느 곳보다도 아름다우니 꼭 상 레모에 가보라는 이야기를 들었지만 아직 못 가봤습니다. 이제 생각하니……그…… 저……그것이 거짓말이 아니었다고 생각되는군요."

"어머나, 오셨더라면 좋았을 텐데! 그 언덕, 포도원, 그리고 바다!"

"아름답겠지요. 나는 경치를 바라보는 것을 아주 좋아합니다. 당신은 어떻습니까, 굿드윈 씨? 경치를——."

옆의 레일을 달리는 열차와 엇갈리자 바람이 창문을 격렬하게 때려 갑자기 모든 것을 삼켜버릴 듯한 굉음(轟音)이 덮쳐왔다. 그 굉음이 사라지자 트루먼이 하던 말을 이었다.

"경치를 바라보는 것을 좋아하십니까?"

"네."

나는 고개를 끄덕이며 우유를 조금 마셨다.

콘스탄서가 말했다.

"밤이라서 정말 유감이군요. 낮이었다면 미국을 볼 수 있었을 텐데 말이에요. 이 부근은 로키 산맥인가요?"

트루먼은 웃지 않았다. 그가 콘스탄서의 자줏빛 눈을 보고 있는지 어떤지 나는 확인하려고 하지도 않았다. 그럴 것이 틀림없다는 것을 알고 있었기 때문이다.

트루먼이 말했다.

"아닙니다. 로키 산맥은 1천 50백 마일이나 떨어져 있지요. 하지만 이 부근도 아주 경치가 좋은 곳입니다."

그는 이어서 유럽에 세 번 갔었으나 역사적인 것을 제쳐두고는 미국과 서로 겨룰 수 있는 것이 없다, 그가 살고 있는 웨스트버지니아 부근에는 스위스의 산과 나란히 놓고 어느 쪽이 훌륭한지 결정해 주었으면 하고 바라고 싶은 산이 있다, 그가 태어난 골짜기만큼 아름다운 곳은 본 일이 없으며, 유명한 리조트며 카노와 수퍼는 특히 기막히다, 그리고 그 리조트는 자기 군에 있다는 말들을 늘어놓았다.

콘스탄서가 소리쳤다.

"어머나, 우리도 그곳으로 가는 거예요! 카노와 수퍼에 가는 거예요."

"그⋯⋯그렇다면 좋겠다고 생각했습니다."

트루먼은 뺨을 붉혔다.

"왜냐하면 이 열차의 객차 중 세 칸이 카노와 수퍼로 가는 것이기 때문이지요. 그래서 혹시나⋯⋯어쩌면 당신을 만날 기회가 또 있지 않을까 생각했었습니다. 물론 나는 거기서 한가하게 놀고 있을 수 있는 신분이 아닙니다만."

"하지만 이렇게 기차에서 서로 알게 되었잖아요? 물론 나도 그다지 오래 있을 것은 아니에요. 하지만 유럽보다도 멋지다는 말씀을 들으니 빨리 보고 싶어 견딜 수가 없군요. 그러나 내가 상 레모와 그곳의 바다를 기막히게 좋아한다는 것도 잊지 마세요. 유럽에 오실 때는 부인이나 아기들을 데리고 오시겠지요?"

"뭐라고요?" 트루먼은 억센 주먹이라도 한 대 맞은 것처럼 쩔쩔맸다. "제발 그만두십시오! 아내나 아이들이 있을 나이로 보입니까?"

바보 같은 녀석, 턱이 텅 비어 있어 또 펀치를 맞으면 어쩌려고! 우유잔은 이미 비어 있었다. 나는 자리에서 일어나며 말했다.

"이만 실례하고 우리 대장이 기차에서 떨어지나 않았는지 보고 오겠습니다. 곧 되돌아와서 아버님에게 데려다드리지요, 벨린 양. 첫날부터 미국 여자아이들처럼 행동하는 요령을 익힐 수는 없을 테니까요."

내가 그 자리를 떠나는 것을 보고 둘 다 울어버리거나 하지는 않았다.

나는 이웃칸에서 통로를 성큼성큼 걸어오는 헬로메 벨린을 만났다. 그가 걸음을 멈추었기 때문에 당연히 나도 그 자리에 서지 않을 수 없었다.

벨린은 덤벼들 듯이 말했다.

"콘스탄서는? 뷰크식이 그 아이를 내버려두었단 말이오!"

"걱정없습니다." 나는 엄지손가락으로 뒤쪽을 가리켰다. "내가 소개한 친구와 식당칸에서 이야기하고 있습니다. 울프 씨는 무사합니까?"

"무사? 글쎄요……나는 그를 두고 나와버렸으니까요."

울프는 혼자 남아서 두 손으로 의자팔걸이를 움켜쥐고 두 눈을 부릅뜬 채 절망을 한몸에 걸머진 것 같은 얼굴로 앉아 있었다. 나는 울프를 내려다보며 말했다.

"우선 미국으로! 여러분의 리조트가 기다리고 있습니다. 열차에는 문틈으로 들어오는 바람이 전혀 없고, 하늘을 나는 갈매기와도 같이 부드럽게 미끄러지듯 달립니다!"

"시끄럽네!"

밤새도록 울프를 의자에 앉혀둘 수는 없는 일이었다. 어떻게든 해야만 할 때가 온 것이다. 나는 급사를 불러 침대 준비를 시키기 위해 초인종을 눌렀다. 이어서 울프에게 가까이 가자——아니, 그만두기로 하자. 어디선가 읽은 오래된 소설이 생각난다.

밤에 젊고 아름다운 아가씨가 자기 침실로 들어가 예쁜 손가락을 드레스의 맨 위 단추로 가져가는 장면인데, 그 뒤 작가는 이렇게 쓰고 있다——'그러나 이제 그녀를 혼자 있게 해두어야만 한다. 친애하는 독자 여러분, 당신들이나 나나 모두 범해서는 안 되는 친숙함의 한도, 속악(俗惡)한 눈길에 드러내어져서는 안 되는 소녀의 비밀이라는 게 있는 것이다. 밤은 이미 그녀를 지키는 장막을 내리고 있다. 우리도 장막을 내리기로 하자.' 나로서도 이의가 없었다.

제2장

　"어린아이가 돌을 던지지 못하도록 감시하고 있는 것이 호텔에 고용된 탐정이 할 일이라곤 생각지 못했는걸. 특히 자네 같은 일류탐정이 말일세" 하고 나는 말했다.

　거섬 오델은 우리가 앉아 있는 좁은 풀숲에서 10피트쯤 떨어진 커다란 양치류(羊齒類)를 향해 침을 뱉으며 말했다.

　"그렇지는 않네. 하지만 아까도 말하지 않았나? 그들은 이 커다란 호텔에 머물며 '카노와 수퍼'라는 이름이 인쇄된 편지지로 편지를 쓰기 위해 하루 15달러에서 50달러나 돈을 내고 있는 거니까 말을 타러 나갔을 때 검둥이가 돌이라도 던지면 화를 내겠지. 어린아이라고 말하지는 않았네, 검둥이라고 했지. 한 달쯤 전에 해고당한 주차장 담당 검둥이가 아닐까 생각하네만."

　나무 사이로 따뜻한 햇살이 내리쬐고 있었기 때문에 나는 자신도 모르게 하품을 하고 말았다. 나는 심심하거나 지루해 하고 있지는 않다는 것을 보여주기 위해서 한 마디 했다.

　"이 부근에서 일어났다고 했지?"

오델은 손가락으로 가리키며 대답했다.

"바로 저기쯤일세. 오솔길 저쪽에서 던졌다네. 두 번 다 클라이슬러가 얻어맞았지. 딸이 윌리츠 대사(大使)와 결혼한 만년필왕 클라이슬러 말일세."

오솔길 앞쪽에서 무슨 소리가 들렸다. 곧 그것이 뚜렷한 말발굽 소리가 되고 오래지 않아 커브를 돌아 두 필의 훌륭한 말이 나타나더니 낚싯대로 발을 건져낼 수 있을 만큼 가까운 곳을 지나갔다. 그 중 한 필에는 화려한 체크 무늬 재킷을 입은 활기찬 사나이가 타고 있고, 다른 한 필에는 생각만 있다면 언제라도 다른 사람을 위해 봉사하는 생활로 들어가도 좋겠다고 생각될 만큼 나이든 뚱뚱한 여자가 타고 있었다.

"배(船)와 철강으로 성공한 볼티모어의 제임스 프랭크 오즈본 부인과 브리지를 잘하는 델 채트원이라는 바람둥이일세. 말이 무척 애를 먹는 것 같지 않던가? 말을 전혀 탈 줄 모른다네."

"그런가? 미처 알아차리지 못했군. 자네는 사교계 사람들에 대해서 매우 잘 아는군."

"직업상 그렇지."

오델은 또다시 양치류에 침을 뱉고 뒤통수를 긁적이더니 풀잎을 뽑아 입에 물었다.

"여기에 오는 사람들 중 열 사람에 아홉은 말하지 않아도 알겠지? 그야 물론 가끔 보지도 듣지도 못한 사람이 오기도 하지만 말일세. 이를테면 자네 동료들 같은 사람 대체 모두 누군가? 우리 요리장이 초대한 사람들로서, 모두 다 명요리장인 모양이지만. 그러나 어쩐지 좀 묘하단 말이야. 대체 언제부터 카노와 수퍼는 신부 학교가 되어버린 거지?"

나는 고개를 저으며 대답했다.

"내 동료들이 아닐세."

"자네는 그 사람들과 함께 온 게 아니란 말인가?"

"나는 네로 울프와 함께 왔네."

"그는 그 사람들과 함께 왔네."

나는 빙긋 웃으며 말했다.

"지금은 함께 있지 않네. 그는 60호실 침대에서 세상모르고 깊이 잠들어 있지. 목요일에 돌아가는 열차에 태우기 위해서는 클로로포름이라도 맡게 해야 할 걸세."

나는 햇살을 받으며 늘어지게 기지개를 켰다.

"어쨌든 요리사란 아직 그래도 괜찮은 편이지."

"그럴지도 몰라." 오델이 인정했다. "그건 그렇고, 그들은 어디에서 온 건가?"

나는 뉴욕 타임즈의 부록에서 오려낸 것을 꺼내어 펴서 다시 한 번 리스트를 훑어본 다음 오델에게 건네주었다.

＊15명의 명요리장

헬로메 벨린	상 레모의 코리도나
레옹 블랑	보스턴의 윌로 클럽
램지 키스	캘커타의 헤이스팅즈 호텔
필립 래스지오	뉴욕의 처칠 호텔
도메니코 롯시	런던의 엠파이어 카페
피에르 몽도르	파리의 몽도르
마르코 뷰크식	뉴욕의 라스터맨
세르게이 발렌코	퀘벡의 샤토 몽칼므
로렌스 코인	샌프란시스코의 래턴
루이 세르반	웨스트 버지니아의 카노와 수퍼

펠리드 칼더	이스탄불의 카페 드 유럽
앙리 터슨	카이로의 셰퍼드 호텔

＊고인(故人)

아르망 플루리	파리의 플루리
바스컬레 도노플리오	마드리드의 엘도라도
잭 발랜	더블린의 에메랄드 호텔

오델은 그 큼직한 기사를 보고 있더니 내용은 읽으려고 하지도 않고 천천히 고개를 움직여 이름과 일하는 장소만을 읽어나갔다.

"이름이 죽 늘어서 있군. 노트르탐 대학의 축구 팀 선수명단인가 하고 생각하는 녀석도 있을 걸세. 무엇 때문에 이렇게 대서특필하는 거지? 게다가 이 표제는 대체 무슨 뜻인가?"

"아, 그거? 프랑스어라네.〈15명의 거장(巨匠)〉이라는 뜻이지. 모두 유명한 사람들일세. 그들 가운데 한 사람은 결투 소동까지 일으킬 만한 소시지를 만든다네. 그 사람을 만나서 나는 탐정인데 소시지 만드는 방법을 가르쳐주었으면 좋겠다고 말해 보게. 틀림없이 기뻐할 테니까. 그들은 5년에 한 번씩 멤버 가운데 가장 나이가 많은 사람의 홈그라운드에 모이기로 되어 있지. 그래서 카노와 수퍼에 찾아온 거라네. 저마다 한 사람씩 데리고 와도 되게 정해져 있네. 이런 일도 모두 그 기사에 나와 있어. 네로 울프는 세르반의 손님이고, 나는 네로 울프 곁에 붙어 있도록 뷰크식이 초대해 주었다네. 그러니까 울프는 주빈(主賓)이지. 여기에 모인 것은 열 사람뿐일세. 맨 끝의 세 사람은 이미 세상을 떠났고, 칼더와 터슨은 올수 없었기 때문이지. 모두 함께 성대하게 요리를 만들고, 성대하게 먹고, 성대하게 마시고, 성대하게 서로 거짓말을 하고, 새로운 멤버를 셋 더 뽑고, 네로 울프의 연설을 듣기로 되어 있지. 그런 다음 그렇지, 그들 가운데 한 사람이 살해된다네."

"그거 참 재미있군" 하고 오델은 또 침을 뱉으면서 물었다.

"살해되는 것은 누구인가?"

"뉴욕에 있는 처칠 호텔의 필립 래스지오라네. 그 기사에 의하면 그는 연봉 6만 달러나 받고 있더군."

"그리고 살해하는 것은 누구인가?"

"번갈아 가며 살해한다네. 이 연속극의 관람권을 갖고 싶다면 기꺼이 좋은 자리를 잡아주겠네. 그리고 그자의 숙박료를 미리 받아두라고 프런트에 말해 두는 것이 좋겠지. 죽은 뒤에 받으려면 그야말로 몇 달이나 아니, 저건 좀 놀라운걸! 겨우 두서너 방울의 진저에일로!"

말을 탄 남자와 여자가 서로 얼굴을 마주보고 뺨을 붉게 상기시켜 이를 드러내 보이고 웃으면서 천천히 말을 몰아 지나갔던 것이다. 두 사람이 일으킨 먼지가 우리 쪽으로 흘러왔다. 나는 오델에게 물었다.

"저 즐거워보이는 두 사람은 누군가?"

오델은 퉁명스럽게 대답했다.

"밸리 트루먼이라는 이 군의 검사라네. 언젠가는 대통령이 된다더군. 여자는 자네 동료와 함께 오지 않았나? 그녀는 꽤 매력적인걸. 진저에일이 어쩌구 했는데, 무슨 이야기인가?"

"으음, 아무 것도 아닐세." 나는 손을 내저으며 말을 이었다. "초서(영국의 시인. 1340?~1400)를 인용한 것뿐이네. 저 두 사람에게 돌을 던져봐야 무엇하겠나? 눈사태라도 덮치지 않는 한 알아차리지 못할 텐데. 그런데 어째서 돌 따위를 던지는 녀석이 있다느니 하는 이야기를 만들어낸 건가?"

"만든 이야기가 아닐세. 나는 지금 버젓이 일하고 있는 거야."

"이것이 일이라고? 나도 탐정일세. 우선 첫째, 자네와 내가 확실히 눈에 띄는 자리에 버젓이 앉아 있는데 포격을 개시하는 녀석이 있으리라고 생각하나? 게다가 이 말타는 길은 길게 꾸불꾸불 6마일이나 뻗쳐 있으니 다른 장소에서도 얼마든지 던질 수 있지 않은가? 둘째, 해고된 주차장 담당 검둥이가 경영자를 골탕먹이기 위한 짓인 모양이라고 했지만, 만약 그렇다면 그자가 두 번씩이나 만년필 왕인 클라이슬러를 목표로 골라잡은 것도 우연이었다는 말인가? 이상하지 않은가? 자네는 뭔가 감추고 있는 게 있어. 참견하고 나설 생각은 없지만, 내가 멍청해지는 것은 일요일과 축제일뿐이라는 점을 가르쳐주는 것도 재미있지 않을까 생각했을 뿐이네."

오델은 한쪽 눈으로 나를 쳐다보았다. 이어서 두 눈으로 보더니 히죽 웃으며 말했다.

"아무래도 자네는 좋은 사람인 것 같군."

나는 성의를 담아 대답했다.

"물론이지."

오델은 다시 빙글빙글 웃으면서 말했다.

"솔직하게 말해서 감추어두기에는 아까운 이야기라네. 클라이슬러라는 사나이를 알고 있다면 좀더 즐길 수 있을 텐데……그러나 문제는 그 일 때문만이 아니네. 여기에 있으면 개인의 시간이 전혀 없어서 곤란하지. 아무튼 16시간 근무니 말일세! 그럴 수밖에 없다네. 조수 한 사람뿐이거든. 그것도 누군지 높으신 양반의 조카아이로 구경시켜 주고 싶을 만한 녀석이지. 덕분에 해가 뜰 때부터 침대에 쓰러질 때까지 죽도록 일해야 한다네. 여기에 클라이슬러라는 못마땅한 녀석이 나타났어. 그의 운전사가 주차장에서 기름을 몰래 훔치는 것을 내가 붙잡았기 때문에 오히려 나를 원망하는 모양인데, 치사해지기 시작하면 형편없이 더러워지는 사나이지.

내가 운전사를 잡는 데 도와주웠던 검둥이도 그가 해고시켰다네. 내 목도 노렸었지. 그래서 한 가지 계략을 생각했는데, 그것이 잘된 셈이네."

오델은 손가락으로 한 곳을 가리켰다.

"저 위에 바위가 쑥 나와 있지? 아니, 좀더 앞쪽에 있는 왜전나무 숲 건너편 말일세. 저기서 녀석에게 돌을 던졌던 걸세. 두 번 다 어김없이 맞았어."

"그랬군. 상처는 심했나?"

"좀더 호된 꼴을 당하게 해주었어도 괜찮았을 걸세. 어깨를 꽤 아파하는 것같이 보였지만 말일세. 만일 의심받을 경우를 위해 미리 알리바이도 만들어 두었다네. 클라이슬러는 가버렸지. 그래서 좀 마음이 놓이게 되었는데, 아직 그밖에도 형편좋은 일이 생겼다네. 이것으로 웬만한 일이 없는 한 돌을 던진 범인을 찾으러 간다고 하면 언제라도 한두 시간쯤 이 숲에 와서 침을 뱉거나 여러 가지 것들을 바라보고 있을 수 있다는 걸세. 이따금 말타는 길에서 보이는 곳에 서 있으면 그들은 빈틈없이 보호되고 있는 줄 생각하고 기뻐한다네."

"꽤 좋은 생각이군. 그러나 언제까지 이렇게 계속하고 있을 수는 없지 않겠나? 머지않아 언젠가는 범인을 잡든가 단념해야 할 걸세. 또는 다시 돌을 던지거나."

오델은 빙그레 웃었다.

"녀석의 어깨에 던졌을 때 그다지 겨냥이 좋지 않았다고 생각하는 모양이군! 저 쑥 튀어나온 곳이 얼마나 먼가 좀 보게나. 다시 돌을 던질지 어떨지는 모르지만, 만약 또 한다면 이제 상대는 뻔해. 자네에게도 그 여자를 가르쳐주지."

오델은 얼른 팔목시계를 들여다보았다.

"큰일났군. 벌써 5시가 다 되었잖아. 돌아가야겠네."

오델은 부스럭부스럭 일어나자 뛰어서 가버렸다. 나는 그다지 서두를 일도 없었으므로 그를 먼저 가게 하고 뒤에서 천천히 걸어갔다. 이미 깨달은 일이지만, 카노와 수퍼에서는 어디를 돌아다니든 호텔의 정원을 산책하는 것이 되어버린다.

천 에이커 가까이 됨직한 숲속을 누가 쓸고 나무를 털고 하는지 모르지만, 그 알뜰한 관리상태는 실로 모범적이라 해도 좋았다. 호텔 본관 둘레에 여기저기 서 있는 별관, 게다가 온천이 있는 건물 가까이에는 잔디밭과 관목숲과 꽃밭이 있으며, 정면에 자리잡은 현관에서 30야드쯤 되는 곳에 훌륭한 분수가 세 군데 있었다. '파빌리온'이라고 불리는 별관에도 제각기 조리장이며 그밖의 모든 설비가 갖추어져 있었고, 크기로 보더라도 그다지 우습게 여길 수 없는 것이었으므로 그만한 시설을 한 목적은 보다 많은 프라이버시를 제공하는 것이리라고 나는 생각했다. 그 별관 가운데 두 채——서로 백 야드쯤 떨어져 있고 나무숲 사이로 난 두 가닥의 오솔길로 연결되어 있는 포카혼타스와 아프셔가 15명의 명요리장, 아니 10명의 명요리장에게 제공되어 있었다. 울프와 내가 묵는 방 두 개가 하나로 이어진 60호실은 아프셔 별관에 있었다.

나는 한가롭게 천천히 걸었다. 만일 그런 것들에 흥미가 있다면 볼 것은 여러 가지로 많았다. 여기저기 커다랗게 피어 있는 분홍빛 꽃은 미국 석남화(石南花)라고 오델이 가르쳐주었다. 여기저기 작은 다리가 놓인 시냇물도 있었다. 꽃이 핀 야생의 나무도 있고, 새도 있고, 상록식물이며 그 밖의 여러 가지가 있었다. 그러한 것들이 그다지 방해되지는 않았다. 나로서도 그런 것을 싫어할 이유가 없었다. 또한 이런 시골에는 무언가 나 있는 편이 좋다. 아무 것도 나 있지 않으면 이만한 넓이를 주체하기 어려울 것이다. 그러나 가슴이 설렐 만한 일은 그다지 없는 곳이라는 것을 인정하지 않을 수 없다. 이를테면 타임즈 스퀘어나 양키 스타디움과 비교해 보면 알 수 있을 것이다.

중심부 가깝게 별관이 늘어서 있는 부근이나 특히 본관과 온천 부근에는 얼마쯤 활기가 있었다. 많은 사람들이 왔다갔다 하고 있었다. 차를 몰고 오기도 하고 차를 타고 나가기도 했으며, 승마를 즐기는 사람, 걷고 있는 사람 등이 있었다. 걷고 있는 사람은 대부분 검은 반바지에 큼직한 까만 단추가 달린 밝은 풀빛 카노와 수퍼 제복을 입은 검둥이었다. 건물 뒤쪽 나무 그늘에 들어가면 그들의 웃는 얼굴을 볼 수 있을지도 모르지만 전망이 좋은 이곳에서는 은행의 출납계 직원처럼 아무에게도 털어놓고 말할 수 없다는 듯 짓눌린 표정이었다.

내가 아프셔 별관 입구에 닿아 안으로 들어간 것은 5시가 조금 지난 때였다. 60호실은 오른편 물림(집의 원간의 앞뒤나 양옆에 딸린 반 간 폭의 간살) 뒤쪽에 있었다. 갓난아이가 잠을 깨지 않도록 살그머니 문을 열고 발소리를 죽여 살금살금 안으로 들어가 또 하나의 문을 더욱 조용히 열자 울프의 방은 텅 비어 있었다. 내가 조금 열어두었던 세 개의 창문은 꼭 닫혀 있고, 침대 한복판에는 누가 누워 있었다는 걸 한눈에 알 수 있을 만큼 우묵하게 들어간 흔적이 남아 있었으며, 그에게 덮어주었던 모포가 발치에 축 늘어져 있었다. 방안을 둘러보니 그의 모자가 보이지 않았다. 나는 욕실로 가서 수도꼭지를 틀고 손에 비누를 풀기 시작했다.

나는 몹시 화가 났다. 지난 10년 동안 집에 불이 나서 타버리기라도 하지 않는 한 자유의 여신상처럼 네로 울프는 내가 놓아둔 곳에 가만히 있으리라고 생각해 왔기 때문에, 소시지 만드는 에스파냐 사나이의 비위를 맞추어줄 기회를 찾아 울프가 벌새처럼 돌아다닌다는 사실을 알게 된 것은 굴욕적일 뿐만 아니라 당황하지 않을 수 없는 일이었다.

손과 얼굴을 씻고 와이셔츠를 갈아입고 나자 얼른 본관에 가서 상황이 어떤지 알아보고 올까 생각했으나, 만약 울프를 무사히 데리고 돌아가지 않으면 플리츠와 시오드가 나를 때려죽일 것이라는 사실을 알고 있었으므로 나는 옆의 입구로 나가 오솔길을 따라 포카혼타스 별관으로 갔다.

포카혼타스 별관은 아프셔 별관보다 훨씬 호화스러워서 아래층 한복판에 꽤 널찍한 퍼블릭 룸이 네 개 있고, 양쪽 물림과 2층이 이어진 방으로 되어 있었다.

안으로 들어가기 전부터 웅성거리는 소리가 들려왔다. 들어가 보니 명요리장들이 모두 즐거운 표정을 짓고 있었다. 나는 이미 점심식사 때 모두와 만났었다. 그 점심식사 때는 별관 조리장에서 다섯 사람의 명요리장이 저마다 한 가지씩 요리를 제공하여 별관 식당에서 먹었었는데, 맛이 나쁘지 않았다.

나는 네로 울프의 감독을 받으며 플리츠 블레너가 만든 요리를 10년 동안이나 먹어왔기 때문에, 내가 맛이 나쁘지 않다고 하는 것은 매우 칭찬하는 말이 되는 셈이다.

나는 풀빛 윗옷을 입은 급사가 열어 준 문으로 들어서서 현관 홀의 다른 급사에게 모자를 맡기고 행방불명된 벌새를 찾기 시작했다. 포카혼타스의 가구며 그 밖의 것들은 인디언 풍으로 통일되어 있었다. 어두운 색조의 나무 가구와 선명한 색채의 융단이 강하게 눈에 띄는 오른쪽 별실에서는 라디오에서 흘러나오는 음악에 맞춰 세 쌍의 남녀가 춤추고 있었다. 나와 비슷한 나이의 흰 이마가 넓고 눈초리가 길게 찢어진 졸린 듯한 눈의 알맞게 살찌고 키도 알맞으며 머리 길이도 알맞은 블루넷의 여자가, 귀밑에 상처자국이 있는 50살쯤 된 금발의 러시아 남자 세르게이 발렌코에게 매달려 있었다. 그녀는 디나 래스지오로, 도메니코 롯시의 딸이며 마르코 뷰크식의 아내였는데 헬로메 벨린의 말을 빌면 필립 래스지오가 훔쳐가버린 여자였다. 물오리 같은 몸매로 작고 까만 눈을 가졌으며 윗입술에 거무스름하니 수염이 난 키가 작은 중년 여인은 마리 몽도르, 같은 정도의 나이이며 같은 정도로 투실투실 살찌고 눈이 튀어나온 둥근 얼굴의 사나이는 그녀의 남편 피에르 몽도르였다. 마리는 영어를 할 줄 몰랐지만 꼭 영어를 써야 하는 이유도 없는 것 같았다. 세 번째 쌍은 저녁놀을 알코올에 담근 듯한 얼굴의 적어도 60은 되었다고 생각되는 몸집이 작은 스코틀랜드인 램지 키스와, 중국 사람이어서 나의 빈약한 경험으로는 35살이하라고밖에 말할 수 없는 키가 작고 날씬한 검은 눈의 여자였다. 놀랍게도 점심식사 때에는 게이샤(일본 妓生)의 프로마이드처럼 아름답고 정체를 알기 어려웠다. 게이샤라면 일본 여자겠지만, 그런 것은 아무래도 좋은 일이다. 아무튼 그 중국 여인은 리오 코인 즉 로렌스 코인의 네 번째 부인이었고 코인은 70살을 넘어 머리카락이 눈처럼 희어진 노인이므로 정말 축하할 일이었다.

나는 왼쪽의 작은 별실을 찾아보았다. 거기에는 별로 사람이 없었다. 로렌스 코인이 안쪽 소파에서 깊은 잠에 빠져 있었으며, 레옹 블랑은 거울 앞에 서서 면도할 필요가 있는지 어떤지 생각하고 있었다. 나는 그곳을 빠져나와 식당으로 들어갔다. 식당은 넓었으며 어쩐지 너저분한 느낌이 들었다. 긴 식탁과 많은 의자 말고도 서빙 테이블이 두 개, 자질구레한 물건들이 가득 들어 있는 캐비닛이 하나, 그리고 존 스미드의 목숨을 구하려하고 있는 포카혼타스 등의 그림을 그린 큼직한 칸막이가 두 개 있었다. 문은 네 군데에 있었다. 내가 들어간 문, 큰 별실로 통해 있는 양쪽으로 열리는 문, 옆의 테라스로 통해 있는 양쪽으로 열리는 유리문, 식기실과 조리장으로 통하는 문.

내가 들어갔을 때는 몇 사람인지 손님들이 있었다. 마르코 뷰크식은 엽궐련을 입에 물고 긴 테이블 옆에 있는 의자에 앉아 고개를 흔들며 전보를 읽고 있었다. 헬로메 벨린은 포도주잔을 손에 들고, 회색 콧수염을 기른 주름살투성이의 얼굴을 한 체구가 당당한 노인과 선 채 이야기를 나누고 있었다. 노인은 루이 세르반, 15명의 명요리장 가운데 가장 나이가 많으며, 이 카노와 수퍼에서 주인역을 맡고 있는 인물이었다. 네로 울프는 테라스로 통하는 활짝 열려 있는 유리문 옆의, 그에게는 너무 작은 의자에 앉아 있었고, 곁에 선 사나이의 얼굴은 절반쯤 감은 눈으로 보이는 것처럼 괴로운 자세로 의자등받이에 기대어 있었다. 거기 서 있는 사나이는 필립 래스지오로, 흰 머리카락도 별로 없고 빈틈없어 보이는 눈매에 살결이 곱고 키가 작으며 뚱뚱한 사나이였다. 울프의 의자 곁에는 유리잔과 맥주가 두 병 놓여진 작은 테이블이 있었는데, 반대쪽에서 마치 울프의 무릎에 앉아 있는 듯한 자세로 무엇인가를 담은 접시를 내밀고 있는 것은 리제테 프티였다. 리제테는 매우 매력있는 여자로, 어떤 입장에 있는지 명확하게 알려지지 않았음에도 이미 여러 사람과 친해져 있었다. 캘커타에서 여기까지 먼 길을 여행해 온 램지 키스가 초대한 여자로, 그는 조카라고 소개했다. 뷰크식은 점심식사가 끝난 뒤 마리 몽도르가 리제테는 램지 키스가 마르세이유에서 데리고 온 세파에 시달린 순진하지 못한 여자라고 말하는 소리를 들었다고 전해주었다. 그리고 키스라는 성을 가진 남자에게 프티라는 성의 조카가 있을 수 없다고 말하며 비록 조카가 아니라 하더라도 돈은 키스가 낼 테니까 아무려면 어떻겠느냐고 덧붙였다. 약간 엉터리 같은 이야기라고 생각되기도 했지만 나와는 관계없는 일이었다.

내가 가까이 다가가자 래스지오는 울프에게 무슨 이야기인지를 끝내고 리제테가 손에 들고 있는 접시에 담긴 것에 대해 프랑스어로 설명하기 시작했다. 접시에 담긴 건 적당히 구워낸 갈색 크래커처럼 보였다. 그런데 그때 조리장 쪽에서 외치는 소리가 들려 모두들 돌아다 보니 회전 도어가 열리며 도메니코 롯시가 한 손에 김이 무럭무럭 오르는 접시를 들고 다른 한쪽 손에는 자루가 긴 스푼을 들고 달려나왔다.

"엉겨버렸어!" 하고 롯시는 소리치며 우리 쪽으로 뛰어오더니 래스지오에게 접시를 쑥 내밀었다. "이 지저분하게 걸쭉한 덩어리를 보게! 내가 뭐라던가? 좀 보게나! 백 프랑 주어야겠네! 원, 어처구니없는 위장도 다 있지. 나보다 훨씬 나이를 먹었으면서 이처럼 기초적인 것도 모르고 있다니!"

래스지오는 조용히 어깨를 으쓱하며 대답했다.

"방안의 온도에 알맞은 달걀을 썼나?"

"내가 달걀을 얼릴 사람으로 보인단 말인가?"

"그렇다면 아마도 달걀이 오래되었던 게지."

"루이!"

롯시는 홱 돌아보더니 루이 세르반에게 스푼을 쑥 내밀며 또 소리를 질렀다.

"지금 한 말을 들었나? 자네가 오래된 달걀을 주었다고 말하는 걸세!"

루이 세르반이 소리 없이 웃으며 말했다.

"아무튼 자네가 저 사나이의 말대로 했는데 엉겨버렸으니 백 프랑이긴 셈 아닌가? 투덜거릴 것은 없지."

"그러나 모든 것이 전혀 못쓰게 되고 말았어! 보게, 마치 진흙탕 같잖나!" 롯시는 헐떡거렸다. "뭐가 새로운 방법이야! 초(酢)는 어디까지나 초일 뿐이지!"

래스지오가 차분하게 말했다.

"돈은 내지. 그리고 어떻게 하는 건지 내일 만들어 보여주겠네."

래스지오가 롯시에게 휙 등을 돌리고 큰 별실로 통하는 문 쪽으로 걸어가 그것을 열자 라디오 소리가 흘러나왔다. 롯시는 종종걸음으로 테이블을 돌아 걸쭉한 것이 담겨 있는 접시를 세르반과 벨린에게 보여주러 갔다. 뷰크식도 전보를 주머니에 넣고 보려고 다가왔다. 리제테는 내가 있는 것을 알아차리자 나에게 접시를 내밀며 뭐라고 말했다. 나는 빙긋이 웃으며 말했다.

"나는 요즘 기름진 것이 금지되어 있어서——."

"아치!" 울프가 눈을 번쩍 떴다. "프티 양이 램지 키스 씨가 직접 인도에서 갖고 온 재료를 써서 손수 구운 거라네."

"잡수어보셨습니까?"

"물론."

"맛이 있습니까?"

"아니."

"그럼, 미안합니다만, 나는 간식을 좋아하지 않는다고 말씀해 주실 수 없겠습니까?"

나는 별실로 통하는 문 쪽으로 어슬렁어슬렁 걸어가 필립 래스지오의 곁에 서서 세 쌍의 남녀가 춤추는 것을 바라보았다. 그러나 래스지오가 보고 있는 것은 그 가운데 한 쌍뿐임이 분명했다. 할아버지와 할머니인 몽도르 부부는 숨을 헐떡이면서 버티어내고 있었다. 램지 키스와 젊은 중국 여인은 곁에서 보기에는 우스웠지만 그들 자신은 전혀 마음 쓰고 있지 않는 듯했다. 디나 래스지오와 발렌코는 여전히 똑같은 모습으로 끌어안고 있었다. 그러나 곧 두 사람의 태도가 달라졌다. 곁에서 무슨 일인가가 일어나고 있었다. 래스지오는 아무 말도 하지 않았다 적어도 내 눈에 띌 만한 눈짓도 하지 않았다. 그러나 두 사람은 갑자기 춤을 그만두고 디나가 파트너의 귀에 무엇인지 소곤거린 뒤 혼자 래스지오 쪽으로 가까이 온 것을 보니 어떤 방법으로인가 의사를 전달한 것이 틀림없었다. 나는 두 사람에게 장소를 제공하기 위해 두서너 걸음 옆으로 몸을 비켰으나, 두 사람은 나 같은 존재에 대해서는 아무런 주의도 기울이지 않았다.

"당신도 추시겠어요?" 하고 디나가 물었다.

"내가 추지 않는다는 것쯤은 당신도 알고 있잖소. 당신은 지금 한 짓이 춤을 춘 것이었다고 생각하오?"

"하지만……" 디나는 소리내어 웃고 나서 덧붙였다. "그것이 댄스라는 거예요."

"그럴지도 모르지. 그러나 당신이 한 것은 춤이 아니오."

래스지오는 빙그레 미소를 띠었다. 그러나 그것은 그렇게 보인 것뿐이었다. 그것은 미소를 막아버리는 듯한 미소라고 말하는 편이 옳으리라.

발렌코가 가까이 다가왔다. 그는 두 사람의 바로 곁에서 걸음을 멈추자 래스지오의 얼굴에서 디나의 얼굴로 눈을 옮겼다가 다시 래스지오의 얼굴로 눈길을 돌리더니 갑자기 껄껄 웃기 시작했다.

"여보게, 래스지오!" 발렌코는 래스지오의 등에 대고 소리쳤다. "적당히 하게!" 그리고 나서 그는 디나를 보고 가볍게 머리를 숙이면서 "고맙습니다, 부인"하고 말했다.

발렌코는 성큼성큼 두 사람에게서 떠나갔다.

디나가 래스지오를 보고 말했다.

"내가 당신의 동료와 춤추는 것이 싫으시다면 그렇게 말씀해 주셨더라면 좋았을 텐데…… 춤을 추어도 그다지 즐거운 것이 아니거든요."

나의 도움이 필요한 것처럼 생각되지 않았으므로 나는 식당으로 돌아와 자리에 앉았다. 그리고 30분쯤 그 자리에 앉아서 동물원을 바라보고 있었다. 로렌스 코인이 눈을 비비고 손가락으로 하얀 수염을 가지런히 하면서 작은 별실에서 나왔다. 그는 주위를 둘러보더니 "리오!"하고 창문이 울릴 만큼 큰 소리를 질렀다.

그러자 중국인 아내가 뛰어들어와 그를 의자에 앉히고 그 무릎에 오똑 올라앉았다. 레옹 블랑이 들어와 곧 벨린과 롯시를 상대로 뭔가 말다툼을 시작하더니 두 사람과 함께 다시 조리장으로 모습을 감추어 버렸다.

콘스탄서가 들어온 것은 6시가 가까워서였다. 이미 승마복을 벗고 옷을 갈아입고 있었다. 주위를 둘러보며 두서너 마디 인사말을 던졌으나 아무도 그다지 주의해 듣지 않았다. 이어서 나와 뷰크식을 발견하고 가까이 다가와서 아버지는 어디에 계시느냐고 물었다. 나는 조리장에서 레몬 주스 때문에 싸우고 있다고 대답했다. 대낮의 햇빛 속에서 보니 자줏빛 눈은 내가 생각했던 것보다 훨씬 더 위험한 빛을 띠고 있었다.

나는 말했다.

"두 시간쯤 전에 말을 타고 있는 것을 보았지요. 진저에일이라도 한 잔 어떻습니까?"

"좋아요."

콘스탄서는 마음씨 좋은 아저씨에게 미소지어 보이듯 나에게 미소지어 보였다.

"트루먼 씨에 대해 당신의 친구라고 말씀해 주셔서 정말 살았어요."

"천만에요. 두 사람 다 젊어서 어쩔 줄 모르는 것 같기에 조금 도와주려고 생각했을 뿐이지요. 어떻게 잘될 것 같소?"

"어떻게 되다니요?"

"아니, 뭐 그런 것은 아무래도 좋습니다" 하고 나는 손을 내저었다. "당신이 즐거우면 됐지요."

"물론 즐거워요. 난 미국이 무척 좋아졌어요. 역시 진저에일을 마시기로 하겠어요. 아니, 여기 계세요, 내가 할 테니까."

콘스탄서는 테이블을 돌아 초인종이 있는 곳으로 갔다.

이러한 대화가 바로 옆자리에 있던 뷰크식에게도 들렸으리라곤 생각지 않는다. 뷰크식의 눈길은 래스지오와 세르반 사이에 앉아 있는 울프와 이야기하고 있는 헤어진 아내에게 가만히 못박혀 있었기 때문이다. 이미 점심식사를 할 때부터 나는 뷰크식의 그러한 태도를 깨닫고 있었다. 게다가 나는 레옹 블랑이 벨린의 말을 빌면 처칠 호텔의 일을 그에게서 빼앗은 래스지오를 은근히 피하며 아직 한 마디도 말을 건네지 않았다는 것도 알아차리고 있었다.

한편 벨린에게는 걸핏하면 가까이에서 래스지오를 노려보는 경향이 있었지만, 아직 말은 한 마디도 하지 않았다. 리제테 프티를 보는 몽도르 할머니의 어딘지 수상쩍어 보이는 눈, 막연한 동업자끼리의 질투, 상추와 식초에 관한 논쟁, 래스지오를 싫어하는 일파, 결코 가볍게 보아 넘길 수 없는 디나 래스지오가 뿜어내는 요염하고 애매모호한 분위기 등 확실히 그 자리에는 묘한 공기가 감돌고 있었다. 늪과도 같은 여자 눈까풀을 세 번 천천히 움직이는 것만으로도 남자가 깊은 수렁에 빠진 것처럼 달아날 수 없게 만들어버리는 여자는 분명하게 노골적으로 남자를 유혹하는 여자 못지않게 끝장이 좋지 않다는 게 나의 지론이다. 디나 래스지오가 남자와 단둘이 있을 때 유혹하고 싶은 생각이 있고 밖에 비라도 오고 있다면, 그 유혹을 일소에 붙여버리는 데는 유머감각 이상의 것이 필요하리라는 것을 나는 알고 있었다. 법률가에게 진저에일을 슬쩍 엎지르는 것과는 차원이 다른 것이다.

나는 그 광경을 바라보면서 울프가 동작을 일으킬 기색을 보이기를 기다렸다. 6시가 조금 지났을 때 울프가 일어났으므로 그의 뒤를 따라 테라스로 나와 오솔길을 따라 아프셔로 돌아왔다. 기차에서 심한 괴로움을 당한 셈치고는 울프의 걸음걸이가 제법 확실했다. 60호실로 들어가자 이미 객실 담당 하녀가 왔던 모양으로 침대가 깨끗이 정돈되어 있었고 모포는 차곡차곡 개어 한편으로 치워져 있었다. 나는 일단 내 방으로 갔다가 조금 뒤 다시 울프의 방으로 갔다.

울프는 그 우람한 몸이 거의 가득찬 창가의 의자에 앉아서 눈을 감고 의자등받이에 기대어 있었다. 이마에 주름살이 잡히고, 큼직한 배한가운데에 두 손의 손끝이 서로 맞닿아 있었다. 그것은 가엾은 광경이었다. 플리츠도 없고, 볼 만한 지도도 없고, 손질할 난초도 없고, 세어볼 병마개도 없는 것이다! 예복으로 갈아입는 작업은 다른 일 따위는 생각할 수도 없을 만큼 울프를 조바심나게 하는 일이다. 울프에게 있어서는 구원이 될 터이지만, 그날 밤의 저녁식사가 서너 사람의 명요리장이 직접 솜씨를 뽐내고 있기 때문에 예복을 입을 필요가 없다는 것이 나로서는 매우 유감스러웠다. 곁에 서서 바라보고 있으려니까 울프가 몸을 떨며 긴 한숨을 쉬었으므로 나는 눈물이 글썽해지는 것을 막기 위해 얼른 말을 걸었다.

"내일 점심에는 벨린이 소시스 미뉴이를 만든다지요?"

반응이 없다.

"비행기로 돌아가면 어떻겠습니까? 여기에는 비행장이 있답니다. 특별기로 뉴욕까지 60달러. 시간은 네 시간 조금 못 걸립니다."

이번에도 실패였다.

"어젯밤 오하이오 주에서 열차 사고가 있었습니다. 화물열차였지요 ……백 마리도 더되는 돼지가 죽었답니다."

울프는 눈을 뜨더니 몸을 일으키려 했으나 익숙지 못한 의자였기 때문에 팔걸이에 걸린 손이 미끄러져서 다시 아까와 같은 자세로 되돌아가고 말았다. 울프는 선언했다.

"자넨 모가지일세! 효력이 발생하는 것은 뉴욕의 집에 돌아갔을 때로 하려고 생각하네. 집에 돌아간 다음에 이야기해도 좋겠지만 말일세."

이것으로 된 것이다. 나는 빙긋 웃어 보이며 말했다.

"좋습니다. 어찌되었든 결혼할까 생각하고 있으니까요, 저 벨린 양하고 말입니다. 그 아가씨를 어떻게 생각하십니까?"

"흥!"

"글쎄, 코방귀나 뀌고 계시면 되겠지요. 10년 동안이나 당신과 함께 생활해 왔기 때문에 감정 따위는 이미 없어졌다고 생각하시겠지요, 나 같은 것은 이제 결혼의──."

"흥!"

"알았습니다. 하지만 어젯밤 식당칸에서 문득 그런 기분이 되었던 겁니다. 당신은 콘스탄서가 얼마나 훌륭한 여자인지 모르고 있습니다. 당신이라는 사람은 아무래도 그런 일에는 면역이 되어 있는 모양이지요. 그야 물론 아직 그녀에게는 이야기하지 않았습니다. 좀 말하기가 어려우니까요, 탐정과 결혼해 달라는 말은. 하지만 뭔가 다른 일을 시작하여 그녀에게 잘 어울리는 사나이라는 것을──."

"아차!" 울프는 몸을 일으키려고 했다. 그의 억눌린 듯한 목소리에는 무서운 것이 담겨 있었다. "자네는 거짓말을 하고 있군. 나를 보게나."

나는 될 수 있는 한 마음을 침착하게 하여 울프를 노려보며 이겼다고 생각했다. 그러나 울프가 눈을 내리깔기 시작한 것을 깨닫자 이미 모든 것은 끝났다. 그렇게 되면 내가 할 수 있는 일이라고는 싱긋 웃어주는 일 정도였다.

"원, 참으로 어이없는 사람이로군!" 울프의 목소리에는 다소 마음을 놓은 듯한 울림이 깃들여 있었다. "결혼이라는 게 얼마나 무서운 것인지 자네는 알고 있나? 30이 지난 사나이의 90퍼센트는 결혼했다네. 그들을 보게나! 아내를 데려오면 반드시 남편이 먹는 것은 자기가 어떻게 해서든 만들겠다고 하는 걸세. 알고 있나? 여자란 모두 먹는 것의 기능은 뱃속에 들어갔을 때부터 시작된다고 믿고 있는 거라네. 자네는 그런 것을 알고 있느냔 말일세. 여자가 요리를 할 수 있다니. 저건 뭔가?"

복도에서 문을 노크하는 소리가 벌써 두 번째로 들려왔다. 맨 처음의 것은 희미하게 들렸을 뿐이므로 이야기를 하는 도중에 끊지 않도록 일부러 무시하고 있었던 것이다. 나는 울프의 방을 나와 홀을 지나 문을 열었다. 그런데 문을 연 순간, 웬만한 일로는 좀처럼 놀라지 않는 내가 하마터면 기겁을 하여 쓰러질 뻔했다. 문 밖에는 디나 래스지오가 서 있었던 것이다.

디나의 눈은 여느 때보다 눈꼬리가 길어 보였으나 졸려 보이지는 않았다.

디나가 낮은 목소리로 말했다.

"실례해도 괜찮을까요? 울프 씨를 만나 뵙고 싶어요."

내가 한 옆으로 비켜서자 디나가 들어왔으므로 문을 닫았다.

내가 울프의 방을 손가락으로 가리키면서 "저리로 가시지요" 하고 말하자 그녀는 앞장서서 들어갔다.

디나가 방에 들어온 것을 알아차리고도 마음속은 어떻든 울프의 얼굴에서 읽을 수 있었던 것은 찾아온 손님이 누구인가를 알았다는 것뿐이었다.

울프가 고개를 갸웃하며 말했다.

"어서 오시오. 앉은 채로 실례하겠습니다. 언제나 이렇게 양해를 구하고 있답니다. 저 의자를 가져오게나, 아치."

디나는 차분하지 못하고 들뜬 태도로 방안을 한 바퀴 둘러보며 말했다.

"둘이서만 이야기할 수 없을까요, 울프 씨?"

"그건 좀……아치는 내 한쪽 팔과 같습니다."

"하지만……" 디나는 선 채로 말했다. "당신에게만 말씀드리고 싶은 일이어서……."

"그렇게 이야기하기 어려운 일이라면 나로서도 별로……."

울프는 도중에 말을 끊었다.

디나는 침을 삼키고 다시 나에게 눈길을 돌리더니 한 걸음 울프에게로 가까이 다가서며 말했다.

"하지만 나는……어느 분에게든 이야기해야만 해요. 당신에 대해서는 여러 가지로 들었습니다. 옛날에 마르코에게서. 누구에게든 이야기하지 않으면 안 돼요. 그리고 들어주실 분은 당신밖에 없어요. 누군가가 주인께 독을 먹이려 하고 있어요."

"그래요?" 울프의 눈이 조금 가늘어졌다.

"자, 앉으시지요, 어서. 앉는 편이 이야기하기 쉽지 않을까요, 부인?"

제3장

늪과도 같은 여자는 내가 가져온 의자에 앉았다. 나는 아무렇지도
않은 듯이 침대 끝에 기대어 있었지만, 말할 것도 없이 그것은 겉보
기뿐이었다. 어쩌면 아주 알맞은 심심풀이가 될지도 모르며, 짐을 꾸
릴 때 노트 두 권을 넣어둔 나의 선견지명이 증명될지도 모르는 일이
었다.

"물론……당신이 마르코의 오랜 친구분이라는 것은 알고 있어요.
그를 버리다니, 지독하게 나쁜 여자라고 생각하시겠지요. 하지만
나는 당신의 정의감, 당신의 인간성에 기대하고 있어요."

"그러나 별로 믿음직스럽지 못합니다, 부인."

울프는 무뚝뚝했다.

"정의를 위해 일어설 만큼 견식을 갖추고, 인간성을 운운할 만큼
한가한 사람은 별로 없으니까요. 어째서 마르코의 이름을 꺼내셨지
요? 그가 래스지오 씨에게 독을 먹이려 한다고 말씀하시려는 겁니
까?"

"아니, 당치도 않은 말이에요!"

여자의 손이 나비처럼 팔랑이다가 의자팔걸이 위에 멎었다.

"당신께서 주인과 나에게 편견을 갖고 계신다면 곤란해요. 누구에게든지 이야기하지 않으면 안 되는 일이고, 당신 말고는 이야기할 수 있는 사람이 없기 때문에……."

"독을 먹이려 하는 사람이 있다는 말을 주인께 하셨습니까?"

디나는 보일듯 말듯 입술을 일그러뜨리며 고개를 저었다.

"주인이 그렇게 말해 준 거예요, 오늘. 몇 사람의 멤버가 점심식사 요리를 만들었다는 것은 당신도 아시겠지요? 필립은 샐러드를 만들었는데, 그이는 자기가 고안해낸 메드블룩 드레싱을 만들 생각이라고 말했었답니다. 그리고 주인이 설탕과 레몬 주스와 사와크림을 한 시간 전에 섞어 놓고 언제나 스푼으로 맛본다는 것은 모두 잘 알려진 사실이지요. 그이는 필요한 것을 모두 조리장 구석 테이블에 준비해 놓았답니다. 레몬이며 볼에 담은 크림이며 설탕을 말이에요.

그래서 12시에 재료를 섞기 시작했어요. 언제나 하는 습관으로 그이는 설탕을 조금 손바닥에 덜어 핥아보았답니다. 그런데 꺼칠꺼칠하니 단맛이 적은 것 같더랍니다. 그래서 물이 들어 있는 그릇에 조금 떨어뜨려보았더니 뭔가 작은 알갱이가 표면에 떠오르기에 휘저었대요. 그래도 조금 표면에 떠 있었다나봐요. 셰리를 유리잔에 따라 거기에 그것을 다시 조금씩 넣어 휘저어보니 아주 일부분밖에 녹지 않았답니다. 만약 주인이 샐러드 드레싱을 만들어 언제나와 마찬가지로 스푼으로 떠서 맛보았다면 틀림없이 죽었을 거예요. 그 설탕은 대부분이 비소(砒素)였답니다."

울프가 퉁명스럽게 말했다.

"어쩌면 밀가루였을지도 모르지요."

"주인은 비소라고 했어요. 밀가루 맛 같은 것이 아니었대요."

울프는 어깨를 으쓱해 보였다.

"염산 조금하고 구리줄 한 개만 있으면 간단히 알 수 있습니다. 그 설탕을 담았던 그릇은 갖고 오지 않으신 것 같군요. 어디에 있습니까?"

"아마 조리장에 있을 거예요."

울프의 눈이 커다랗게 뜨여지면서 급히 말했다.

"아니, 그럼, 우리의 저녁식사에 쓰이고 있다는 말입니까, 부인? 인간성 운운하면서 말입니다."

"아니에요. 주인은 그 안에 들었던 것을 수채에 버리고, 검둥이 심부름꾼에게 다시 담게했답니다. 이번에는 진짜 설탕을요."

"그랬군요."

울프는 의자에 깊숙이 몸을 파묻었다. 그의 눈이 다시 절반쯤 감겼다.

"이상하군요. 비소라는 것을 확신하고 있으면서 버렸단 말입니까? 세르반에게 건네주지도 않고요? 당신 말고 다른 사람에게는 이야기하지도 않았나 보지요? 그리고 증거로서 채취해 두지도 않았단 말입니까? 이상하군요."

"주인은 여느 사람과 달라요."

창문으로 비쳐들어오는 저녁 햇살이 그 얼굴에 닿자 디나 래스지오는 몸을 조금 뒤로 물러섰다.

"그이는 친구인 루이 세르반 씨를 곤란하게 만들고 싶지 않다고 말했지요. 나에게 다른 누구에게도 말해선 안 된다고 다짐했어요. 그이는 강한 사람이어서, 다른 사람을 아주 우습게 안답니다. 본디 성격이 그런가 봐요. 자신이 대단히 강하고 솜씨가 좋고 빈틈이 없으니까 다른 사람에게 당하거나 하는 일은 없다고 생각하는 거지요."

디나는 몸을 앞으로 굽히더니 손바닥을 위로 하여 손을 내밀었다.

"울프 씨, 나는 당신의 힘을 빌리러왔어요! 무서워요!"

"나에게 무엇을 해달라는 거지요? 누가 설탕그릇 속에 비소를 넣었는지 조사해 달라는 겁니까?"

디나는 세게 고개를 저었다.

"아아, 아니에요. 아마도 그것은 불가능하리라고 생각해요. 만약 알아낸다 하더라도 이미 비소는 없어져버렸고……하지만 난 어떻게 해서든지 그이를 지키고 싶어요!"

"부인" 하고 울프는 조용히 말했다. "누군가가 래스지오 씨를 살해하려고 결심한다면 그자가 저능이 아닌 한 주인은 살해될 것입니다. 사람을 죽이는 것만큼 간단한 일은 없으니까요. 그로 말미암아 생길 여러 가지 일을 피하려고 하면 오히려 자꾸만 어려워질 뿐이지요. 유감스럽지만 명안이 없습니다. 더욱이 본인의 뜻과 달리 어떤 사람의 생명을 지키려는 것은 갑절이나 어려운 일이랍니다. 설탕에 독을 넣은 것이 누군지 짐작이 갑니까?"

"아니오. 확실히 좀 이상해요."

"주인께선 짐작하고 있습니까?"

"아니에요. 당신이라면——."

"마르코 말입니까? 나라면 마르코에게 그 일을 했는지 어떤지 물을 수 있지 않느냐는 말이지요?"

"천만에요! 마르코는 아니에요! 당신은 아무에게도 말하지 않겠다고 약속을——."

"그런 약속은 하지 않았습니다, 전혀. 예의에 어긋난다고 생각되면 용서하십시오, 부인. 그러나 나는 바보 취급을 받는 것은 질색입니다. 만약 주인이 독을 먹게 될지도 모른다고 생각되신다면 당신이 해야 할 일은 독의 맛을 보는 것입니다. 폭력을 휘두르게 될지도 모른다고 걱정되신다면 호위할 사람을 두시는 것이 가장 좋은 방법이지요. 나는 그 어느 쪽도 아닙니다. 자동차에 탈 때는 모든 볼트나 너트를 철저하게 조사해야겠지요. 거리를 걸을 때는 창문이나 옥상을 잘 감시하고 다른 통행인에게도 너무 가까이 접근하지 못하도록 해야 하고요. 극장에 갈 때에는——."

"나를 놀리시는군요. 실례하겠어요."

"실없이 장난스러운 말을 시작한 것은 당신이니까요."

그러나 디나는 그 말에는 귀를 기울이려고도 하지 않았다. 나는 문을 열어주려고 앞으로 걸어나갔으나 디나 쪽에서 먼저 손잡이를 잡았다. 자신이 직접 열고 싶어하는 것 같기에 바깥문도 그녀가 열게 했다. 디나가 나가고 문이 닫히는 것을 확인한 다음 나는 울프의 방으로 돌아와 얼굴을 찡그려 보였으나 그는 눈을 감고 있었으므로 아무 소용도 없었다. 나는 울프의 크고 둥근 얼굴을 보며 말했다.

"아무 것도 까다로운 점이 없는 아주 간단하고 좋은 이야기를 가지고 온 여자 의뢰인을 그런 식으로 다루어도 괜찮을까요? 하수도로 흘러들어가는 부근에 가서 비소 맛이 날 때까지 강물 속을 헤엄치고 다니노라면 그것으로 한 건이 해결——."

"비소에는 맛이 없다네."

"하긴 그렇군요!"

나는 의자에 앉았다.

"자신이 남편을 독살하려고 생각하기 때문에 미리 복선(伏線)을 치는 것일까요? 아니면 그녀의 말에는 거짓이 없으며 오직 남편을 지키기 위해 조사하고 다니는 것뿐일까요? 아니면 자신이 얼마나 날카로운지를 아내에게 보여주기 위해 래스지오가 일부러 엉터리 일을 아무렇게나 꾸며낸 것일까요?

아내가 발렌코 씨와 춤추는 모습을 노려보던 그 사람을 보여드리고 싶었습니다. 클리그 등(강력한 조명용 아크 등)으로 둘러싸인 바구니 속에 갇힌 나방 같은 얼굴로 뷰크식 씨가 그녀를 바라보고 있던 것은 당신도 보셨겠지요? 아니, 설탕그릇 속에 비소를 넣어 우리 모두의 목숨을 위험에 빠뜨릴 정도의 바보가 있었다는 것인가요? 그건 그렇고, 앞으로 10분 뒤면 저녁식사 시간입니다. 머리에 빗질을 하고 와이셔츠 자락을 바지에 쑤셔넣는 것이라면……하루에 5달러만 더 내면 급사에게 자기의 몸시중까지 들게 할 수 있다는 것을 아십니까? 나도 반나절만 고용해 볼 생각입니다. 그거라도 제대로 하면 다른 사람처럼 될 테니까요."

나는 말을 끊고 하품을 했다. 수면 부족과 문 밖에서 햇살이 비쳐들고 있어 노곤했던 것이다. 울프는 아무 말도 하지 않고 있더니 잠시 뒤 입을 열었다.

"아치, 오늘 저녁식사 뒤의 일에 대해 무슨 말을 들었나?"

"아니오, 무슨 특별한 일이라도?"

"아아, 아무래도 세르반 씨와 키스 씨의 내기에서 그렇게 된 모양일세. 식사가 끝나고 적당히 소화가 되면 콘테스트를 하기로 되었다네. 요리사가 비둘기새끼를 불에 구우면 자진해서 나선 래스지오 씨가 소스 프랑탕을 듬뿍 만드는 걸세. 소스 프랑탕에는 소금 말고도 아홉 가지의 조미료라고 할지 향신료가 들어 있다네. 카이엔느와 셀러리와 샬로트와 차이브와 차빌과 타라곤과 페퍼콘과 타임과 파세리 말일세. 이 소스를 아홉 접시 만들어 저마다 한 가지씩 향신료를 빼놓는 거네. 비둘기새끼와 소스가 담긴 접시를 식당에 진열해 놓고 래스지오 씨가 그 옆에 지켜서 있는 걸세. 모든 사람은 서로 이야기하는 것을 피하기 위해 별실에서 한 사람씩 식당으로 가서 비둘기에 그 소스를 찍어 먹어보고, 어느 접시의 소스에 무엇이 빠져 있다고 종이에 써두는 거네. 세르반 씨는 평균 80퍼센트는 맞추리라는 데 건 모양일세. ”

“그래요 ? ” 나는 또 하품을 했다. “비둘기가 빠져 있는 것이라면 나도 맞추겠는데……. ”

“자네는 숫자 속에 들어 있지도 않네. 15명의 명요리장과 나뿐일세. 상당히 유익하고 재미 있는 실험이지. 가장 어려운 것은 차이브와 샬로트겠지만, 나는 아마 맞출 수 있을 걸세. 저녁식사 할 때 포도주는 마시지만 단 것은 먹지 않을 생각이네.

그런데 이 모임과 래스지오 부인의 기묘한 이야기 사이에 어떤 관계가 있지 않을까 하는 생각이 문득 머리에 떠올랐네. 소스를 만드는 것은 래스지오 씨지. 나는 하찮은 일에 겁을 먹는 사람은 아니지만, 좋은 솜씨를 가진 사람을 만나기 위해 여기에 온 것이지. 그중 한 사람, 어쩌면 그 이상의 사람이 살해되는 것을 보러 온 건 아닐세. ”

“소시지를 만드는 방법을 배우러 오시지 않았던가요 ? 그러나 단념하시는 편이 좋을 겁니다. 우선 무리한 일이니까요. 그러나 어째서 관계가 있을 수 있지요 ? 살해되기로 되어 있는 것은 래스지오 씨가 아닙니까 ? 그러니 맛을 보기만 하는 편이 안전할 것 같습니다. 맨 끝쪽으로 도는 편이 좋을지도 모르겠는데요. 이 밀림 한복판에서 병이라도 나면 큰일이니까요. ”

울프는 눈을 감았다. 그러나 곧 다시 뜨고 말했다.

“아무래도 음식에 비소가 들었다는 이야기가 마음에 들지 않는군. 지금 몇 시인가 ? ”

주머니에서 시계를 꺼내는 것조차도 귀찮은 모양이다. 내가 시간을 가르쳐주자 울프는 한숨을 쉬고 몸을 일으킬 준비에 들어갔다.

그날 저녁 포카혼타스 별관에서의 저녁식사는, 요리는 훌륭했으나 그밖의 점에서는 약간 혼잡했다. 루이 세르반이 만든 콩소메(맑은 스프)는 얼른 보기에는 흔해빠진 보통 콩소메 같았지만, 그 맛이 참으로 희한했다. 기뻐하는 것을 보려고 세심하게 주의를 기울여 만든 것이겠지만, 모두의 칭찬을 듣고 그 엄격한 노안이 붉어지는 것은 보기에도 기분이 좋았다.

레옹 블랑이 만든 생선 요리는 6인치 정도의 작은 송어로서 한 사람 접시에 네 마리씩 놓였으며 케이퍼 (풍조목 속의 관목 꽃봉오리로 만든 초절임)가 들어 있는 연한 갈색 소스를 끼얹었었는데, 그 소스에는 레몬도 아니고 내가 알고 있는 어떠한 식초와도 다른 짜릿한 맛이 있었다. 나로서는 그 정체를 알 수가 없었다. 모두들 무엇무엇이 들어 있느냐고 물었으나 블랑은 싱긋 웃으며, 아직 이름 붙이지 않은 것이라고 대답할 뿐이었다.

리제테 프티와 나를 빼놓고 모두 내 오른쪽에 있던 콘스탄서 벨린까지 대가리며 뼈까지 다 먹어버렸다. 콘스탄서는 내가 생선대가리와 뼈를 떼어놓는 것을 보자 미소지으며 당신은 절대로 요리 맛에 정통한 사람이 될 수 없다고 하기에, 생선의 얼굴을 먹지 않는 것은 애완용 금붕어를 기르고 있어 도저히 거기까지는 먹을 마음이 들지 않기 때문이라고 말해 주었다. 콘스탄서가 그 귀엽게 생긴 이로 송어의 대가리며 뼈를 어적어적 씹고 있는 것을 보자 나는 그녀의 다리로 인해 타올랐던 질투의 불길을 누르기를 잘했다고 깊이 생각했다.

피에르 몽도르가 만든 앙트레는 몇 사람의 명요리장과 마찬가지로 나도 더 먹었을 만큼 훌륭했다. 그것은 몽도르가 창안하여 만들어낸 유명한 걸작으로, 다른 명요리장에게도 잘 알려져 있는 모양이었다. 콘스탄서는 아버지도 아주 맛있게 만든다며, 주된 재료는 소의 골수와 잘게 부순 크래커와 백포도주와 닭의 가슴살이라고 가르쳐주었다. 두 접시째를 절반쯤 먹어치웠을 때 식탁 너머로 울프의 눈길을 잡고 윙크를 보냈으나 그는 나를 무시한 채 엄숙한 기쁨에 젖어 있었다.

특히 울프에 관한 한 우리는 교회에 있는 것과 같아서, 베드로의 고마운 말씀이 들려오는 순간이었다. 몽도르와 그의 뚱뚱한 아내가 갑자기 큰 소리를 지르며 뭔가 입씨름을 시작하더니 남편 쪽이 벌떡 일어나서 조리장으로 달려들어가고, 아내가 바로 그 뒤를 쫓아간 것은 이 앙트레를 신나게 먹고 있을 때였다. 나중에 몽도르가 리제테 프티에게 이 앙트레가 마음에 들었느냐고 묻는 말이 아내의 귀에 들리지 않도록 작았다는 것을 알았다. 그 뚱뚱보는 프랑스 여자로서는 이상하다고 해도 좋을 만큼 고지식하고 완고한 것이 틀림없었다.

그 다음에는 마르코 뷰크식이 만든 리처드 씨 식의 구운 오리새끼였다. 이것은 울프가 좋아하는 요리로, 나도 플리츠 블레너가 만든 그 네로 울프 식의 것은 자주 먹어보았다. 그러나 그것이 다 만들어졌을 무렵에는 이미 배가 불렀기 때문에 그 솜씨에 대해 이러니저러니 말할 수 있는 상태가 못되었다. 그러나 다른 이들은 부르고뉴를 벌컥벌컥 마시고, 배가 꾸르륵거리는 소리를 멎게 하기 위해 간단히 집어먹을 것이 나오기를 기다렸던 것처럼 열심히 그것을 먹기 시작했다. 나는 여자들 특히 로렌스 코인의 중국인 아내 리오와 디나 래스지오는 조금 건드리다 마는 정도가 고작이라는 걸 알았다. 또 급사들이 모르는 척하고 있긴 하지만, 지금 눈앞에서 펼쳐지고 있는 걸 먹보들의 월드시리즈로 생각하고 있다는 것도 나는 알아차렸다.

뷰크식은 여러 가지 이름의 포도주를 좀 지나칠 정도로 마시고 있는 듯했으며, 필립 래스지오가 리처드 씨의 요리사 스태프들보다 한 단 위로 여기고 있는 오리구이를 만든 스태프들에 대해 지껄인 뒤 이어서 이야기가 처칠 호텔과 라스터맨을 찾는 손님의 차이점에 미치자 뷰크식이 벌컥 화를 낸 것도 그 때문이었을지 모른다. 나는 뷰크식의 손님으로 와 있었고 또 그를 좋아했으므로, 그가 두껍게 썬 빵으로 래스지오의 눈을 정통으로 때렸을 때 어찌할 바를 몰랐다. 다른 사람들은 모처럼 맛있게 먹는데 하찮은 방해가 생겼다는 듯 정나미가 떨어진 얼굴을 하고 있었지만, 옆자리에 앉은 세르반이 래스지오를 달래었다. 뷰크식은 자기를 나무란 일에 대해 또 화를 내며 더욱 부르고뉴를 들이켰다. 급사가 바닥에 떨어진 빵을 주워들자 모두들 오리를 뜯어먹기 시작했다.

도메니코 롯시가 만든 샐러드도 한바탕 소동을 일으켰다. 샐러드가 나누어지고 있는 동안 필립 래스지오가 조리장에 들어갔으므로 롯시가 화를 냈는데, 세르반이 콘테스트에 쓸 소스 프랑탕을 만들어야 하기 때문이라고 설명해도 여전히 원망스럽게 생각하며 언제까지나 투덜거리고 있었다. 그는 자기보다 훨씬 나이가 많은 사위에 대해 불평을 계속하고 있었다. 이어서 피에르 몽도르가 샐러드를 먹으려 하지 않는 것을 알아차리자 상추에 벌레라도 붙었느냐고 하며 덤벼들었다. 몽도르는 조용하게 분명한 말투로 샐러드에 향기를 내기 위해 필요한 것, 특히 식초는 포도주와 맞지 않기 때문에 우선 부르고뉴를 마신 것이라고 딱 잘라 말했다.

롯시는 넌더리가 나는 것처럼 대꾸했다.

"식초 따위는 들어가지도 않았네. 나는 야만인이 아니니까."

"아직 입도 대지 않았네. 샐러드의 조미료 냄새가 나기에 밀어놓았을 뿐이지."

"식초 같은 건 들어가지 않았다지 않나! 그 샐러드에는 거의 아무것도 넣지 않았다네. 마스터드와 클레스 순(筍)과 상추뿐일세. 옥파 즙에 소금 넣은 것을 끼얹은 거지! 마늘로 문지른 빵껍질을 섞어서. 이탈리아에서는 누구나 다 그것들을 볼에 넣어서 키앙티(신맛이 나는 이탈리아산 붉은 포도주)와 함께 먹으며 신의 은총에 감사한다네!"

몽도르는 어깨를 움츠리며 대답했다.

"프랑스에서는 그런 짓을 하지 않네. 자네도 잘 알고 있겠지만, 특히 요리에 관한 한 프랑스가 최고일세."

"흥!"

롯시는 벌떡 일어났다.

"우리가 가르쳐주었기 때문에 최고가 된 게 아닌가! 16세기에 프랑스 사람이 이탈리아에 와서 이탈리아의 요리를 먹어보고 그것을 흉내낸 걸세! 자네는 글씨를 읽을 줄 모르나? 요리의 역사도 모르는군! 요리 이외의 역사도 마찬가지지만 프랑스의 훌륭한 것 가운데 많은 것들이 본디는 이탈리아에 있었던 것이라는 사실을 모르나? 게다가——."

전쟁이란 이렇게 해서 시작되는 것이리라. 그러나 이때는 중간에서 슬그머니 가라앉고 말았다. 모두들 몽도르가 반격하는 것을 말리고, 롯시에게 자신이 만든 샐러드를 먹도록 권했으므로 평화가 이루어진 것이다.

양쪽 별실에 커피가 나왔다. 로렌스 코인이 작은 별실의 소파에 누워버리고, 키스와 레옹 블랑이 그 곁에 앉아 떠들어대기 시작했으므로 양쪽 별실로 헤어지고 만 것이다. 나는 식사한 뒤에는 서 있는 편이 편하기 때문에 어슬렁어슬렁 걸어다녔다.

큰 별실에서는 울프와 뷰크식과 벨린과 몽도르가 한구석에 모여서 오리고기 요리에 대해 서로 이야기하고 있었다. 몽도르 부인은 뜨개질거리가 들어 있는 가방을 안고 홀에서 들어오더니 전등불 아래에 자리를 잡았다. 로렌스 코인은 큰 의자에 다리를 꼬부리고 앉아 발렌코의 이야기에 귀를 기울이고 있었다. 리제테 프티는 세르반에게 커피를 따라주고 있었으며, 롯시는 소파에 씌워져 있는 인디언 모포를 프랑스제가 아닌가 의심하듯 얼굴을 찡그리며 노려보고 있었다.

디나 래스지오의 모습이 아무 데도 보이지 않았으므로 나는 그녀가 독약이라도 만들고 있는 걸까, 아니면 포카혼타스 별관의 왼쪽 물림에 있는 자기 방으로 소다라도 가지러 갔는지, 그것도 아니면 조리장에서 남편을 거들어주고 있는 것일까 하고 멍하니 생각했다. 천천히 조리장으로 가보았다. 내가 지나갈 때 식당에서는 의자를 벽가로 밀어놓고 서빙 테이블 앞에 큼직한 칸막이를 세운 뒤 긴 테이블에는 새로운 테이블보를 씌우는 등 급사들이 콘테스트의 준비를 하고 있었다.

나는 바쁘게 돌아가는 몇 명의 급사들 사이를 뚫고 조리장 쪽으로 갔다. 조리장에 디나는 없었다. 이 12시간쯤 되는 사이에 조리장이 낯선 사람으로 혼잡을 이루고 있는 데 익숙해졌기 때문인지 흰 앞치마를 두른 대여섯 명의 사나이는 나에게 전혀 아무런 주의도 하지 않았다. 역시 흰 앞치마를 두른 래스지오는 명령을 기다리고 있는 검둥이들을 양쪽에 거느리고 커다란 가스레인지 앞에 서서 냄비 속을 휘저으며 안을 들여다보고 있었다.

배가 불렀기 때문에 한층 더 냄새가 코를 찔렀으므로 나는 조리장에서 나와 식기실을 지나 별실로 돌아왔다. 리큐르가 나누어지고 있었으므로 나는 코냑 잔을 받아들고 의자를 찾아 앉아서 그 자리의 광경을 바라보았다.

나는 콘스탄서의 모습이 보이지 않았던 것이 문득 생각났다. 잠시 뒤 콘스탄서가 홀에서 들어와 방안을 한 바퀴 둘러보더니 내 쪽으로 다가와서 옆자리에 앉아 멋지게 다리를 포갰다. 나는 그녀의 얼굴에 눈물자국 같은 것이 있는 것을 보고 몸을 숙여 그것을 확인했다.

"울었군요?"

콘스탄서가 고개를 끄덕이며 말했다.

"네, 울었어요! 본관에서 댄스 파티가 있으니 같이 가자고 트루먼 씨가 데리러 왔는데 아버지가 못 가게 하잖아요! 여기는 미국인데도 말이에요, 그래서 방에서 울고 있었어요."

콘스탄서는 무릎을 조금 들어올렸다.

"아버지는 이런 앉음새를 아주 싫어하시지요, 그래서 나는 더 이렇게 하는 거예요."

나는 중얼거리듯 말했다.

"다리에 대한 아버지의 질투로군."

"뭐라고요?"

"아무 것도 아니오, 무리하지 않는 편이 좋겠소, 아버지가 보고 있지 않으니까, 코냑이라도 마시겠소?"

우리는 두 사람만의 작은 세계 속에 묻혀 주위에서 일어나는 갖가지 움직임이며 활동에 이따금 방해를 받으며 즐거운 한 시간을 보냈다. 디나 래스지오가 홀에서 들어와 리쿠르를 받아들더니 선 채로 몽도르 할머니와 잠깐 이야기를 나눈 다음 라디오 앞에 있는 작은 의자에 앉았다. 그녀는 리쿠르를 입으로 가져가며 다이얼을 돌렸으나 어느 방송도 나오지 않았다. 1, 2분 지나자 뷰크식이 성큼성큼 방을 가로질러 디나에게로 다가가더니 그 옆에 의자를 끌어당겨 앉았다. 뷰크식이 이야기를 걸었을 때 디나의 얼굴에 떠오른 미소가 기막히게 아름다웠기 때문에, 나는 뷰크식도 그 멋진 미소를 알아차렸을까 하고 생각했다. 코인과 키스와 블랑이 작은 별실에서 나왔다.

10시쯤 찾아온 손님이 한 사람 있었다. 다름 아닌 카노와 수퍼의 지배인 클레 애슐리였다. 50살인데도 그 검은머리에는 흰머리가 한 가닥도 없었으며 한 치의 빈틈도 보이지 않았다. 환영 연설을 하려고 온 것이었다. 최고 예술의 한 분야를 대표하는 가장 뛰어난 거장들이 찾아온 것을 카노와 수퍼는 영광스럽게 생각한다는 것을 알아주기 바란다고 말하고, 카노와 수퍼에 머무르는 동안 마음껏 즐겨주기 바란다는 뜻의 말을 늘어놓았다.

세르반이 답례 인사를 하는 데 가장 잘 어울리는 인물로서 네로 울프를 지적하자, 이 때만은 어디에 가는 것도 아니었으므로 움직이기 싫어하기로 이름난 그도 일어서지 않을 수 없었다. 울프는 기차 여행이나 소시지에 대해서는 아무 말도 하지 않고 적당한 이야기로 애슐리에게 고맙다는 인사를 했다. 그 뒤 애슐리는 아직 만나본 일이 없는 몇 사람의 명요리장에게 소개된 다음 돌아갔다.

　이어서 이번에는 루이 세르반이 간단한 연설을 했다. 세르반은 콘테스트의 준비가 완전히 갖추어졌다고 알리고, 그 방법을 설명했다. 식탁 위에 각기 한 종류씩 향신료를 뺀 소스 프랑탕 접시가 아홉 개 보온기에 올려 놓여 있으며 어린 비둘기를 담은 쟁반과 작은 접시 등 필요한 것이 준비되어 있다, 한 접시의 맛을 보는 건 꼭 한 번뿐이다, 접시들 앞에는 1에서 9까지 숫자를 쓴 카드가 각각 놓여 있다, 맛을 감정하는 사람은 아홉 종류의 향신료 이름을 쓴 종이를 받아 각 향신료의 이름 뒤에 그것이 빠진 접시의 번호를 써넣으면 되는 것이다, 소스를 만든 래스지오는 식당에서 진행을 담당하고 있다, 모두 다 맛의 감정을 끝낼 때까지 이미 끝난 사람은 아직 끝나지 않은 사람과 이야기해서는 안 된다, 그리고 혼란을 피하기 위해 맛을 감정하는 일은 다음과 같은 순서로 행해지도록 정했다고 말하며 세르반은 그 순서를 읽었다.

　　몽도르
　　코인
　　키스
　　블랑
　　세르반
　　벨린

뷰크식
발렌코
롯시
울프

그 순간 조그만 소동이 일어났다. 종이를 나누어주기 시작하여 레옹 블랑이 있는 데까지 오자, 그가 고개를 저었던 것이다. 블랑은 세르반에게 미안한 듯한 미소를 보이며 분명하게 말했다.

"미안하지만 루이, 나는 사양하겠네. 필립 래스지오에 대한 내 개인적 생각으로 다른 사람을 불쾌하게 하지 않도록 애써왔지만, 어찌되었든 나는 그가 만든 것을 먹고 싶지 않네. 그는……모두들 다 알겠지만……하지만 말하지 않는 편이 좋겠군. "

블랑은 얼른 등을 돌리더니 홀로 나갔다. 그 자리의 정적을 깬 것은 이미 종이를 받아든 헬로메 벨린의 입에서 새어나오는 길고 낮은 신음 소리뿐이었다.

램지 키스가 말했다.

"레옹이 안됐군. 그 사실은 모두들 알고 있지. 그런데 자네가 맨 처음인가, 피에르? 모두들 못 알아맞히도록 기도하겠네. 저쪽 준비는 모두 다 되었나, 루이?"

몽도르 할머니가 뜨개질하던 것을 배에 대듯 끌어안고 달음질쳐 가까이 와서 남편 앞에 서더니 뭔지 프랑스 말로 마구 떠들어댔다. 뭐라고 하는 거냐고 콘스탄서에게 묻자 이런 간단한 일을 한 가지라도 틀린다면 신께서나 자신이나 절대로 용서하지 않겠다는 것이라고 일러주었다. 몽도르는 마음이 초조하면서도 안심시키려는 듯 그녀의 어깨를 두드리고는 식당으로 통하는 문 쪽으로 재빨리 걸어가서 손을 뒤로 돌려 문을 닫았다. 10분, 아니 15분쯤 지나자 그 문이 다시 열리고 몽도르가 돌아왔다.

세르반과 내기를 하여 이 콘테스트를 열게 한 램지 키스가 그에게 가서 물었다.

"어떤가?"

몽도르는 까다롭게 얼굴을 찡그리며 대답했다.

"이야기해선 안 된다고 하지 않았나? 하지만 이 말만은 해도 괜찮 겠지. 래스지오에게 소금이 좀 지나쳤다고 주의를 주었으나 못 들 은 척하더군. 소금은 좀 지나쳤지만, 만약 한 가지라도 틀렸다면 놀라운 일일걸."

램지 키스는 뒤돌아보며 방 저쪽을 향해 외쳤다.

"리제테! 모두에게 코디알(향미와 감미를 섞은 알코올 음료)을 마시도록 권해야지! 무슨 일이 있더라도 마시게 해야 해! 억지로 흘려넣어서라도!"

세르반이 미소지으며 코인에게 말을 걸었다.

"다음은 자넬세, 로렌스."

머리가 하얀 영감은 식당으로 들어갔다. 콘테스트는 언제까지고 길 게 계속 될 것 같았다. 콘스탄서는 아버지에게 불려가 있었다. 나는 늪 같은 여자와 춤을 추면 어떤 맛일까 하고 아직도 뷰크식과 나란히 라디오 앞의 의자에 앉아 있는 디나 래스지오에게 갔지만 거절당하고 말았다. 그 눈꼬리가 길게 처진 듯한 졸음이 가득한 눈으로 냉랭하게 흘긋 보더니 머리가 아프다고 말한 것이다. 화가 치밀어오른 나는 방 안을 둘러보며 다른 파트너를 찾았지만 발견될 것 같지 않았다. 나가 는 것을 보지 못했는데, 코인의 중국인 아내 리오는 별실에 없었다. 리제테는 키스의 명령을 착실히 받아들여 코디알을 올려놓은 쟁반을 들고 다니며 팔고 있었다. 피에르가 질투할까 겁이 났기 때문에 몽도 르 할머니에게 접근해 보는 것은 그만두었다. 콘스탄서에 대해서는

——나는 집에 두고 온 많은 아이들을 생각하고, 이어 그 몸을 안고 있는 데 대해 바로 가까이에서 아버지의 눈으로 감시를 받으며, 좀더 잘 맡아보기 위해서는 더욱 가까이 접근해 볼 필요가 있는 그 희미한 향내에 대해서도 생각했지만, 그런 짓을 하면 우리의 친구 트루먼에 대해 불공평하다는 결론에 이르렀다. 나는 디나 래스지오의 옆의자에 못박힌 듯 앉아 있는 뷰크식에게 다시 한 번 비난의 눈길을 보낸 뒤 로렌스 코인이 앉아 있었던 큰 의자에 가서 앉았다.

주위의 소란스러움을 내내 알아차리고 있었으므로 아마 잠들지는 않았던 모양이지만, 한참 동안 내 눈이 감겨져 있었던 것은 틀림없다. 오리고기를 먹어치운 지 채 세 시간도 못되는데 어떻게 저 사람들은 비둘기새끼에 소스를 찍어먹을 수 있을까 하는 점이 자꾸 마음에 걸려 어쩔 수가 없었다. 이 점만 빼놓는다면 아주 편안했다.

나를 잠에서 깨어나게 한 것은 아니, 내 눈을 뜨게 한 것은 갑자기 들려온 커다란 라디오 소리였다. 디나 래스지오가 일어나 몸을 굽혀 다이얼을 돌리고 있었다. 뷰크식도 그 옆에서 디나를 기다리고 있었다. 디나는 몸을 일으키더니 뷰크식의 가슴에 녹아들어 두 사람은 춤을 추기 시작했다. 한참 지나자 램지 키스와 리제테 프티도 춤추기 시작했고, 이어서 루이 세르반과 콘스탄서가 끼어들었다. 나는 주위를 둘러보았다. 헬로메 벨린의 모습이 보이지 않는 것으로 보아 콘테스트는 아마 그의 차례까지 와 있는 모양이었다. 나는 손으로 입을 가리고 하품을 했다. 팔을 뻗치지 않고 기지개를 켠 뒤 일어나서 네로 울프가 피에르 몽도르와 로렌스 코인을 상대로 이야기하고 있는 방의 구석 쪽으로 어슬렁어슬렁 걸어갔다. 그 옆에 의자 하나가 비어 있었으므로 앉았다.

오래지 않아 벨린이 식당에서 나와 방을 가로질러 우리 쪽으로 가까이 왔다. 세르반이 춤을 추면서 뷰크식에게 다음은 자네 차례라고 눈짓하는 것이 보였는데, 뷰크식은 고개를 끄덕여 대답했으나 디나의 몸에 돌린 팔을 풀려고 하지는 않았다. 벨린은 씁쓸한 표정을 짓고 있었다. 코인이 벨린을 보고 말했다.

"어떻던가, 헬로메? 우린 둘 다 이제 끝났네. 세 번째는 샬로트지? 그렇지 않나?"

몽도르가 투덜거렸다.

"울프 씨는 아직 끝나지 않았네. 맨 끝이야."

벨린이 못마땅한 듯이 쏘아붙였다.

"번호 같은 걸 기억할 게 뭔가? 내 종이는 루이가 가지고 있네. 조금 까다롭더군. 어찌되었든 래스지오란 녀석이 히죽히죽 웃으면서 있더란 말이야!"

벨린은 몸서리쳐진다는 듯 부르르 몸을 떨었다.

"아예 무시해 주었지. 한 마디도 말을 하지 않았으니까."

울프들은 계속 지껄여대고 있었다. 그러나 나는 방 한가운데에서 펼쳐지고 있는 쇼를 즐기고 있었으므로 그 이야기에 대해서는 그다지 잘 듣지 못했다. 세르반은 이미 두 번이나 뷰크식에게 맛을 감정할 차례라고 눈짓했지만 도무지 통하지 않는 것 같았다. 디나가 뷰크식의 얼굴을 올려다보며 미소짓는 것이 보였다. 몽도르 할머니도 두 사람의 모습을 엿보느라고 뜨개질에 흥미를 잃어가고 있는 것을 나는 알아차렸다. 마침내 세르반은 가볍게 머리를 숙여 보이고 콘스탄서에게서 떠나 뷰크식과 디나에게로 가까이 다가갔다. 세르반은 매우 예의바르고 훌륭한 사나이였으므로 뷰크식에게 덤벼드는 짓은 하지 않고 말없이 두 사람을 가로막고 서 있기만 했다. 두 사람은 서로의 몸에 돌린 팔을 풀었다.

세르반이 말했다.

"부탁일세. 미안하네만 리스트의 차례대로 진행하는 것이 좋아."

뷰크식의 취기도 이미 말끔히 깬 것 같았다. 어찌되었든 그로서는 세르반에 대해 예의에 어긋난 태도는 취하지 않았을 것이다. 그는 이마에 늘어진 머리를 흔들어 올리더니 소리내어 웃으며 말했다.

"그러나 나는 그만두려고 생각하네. 레옹 블랑의 반란에 동조하려는 참일세."

라디오를 켜놓았기 때문에 뷰크식은 큰 소리로 이야기해야만 했다.

"무슨 말인가, 마르코!" 세르반은 침착했다. "우리는 문명인일세. 어린아이가 아니야."

뷰크식은 어깨를 흠칫했다. 그는 댄스 상대를 보고 물었다.

"하는 편이 좋을까, 디나?"

디나의 눈이 뷰크식을 올려다보며 입술이 조금 달싹했지만, 목소리는 너무 낮아 들리지 않았다. 뷰크식은 어깨를 으쓱하고는 식당으로 통하는 문 쪽으로 걸어가 안으로 들어갔다. 디나는 그 뒷모습을 지켜보고 있더니 이윽고 라디오 옆에 있는 의자로 돌아오고, 세르반은 다시 콘스탄서와 춤추기 시작했다. 조금 뒤 11시 반에 라디오 프로그램이 바뀌어 츄잉껌 광고 방송이 흘러나오기 시작하자 디나는 스위치를 끄면서 물었다.

"다른 데로 돌려볼까요?"

모두들 이제 충분히 춤을 춘 것 같았으므로 디나는 라디오를 끈 채 그냥 두었다.

우리가 자리잡았던 구석에서 울프가 의자등받이에 기대어 눈을 감고 있고, 코인이 벨린에게 샌프란시스코 만에 대해 이야기하고 있었다. 그 때 코인의 중국인 아내가 홀에서 들어와 방 안을 둘러보다가 우리를 찾아내자 잰걸음으로 다가와 오른손 둘째손가락을 코인의 얼굴에 내밀며 문에 끼어서 아프니까 키스해 달라고 말했다.

코인은 그 손가락에 키스하고 나서 말했다.

"당신은 산책하러 갔던 게 아니었소?"

"그래요, 하지만 문에 끼였어요. 봐요, 아파요."

코인은 그 손가락에 또 키스했다.

"가엾기도 하지!"

그는 또 키스했다.

"내 아시아의 꽃! 자, 지금은 이야기하는 참이니까 저쪽에 가 있도록 해요."

그녀는 입을 비죽이 내밀고 저쪽으로 갔다.

뷰크식은 식당에서 나오자 곧장 디나 래스지오에게로 갔다. 세르반은 발렌코에게 차례가 되었다고 말했다. 뷰크식이 세르반 쪽을 보며 말했다.

"이 종이를 맡아주게. 한 번씩밖에 맛을 보지 않았네. 그렇게 규정되어 있었지? 래스지오가 없더군."

세르반이 눈썹을 치켜올리며 말했다.

"없어? 그럼, 어디에 있을까?"

뷰크식은 어깨를 으쓱 치켜올리며 말했다.

"찾아보지 않았네. 아마 조리장에 있겠지."

세르반이 램지 키스를 보고 말했다.

"램지, 필립이 자기 담당 구역을 떠나버렸다네! 남아 있는 것은 발렌코와 롯시와 울프 씨 뿐일세. 어떻게 하겠나?"

키스는 세르반이 그 세 사람을 믿는다면 자기도 믿겠다고 말했으므로 발렌코가 들어갔다. 한참 뒤 그가 돌아오자 그 다음에는 롯시 차례였다. 롯시는 이미 세 시간 이상이나 얌전하게 있었기 때문에 래스지오가 자기 담당 자리에 돌아와 있다면 닫혀 있는 문 너머로 사위님에게 독설을 퍼붓는 소리를 들을 수 있지 않을까 하고 귀를 기울였지만, 별실에서 이야기하는 소리가 너무 시끄러워 들리지 않았다.

롯시는 돌아오자 별실에 모여 있던 사람들을 보고 소스 프랑탕에 그처럼 소금을 넣는 사람은 바보 외에는 없다고 말했으나 아무도 그 말에 주의를 기울이지 않았다. 마지막으로 대기하고 있던 거물 네로 울프가 겨우 의자에서 일어나 주빈으로 루이 세르반의 안내를 받으며 문 쪽으로 걸어갔다. 나는 가까스로 잠자리에 들 수 있는 시간이 지평선 저쪽에 얼굴을 내밀기 시작했기 때문에 마음을 놓았다.

10분쯤 지나자 문이 열리고 울프의 모습이 나타났다. 그는 문에 선 채 말했다.

"세르반 씨, 내가 맨 끝이니까 굿드윈에게 시켜보아도 괜찮을까요?"

세르반이 괜찮다고 대답하자 울프는 나를 손짓해 불렀다. 무슨 일이 있었다는 것을 알아차렸기 때문에 나는 벌써 일어나 있었다. 울프가 나에게 시켜보려고 하는 일은 여러 가지가 있겠지만, 맛에 대한 테스트를 시킨다는 것은 도저히 생각할 수 없었다.

내가 별실을 가로질러서 울프의 뒤를 따라 식당으로 들어가자 그는 문을 닫았다. 나는 테이블로 눈을 돌렸다. 번호표 놓인 접시가 아홉 개 나란히 있고, 뚜껑이 덮인 전열기 달린 쟁반, 물주전자와 유리잔, 작은 접시와 포크 같은 것이 놓여 있었다.

나는 빙긋 웃어 보이며 울프에게 말했다.

"도와드리겠습니다. 몇 번에서 걸렸습니까?"

울프는 테이블을 돌아가며 말했다.

"이리 와보게."

울프가 오른편 안쪽에 서 있는 큰 포카혼타스 칸막이 끝 쪽으로 걸어갔기 때문에 나는 그 뒤를 쫓았다. 칸막이 안으로 돌아가자 울프는 걸음을 멈추고 바닥을 손가락질했다.

"저 터무니없는 것을 좀 보게."

나는 너무나도 놀라 한 걸음 뒤로 물러났다. 죽이느니 어쩌느니 하지만 그런 것들은 괜히 입으로만 하는 소리겠지 하고 대수롭지 않게 생각했으며, 늪 같은 여자의 이야기야 어떻든 적어도 피를 보게 되리라고는 생각지 못했었다. 그러나 필립 래스지오의 등 왼쪽에 나이프가 자루까지 깊숙이 찔려 있어 많지는 않았지만 피가 흐르고 있었다. 나이프만 꽂혀 있지 않았다면 잠들어 버린 게 아닐까 생각될 만큼 래스지오는 두 다리를 똑바로 뻗고 엎어져 있었다. 나는 가까이 다가가서 웅크리고 앉아 한쪽 눈이 잘 보이는 데까지 래스지오의 얼굴을 돌렸다. 그리고 곧 일어나 울프에게로 눈을 돌렸다.

울프는 몹시 괴로운 듯이 말했다.

"훌륭한 휴가가 되었군 그래! 알겠나, 아치?……뭐, 괜찮네. 죽었나?"

"소시지처럼 완전히 죽었습니다."

"그런가? 아치, 우리는 이제까지 법의 집행을 방해한 적이 없네. 까다로운 법률용어를 썼지만, 쉽게 말해서 잘해왔다는 것이지. 그러나 이건 우리가 넘겨받은 사건이 아닐세. 자, 무엇보다도 우선 여기로 올 때의 일에 대해 무엇을 기억하고 있나?"

"기차로 온 것을 기억하고 있습니다. 기억하고 있는 것은 그 정도입니다."

울프는 고개를 끄덕이며 말했다.

"세르반 씨를 불러주게."

제4장

오전 3시에 나는 포카혼타스 별관의 작은 별실에 앉아 있었다. 테이블을 사이에 두고 맞은편에는 나의 친구 밸리 트루먼이 앉았고, 그 뒤에는 감색 사지 바지에 풀이 빳빳하게 선 흰 칼라가 달린 핑크 색 와이셔츠를 입고 빨간 넥타이를 맨 턱이 모나고 눈이 사팔뜨기여서 악한처럼 보이는 사나이가 서 있었다.

그 사나이의 이름과 직업은 이미 밝혀져 있었다. 샘 페티글루, 마링 군의 보안관이었다. 그밖에도 뭐라고 설명하기 어려운 인물이 두 사람 있었다. 한 사람은 테이블 끝에서 속기용 노트를 펴놓고 있고, 또 한 사람은 웨스트버지니아 주경찰의 경찰관으로서 벽에 의자등받이를 기대고 앉아 있었다.

식당으로 통하는 문이 열려 있어 아직도 플래시 냄새가 희미하게 감돌고, 지문 채취 등의 일을 하고 있는 형사들의 말소리가 들려왔다.

파란 눈의 몸집이 크고 우람한 사나이가 초조함을 억누르며 말했다.

"그런 일은 알고 있습니다, 애슐리 씨. 당신은 카노와 수퍼의 지배인이지만, 나는 이 군의 검사입니다. 어떻게 해달라는 거지요? 잘못하여 그가 저 나이프 위에 쓰러졌다고 생각해 달라고 말하고 싶소? 묘하게 빈정대는 듯한 말은 앞으로 좀 삼가주었으면 좋겠소. 나는 굳이 세상의 주목을……"

"알았소, 이제 그 이야기는 그만둡시다."

내 옆에 서 있던 클레 애슐리는 천천히 고개를 젓고 있었다.

"정말 재수가 없어도 정도가 있지! 물론 이 사건을 흐지부지해 버릴 수 없다는 것은 나도 알고 있소. 그렇지만 제발 부탁이니 조금이라도 빨리 처리하여 저 사람들을 여기서 쫓아내 주시오! 하기야 당신이 최선을 다해 서두르고 있다는 것은 알고 있소. 기분을 상하게 했다면 용서하시오. 그림, 나는 좀 자야겠소. 무슨 일이 생기거든 급사를 보내시오."

지배인은 나갔다. 누군가가 식당에서 들어오더니 페티글루에게 뭔가 물었다.

트루먼은 부르르 몸을 떨면서 핏발선 눈을 비볐다. 이윽고 그는 나에게로 눈을 돌리며 말했다.

"굿드윈 씨, 전에 이야기해 주셨던 것 말고 뭔가 생각나는 일이 또 없을까 하여 와달라고 한 것입니다."

나는 고개를 저으며 말했다.

"이제는 모두 이야기했습니다."

"별실이나 어딘가에서 있었던 일이 전혀 생각나지 않습니까? 묘한 행동이라든가 의미 있어 보이는 대화라든가……"

나는 생각나지 않는다고 대답했다.

"낮에 무슨 일이 없었습니까?"

"모르겠는데요. 낮에 있었던 일이건 밤에 있었던 일이건——."

"당신을 식당으로 살짝 불러들여 칸막이 뒤에 있는 래스지오 씨의 시체를 보여주면서 네로 울프 씨는 뭐라고 하던가요?"

"살짝 가만히 부른 게 아니었습니다. 그가 부르는 것을 모두들 듣고 있었으니까요."

"글쎄, 아무튼 그는 당신 한 사람만을 불렀습니다. 어째서일까요?"

나는 어깨를 움츠리며 말했다.

"그건 그에게 직접 물어보시오."

"그가 뭐라고 했지요?"

"이미 말하지 않았소? 래스지오가 죽어 있는지 어떤지 살펴보라고 하기에 조사했더니 죽어 있었습니다. 그런 다음 세르반 씨를 부르라고 하셨지요."

"그가 말한 것은 그뿐인가요?"

"훌륭한 휴가라든가 뭐라고 했습니다. 가끔 잘 빈정거리지요."

"냉정한 사람인 것 같군요. 래스지오 씨에 대해 냉정하게 행동하는 뭔가 특별한 이유라도 있습니까?"

나는 더욱 브레이크를 밟았다. 만약 뭔가 사건에 관계 있는 말을 경솔하게 이야기하여 이 독수리가 본격적으로 물고늘어지게 하는 날에는 울프가 결코 나를 용서해 주지 않을 것이다. 시체를 발견했다는 소식을 알려주기 전에 왜 울프가 나 한 사람만을 식당으로 불러들여 내 기억에 대해 물었는지 나는 알고 있었던 것이다. 살인사건의 경우 중요한 증인으로부터 경찰의 허가 없이는 주(州) 밖으로 나가지 않겠다던가 또는 재판할 때에는 다시 돌아와서 증언하겠다는 서약서를 받는 일이 있다는 생각이 제일 먼저 머리에 떠올랐었는데, 어찌되었든 울프가 생각하고 있는 쾌적한 생활과는 전혀 다른 것이다.

식당차에서 우스꽝스러운 진저에일 건에 걸려들 정도로 얼빠진 자에 대해 경의를 품고 있는 듯한 태도를 짓기란 참으로 어려웠다. 웨스트버지니아에 대해 그다지 나쁜 인상을 갖고 있지는 않았으나, 울프와 마찬가지로 나도 여기에 오래 머물고 싶거나 다시 돌아오고 싶은 생각은 없었다.

"물론 없습니다. 래스지오 씨와는 여기서 처음 만났으니까요."

"낮에 무슨 일이 있었던 게 아닐까요? 래스지오 씨 따위는……어떻게 되든 괜찮다는 심정으로 그를 몰아넣는 것 같은 일이 말입니다."

"내가 알고 있는 한에서는 없었습니다."

"당신이나 울프 씨는 전에도 래스지오 씨의 목숨을 노린 자가 있었다는 사실을 알고 계셨습니까?"

"그에게 묻는 게 좋겠군요, 나는 몰랐습니다."

우리의 벗 트루먼은 자기의 본분을 다하기 위해 차츰 우정을 버려 갔다. 그는 한쪽 팔꿈치를 테이블에 짚고 나에게 손가락을 쑥 내밀고는 적의를 담아서 말했다.

"당신은 거짓말을 하고 있소."

사팔뜨기인 보안관의 얼굴에 무시할 수 없을 만큼의 험악한 표정이 떠올라 있는 것을 나는 알아차렸다. 그 자리의 분위기에는 위험이 감돌고 있었다.

나는 눈썹을 치켜올리며 반격했다.

"내가 거짓말을 한다고요?"

"그렇소, 어제 오후 래스지오의 부인이 당신과 울프 씨를 찾아가서 뭐라고 했지요?"

곁에서도 알아차릴 수 있을 정도로 헐떡이지는 않았다고 생각했다. 돌지 않는 머리는 확실히 헐떡거렸지만, 그것도 꼭 한 번뿐이었다. 어떻게 찾아내었든지, 또는 어디까지 알아냈든지 지금 써야 할 방법은 한 가지밖에 없었다.

"설탕그릇 속에 비소가 들어 있는 것을 발견하여 수채에 쏟아버렸다는 이야기를 남편에게서 들었다며, 그를 보호해 달라고 울프 씨에게 부탁했습니다. 그리고 이 말은 아무에게도 하지 말아달라고 했지요."

"그밖에는?"

"그뿐입니다."

"그런데도 당신은 그전에 래스지오 씨의 목숨을 노린 자가 있었다는 것을 알지 못했다고 서슴지 않고 말했군요. 안 그렇습니까?"

"그렇소."

"그래서 어떻게 되었지요?"

트루먼은 여전히 노골적으로 적의를 나타내고 있었다.

나는 싱긋 웃어 보이고 천천히 말하기 시작했다.

"아시겠소, 트루먼 씨? 좀 생각해 보시오. 우습게 생각하려는 것은 절대로 아니지만, 당신은 아직 너무 젊고 이제 겨우 검사가 되었을 뿐이오. 그러나 울프 씨는 당신이 지금까지 들어온 어떤 어려운 사건보다 더 힘든 사건을 해결해 왔소. 그 정도쯤은 당신도 아실 테고, 그의 평판에 대해서도 아실 것이오. 비록 우리 두 사람 중에서 누가 당신에게 단서가 될 만한 일을 알고 있다 하더라도——사실은 알지 못하지만 말이오——우리가 그것을 말하려는 생각이 없는 한 그것을 끌어내리려고 시간을 허비해 봐야 헛수고요. 우리는 이 방면에서 구렁이가 다 되어있으니까요. 자랑하는 것이 아니라 사실을 말하고 있는 것이오. 예를 들면 전에도 래스지오 씨의 목숨을 노리는 자가 있어 위험을 느꼈다는 사실을 알고 있었느냐 어떠냐 하는 이야기인데, 지금도 나는 알지 못했노라고 되풀이하겠소. 내가 들은 건 그녀의 남편이 설탕그릇 속에 설탕 이외의 것이

들어 있는 걸 발견했다는 말뿐이었소. 그것이 비소라는 걸 래스지오 씨가 어떻게 알았다는 거지요? 그리고 그는 독살된 것이 아니라 칼에 찔려 죽었소, 내 경험에 의하면——."

"당신의 경험 같은 것에는 흥미 없습니다." 트루먼은 여전히 적의를 드러내 보이며 말했다. "나는 이 살인과 어떤 관계가 있을지도 모르는 일이 생각나지 않느냐고 묻고 있는 겁니다. 어떻습니까?"

"래스지오 부인에게서 들은 이야기는 이미 다 했고——."

"부인에게서도 들었습니다. 그 이야기는 우선 옆으로 밀어놓고, 그밖에 다른 것은?"

"없소."

"확실합니까?"

"네."

트루먼은 주경찰관을 보고 말했다.

"오델 씨를 데려오게."

나는 그제야 알았다. 바로 그 일이었던 것이다. 프라이팬 자루라는 별명이 있는 이 주에 온 뒤 참으로 훌륭한 친구가 여러 사람 생겼다. 이 별명도 나의 벗 겸 오델, 카노와 수퍼의 고용 탐정에게서 들은 것이다. 돌지 않는 머리가 또 헐떡였으나, 이번만은 잘 가라앉을지 어떨지 나로서도 자신이 없었다. 그 헐떡임이 채 가라앉기도 전에 경찰관에게 안내되어 나의 벗 오델이 들어왔다. 내가 뚫어지게 쏘아보자 그는 눈길을 돌렸다. 그는 가까이 다가와서 테이블을 향해 내 옆에 섰다. 일어서지 않더라도 한 대 후려칠 수 있을 만큼 가까이에.

"오델 씨, 오늘 오후 이 사람이 무슨 말을 했다고 했지요?"

고용 탐정은 내 쪽을 보지 않았다. 그의 말투는 아주 퉁명스러웠다.

"필립 래스지오 씨가 누군가에게 살해될 거라고 하기에, 누가 죽이느냐고 물었더니 모두들 서로 번갈아가며 죽일 거라고 말했습니다."

"그밖에는?"

"그뿐이었습니다."

트루먼이 이쪽을 향하자 나는 먼저 선수를 쳤다. 오델이 펄쩍 뛸 만큼 그의 가슴을 쥐어박아 준 것이다.

"아아, 그 일 말인가?"

나는 웃음을 터뜨렸다.

"이제 생각났습니다. 우리 둘이 말을 타는 길옆에서 돌을 던지고 있다가 자네가 벼랑의 쑥 튀어나온 곳을 가리키며——아아, 아무래도 자네는 나와 한 이야기를 트루먼 씨에게 모조리 다 말하지는 않은 모양이군. 그래서 이 사람은——내가 그 요리사들에 대해 어떻게 말했는지 이야기했나? 언제 어느 때 서로 죽이기 내기를 시작할지 알 수 없을 만큼 서로 질투하고 있다는 것을 이야기했나? 그들 가운데 래스지오가 가장 많은 월급을 받아 연봉 6만 달러나 되니까 먼저 그를 죽이고, 그 뒤 선수를 교체하여 다음 사람을 해치울 거라는 말을? 그랬더니 자네는 그 쑥 튀어나온 절벽 이야기를 하면서 그런 시간에 호텔을 나올 수 있었던 이유를 설명해 주었지."

나는 트루먼 쪽을 보았다.

"대충 이렇게 되었습니다. 두 사나이가 시간을 보내기 위해 심심풀이로 쓸데없는 말을 지껄인 것이지요. 이런 이야기에서 뭔가 잡을 수 있다면 어떤 것을 끌어내도 좋습니다. 지금 말한 그 튀어나온 바위에 대해 이야기해 준 것을 여기서 털어놓는다면——."

나는 웃으며 내 벗의 가슴을 또 쿡쿡 찔렀다.

트루먼은 언짢은 표정을 지었으나, 그것은 나에 대해서가 아니었다.

"어떻게 된 거지요, 오델 씨? 당신의 이야기와 많이 다르군요. 어찌된 거요?"

오델의 시치미를 뚝 뗀 얼굴은 훌륭하다고 아니할 수 없었다. 본 사건에 대해 개인적인 흥미가 전혀 없다는 듯한 표정을 짓고 있는 최고재판부의 판사를 그대로 옮겨 그린 듯했다. 여전히 나를 보려고 하지 않고, 트루먼의 눈을 뚫어지게 쳐다보며 말했다.

"괜한 일에 신이 나서 옆길로 빠져버린 것이 아닙니까? 대체로 지금 말한 그 정도였다고 생각합니다. 쓸데없는 이야기들을 주고받았던 거지요. 그러나 필립 래스지오라는 이름은 기억했습니다. 살인 사건에서 이름을 날릴 기회를 발견하면 어느 탐정이든 덤벼드는 것이 당연하지요."

그러자 보안관이 사팔뜨기 악한처럼 생긴 얼굴에 어울리지 않는 가날프고 차분한 어조로 천천히 말했기 때문에 나는 몹시 놀랐다.

"당신의 말은 도무지 분명치가 않군요, 오델 씨. 아무렇게나 적당히 말하려 하지 않는 편이 좋을 텐데요!"

트루먼이 엄하게 다그쳤다.

"이 사람이 래스지오 씨가 살해될 거라고 말했소 하지 않았소?"

"글쎄요…… 했느냐 하지 않았느냐 하고 딱 잘라 묻는다면 말했다고 대답해야겠지요. 왜냐하면 모두 서로 질투하고 있고, 래스지오는 6만 달러나 받으니까요…… 분명히 말했습니다. 대강 그런 이야기였던 것 같군요."

"어떻습니까, 굿드윈 씨? 어째서 래스지오를 골라잡았지요?"

"그를 골라잡은 것이 아니었소. 우연히 그의 이름을 입에 담은 것은 그가 톱이었기 때문이지요. 아무튼 급료로서는 1등이었거든요. 신문에서 읽었는데……당신도 읽어보시겠소?"

보안관이 귀찮은 듯한 말투로 말했다.

"그런 것은 시간 낭비요, 어서 나가주시오, 오델 씨."

나의 벗은 여전히 나를 쳐다보려고도 하지 않고 문으로 향했다. 트루먼이 다시 경찰관에게 명령했다.

"네로 울프 씨를 데려오게."

나는 태연했다. 뜻하지 않은 복병에게 하마터면 덜미를 잡힐 뻔하여 한순간 가슴이 덜컹 내려앉았지만, 나는 이 심문을 즐기고 있었다. 울프가 다만 검사의 기분을 해치고 싶지 않다는 마음에서 오전 3시 반에 조그마한 도시의 경찰 관계자 앞에서 취조에 응하고 있는 모습을 보면 뉴욕시 경찰국 살인과의 클레머 경감은 뭐라고 할까? 울프가 이처럼 늦게까지 자지 않고 있는 것은 클라라 폭스가 울프의 집에 머물며 내 파자마를 입고 자던 때 이래로 처음 있는 일이었다. 나는 조금 도와주려는 생각에서 자리에서 일어나 방 안쪽에 있는 큰 팔걸이의자를 가져다가 테이블 옆에 놓았다.

경찰관은 나의 대장과 함께 돌아왔다. 트루먼이 아직 남아 있는 것은 누구누구냐고 묻자 경찰관이 대답했다.

"뷰크식인지 뭔지 하는 이름의 사나이와 벨린 씨, 그리고 그의 딸입니다. 벨린 씨는 딸을 자게 하려고 했지만, 도무지 말을 들으려고 하지 않습니다. 틈을 보아 이리로 들어오려고 하는 겁니다."

트루먼은 입술을 깨물고 있었다. 나는 네로 울프가 내가 갖다 놓은 의자에 앉는 것을 보면서 놀리는 듯한 시선을 그에게 던지기를 잊지 않았다. 마침내 트루먼이 말했다.

"그들에게 방으로 돌아가 있도록 말해 주게나. 나머지는 아침이 되거든 심문하기로 하세."

"물론이지요." 페티글루는 곁눈질로 경찰관을 보고 말했다. "어떻게들 하고 있는지 돌아볼 테니까 프랭크에게 기다리라고 말해 주게.

이런 시간에 산책할 사람도 없겠지만."

경찰관이 나갔다.

트루먼은 눈을 비비고 나서 다시 입술을 깨물고는 의자등에 기대어 울프에게로 눈을 돌렸다. 울프는 아무렇지도 않은 듯이 보였으나, 그의 둘째손가락이 팔걸이를 두드리고 있는 것을 보니 부글부글 끓는 마음을 억누르고 있다는 것을 알 수 있었다. 울프는 간단한 정보를 제공했다.

"트루먼 씨, 벌써 4시가 다 되었소."

"그다지 많은 시간을 허비하지는 않도록 하겠습니다."

트루먼은 조바심이 나는 모양이었다.

"이렇게 와달라고 한 것은 한두 가지 새로운 사실이 나타났기 때문입니다."

나는 트루먼과 보안관 두 사람이 그들의 시야 한쪽 구석에 나를 잡고 있다는 것을 알아차렸다. 분명 내가 울프에게 뭔가 눈짓을 보내는 것을 보기 좋게 붙잡으려는 모양이었다. 나는 무척 졸린 듯한 표정을 지었는데, 그것은 그다지 어려운 일이 아니었다.

"한두 가지 정도가 아니겠지요"하고 울프가 말했다. "이를테면 래스지오 부인이 당신에게도 그 이야기를 했겠지요? 나도 어제 오후에 들었으니까요. 안 그렇습니까?"

"어떤 이야기인데요?"

"시치미를 떼도 소용없소, 트루먼 씨."

울프는 팔걸이를 두드리는 것을 그만두고 그 손가락을 트루먼에게로 쑥 내밀더니 야무지게 퍼부었다.

"나에게는 그처럼 멀리 둘러서 말하는 태도를 취해선 안되오. 그녀는 여기서 30분도 넘게 당신과 이야기를 했으니까 그 이야기도 틀림없이 나왔을 거요.

나는 당연히 그녀가 이야기 하리라고 생각했지요. 그래서 그 일에 대해 전혀 언급하지 않았던 거요. 본인에게 직접 듣는 편이 좋으리라고 생각했기 때문이오."

"당연히 이야기할 것으로 생각했다니, 그게 무슨 말입니까?"

"단순한 추측이지요." 울프의 태도는 차분했다. "뭐라고 하든 그녀는 이 비극에 관계되는 사람이니까요. 나는 다만 방관자에 지나지 않지만."

"관계되는 사람이요?"

트루먼의 이마에는 주름이 잡혔다.

"그녀가 한 역할 했다는 말입니까? 아까는 그런 말을 하지 않으셨는데요."

"지금도 그런 말은 하지 않았소. 살해된 것은 그녀의 남편이오. 그녀는 예감이라고까지는 할 수 없어도 적어도 불안을 느끼고 있었던 것 같다고 말했을 뿐이오. 당신은 그녀를 심문했으니까 그 일에 대해서 나보다 더 잘 알고 있겠지요. 그녀에게서 래스지오 씨가 어제 낮에 이곳 조리장에서 그가 쓰려고 준비해 놓은 설탕그릇에 비소가 들어 있는 것을 발견했다고 이야기해 주었다는 말을 들었을 것이오. 그리고 남편에게 알리지도 않고 동의를 얻지도 않고서 그의 몸을 지키는 데 힘을 빌려주었으면 싶어 부탁하러 갔더니 내가 거절했다는 이야기도."

"어째서 거절하셨습니까?"

"왜냐하면 내가 할 수 있는 일이 아니기 때문이었지요. 그녀에게도 말한 바와 같이 나는 독이 들어 있는지 없는지 맛을 보는 일을 하는 사람도 아니거니와 남의 호위병도 아니니까요."

울프는 꾸물꾸물 몸을 움직였다. 속이 부글부글 끓어오르는 모양이었다.

"한 가지 충고해도 되겠소, 트루먼 씨? 나에게 헛된 에너지를 쓰는 것은 그만두시오. 누가 래스지오 씨를 살해했는지 전혀 짐작도 할 수 없으니까요. 어째서 죽였는지도, 어쩌면 나에 대해 여러 가지로 듣지 않았을까 생각되는군요. 만약 들었다면, 아마도 사건을 조사하고 있을 때에는 위험한 다리도 감히 건너는 사람이라는 인상을 받았을 것이오.

그러나 나는 지금 이 사건을 조사하고 있는 것도 아니고, 전혀 관심도 없소. 아무 것도 알지 못하니까 나에게서 정보를 끌어내려고 하는 것은 달나라에 있는 사람에게서 이 사건에 관한 정보를 끌어내려는 것과 마찬가지요.

나와 이 사건을 연결짓는 것은 세 가지뿐이오. 우선 내가 여기에 있었다는 것. 이것은 내가 운이 나빴다는 것에 지나지 않소. 두 번째는 내가 래스지오 씨의 시체를 발견했다는 것. 이것은 앞서도 말했듯이 혹시 그가 아이들같이 장난치고 싶어 숨어서 상황을 엿보고 있었던 게 아닐까 생각되어 칸막이 속을 들여다보았기 때문이오. 세 번째는 래스지오 부인이 나에게 누군가가 남편을 독살하려고 하니 막아달라고 부탁한 일이지요. 당신도 그 사실은 알고 있소. 당신의 퍼즐 속에 그것이 꼭 들어맞는 자리가 있거든 끼워보시오. 당신네들을 진심으로 동정하며 성공을 빌겠소."

아무리 뭐라고 해도 아직 어린 애송이에 지나지 않는 트루먼은 고개를 갸웃하며 보안관 쪽으로 돌렸다. 페티글루는 가운뎃손가락으로 천천히 뺨을 긁고 있었다. 그는 잠시 트루먼을 마주보더니 이윽고 울프 쪽으로 눈을 돌리며 말했다.

"당신은 우리를 오해하고 계신 것 같군요. 우리는 당신에게 괴로움을 끼쳐드리려는 것이 아닙니다. 또한 무언가 알고 있으면서도 말하지 않고 될 수 있는 일이라면 그냥 넘어가려는 그런 사람들과 당신을 똑같이 생각하지도 않습니다.

당신은 혹시 당신에 대해 우리가 여러 가지도 듣지 않았을까 싶다고 말씀하셨는데, 그렇습니다, 들었습니다. 아무튼 당신은 저 사람들과 하루 종일 함께 있었고 이야기도 했습니다. 트루먼 씨는 어떻게 생각할지 모르지만, 나는 지금까지 알아낸 사실을 당신에게 이야기하고, 거기에 대한 당신의 의견을 들었으면 합니다. 괜찮겠지요, 트루먼 씨?"

"그렇게 해봐야 시간 낭비요" 하고 울프가 말했다. "나는 마술사가 아니오. 어떤 성과를 올리려면 언제나 굉장히 노력해야 합니다. 그러나 이것은 내가 다루고 있는 사건이 아니므로 지금은 아무 것도 하고 있지 않소."

나는 빙그레 웃음이 나오려는 것을 억지로 참았다. 트루먼이 말참견을 했다.

"빨리 해결이 되면 될수록 여러분에게도 좋은 것입니다. 당신도 그 점은 아실 텐데요. 만일 보안관이——."

울프는 통명스럽게 말했다.

"알았소. 그럼, 내일이라도——."

"벌써 그 내일입니다. 당신께서 얼마나 늦잠꾸러기인지는 모르지만, 나는 일찍 일어나는 편이지요. 한 가지만 더 여쭈어보고 싶은 일이 있습니다. 저 사람들 가운데 잘 알고 있는 것은 뷰크식 씨뿐이라고 하셨지요? 래스지오 부인에게서 전에 그 사람과 결혼했었지만 래스지오 씨와 결혼하기 위해 몇 년 전에 헤어졌다는 말을 들었습니다. 그 일에 대해 뷰크식 씨가 어떻게 생각하고 있었는지 말씀해 주실 수 없을까요?"

"하고 싶지 않은데요. 래스지오 부인은 무척 말을 많이 한 것 같군요."

"살해된 것은 그녀의 남편이니까요. 당신은 어째서 그런 말씀을 하는 거지요? 그녀에 대해 뭔가 좋지 않은 감정을 갖고 있습니까? 가시돋친 말을 한 것이 이것으로 두 번째입니다."

"물론 갖고 있지요. 여자에게서 남편을 지켜달라는 부탁을 받는 것이 싫습니다. 여자가 잘 난 척하며 주제넘게 구는 데에 매달리지 않으면 몸의 안전을 지킬 수 없다니, 남자의 체면에 관계되는 일이 아니오!"

"내가 뷰크식 씨의 심정에 대해 물은 것은 그가 래스지오 씨를 살해하는 데 더없이 좋은 기회를 가진 두 인물 가운데 한 사람이기 때문입니다. 저 사람들 가운데 대부분은 분명히 제외해도 좋습니다. 여러 가지 증언이 있는데다 당신 자신의 증언까지 있으니까요."

트루먼은 테이블 위의 서류로 흘끔 눈길을 보냈다.

"지금까지 모은 정보에 의하면 별실에 내내 있었던 사람은 래스지오 부인, 몽도르 부인, 리제테 프티, 그리고 굿드윈 씨입니다. 세르반 씨는 그 소스 맛을 감정하기 위해 식당에 들어갔을 때 래스지오 씨가 분명히 거기에 있었으며, 아무 이상도 없었다고 말했습니다. 몽도르 씨와 코인 씨와 램지 키스 씨는 그 때 이미 끝냈었지요. 그 뒤 세 사람 모두 별실에서 나오지 않은 것으로 되어 있습니다. 이 세 사람도 분명히 혐의가 없습니다. 그 다음의 두 사람이 벨린 씨와 뷰크식 씨였습니다. 벨린 씨는 자기가 식당에서 나왔을 때 래스지오 씨는 여전히 그 자리에 있었으며 아무 이상도 없었다고 말하더군요. 뷰크식 씨는 조금 늦게, 8분 내지 10분쯤 늦게 식당에 들어갔는데 래스지오 씨의 모습이 보이지 않았지만 그다지 이상한 점은 없었다고 말했습니다.

마지막으로 식당에 간 세 사람 발렌코 씨와 롯시 씨와 당신도 분명히 아무 혐의를 둘 수 없지만, 래스지오 씨가 테라스에 나갔거나 화장실에 갔다가 뷰크식 씨가 식당에서 나간 뒤 다시 돌아왔을 가능성도 얼마든지 있으므로 다른 사람들만큼 확실하게 혐의가 없다고 말할 수는 없습니다. 요리사들의 이야기에 의하면 래스지오는 조리장에 나타나지 않았다고 하므로 그곳에 들어가지는 않은 모양입니다."

트루먼은 다시 서류를 들여다보았다.

"그렇다면 벨린 씨와 뷰크식 씨 두 사람이 가장 기회가 많았으며, 발렌코 씨와 롯시 씨와 당신에게도 기회가 있었을지 모릅니다. 그리고 그 밖에도 세 사람 기회가 있었을지도 모르는 사람이 셋 있지요. 테라스로라면 언제든지 간단하게 들어올 수 있었습니다. 테라스의 문은 닫혀 있었고 블라인드도 걷혀져 있었지만 잠기지는 않았으니까요. 그 테라스로 들어올 수 있었던 사람이 셋 있는데 래스지오 씨에 대한 증오로 맛을 감정하는 일에 참가하기를 거부하고 자리를 떠났던 레옹 블랑 씨, 벨린 씨와 뷰크식 씨가 식당에 가 있던 사이를 포함해서 한 시간 가까이나 혼자 밖에 나가 있었던 코인 부인, 그리고 벨린 양입니다. 블랑 씨는 그 뒤 줄곧 자기 방에 틀어박혀 있었다고 말하고, 홀에 있던 종업원도 그가 나가는 것을 보지 못했다지만, 왼쪽 물림 복도 끝에 사이드 테라스로 나가는 좁은 문이 있어 그곳으로라면 아무에게도 들키지 않고 나갈 수 있습니다.

코인 부인은 그 자리를 떠나 있는 동안 내내 정원의 오솔길이며 잔디밭을 산책했다고 합니다. 그리고 정면 입구로 들어가서 곧장 별실로 갔다고 하더군요. 벨린 양은 소스 맛보기가 시작되기 전에 자기 방에서 별실로 돌아와 있었으며, 그 뒤로는 별실에서 나오지 않았습니다. 그런데도 여기서 그녀가 자리를 비웠던 일까지 다룬 것은 이 기록을 완전한 것으로 만들기 위해서이며 다른 뜻은 없습니다."

'이 냉혈한아!' 하고 나는 마음속으로 소리쳤다. '콘스탄서는 너를 만나지 못하여 방안에서 울고 있었던 거다. 그래서 자리를 떠나 있었어. 너는 그것을 모르는 척 시치미떼고 리스트에 써넣었느냐!'

"당신은 현장에 있었습니다, 울프 씨. 이로써 모두 커버된 셈입니다."

울프는 신음했다. 트루먼은 이야기를 계속해 나갔다.

"동기입니다만, 몇몇 사람들에게는 충분히 있습니다. 뷰크식 씨의 경우는 래스지오 씨에게 아내를 빼앗긴 일. 게다가 그는 식당으로 가기 직전에 래스지오 부인과 이야기를 나누고 있었으며, 가만히 그녀를 지켜보고 있었고, 또 춤을 추기도 했으므로——."

울프가 날카롭게 트루먼의 말을 가로막았다.

"겨우 여자가 한 말을 가지고——."

"저런, 저런!" 하고 보안관이 귀찮은 듯한 어조로 말했다.

"우리가 알아낸 아주 작고 대수롭지 않은 일이 모두 마음에 들지 않으시는 모양이군요. 분명히 이 사건에는 관심이 없다고 하신 것 같은데요?"

"뷰크식 씨는 내 친구요. 따라서 그에게는 관심이 있지요. 그러나 이 살인사건에는 아무 관심도 없소. 나와는 전혀 관계가 없으니까."

"관계는 없을지도 모르지요."

트루먼은 기뻐하고 있는 것 같았다. 아마도 네로 울프가 반응을 나타냈기 때문일 것이다.

"아무튼 몽도르 부인과 이야기할 때 처음으로 근무 중에 프랑스 말을 써보았지요. 다음은 벨린 씨입니다. 이것은 몽도르 부인에게서 들은 게 아니라 그 자신의 입으로 직접 들었습니다. 래스지오 씨는 좀더 일찍 살해되어도 좋았다고 하면서, 자기도 죽이고 싶었다고 하더군요. 그리고 범인을 옹호할 기회가 있다면 스스로 나서서 그렇게 할 생각이라고 큰소리쳤답니다. "

울프가 중얼거리듯 말했다.

"말많은 사람이로군 ! "

"정말입니다. 레옹 블랑이라는 아주 작은 프랑스 사람도 정말 말이 많았지요. 몇 해 전에 처칠 호텔의 일을 래스지오 씨에게 빼앗겼기 때문에 미워한다는 것은 인정했지만, 어떤 일이 있어도 사람을 죽이지는 않는다고 했습니다. 그리고 래스지오 씨가 죽은 것에 대해 기쁘게 생각지도 않는다고 덧붙였지요. 죽음이란 증오심을 덜어주지는 못하지만 끊어버리기 때문이라더군요. 그는 그렇게 말했습니다. 말하는 태도와 말씨는 조용하고 점잖아서 분명히 심장을 한칼에 찌를 만큼 격렬한 사람처럼 보이지는 않았지만, 어리석은 사람이 아니니까 어쩌면 그럴 수 있었는지도 모르지요.

이것으로 동기가 있고 기회도 있었던 사람이 둘, 그리고 기회가 있었을지도 모르는 사람이 하나인 셈이군요. 그 밖에도 기회가 있었을지도 모르는 사람이 넷, 그 가운데 우선 당신은 빼놓아도 좋겠지요. 롯시 씨나 발렌코 씨도 살인까지 저지를 만큼 격렬한 증오심을 품었을지는 모르지만, 나는 아직 그 사실을 잡지 못했습니다. 코인 부인은 여기서 처음으로 래스지오 씨를 만났으며, 내가 아는 한 그와 한 마디도 이야기를 나누지 않았습니다. 따라서 뭔가 새로운 사실이 밝혀질 때까지는 벨린 씨와 뷰크식 씨와 블랑 씨 세 사람을 용의자로 보아도 될 겁니다. 세 사람 모두 하려고 마음만 먹었으면 할 수 있었을 것이므로, 나는 그 가운데 한 사람이 했다고 생각합니다. 당신은 어떻게 생각하십니까, 울프 씨 ? "

울프는 고개를 가로저으며 대답했다.

"고맙게도 나는 당사자가 아니므로 생각하지 않아도 되겠지요."

페티글루가 조용하고 느린 어조로 말참견했다.

"당신이 친구인 뷰크식 씨를 의심하여, 그 때문에 생각하고 싶어하지 않는다고 볼 수도 있을까요?"

"물론이지요, 있을 법하지도 않은 일이지만. 만일 마르코가 했다면, 자신의 목을 죄게 될 만큼 결정적인 단서가 남아 있지 않기를 진심으로 바라겠소. 단서에 대한 정보는 전혀 갖고 있지 않지만, 만일 가지고 있다 해도 가르쳐 드리지 않겠소."

트루먼은 고개를 끄덕이면서 말했다.

"솔직히 말해서 그다지 도움이 되지도 않습니다. 주제넘은 일인지 모르지만, 친구인 뷰크식 씨에게 관심을 갖고 그가 한 짓이 아니라고 생각하신다면 혐의를 벗기는 가장 손쉬운 방법은 범인을 찾아내는 길입니다. 당신은 현장에 계셨습니다. 그리고 모든 사람을 보았으며 그들이 하는 이야기도 들었습니다. 적어도 당신 정도의 명성과 능력이 있는 분이라면 뭔가 힘이 되어주실 수 있으리라고 생각합니다. 힘이 되어주시지 않는다면 당신 친구인 뷰크식 씨의 혐의가 더욱 더 굳어지지 않을까요?"

"글쎄요, 혐의를 두든 안 두든 그것은 당신 마음이지요. 나로서는 거기에 대해 이러니 저러니 말할 수가 없소. 이게 뭐람, 벌써 4시요!"

울프는 한숨을 내쉬며 입을 꽉 다물었다. 그는 한참 동안 그대로 잠자코 있더니 마침내 중얼거리듯 말했다.

"좋소, 10분만 도와드리겠소. 정석(定石)대로 조사한 결과를 말해 주시오. 칼이며 지문, 그 밖에 알아낸 일들을――."

"아무 것도 없습니다. 비둘기고기를 자르기 위해 칼을 두 자루 식탁에 내놓았었는데 흉기는 그 가운데 하나입니다. 실랑이를 벌였거나 맞붙어 싸운 흔적이 전혀 없다는 것은 당신도 직접 보셨을 것입니다. 아무 단서도 없습니다. 칼에 남아 있는 지문은 모두 또렷하지 않은 것뿐이었지요. 테라스로 나가는 문손잡이는 울퉁불퉁한 철제입니다. 아직도 지문을 계속 채취하고 있지만, 그 방면에는 아무래도 가망성이 없을 듯합니다."

울프는 신음 소리를 내며 말했다.

"기회가 있었을지도 모를 사람이 빠졌군요. 요리사와 급사들."

"흑인을 다루는 데 익숙한 보안관이 심문했습니다. 그런데 아무도 식당에 가지 않았고, 아무도 전혀 보지도 듣지도 못했다고 합니다. 래스지오 씨가 볼일이 있으면 초인종을 울리겠다고 말했답니다."

"누군가가 큰 별실에서 작은 별실로 가서 거기서 식당으로 들어가 그를 죽였다고 생각할 수도 있겠지요. 모두가 큰 별실에 있었는지 어떤지를 정확하게 조사해 봐야겠소. 특히 벨린 씨가 식당에서 돌아온 뒤로부터 마르코가 들어올 때까지 사이에 말이오. 당신도 말했듯이 8분 내지 10분쯤 사이의 일이오."

"벌써 조사했습니다. 물론 한 사람 한 사람 조사하는 데 그다지 시간을 들이지는 않았습니다만."

"그럼, 다시 한 번 하나하나 조사해 보시오. 그리고 또 한 가지 생각할 수 있는 것은 어느 쪽이든 간막이 뒤에 누군가가 내내 숨어 있다가 기회가 왔을 때 해치웠다는 것이지요."

"그렇습니까? 누가 말입니까?"

"그것은 뭐라고 말할 수가 없소."

울프는 얼굴을 찡그렸다.

"이야기가 나온 김에 말해 두겠는데, 트루먼 씨, 당신이 말한 두 사람의 중요한 용의자 벨린 씨나 뷰크식 씨가 했으리라는 데 대해 나는 매우 의문을 가지고 있소. 이것도 매우 조심성 있게 말을 삼가서 하고 있는 것이오만. 그리고 블랑 씨에 대해서는 정말 백지상태요. 당신이 지적했듯이 어쩌면 그가 방에서 나와 왼쪽 물림의 복도 끝에 있는 문으로 빠져 건물을 한 바퀴 돌아서 식당 테라스를 통해 들어가 목적을 이룬 다음 같은 길로 해서 방으로 돌아갔다고 생각할 수도 있겠지요. 그러나 그렇다면 코인 부인이 보았을지도 모르겠군요. 그녀는 그 때쯤 밖에 나가 있었으니까요."

트루먼이 고개를 저으면서 말했다.

"코인 부인은 보지 못했다고 합니다. 정면 쪽으로도 갔고 옆쪽으로도 갔지만, 제복 입은 흑인을 한 사람 보았을 뿐이라더군요. 쏙독새 우는 소리를 듣고 그 급사를 불러세워 무슨 소리냐고 물었다고 합니다. 그 흑인도 확인했습니다. 온천의 급사로 밍고 별관으로 가는 길이었답니다."

"그렇소? 그러나 만일 내가 당신이라면 벨린 씨와 마르코에 대해서는 일단 뒤로 돌려놓겠소. 적어도 그들은……아아, 한 가지 제안이 있소. 세르반 씨로부터 맛을 감정한 결과를 써 넣은 종이를 받도록 하시오. 그리고——."

"여기 있습니다."

"그거 잘되었군요. 그것을 옳은 해답의 리스트와 비교해 보는 거요. 물론 그것도 세르반 씨에게 받아서——."

"그는 갖고 있지 않았습니다. 래스지오 씨의 주머니에 들어 있었습니다."

"하긴 그렇겠군. 모두가 제출한 리스트를 그것과 비교하여, 어느 정도 맞추었나 조사해 보는 거요."

페티글루 보안관이 코를 울렸다. 트루먼이 차갑게 말했다.

"그것이 도움이 되리라고 생각하십니까?"

"그렇소. 나는 이미……그렇지! " 울프는 조금 몸을 일으켰다.

"거기에 정답 리스트, 래스지오 씨의 주머니에 들어 있던 리스트가 있거든 좀 보여줄 수 있겠소?"

트루먼은 눈썹을 치켜올리며 테이블에 놓여 있는 서류 속에서 한 장을 뽑아 나에게 건네주었으므로, 나는 그것을 울프에게 주었다. 울프는 이마에 주름을 잡고 들여다보고 있더니 이윽고 소리쳤다.

"이게 뭐람!"

울프는 다시 그 리스트를 훑어보더니 내 쪽으로 얼굴을 돌리고서 손에 든 리스트를 흔들어댔다.

"아치, 코인이 말한 대로였네. 3번은 샬로트였어."

트루먼이 짓궂은 말투로 참견했다.

"코메디 휴식이라는 건가요? 정말 크게 도움이 되겠는데요."

나는 트루먼에게 빙긋 미소를 던지며 말했다.

"코메디라니, 당치도 않습니다. 이것으로 울프 씨는 1주일 동안 잠을 잘 수 없을 겁니다. 보기좋게 짐작이 빗나갔으니까요."

울프가 나를 나무랐다.

"짐작이라니, 그런 게 아닐세. 깊이 생각한 끝에 얻은 결론이었네. 그런데 그것이 빗나가고 말았어."

울프는 그 종이를 나에게 내주었다.

"참으로 실례했소, 트루먼 씨. 대단한 충격이었소. 과장없는 사실이오, 당신은 잘 모르리라고 생각하지만. 아까도 말했듯이 벨린 씨와 마르코에 대한 혐의에 관해 의문을 갖고 있다고 말해 두는 정도로는 부족할 듯싶소. 마르코와는 오래 사귄 사이요. 만일 그가 사람을 죽인다면 어떻게 할 것이라는 점까지 상상할 수 있소. 만일 그가 했다면 칼을 꽂은 채로 내버려두지 않았을 거요. 벨린 씨에 대해서는 잘 모르지만, 어젯밤 그가 식당에서 나온 지 1분도 채 되기 전에 가까이에서 보며 말하는 것을 들었는데, 지금 막 비열하게 사람을 죽이고 나온 사나이라고는 결코 생각할 수 없었소. 이건 내기를 걸어도 좋소! 바로 조금 전에 래스지오 씨의 등에 칼을 꽂고 온 사나이의 태도며 손이며 눈을 보고도 무슨 일이 있었는지 내가 눈치채지 못했다는 그런 일은 도저히 생각할 수가 없소."

"그런 그렇고, 리스트를 비교해 본다는 일입니다만……."

"그 일을 이야기하려던 참이었소. 저 콘테스트가 어떤 성질의 것이었는가는 이미 세르반 씨에게서 들었겠지요? 각 소스에 한 종류씩 향신료가 빠져 있었으며, 각 접시에서 한 번씩 밖에 맛을 볼 수 없도록 되어 있었지요. 꼭 한 번뿐입니다! 얼마나 섬세하고 예민한 감각이 요구되는지 짐작되오? 최고로 정신이 집중되어야 하며, 자극에 대한 감수성이 예민해질 필요가 있소. 오케스트라의 협주곡을 들으며 목관악기 하나가 음정 하나를 잘못 낸 것을 알아내는 것과 마찬가지 일일 거요. 그러니까 그 리스트를 비교해 보시오. 벨린 씨와 마르코가 대체로 맞추었다면, 아홉 접시 가운데 일곱이나 여덟 가지를 맞추었다면 그 두 사람은 혐의가 없는 것으로 보아도 될 거요. 여섯 접시를 맞추었다 해도 그렇소. 누군가를 죽이려고 했거나 죽인 직후에는 그만한 위업을 이룩할 수 있을 정도로 온 신경을 도저히 조종할 수 없는 법이지요. 이것이 속이 빤히 들여다보이는 우스운 짓이 아니라는 것은 내가 보증하겠소."

트루먼은 고개를 끄덕이며 대답했다.

"알겠습니다, 비교해 보지요."

"지금 하는 편이 좋겠소."

"그렇게 하겠습니다. 그 밖에는?"

"그것뿐이오."

울프는 의자팔걸이를 움켜쥐고 두 다리를 끌어모아 몸을 받치듯하며 일어섰다.

"벌써 10분이 지났소."

그는 가볍게 머리를 숙여보였다.

"다시 한 번 진심으로 동정하며 성공을 빌겠소."

"당신은 아프셔 별관에 묵고 계시지요?" 보안관이 물었다. "물론 아시겠지만, 이곳 부지 안이라면 어디에 계시든 상관없습니다만."

"고맙소" 하고 울프는 내뱉듯이 말했다. "가세, 아치!"

울프와 나란히 걷기에는 너무 좁은 듯했으므로 나는 그의 뒤를 따라 초록빛에 둘러싸인 오솔길을 걸어 아프셔 별관으로 돌아왔다. 날이 밝기 시작하고 있었다. 새들이 지저귀고 있어 들으려 하지 않는데도 절로 들려왔다. 별관의 로비에는 불이 켜져 있고, 주경찰서에서 나온 경관이 두 사람 앉아 있었다. 울프는 그들을 본체만체하고 그 앞을 지나갔다.

나는 모든 것이 다 정돈되어 있는지 확인하기 위해 울프의 침실까지 따라갔다. 침대는 눕기만 하면 되도록 준비되어 있었으며, 선명한 색채의 융단 등으로 밝고 쾌적해 보였다. 방도 넓고 훌륭하여 하루 20달러라는 요금의 절반쯤은 지불할 가치가 있는 듯했지만, 울프는 마치 돼지우리라도 보듯 얼굴을 찡그리며 주위를 둘러보았다.

"옷벗는 것을 도와드릴까요?" 하고 내가 물었다.

"괜찮네."

"욕실에서 물병을 가져다 놓을까요?"

"나도 걸을 수 있어. 가서 쉬게나."

"안녕히 주무십시오, 대장."

나는 인사하고 울프의 곁을 떠났다. 그러나 문 앞에서 그가 부르는 소리를 들었다.

"아치, 래스지오는 좋지 않은 사나이였던 모양이더군. 그가 혹시 정답 리스트를 일부러 바꾸어 놓았다고 생각할 수는 없을까? 동료들을 쩔쩔매게 하기 위해서 말일세. 동료와 나를 말일세."
"글쎄요, 그건 좀 생각할 수 없는 일인데요. 직업상의 도의 아닙니까. 물론 대장께서 가장 많이 틀렸을 것은——."
"두 가지 샬로트와 차이브만 틀렸네! 나가게, 얼른 없어져!"
그날 밤 울프는 정말 행운의 탐정이었다.

제 5장

이튿날인 수요일 오후 2시, 나는 꽤 지쳐서 인생에 불만을 품고 있었지만, 어떤 의미에서는 마치 집에 있는 듯한 기분이었다. 너무 늦게까지 깨어 있거나 부당하게 수면이 방해되거나 하면 나는 상태가 나빠지는데, 그 양쪽과 싸워야만 했던 것이다. 우선 '깨우지 마시오'라는 표찰을 달아놓는 것을 잊었기 때문에 바보같은 급사가 9시에 깨워 문을 열어보면, 욕실물을 빼거나 그 밖에 무슨 볼일이 없느냐고 물었다. 나는 저녁때에 다시 와달라고 말했다.

10시 반에는 전화가 나를 깨웠다. 받아보니 나의 친구 밸리 트루먼에게서 온 것인데, 울프와 만나서 이야기하고 싶다는 것이었다. 나는 울프가 낮의 햇빛 아래 그 우람한 몸을 드러내는 것은 그의 기분이 내켰을 때뿐이라고 설명하고 나서, 교환수에게 이쪽에서 연락할 때까지 일체 전화를 연결하지 말라고 일러두었다. 그런데도 한 시간 뒤 또다시 전화벨이 울렸다. 벨 소리는 끈질기게 계속 울렸다.

이번에도 트루먼에게서 온 것으로, 어떻게 해서든지 울프와 이야기해야겠다고 고집을 부렸다. 그러나 나는 울프가 의식을 회복했다고 스스로 말할 때까지는 가택수색이나 압수 영장이라도 가지고 오지 않는 한 절대로 안된다고 말해 주었다.

하지만 이 때 나는 어지간히 잠이 깨어 있었고 수면 말고도 필요한 것이 있음을 느꼈으므로, 목욕과 면도를 하고 나서 옷을 입은 뒤 울프를 혼자 남겨둔 채 방을 비울 수는 없었기 때문에 프런트로 전화하여 아침식사를 부탁했다. 석 잔째의 커피를 다 마셨을 때, 울프가 커다랗게 나를 부르는 소리가 들렸다. 분명히 울프는 여느 때와는 달리 조금 이성을 잃기 시작하고 있었다. 뉴욕의 집에서 울프가 고함지르는 소리를 들은 것은 10년 동안 겨우 세 번뿐이었다.

나는 울프로부터 아침식사 주문을 듣고 다시 프런트에 전화했다. 이어서 울프는 내게 몇 가지의 지시를 내렸는데, 나는 그 말을 듣는 동안 집에 있는 듯한 기분이 되었다. 그 날 오후에는 사교적인 접촉을 일체 거절하겠다는 것이었다. 직업상의 교제도 일체 거절할 것. 문에 단단히 열쇠를 잠가두고 마르코 뷰크식 외에는 누가 찾아오든 울프는 어떤 일에 몰두해 있다고 말할 것. 그리고 전화는 모두 내가 처리할 것. 그 이유로 그는 내가 알지 못하고 자신만 아는 일이라고는 하나도 없기 때문이라고 말했는데, 이런 일을 그가 인정한 것은 처음이었으므로 나는 약간 당황했다. 활짝 열어놓은 창문으로 들어오는 공기 이상의 신선한 공기를 필요로 할 때는——이런 말을 하면 어이없게 들릴지도 모르지만, 있을 수 있는 일이다——'깨우지 마시오'라는 표찰을 문에 매달아놓고 열쇠는 내 주머니에 넣어둘 것.

나는 호텔에 있는 모든 신문을 가져오도록 전화하여 그것이 오자 두 가지는 울프에게 주고 나머지는 모두 내가 가지고 안락의자에 편안히 앉았다.

뉴욕과 피츠버그와 워싱턴의 신문은 열차로 보내오는 조간이었으므로 래스지오 살해에 대한 기사가 나와 있지 않았지만, 60마일밖에 떨어져 있지 않은 곳에서 발행되는 '찰스턴 저널'에는 큼직한 표지와 짤막한 기사가 실려 있었다.

그러나 그날 해가 아직 지기도 전에, 울프가 조용히 틀어박혀 있음으로써 이룩했던 갖가지 방벽(防壁)은 이미 구멍투성이가 되고 말았다. 맨 처음의 가장 하찮은 방해가 들어온 것은 2시쯤으로, 울프가 아직 신문을 다 읽기도 전이었다. 복도의 문을 노크하는 소리가 들려와 내가 나가서 신중하게 2인치 정도 문을 열어보니 모르는 사나이가 둘 서 있었는데, 그 지방 사람처럼 보이지는 않았다. 한 사람은 나보다 키가 작았으나 나이는 약간 위인 듯했다. 살결이 가무잡잡하고 근육이 발달한 탄탄한 몸집의 사나이로 어깨를 쭉 펴고 있었으며, 허리가 잘록한 회색 헤링본(오늬모양의 무늬로 짠 천) 양복을 산뜻하게 입고 있었다. 또 한 사람은 보통키에 알맞게 살이 붙고 이마가 시원하게 벗어진 중년 사나이로, 작은 회색 눈이 언제나 조바심하고 있는 듯한 느낌이었다. 그러나 말투며 태도는 점잖았다. 그는 여기가 네로 울프 씨의 방이냐고 묻고 내가 그렇다고 대답하자, 자기의 이름을 리게트라고 밝힌 다음 어깨가 떡벌어진 사나이를 마르피라고 소개하고 나서 울프 씨를 만나고 싶다고 했다. 내가 울프는 지금 어떤 일에 몰두하고 있다고 말하자, 그는 얼굴에 안타깝고 초조한 빛을 띠며 주머니에서 봉투 하나를 꺼냈다. 나는 복도에 서 있도록 하는 것을 사과하고 문을 닫은 뒤 돼지우리로 돌아갔다.

"낯선 사나이 두 사람——하나는 바닐라 색이고 또 한 사람은 캐러멜 색인데——이 만나고 싶다고 합니다."

울프의 눈은 신문에서 떨어지지 않았다.

"둘 중 어느 쪽인가가 마르코였다면 자네도 알았을 테지?"

"뷰크식 씨는 아닙니다만, 대장께선 편지를 받는 것까지 금하지는 않았으므로……."

"읽어보게."

나는 봉투에서 편지를 꺼내 이름이 인쇄되어 있는 편지지에 씌어진 것을 본 다음 소리내어 읽었다.

네로 울프님

전략(前略).

친구 리케트 씨를 소개합니다. 리케트 씨는 처칠 호텔의 지배인 겸 공동경영자입니다. 당신의 조언이나 도움을 얻고 싶다며 소개장을 써달라는 부탁을 받았습니다.

카노와 수퍼에서의 체재를 즐기고 계시리라고 생각합니다. 너무 과식하지 않도록 조심하시고, 우리의 뉴욕 생활을 보다 더 즐거운 것으로 하기 위해 돌아오시는 것을 잊지 마시기를.

1937년 4월 7일 뉴욕에서

버크 윌리엄슨

울프는 퉁명스럽게 말했다.

"4월 7일이라고 했지? 오늘 아닌가?"

"네, 틀림없이 뉴욕에서 날아왔을 겁니다. 예전에는 말을 멋있게 하느라고 이런 표현을 썼지만, 지금은 아주 흔해빠진 교통수단이지요. 들어오게 할까요?"

"제기랄!" 울프는 신문을 내려놓으며 말했다. "예의는 어찌되었든 의리까지 없앨 수는 없지. 안나 피올레 양의 매복(埋伏) 강도사건 때 윌리엄슨 씨가 그의 저택 안 땅을 쓰게 해준 것을 기억하겠지?" 울프는 한숨을 쉬었다. "안내하게나."

나는 복도문으로 가서 두 사람을 안내하고 소개를 끝낸 다음, 적당한 자리에 의자를 놓고 앉기를 권했다. 울프는 두 사람에게 앉은 채로 실례한다는 인사말을 하고 나자, 이어서 어깨가 떡벌어진 사나이 쪽으로 다시 흘끗 눈길을 보냈다.

"성함이 뭐라고 하셨던가요? 마르피, 앨버트 마르피 씨입니까?"

근육질 사나이의 까만 눈이 재빨리 울프에게로 향했다.

"그렇습니다. 앨버트라고 바꾼 것까지도 잘 아시는군요."

울프는 고개를 끄덕이며 대답했다.

"그전 이름은 알베르트, 여기로 오는 기차에서 벨린 씨를 만나 당신에 대한 이야기를 들었지요. 우수한 앙트레 전문가시라고요? 예술가나 솜씨좋은 전문가를 만난다는 것은 언제나 즐거운 일이지요."

리게트가 말참견을 했다.

"벨린 씨와 기차에서 만났습니까?"

"그렇습니다." 울프는 얼굴을 찡그렸다. "우리는 그 시련을 함께 견디어왔지요. 윌리엄슨 씨의 편지에 의하면 뭔가 나에게 부탁이 있으시다던데……."

"네. 우리가 여기에 온 이유는 물론 아시겠지요……래스지오 씨 사건 때문입니다. 끔찍한 일입니다. 당신도 그 자리에 계셨다지요? 당신께서 시체를 발견하셨다면서요?"

"그렇습니다. 어찌되었든 퍽 빨리 오셨군요, 리게트 씨."

"그렇습니다. 여느 때는 잠자리에 드는 것도 늦고 일어나는 것이 늦습니다만, 오늘 아침엔 8시도 되기 전에 앨버트에게서 전화가 걸려왔더군요. 그전부터 신문기자가 나를 만나려고 애썼지만 물론 만나주지 않았답니다. 시내판 신문에 이 사건의 기사가 났더군요.

윌리엄슨 씨가 당신의 친구라는 것을 알고 있었으므로 소개장을 부탁하여 받아가지고 뉴욕에서 비행기를 전세내어 날아왔습니다. 그런데 마르피가 무슨 일이 있어도 함께 가겠다고 한사코 고집을 부리더군요. 범인을 찾아내게 되면 마르피를 감시하는 것도 당신께서 맡으실 일이 되지나 않을까 걱정스럽습니다……."

리게트는 빙긋 미소를 띠었다.

"앨버트는 코르시카 사람입니다. 래스지오 씨와 피의 연줄이 있는 것은 아니지만, 그에게 퍽 마음을 기울여왔지요. 그렇지 않은가, 앨버트?"

어깨가 떡벌어진 사나이는 힘주어 고개를 끄덕였다.

"그렇습니다. 필립 래스지오 씨는 언짢은 사나이였지만, 위대한 사람이기도 했습니다. 그리고 나에게는 언짢은 면을 결코 보이지 않았습니다."

마르피는 울프 쪽으로 손바닥을 보이며 두 팔을 벌렸다.

"그러나 물론 리게트 씨는 농담을 하시는 것뿐입니다. 세상 사람들은 코르시카 사람이라면 모두 사람을 찌르는 줄로 생각합니다. 하지만 그런 생각은 잘못된 것이지요. 나로서도 너무 심한 일이라고 여깁니다."

"아무튼 당신은 무언가 부탁하고 싶은 일이 있는 거지요, 리게트 씨?" 울프는 조금 조바심이 나는 것 같았다. "내가 하는 일이니 뭐니 하셨는데, 나에게는 일 같은 게 전혀 없습니다."

"이 사건을 맡아주셨으면 합니다. 우선 누가 래스지오 씨를 살해했는가를 알아내 주십시오. 신문기사로 판단하건대, 웨스트버지니아의 보안관 손으로는 도저히 감당할 수 없을 것 같더군요. 아무래도 범인은 그 재능을 소스 프랑탕의 향신료 맛을 알아내는 데 이외의 목적에도 훌륭하게 쓴 것 같습니다. 나는 앨버트가 말한 그런 의미로 래스지오 씨에게 호감을 가졌었다고 말할 수는 없지만, 아무튼 래스지오 씨는 나의 호텔 요리장이었으며, 부인 말고는 가족이 없는 모양이므로 그대로 내버려둘 수가 없다고 생각한 것입니다. 정말 비열한 살해 방법입니다. 등을 찌르다니. 그런 녀석은 꼭 잡아야 합니다. 그러나 그를 붙잡기 위해서는 당신께서 분발하여 도와주셔야 하지 않을까 생각합니다. 그 부탁을 드리려고 왔습니다. 당신은……저어……얼른 보기에 좀 색다른 데가 있는 것 같아 미리윌리엄슨에게 소개장을 받아온 것입니다."

"그거 좀 딱하게 되었군요." 울프는 한숨을 쉬었다. "즉 일부러 여기까지 오신 일이 딱하게 되었다는 것입니다. 뉴욕에서 전화를 하셨더라면 좋았을 텐데……."

"윌리엄슨에게 전화를 거는 것이 어떻겠느냐고 했더니, 정말 당신께 일을 부탁하고 싶다면 직접 찾아뵙는 것이 좋다고 하더군요."

"윌리엄슨 씨는 어째서 그렇게 어렵게 생각했을까요? 나는 불러주기만 하면 얼마든지 일을 하는데 말이오. 하기야 지금의 경우는 결코 맡을 수가 없지만 말입니다. 이렇게 오셔서 딱하다는 것은 그 때문입니다."

"어째서 맡아주실 수 없습니까?"

"조건이 나쁘기 때문이지요."

"조건이 나쁘다고요?"

리게트의 눈에 나타난 조급함이 한층 더 짙어진 것 같았다.

"나는 아직 아무 조건도 제시하지 않았는데요."

"아니, 그게 아니라 장소의 문제요. 래스지오 씨를 살해한 범인을 찾아내는 일을 맡게 되면 마지막까지 파고들어야겠지요. 그것은 하루에 처리될지도 모르는 일이고, 1주일이 걸릴지도 모르고, 운이 나쁘면 2주일이 걸릴지도 모릅니다. 나는 내일 밤 뉴욕으로 가는 기차를 탈 생각입니다."

울프는 자기도 모르게 몸을 움츠렸다.

"윌리엄슨도 보통 방법으로는 잘되지 않을 거라고 말하더군요."

리게트는 입술을 꽉 다물었다가 다시 입을 열었다. "정말 대단하시군요! 그냥 일해 달라고 부탁하는 게 아닙니다. 당신께서도——."

"제발 부탁이오, 그만해 두시오. 무슨 말을 한다 해도 받아들일 수 없으니까요. 나의 무뚝뚝한 태도에 당신이 화를 낸다 해도 어쩔 수 없는 일이오. 아무튼 나를 내일 밤 이후에까지 이런 시골 구석에 붙잡아두게 될지도 모르는 일은 일체 거절하겠소. 몇 가지 일이 있다고 말씀하셨지요? 그밖에 달리 또 이야기하고 싶은 일이 있습니까?"

"네, 있습니다."

리게트의 얼굴은 마치 유산탄(榴散彈)이나 기관총을 들이대고라도 이야기를 계속하고 싶어하는 것 같았다. 그는 입을 굳게 다문 채 한참 동안 울프를 노려보고 있더니 이윽고 어깨를 움츠리며 단념한 듯 말했다.

"사실 정말로 부탁드리고 싶은 건 전혀 다른 일입니다——내가 여기에 온 중요한 목적은 말입니다. 래스지오는 죽었습니다. 그것도 끔찍스럽게 죽었지요. 그의 죽음으로 처칠 호텔에는 요리장이 없어지고 만 셈입니다. 처칠 호텔이 세계적으로 호평을 받아왔다는 것은 당신도 아시겠지요? 나는 한 사람의 인간임과 동시에 경영자이기도 합니다. 따라서 어떻게 해서든지 그 평판을 유지해 가야만 합니다. 그래서 헬로메 벨린 씨를 고용하고 싶습니다."

울프의 눈썹이 치켜올라갔다.

"그러시겠지요."

"물론 그렇게 생각하실 겁니다. 벨린 씨 못지않게 솜씨 있는 요리장이 몇 사람 있기는 하지만, 모두 이야기가 되지 않습니다. 몽도르 씨는 도저히 파리의 가게를 떠날 수가 없을 테고, 세르반 씨와 터슨 씨는 너무 나이가 많습니다. 그리고 뷰크식 씨는 라스터맨을 결코 떠날 수 없을 겁니다. 나는 우연히 벨린 씨가 최근 2년 동안 미국에서 다섯 번이나 불렀는데도 모조리 거절했다는 사실을 알게 되었습니다. 하지만 어떻게든 그에게 와주기를 부탁하고 싶습니다. 사실 와 줄 가능성도 있고, 와 주기를 내가 바라는 것은 벨린 씨뿐입니다. 벨린 씨가 와 주지 않는다면 앨버트가 래스지오 씨의 자리에 앉게 되겠지요."

리게트는 함께 온 사나이 쪽을 돌아보았다.

"그렇게 되어 있었지, 앨버트? 1년 전 시카고에서 자네를 불렀을 때, 만일 계속 붙어 있으면 처칠 호텔의 요리장 자리가 비게 될 경우 우선 벨린 씨에게 와 주도록 애쓰겠지만 만일 그것이 안된다면 자네를 요리장으로 하겠다고 했었지. 그렇지 않나?"

마르피는 고개를 끄덕였다.

"네, 그렇게 하기로 되어 있었습니다."

"꽤 재미있는 이야기로군요. 그러나 당신은 이 일을———."

울프가 중얼거리듯 말했다.

"네, 나 대신 벨린에게 이 이야기를 제의해 주었으면 합니다. 벨린은 세계에서 으뜸가는 일곱 명의 명요리장 가운데 한 사람으로, 다루기가 힘듭니다. 지난번 토요일에는 우리 리조트 호텔 룸에서 융단 한복판에 소시지를 두 접시 메어붙였지요. 이야기를 붙이려면 굉장히 수완이 좋아야 한다고 윌리엄슨에게서 들었습니다. 당신은 주빈이시니까 벨린도 당신 말이라면 경의를 가지고 귀를 기울이리라고 생각합니다. 당신이라면 그를 움직일 수 있으리라고 확신합니다. 벨린 씨가 와주면 4만 달러 낼 생각이지만, 솔직히 말씀드리자면 6만 달러까지 내도 좋습니다. 당신에 대한 수고료는———."

울프는 리게트를 누르는 것처럼 손을 내저었다.

"그만하시오, 리게트 씨, 안됩니다. 전혀 문제가 되지 않소."

"맡아주실 수 없다는 말씀입니까?"

"무슨 제안을 하든 벨린 씨를 설득하는 일을 맡을 생각은 없소. 기린이라도 설득하는 편이 더 낫겠지요. 이런 방법 저런 수법으로 공격할 수는 있겠지만……당신을 위해 그렇게까지 해야 할 의무는 없다고 생각하오."

"힘닿는 데까지 해주실 수도 없겠습니까?"

"싫소. 솔직히 말해서 당신은 요 20년 동안에 가장 운이 나쁠 때 나의 흥미를 끈다기보다 오히려 나를 초조하게 하는 제안을 한 셈이오. 누가 당신 호텔의 요리장이 되든 나와는 아무 상관도 없는 일이오. 게다가 나는 돈을 버는 것은 좋아하지만, 그것은 사무실로 돌아간 뒤에 해도 좋은 일이지요. 여기에는 벨린 씨와 그런 의논을 하는 데 나보다 더 적합한 사람이 여러 명 있소. 이를테면 세르반 씨라든가 코인 씨 등, 그의 오랜 친구들 말이오."

"그 사람들은 그들 자신이 요리장입니다. 그래서 곤란한 겁니다. 그 일을 해주실 수 있는 분은 당신밖에——."

리게트는 끈질기게 매달렸으나 아무 성과도 얻을 수 없었다. 매달리면 매달릴수록 당연한 일이지만 울프의 태도는 점점 더 무뚝뚝해져서 마침내 리게트도 상태가 나쁘다는 것을 깨닫고 단념했다. 그는 벌떡 일어나더니 손가락을 딱하고 올려서 마르피에게 따라오라고 신호하고는 아무 인사도 없이 울프에게서 등을 돌렸다. 마르피가 잰걸음으로 그 뒤를 따라가자 나도 두 사람이 나간 뒤 문을 잠그기 위해 홀로 나갔다.

방으로 돌아오니 울프는 다시 신문을 읽고 있었다. 나는 근육이 굳어버린 듯한 느낌이 들어 방에 차분히 앉아 있을 기분이 나지 않았으므로 울프에게 말을 걸었다.

"그런데 웨로완스, 어쩌면——."

알지 못하는 말을 쓰면 울프는 반드시 초조해 한다. 신문이 코 언저리까지 내려오더니 말을 던졌다.

"대체 그 괴상한 말은 무슨 뜻인가? 자네가 아무렇게나 만들어냈나?"

"그렇지 않습니다. '찰스턴 저널'의 어떤 기사에 씌어 있었으므로 기억해 두었습니다. 버지니아와 메릴랜드에서는 인디언 추장을 웨로완스라고 한다더군요. 그래서 여기 있는 동안은 대장이라는 말 대신 당신을 '웨로완스'라고 부르기로 했습니다. 아까 말하다 말았습니다만 웨로완스, 요리장과 급사의 직업소개소를 연다는 것은 좋은 생각일지도 모릅니다. 굉장히 조건이 좋은 이야기를 거절했다는 것은 당신도 깨달으셨을 겁니다. 저 리게트라는 사나이는 돈을 많이 가지고 있을 겁니다. 어쩌면 머리도 상당히 좋지 않을까 싶습니다. 이를테면 밸린 씨가 처칠 호텔의 일을 하지 못하도록 막기 위해 혹시 찌르거나 한다면 안된다는 것을 알베르트에게 넌지시 알리기 위해서 당신을 만나러 왔다고 생각되지는 않습니까? 그렇다면 실업(失業)문제 해결과 연결될지도 모른다는 생각이 차례로 떠오르게 마련이지요. 어떤 일에 빈자리가 생겼는데 그 일을 하고 싶을 경우 우선 다른 후보자를 모두 죽여놓고 나서——."

또다시 신문 뒤로 울프의 얼굴이 가려졌으므로 나는 이미 충분히 그를 넌더리나게 만들었다는 것을 알았다.

"밖에 나가 시냇물에서 놀다 오겠습니다. 어쩌면 본관에 가서 여자 아이를 두서넛 끌고 갈지도 모릅니다. 그럼, 또 나중에——."

나는 모자를 들고 '깨우지 마시오'라는 표찰을 걸어놓은 뒤 훌쩍 밖으로 나갔다. 현관에 급사가 서 있었으나, 경찰관의 모습은 보이지 않았다. 분명히 경비가 약화되어 있었다. 나는 무언가 즐거운 일이라도 없을까 하고 본관으로 가보았는데, 오래지 않아 그것을 후회하게 되었다. 본관에 가지 않았더라면 마지막 막이 내릴 때에야 겨우 그 일에 뛰어들게 되지는 않았을 것이며, 나의 벗 트루먼이 펼친 쇼를 완전히 볼 수 있었을 것이기 때문이다. 그런데 어정어정 그곳에 갔기 때문에 영리하게 생긴 말이 뚱뚱한 부잣집 미망인의 발을 세게 밟아 급사들이 여럿 덤벼들어 그녀를 떼메고 가야만 했던 사건 등 현관과 로비 부근에서 대단치는 않지만 재미있는 광경을 여러 가지 보게 되었다. 그러므로 포카혼타스 별관에 가서 나를 초대해 준 뷰크식에게 즐겁게 지내고 있다는 인사를 하려고 마음먹은 것은 3시 반쯤이나 되어서였다. 오솔길을 걸어가서 남의 눈에 잘 띄지 않는 곳에 이르자, 넥타이를 어깨에 올려놓고 더부룩하게 수염을 기른 사나이가 풀숲에서 뛰어나왔다.

사나이는 가까이 다가오더니 내 팔을 붙잡았다.

"잠깐만, 당신은 굿드윈 씨가 아닙니까? 네로 울프 씨의 조수인 굿드윈 씨. 미안하지만 잠깐만——."

나는 그 팔을 뿌리치며 쏘아붙였다.

"이런, 깜짝 놀랐잖소! 내일 아침 사무실에서 기자회견을 할 거요. 난 아무 것도 모르오. 만약 알고 있다 해도 당신 따위에게 말했다간 웨르완스에게 혼날 거요. 웨로완스가 뭔지 알기나 하오?"

사나이는 투덜거리면서 다시 풀숲을 찾기 시작했다.

내가 도착했을 때 포카혼타스 별관의 활인화(活人畵)는 2부로 나누어져 있었다. 현관 밖에 서 있던 두 사람의 주경찰관은 제쳐두고 그 제1부의 무대는 홀이었다. 내가 가까이 다가가자 급사가 현관문을 열어주었으나, 그의 커다랗게 부릅뜬 눈은 다른 곳으로 향해져 있었다. 큰 별실로 통하는 문은 닫혀 있었다.

팔짱을 끼고 턱을 치켜올리듯이 하여 오른쪽 벽에 기대서 있는 콘스탄서 벨린이 거무스름한 자줏빛 눈으로 주위를 에워싼 사나이들을 흘끗흘끗 쳐다보았다. 둘레를 에워싸고 있는 것은 제복을 입은 주경 찰관 두 사람과 다부지게 생긴 사복경찰관 한 사람이었는데, 사복 차림의 경찰관은 앞가슴에 뱃지를 달고 있었다. 내가 들어갔을 때는 세 사람 다 콘스탄서의 몸에 손을 대고 있지 않았지만, 그러나 바로 직전까지 꼭 잡고 있었던 듯한 느낌이었다. 콘스탄서는 나를 알아보지 못한 모양이었다. 나는 주위를 둘러보고 작은 별실로 통하는 문이 열려 있는 것을 알았다. 그곳에서 말소리가 들려오고 있었다. 내가 문쪽으로 다가가자 경찰관 한 사람이 날카롭게 불러세웠다. 그러나 그는 다른 일에 정신을 빼앗기고 있어 쫓아와서까지 불러세울 생각은 없는 듯했으므로 나는 무시하고 곧장 문 쪽으로 걸어갔다.

작은 별실에도 경찰관이 있었고, 사팔뜨기 보안관과 트루먼이 있었다. 두 경찰관 사이에 끼어 손목에 수갑을 찬 헬로메 벨린이 서 있었다. 그런 꼴을 당했는데도 벨린이 주위의 가구를 때려부수거나 머리를 부딪쳐 깨거나 하지 않는 것을 보고 나는 매우 놀랐다. 그는 다만 눈을 번뜩이며 노려보고, 숨을 깊이 들이마셨다가는 내뱉고 있을 뿐이었다. 트루먼이 벨린에게 설명하고 있었다.

"……외국인 여행자이며 이 지방 사람이 아니라는 것을 잘 알고 있으니까 될 수 있는 데까지 배려해 주겠습니다. 그러나 우리나라에서는 살인용의자에게 보석이 인정되지 않습니다. 친구가 물론 변호사를 수배해 줄 것입니다. 당신이 한 말은 모두 증거로서 사용될지도 모릅니다. 뿐만 아니라 변호사와 의논하기 전까지는 아무 말도 하지 않도록 충고해 드린 것을 잊지 마십시오. 자, 뒤쪽 오솔길로 해서 보안관 차로 데리고 가게."

그러나 곧 연행할 수는 없었다. 갑자기 외치는 소리와 쿠당탕하는 소리가 홀에서 들리며 콘스탄서 벨린이 굉장한 기세로 뛰어들어왔던 것이다. 그 뒤를 쫓아 경찰관 한 사람이 자기 옆을 뛰어서 지나가는 콘스탄서를 붙잡으려고 했으나, 미친 듯이 날뛰는 블리자드(남극 지방을 휩쓰는 눈보라)를 멈추게 하려는 것과도 같은 일이었다.

그대로 테이블을 뛰어넘어 트루먼에게 덤벼드는 듯싶었으나, 그녀는 우뚝 그 앞에 멈추어서서 이글이글 타는 눈으로 경찰관들을 노려보았다. 이어서 트루먼 쪽으로 홱 돌아서서 소리쳤다.

"당신은 바보예요! 바보, 멍텅구리예요! 그는 나의 아버지예요! 아버지가 등 뒤에서 사람을 찌르는 짓을 할 수 있을 거라고 생각하세요?"

콘스탄서는 두 손을 꼭 움켜쥐고 테이블을 내리쳤다.

"아버지를 풀어주세요! 풀어달란 말이에요, 정말 바보로군요!"

경찰관 하나가 콘스탄서의 팔을 붙잡으려고 했다. 벨린이 으르렁거리듯 소리치며 한 걸음 앞으로 나서자 그 양쪽에 섰던 두 사람이 그를 눌렀다. 트루먼은 밑으로 떨어지는 문이라도 있다면 얼른 몸을 감추고 싶은 듯한 표정을 짓고 있었다. 콘스탄서는 이미 날쌔게 몸을 비켜 경찰관의 손에서 빠져나와 있었다. 벨린은 낮고 조용한 이탈리아 말로 콘스탄서에게 뭐라고 중얼거렸다. 콘스탄서가 아버지에게 세 걸음 다가가자 벨린은 한쪽 손을 들어올리려다 수갑 때문에 들 수 없음을 깨닫고는 몸을 굽혀 딸의 머리에 키스했다. 콘스탄서는 뒤돌아서서 10초쯤 뚫어지게 트루먼을 노려보고 있었다. 그 눈초리는 보이지 않았지만, 아마도 트루먼으로 하여금 점점 더 숨을 곳이 필요해지도록 만들 만한 눈길로 노려보았을 것이 틀림없다. 이윽고 그녀는 돌아서더니 별실을 나갔다.

트루먼은 아무 말도 하지 못했다. 적어도 아무 말도 하지 않았다. 페티글루 보안관이 마음을 돌리고 말했다.

"자, 갑시다, 나도 함께 갈 테니."

보안관들이 나가기를 기다리지 않고 나는 먼저 별실을 나왔다. 콘스탠서는 홀에 없었다. 큰 별실로 가서 좀더 정보를 제공해 줄 사람을 찾아볼까 하고 잠깐 걸음을 멈추었으나, 이미 알고 있는 일을 우선 전하는 편이 좋겠다는 결론에 이르렀다. 그리하여 밖으로 나와 서둘러 아프서 별관으로 돌아갔다.

울프는 벌써 신문을 다 읽고 정연하게 화장대 위에 정리해 놓았다. 그리고 큰 의자——그래도 그에게는 좀 작은 의자——에 앉아 책을 읽고 있었다. 내가 들어가도 그는 얼굴을 들지 않았다. 이것은 즉 한참 동안은 나를 상대할 생각이 없다는 뜻이었다. 나는 그 말없는 순간의 의사 표시를 존중하여 신문을 들고 안락의자에 벌렁 기대앉아 읽기 시작했으나, 실제로 글을 읽고 있지는 않았다. 5분쯤 지나 울프가 책을 두 페이지쯤 넘긴 뒤 나는 말을 걸었다.

"그 리게트 씨의 일을 맡지 않기를 정말 잘했습니다. 그가 나중에 말한 일 말입니다. 맡았더라면 지금쯤 어찌해야 좋을지 몰라 쩔쩔매고 있을 테니까요. 지금 상태로는 처칠 호텔의 요리장이 되도록 벨린 씨를 설득한다는 게 보통 힘든 일이 아닐 겁니다."

울프는 움직이지 않았다. 책도 움직이지 않았으나, 그의 입에서 말이 새어 나왔다.

"알베르트가 벨린 씨를 찌른 모양이군."

"그렇지 않습니다. 아직 찌르지 않았고, 앞으로도 그런 일은 없을 겁니다. 벨린 씨에게 덤벼들 수가 없으니까요. 벨린 씨는 지금 수갑을 차고 유치장으로 끌려가고 있는 참입니다. 나의 벗 트루먼 검사가 체포했습니다. 드디어 정의의 여신은 그 횃불에 불을 켰습니다."

"흥! 옛날이야기로 나를 괴롭히지 않고는 못 견디겠다면 상상력을 더 길러야겠군."

나는 참을성있게 말했다.

"트루먼 씨가, 래스지오 씨를 살해했다는 용의자로 벨린 씨를 체포하여 구류(拘留)했습니다. 보석은 되지 않는다더군요. 지금 직접 이 눈으로 보고 왔습니다."

책이 아래로 내려지면서 울프가 말했다.

"아치, 만일 그 말이 엉터리라면——."

"엉터리가 아닙니다, 정말입니다."

"벨린 씨를 용의자로 체포했단 말인가?"

"그렇다니까요."

"대체 어째서 그런 짓을 했을까? 그 사나이도 바보로군."

"벨린 양도 그런 말을 하더군요, 멍텅구리라고."

어중간한 위치에 있던 책이 더 아래로 내려와 울프의 넓은 무릎 위에 놓여졌다. 잠시 뒤 울프는 다시 그 책을 집어들고 읽고 있던 곳을 펴더니 그 구석을 접어 곁에 있는 작은 탁자 위에 놓았다.

그리고 나서 울프는 의자등받이에 기대어 눈을 감고 배 앞에서 두 손을 깍지꼈다. 그의 입술이 삐죽이 내밀어졌다 들어갔다 하는 것이 보였다. 대체 무엇 때문에 저렇게 흥분하는 것일까 하고 나는 생각했다.

한참 지나자 울프가 눈을 감은 채 말했다.

"아치, 뉴욕으로 돌아가는 것을 늦추게 될지도 모를 일을 맡는다는 것은 아무래도 마음이 내키지 않네. 이것은 자네도 알겠지?"

"물론 마음이 내키지 않는다는 말도 틀린 표현은 아닐 겁니다. 그러나 좀더 강한 표현도 있습니다."

"그렇지, 이만한 기회를 무시하면 나도 트루먼 검사 못지 않은 멍텅구리가 되고 말 걸세. 이 기회를 잘 이용하려면 래스지오 씨를 살해한 범인을 찾아내는 수밖에 없을 것 같네. 문제는 31시간으로 그것이 가능한가 하는 것일세. 내일의 만찬회 자리에서 고급 요리에 미친 미국의 공헌에 대해 연설해야 하니까 실제로는 28시간밖에 없는 셈일세. 28시간으로 범인을 찾아낼 수 있을까?"

"물론 찾아낼 수 있지요." 나는 손을 저으며 말을 이었다. "내가 계획을 세우고 대장께서 자세한 일들을 처리하시면——."

"물론 그들이 내일의 만찬회를 이미 취소했을지 모른다고 생각할 수도 있겠지만, 우선 그런 일은 없겠지. 아무튼 5년에 한 번밖에 없는……뭐, 괜찮네. 우선 맨 먼저 해야 할 일은……."

"잠깐만요——."

나는 이미 신문을 바닥에 떨어뜨리고, 이것으로 혈액순환을 좋게 할 기회를 얻게 될지도 모른다는 기대로 가슴을 두근거리면서 몸을 일으키고 있었다.

"리게트 씨에게 연락하여 일을 맡겠다고 하는 게 좋지 않겠습니까? 어찌되었든 이왕 할 바에는 돈이 들어오는 편이 좋으니까요."

"아닐세. 만일 그와 계약을 하여 내일 저녁때까지 처리되지 않으면 ——아니, 안되네. 아무리 돈을 쌓아놓는다 해도 자유와 바꿀 수는 없을 테니까. 자, 일을 시작하세. 우선 맨 먼저 해야 할 일은 이것저것 생각할 여지도 없네. 지금 곧 트루먼 씨를 이리로 데려오게나."

그야말로 울프다운 일이었다. 이러다가는 상하 양원(兩院)의 모든 의원들을 불러오라는 말까지 꺼낼 것이다.

"오늘 아침 당신이 전화를 받지 않았기 때문에 트루먼 검사는 화가 나 있습니다. 게다가 그로서는 범인을 잡았다고 생각하기 때문에 이미 범인찾기에는 흥미를 갖고 있지 않겠지요, 그리고——."

"아치! 자네는 계획을 세우겠다고 했네. 어서 트루먼 씨를 불러오게. 가는 길에 어떻게 설득할 것인가 계획을 세우면서 말일세."

나는 모자를 집으러 갔다.

제6장

차를 타고 떠나기 전에 트루먼을 만날 수 있을지도 모른다고 생각
했으므로 나는 오솔길을 따라 포카혼타스 별관으로 서둘러 갔다. 무
슨 좋은 방법이 없을까 하고 나의 머리는 발보다 더 빨리 회전하고
있었다. 그러나 결국 늦어지고 말았다. 현관에 서 있던 급사가 트루
먼은 이미 차를 타고 서쪽으로 떠났다고 말해주었던 것이다. 나는 얼
른 돌아서서 굉장한 기세로 뛰기 시작했다. 만일 트루먼이 본관에 들
렀다면 거기서 만날 수 있을지도 모르는 것이다. 본관 로비로 뛰어들
어 종려나무며 기둥이며 급사며 승마복으로부터 집시 로즈 리의 몸을
감싼 마지막 천조각을 생각하게 할 만한 것까지 온갖 옷차림을 한 손
님들 사이로 재빨리 눈길을 달리기 시작했을 때는 얼마쯤 숨이 차서
헐떡거리고 있었다. 프런트에 가서 물어보려고 하는데 곁에서 굉장히
큰 목소리가 들렸다.

"여어, 진드기!"

나는 뒤돌아 보고 눈을 가늘게 하며 대답했다.

"여어, 시궁쥐. 시궁쥐라고까지도 할 수 없겠군. 이름이 무엇인지

는 모르지만, 흙 속에 살면서 풀뿌리를 먹는 놈 말일세."

거섬 오델은 고개를 설레설레 저으며 말했다.

"내가 아닐세. 잘못 짚었네. 래스지오 씨가 살해된다고 한 자네 이야기를 이야깃거리로 삼아 밤에 근무하는 프런트 직원들에게 들려주었다네. 그런데 정말로 살해되고 말았으니, 당연한 일이지만 경찰이 그 일로 나를 다그치지 않겠나. 나로서는 어쩔 수 없었네. 그런데 돌을 던진 것까지 모두 지껄여버리다니, 그 터무니없는 보안관이 나에 대해 의심을 갖게 된다는 것쯤 자네는 몰랐었나?"

"내 머릿속은 텅 비어 있네. 어찌 되었든 탐정이니까. 지금 보안관은 그런 것이 문제가 아니라네." 나는 손을 내저으며 말을 이었다. "너무 걱정할 건 없네. 그런데 트루먼 씨를 만나고 싶은데, 이 근처에 없나?"

오델은 고개를 끄덕이며 대답했다.

"지배인실에서 애슐리 씨와 이야기하고 있다네. 그밖에도 두서너 사람 있더군. 뉴욕에서 온 리게트라는 사나이 등. 그래서 생각이 났는데, 자네에게 할 이야기가 있네. 자네는 도무지 다루기가 어려울 정도로 우쭐해져서 때려눕히고 그 위에 올라타앉고 싶지만, 조금 부탁하고 싶은 일이 있기 때문에 참기로 하겠네."

"어떻든 참아두는 게 좋겠지. 반격을 당하게 될지도 모르니까."

"알았네. 자네에게 부탁할 이야기란 이런 걸세. 나는 이런 시골 생활이 넌더리가 나네. 이곳의 일도 어떤 의미로는 나쁘지 않지만, 한심하게 생각될 때도 있지. 레이몬드 리게트 씨가 오늘 비행기를 타고 이리로 왔을 때, 그가 맨 처음 만나고 싶다고 한 사람은 네로 울프 씨였다네. 그는 내 방에도 들르지 않고, 애슐리 씨에게도 말하지 않고 곧장 아프서 별관으로 달려갔지. 그래서 그는 울프 씨를 상당히 높이 평가하고 있구나 생각했는데, 그러다가 문득 호텔 고용 탐정에게 있어 최고라고 할 수 있는 직장은 처칠 호텔이라는 것이 문득 떠올랐네."

오델은 눈을 빛내고 있었다.

"나처럼 정직하고 좋은 사람에게는 참으로 안성맞춤의 일자리가 아닌가! 그래서 리게트 씨가 여기에 머무르는 동안 자네가 나에 대한 것을 울프 씨에게 이야기해서, 울프 씨가 리게트 씨에게 소개해 주도록 할 수 없겠나? 만약 잘되지 않을 때는 거북하니까 이곳 사람들이 눈치채지 않도록 내가 리게트 씨와 만날 수 있도록 주선해 주면 좋겠네."

이거 영락없이 직업소개소가 되어가고 있구나 하고 나는 생각했다. 울프와 레이몬드 리게트의 사이를 잘못 보지는 않았지만, 사람을 실망시키기 싫어하는 성질이므로 나는 적당히 오델에게 기대를 갖게 하면서 닫혀 있는 지배인실 문에서 눈을 떼지 않았다.

현재의 지위에 만족하지 않고 진정한 의미의 야심이라는 것을 갖고 있다는 사실을 알게 되어 기쁘다느니 하며 나는 적당히 건방진 말을 늘어놓았다. 그것은 그것대로 아주 즐거운 이야기였다. 그러나 닫혀 있는 문이 열리고 나의 벗 밸리 트루먼이 혼자 나오는 것을 보고는 얼른 이야기를 중단했다. 그리고 내 위에 올라타았는다는 것이 얼마나 간단한지 알 수 있을 정도로 친밀감을 담아 오델의 어깨를 두드려 주고는 기둥과 종려나무 사이를 누비며 나의 먹이 뒤를 쫓아가 정면 현관에서 가까운 적당한 장소에서 트루먼에게 덤벼들었다.

그의 파란 눈에 걱정스러운 빛이 떠올라 있었으나, 얼굴에는 긴장감이 없었다. 트루먼은 나라는 것을 알아차리자 말했다.

"아아, 무슨 일입니까? 나는 좀 바쁜데——."

"나도 서두르고 있습니다. 오늘 아침 네로 울프 씨가 전화를 받지 않은 데 대해서는 굳이 변명하지 않겠습니다. 네로 울프 씨에 대해 조금이나마 알고 계신다면 괴짜라는 것도 알고 계실 테니까요. 그런데 지금 우연히 당신이 지나가는 것을 보고 생각했습니다만, 월요일 밤 기차 안에서 만났을 때 당신의 얼굴이 마음에 들었습니다. 옳지 못한 것을 싫어하는 사람으로 생각되었지요.

조금 전에 당신이 살인용의자로 벨린 씨를 체포하는 것을 보았습니다. 아마 깨닫지 못하신 모양이지만, 나는 그곳에 있었지요. 그래서 방으로 돌아가 울프 씨에게 그 이야기를 했는데, 그 말을 듣고 울프 씨가 어떻게 했는지 아십니까? 코를 움켜쥐었습니다."

"그래서요?" 트루먼은 얼굴을 찡그리며 말했다. "울프 씨가 내 코를 움켜잡지 않는 한 나와는 상관이 없습니다. 그것이 대체 어쨌다는 겁니까?"

"아무 것도 아닙니다. 만일 당신이 나와 같은 정도로 네로 울프 씨에 대해 알고 계신다면! 그가 코를 움켜쥐는 것은 동료 가운데 누군가가 터무니없는 잘못을 저질렀다고 확신할 때 뿐입니다. 뭐 좋으실 대로 생각하십시오. 당신은 아직 젊으니 앞으로도 심한 실수를 거듭해 가야 할 테니까요. 당신이 지나가는 것을 보고 친구로서 어떻게든 도와주고 싶다는 충동을 느꼈을 뿐입니다. 지금 곧 나와 함께 가시겠다면, 당신과 이야기할 수 있도록 우리 대장을 설득할 수 있지 않을까 생각합니다. 아무튼 할 수 있는 데까지는 해봐도 좋다고 생각합니다."

나는 한 걸음 뒤로 물러섰다.

"뭐, 좋으실 대로 하십시오. 서두르시는 모양인데……."

트루먼은 여전히 얼굴을 찡그리고 있었다. 그러나 쓸모없는 말을 너저분하게 늘어놓아 시간을 허비하는 짓은 하지 않았으므로 마음을 놓았다. 트루먼은 잠시 얼굴을 찡그리고 솔직함을 그림으로 그린 듯한 나의 눈을 빤히 들여다보더니 이윽고 아무런 전제도 없이 불쑥 말했다.

"갑시다."

트루먼이 현관 쪽으로 걸어가자 나는 보이스카웃 소년처럼 뺨을 물들이며 잰걸음으로 그 뒤를 쫓았다.

아프서 별관에 도착한 뒤에도 나는 연극을 계속해야만 했다. 트루먼을 혼자 로비에 남겨두기가 걱정스러워 곧장 우리의 이어진 방으로 데리고 가서 내 방으로 안내하고 문을 닫았다. 그리고 울프의 방으로 가서 그곳 문도 닫고 안락의자에 앉아 뚱뚱보를 쳐다보며 웃었다.

"어떻게 되었나?"하고 울프는 물었다. "찾지 못했나?"

"물론 찾았습니다. 데리고 왔지요."

나는 엄지손가락으로 그가 어디 있는지 알려주었다. 그리고 작은 목소리로 말했다.

"트루먼 씨를 만나주십사 하고 부탁드리기 위해 우선 내가 이 방에 온 것입니다. 그러는 데 필요한 시간은 아마 5분쯤 되겠지요. 살그머니 홀로 나와 귀기울여 엿듣고 있을지도 모르니까."

그리고 나서 나는 한층 소리를 높였다.

"정의라는 것을 어떻게 생각하십니까? 사회라는 것을 어떻게 생각하십니까? 그럼, 인권이라는 것은 어떻게 생각하십니까?"

피할 수가 없었으므로 울프는 가만히 듣고 있을 수밖에 없었다. 나는 충분히 떠들어댔다. 넉넉히 시간을 소비하고 나서 나는 내 방으로 돌아가 의기양양하게 트루먼에게 눈짓하여 울프의 방으로 안내했다. 자리에 앉을 때가 되어 순간 엉뚱한 곳에 앉아버리지나 않을까 생각될 정도로 트루먼은 너무도 걱정스러운 나머지 정신이 없었다.

트루먼은 그 자리에서 당장 본론으로 들어갔다.

"내가 무슨 큰 실책을 저질렀다고 생각하신다는 말은 들었습니다만
……."

울프는 고개를 저으며 말했다.

"그런 말은 한 적이 없소. 어떤 사실을 근거로 하여 당신이 그렇게 생각하셨는지, 그것을 알지 못하는 한 이러니저러니 말해 봐야 소용없는 일이지요. 지금으로서는 다만 일을 너무 조급하게 서두르지 않았나 하고 걱정할 뿐이오."

"그렇게는 생각지 않습니다." 트루먼은 턱을 쑥 내밀고 말을 이었다. "전화로 찰스턴 사람들과도 의논해 보았습니다만, 내 의견에 동의하였습니다. 그렇다고 해서 책임을 전가하려는 것은 아닙니다. 책임은 모두 나에게 있습니다. 그런데 6시부터 찰스턴에서 열리는 회의에 참석해야 하는데, 60마일이나 됩니다. 이 체포에 구애받을 생각은 없습니다. 언제라도 벨린 씨를 석방하겠습니다. 그럴 만한 이유만 제시해 주신다면 말입니다. 내가 알지 못하는 일을 알고 계신다면, 오늘 아침 전화를 드렸을 때 말해 주셨더라면 크게 도움이 되었을 텐데요. 하지만 지금이라도 괜찮습니다. 시민의 의무 따위를 끌어낼 것까지도 없이——."

"벨린 씨의 무죄를 증명할 만한 것은 아무 것도 없소." 울프의 어조는 차분했다. "아치가 당신을 이곳으로 데리고 온 것은 참으로 보기에 딱했기 때문이오. 내 의견은 어젯밤 당신들에게 이야기한 그대로요. 비밀로 해두는 편이 좋다고 생각되는 것은 제쳐두어도 좋소. 다만 어떤 근거를 바탕으로 이런 결단을 내렸는지 그것만 이야기해 주시면 내게 도움이 될지도 모르겠군요. 그러나 미리 말해 두어야겠는데, 누군가에게 사건 해결을 의뢰받은 것은 아니오. 즉 누군가의 대리로 내가 일하고 있는 것은 결코 아니라는 말이오."

"비밀 같은 건 없습니다. 그러나 벨린 씨를 붙잡아 기소(起訴)하여 아마도 유죄가 될 만큼의 사실을 포착하고 있습니다. 살인의 기회에 대해서는 아시는 바와 같습니다. 그는 대여섯 명이나 되는 사람들 앞에서 래스지오 씨를 죽이겠다고 말했습니다. 벨린 씨로서는 살인범이 그런 말을 마구 떠들어대고 다니리라고는 생각지 않으리라 짐작했겠지만, 좀 정도가 지나쳤다고 생각합니다.

오늘 아침 다시 모두들을 심문했습니다. 특히 벨린 씨와 뷰크식 씨를 말입니다. 그리고 뷰크식 씨는 제외했습니다. 여러 가지 정보를 입수했습니다만, 가장 결정적인 사실은 당신께서 권해주신 일에서 생각이 났습니다.

그래서 그 리스트를 래스지오 씨의 주머니에 들어 있던 리스트와 비교해 보았습니다. 그러자 세 개 이상 틀린 사람은 벨린 씨뿐이었습니다."

트루먼은 주머니에서 몇 장의 종이를 꺼내 그 가운데 한 장을 골라내었다.

"다섯 사람의 리스트는──이 가운데 뷰크식 씨의 것도 들어 있습니다만──정답 리스트와 완전히 똑같았습니다. 당신을 포함한 네 사람은 각각 두 개씩 틀렸는데, 모두 같은 번호가 틀렸습니다."

트루먼은 종이를 다시 주머니에 집어넣고는 울프 쪽으로 몸을 내밀었다.

"벨린 씨는 두 개밖에 맞추지 못했더군요! 일곱 개가 틀렸단 말입니다!"

방 안이 조용해지고 울프의 눈이 거의 감겨졌다. 이윽고 울프가 중얼거리듯 말했다.

"이상하군, 알 수 없는 일인데……."

"틀림없이 그렇습니다!"

트루먼은 힘주어 고개를 끄덕였다.

"다른 아홉 사람의 정답을 평균하면 90퍼센트 이상이 되는 테스트에서, 벨린 씨가 겨우 22퍼센트밖에 맞추지 못했다는 것은 믿어지지 않는 일입니다. 그렇다면 다음 두 가지 가운데 어느 한쪽이라는 것이 틀림없는 사실입니다. 즉 지금 막 저지른 살인 또는 이제부터 저지르려는 살인 때문에 향신료를 감정하고 있을 여유가 없을 정도로 정신이 혼란되었거나, 사람을 죽이는 데 바빠서 전혀 맛볼 겨를이 없었으므로 대충 아무렇게나 엉터리로 써넣었거나 둘 중 하나입니다.

나는 이 점을 결정적이라고 보고 있고, 배심원들도 아마 그렇게 보리라고 생각합니다. 아무튼 당신이 리스트를 조사해 보라고 말씀해 주신 데 대해 진심으로 감사드리고 있다는 것을 전해드리고 싶습니다. 정말 현명한 방법이라는 것도, 그리고 이것을 생각해 내신 것은 당신이었다는 것도 솔직히 인정합니다."

"고맙소. 벨린 씨에게 이 사실을 이야기하고 해명할 것을 요구했소?"

"네, 깜짝 놀란 척하더군요. 그러나 해명하지는 못했습니다."

"'절대로 틀림없다'고 당신은 말했지만, 그것은 좀 지나친 것 같소. 그 밖에도 여러 가지 가능성을 생각할 수 있으니까요. 이를테면 벨린 씨의 리스트는 위조되었을지도 모르오."

"그 자신이 세르반 씨에게 준 것으로, 그의 서명도 있습니다. 나에게 내줄 때까지 내내 세르반 씨가 가지고 있었습니다. 세르반 씨까지 의심하시는 겁니까?"

"어쩌면 접시나 카드가 움직여졌는지도 모르는 일이오."

"카드는 생각할 수 없습니다. 맛을 감정할 때 번호순으로 줄지어 있었다고 벨린 씨가 말하고 있습니다. 그렇다면 접시 쪽인데, 대체 누가 움직였으며 그가 나간 뒤 누가 다시 제자리에 갖다놓았을까요?"

울프는 또다시 한참 동안 굳게 입을 다물고 있더니 이윽고 고집스럽게 중얼거렸다.

"아무튼 이상하군……."

"정말 그렇습니다."

트루먼은 전보다도 한층 더 몸을 내밀었다.

"아시겠습니까, 울프 씨? 나는 검사로서 이 방면에서 어떻게 해서든 위로 밀고올라가야 할 형편입니다. 그리고 이처럼 센세이셔널한 사건으로 성공을 거둔다는 것이 무엇을 뜻하는지도 잘 압니다. 그러나 서둘러 벨린 씨를 체포하고 기뻐하고 있다고 생각하시면 잘못입니다. 나는 기뻐하지 않습니다. 나는……."

트루먼은 잠시 말을 끊었다. 이윽고 그는 다시 말을 계속했다.

"나는……아무튼 기뻐하고 있지 않습니다. 어떤 이유로, 이제까지 경험해 본 적이 없을 정도로 괴로운 일이었습니다. 한 가지만 질문하게 해주십시오, 이제부터 열거하는 네 가지 전제를 기정 사실로 생각하시고 말입니다.

첫째, 벨린 씨가 일곱 개나 틀린 리스트는 자신이 써놓고 서명한 것이다.

둘째, 벨린 씨가 접시에 담긴 소스의 맛을 보았을 때, 접시와 카드는 다른 사람들이 맛을 보았을 때와 같은 상태이며 같은 순서였다.

셋째, 이러한 사실에 의심을 가질 만한 일은 아무 것도 찾아낼 수 없다.

넷째, 나는 선서를 하고 취임한 검사이다.

그렇다면 당신이라고 할지라도 살인용의자로 벨린 씨를 체포하여 어떻게든 유죄로 몰고 가려고 하지 않겠습니까?"

"나라면 사직하겠소."

트루먼은 두 손을 들어올리며 다그쳐물었다.

"어째서지요?"

"어젯밤 벨린 씨가 식당에서 나와 채 1분도 되기 전에 나는 그의 얼굴을 보았고, 그가 말하는 것도 들었기 때문이오."

"당신은 그 자리에 계셨지만 나는 있지 않았습니다. 만약 우리의 입장이 반대였다면 벨린 씨의 얼굴과 목소리에 관한 내 말과 판단을 그대로 받아들이겠습니까?"

"아니오."

"누구든 다른 사람의 말이나 판단이었다면?"

"받아들이지 않겠지요."

"이미 이야기해 주신 것 말고 벨린 씨가 무죄라는 것을 증명하는 데 도움되리라고 생각할 만한 것은 없습니까?"

"없소."

"알겠습니다."

트루먼은 의자등받이에 기대었다. 그는 원망스럽게 비난하는 듯한 눈으로 나를 보았다. 나는 원망받을 일도 비난받을 만한 일도 없다고 생각했다. 이윽고 그는 다시 울프에게로 눈길을 돌렸다. 그는 자신도 모르게 신경질적으로 턱을 좌우로 움직이고 있었는데, 한참 있다가 깨달은 듯 입을 꽉 다물더니 다시 힘을 빼면서 말했다.

"솔직히 말해서 당신이 아신다면 고맙겠다고 생각했었습니다. 굿드윈 씨의 이야기를 듣고 어쩌면 아시는 게 아닐까 생각했었지요. 당신이 내 입장이라면 사직하겠다고 말씀하셨지요? 그러나 그만둔다고 해서 대체 어떤⋯⋯."

숨을 죽인 듯 조용하게 오후를 보내겠다는 울프의 계획에 다시 방해가 끼어들어와 나는 트루먼의 이야기를 끝까지 들을 수가 없었다. 복도에서 요란하게 문을 노크하는 소리가 언제까지나 계속되고 있었다. 나는 홀로 나가며 사건이 새롭게 진전되었으니만큼 뉴욕에서 온

두 사람의 손님과 또 얼굴을 마주 대하게 될 모양이라고 절반쯤 예상하면서 문을 열었다. 그런데 거기에는 전혀 다른 세 사람 루이 세르반과 마르코 뷰크식과 콘스탄서 벨린이 있었다.

뷰크식이 무뚝뚝하게 말했다.

"울프 씨를 만나고 싶은데——."

나는 세 사람에게 들어오라고 말했다.

"여기서 잠깐 기다려주십시오." 나는 내 방을 가리키며 다음말을 이었다. "울프 씨는 지금 밸리 트루먼 씨와 이야기 중이십니다."

콘스탄서가 뒷걸음질치다가 홀 벽에 부딪쳤다.

"어머나!"

콘스탄서는 마치 내가 두꺼비며 뱀이며 독을 품은 도마뱀을 주머니에 하나 가득 넣고 있기라도 한 듯한 얼굴을 하고 있었다. 그녀는 복도로 나가는 문의 손잡이를 붙잡았다. 뷰크식이 그 팔을 움켜잡았으므로 내가 말했다.

"잠깐만 기다리십시오. 젊고 매력적인 사나이에게 그 어깨에 매달려 실컷 울게 해달라고 조른다면 울프 씨로서도 어쩔 수 없지 않을까요? 자, 여러분, 이쪽으로 오십시오."

울프의 방문이 열리고 트루먼이 나왔다. 홀이 어두컴컴했기 때문에 누가 와 있는지 알아차릴 때까지 조금 시간이 걸렸다. 트루먼이 태연한 체하고 있을 수 있었던 것도 콘스탄서를 알아보기 전까지였다. 콘스탄서를 찬찬히 바라보고 있는 동안 그 얼굴에서 핏기가 사라져갔다. 그리고 입이 세 번 벌어졌으나 말은 나오지 않았다.

콘스탄서에게서도 트루먼을 그런 상태로 몰아넣어 조금이나마 마음이 후련하다는 듯한 표정은 찾아볼 수 없었다. 트루먼 따위는 눈에 들어오지도 않는 것 같았기 때문이다. 콘스탄서가 나에게로 눈을 돌리고 이제는 울프 씨를 만날 수 있지 않느냐고 말하자 뷰크식이 그녀의 팔을 잡았다. 트루먼은 멍해 있으면서도 옆으로 비켜서서 두 사람을 지나가게 했다. 나는 트루먼을 내보내기 위해 홀에 남아 있었다. 그는 두서너 마디 세르반과 이야기를 나눈 다음 나갔다.

새로 온 손님들은 울프를 기쁘게 하지도 않았고, 성나게 하지도 않은 모양이었다. 콘스탄서 벨린을 보고도 흥분한 것 같은 기색이 없었지만, 여느 때보다는 약간 마음을 쓰고 있었다. 뷰크식과 세르반에게는 하루 종일 포카혼타스 별관에 얼굴을 내밀지 않고 방에 틀어박혀 있었던 것을 사과했다. 세르반은 이처럼 불행한 일이 생기고 말았지만, 너무 걱정할 건 없다고 정중하게 말했다. 뷰크식은 자리에 앉자 두 손으로 흐트러진 숱많은 머리를 긁어올리며 모처럼의 모임이 형편없이 되고 말았다고 퉁명스럽게 말했다. 울프가 예정된 행사는 중지되느냐고 묻자, 세르반은 고개를 내저었다. 그리고 기분은 그럴 형편이 못되지만 예정대로 일을 진행시킬 생각이라고 말했다. 그로서는 '15명의 명요리장' 가운데 연장자로서 동료들을 맞이하여 대접할 수 있는 이 경사스러운 기회를 몇 해 전부터 즐거움으로 삼아왔다는 것이었다. 늙은 나이에 어울리는 요리인으로서 생애 최고 순간이 될 터였는데 믿기 어려운 참혹한 사건이 일어나고 말았지만, 예정했던 대로 일을 진행시키겠다고 말했다. 그날 밤에는 주인역을 맡은 최고참자로서 2년 동안에 걸쳐 준비한 '미각(味覺)의 신비'라는 연설을 하고, 이튿날 정오에는 네 사람이나 된 사망에 의한 결원을 메우기 위해 새로운 멤버를 뽑을 것이라고 한다. 그리고 목요일 밤에는 울프가 '고급요리에 미친 미국의 공헌'이라는 연설을 할 것이다. 그러나 아무튼 너무 참혹하게 되고 말았다. 그리하여 동업자끼리 친밀한 모임은 이것으로 모두 엉망이 되었다고 한탄했다. 울프가 말했다.

"하지만 세르반 씨, 그렇게 우울한 기분으로 있는 것은 소화에 좋지 않습니다. 태연해지라고 해도 무리일 테니까, 적극적으로 적의를 품는 편이 아예 낫지 않겠습니까? 이런 사건을 일으킨 사람에 대한 적의를 말입니다."

세르반의 눈썹이 치켜올라갔다.

"벨린에 대해서 말인가요?"

"천만에요. '이런 사건을 일으킨 사람'에게라고 말했습니다. 벨린 씨가 했다고 생각하시면 안 됩니다."

"아아!" 콘스탄서의 입에서 외침 소리가 새어나왔다. 의자에서 벌떡 일어나 울프에게 돌린 얼굴로 보아 달려가서 키스하는 게 아닐까, 적어도 진저이엘을 엎지르는 정도의 짓을 하지 않을까 생각했지만, 그녀는 도로 앉아서 뚫어지게 쳐다보고 있을 뿐이었다.

뷰크식이 화가 치미는 것처럼 말했다.

"그들은 증거를 잡았다고 생각하는 모양이야. 벨린이 일곱 개나 틀린 일로 그러는 모양인데, 여보게, 대체 어째서 그렇게 되었을까?"

"짐작도 할 수 없네. 그런데 마르코, 자네는 벨린 씨가 했다고 생각하나?"

"아니, 그렇게 생각지 않네."

뷰크식은 또 머리를 쓸어올렸다.

"너무하단 말이야. 한동안은 나를 의심했으니……디나와 춤을 추었기 때문에 내 피가 끓어 올랐으리라고 생각한 걸세. 물론 확실히 끓기는 했네!"

뷰크식은 물어뜯을 것 같은 말투였다.

"자네로선 알 수 없을 걸세, 네로. 그런 여자와 춤추면……그녀는 불같은 여자일세. 한 번 내 피를 끓게 했으니, 또다시 끓게 할 수 있다는 것은 의심할 여지가 없지. 그녀가 곁에 와서 내가 그것을 느끼고, 이제는 어떻게 되어도 괜찮다고 생각하면 그 불 속에 몸을 던질 수도 있다네. ”

뷰크식은 어깨를 으쓱하더니 갑자기 거칠게 소리쳤다.

“그렇지만 저 들개 같은 놈의 등을 찌르다니 ! 그는 찌를 만한 가치도 없는 놈이라네 ! 침이라도 뱉어주면 그것으로 충분해. 그러나 네로, 좀 들어보게. ”

그는 함께 온 사람들을 턱짓으로 가리켜보였다.

“자네와 만나게 하려고 벨린 양과 세르반 씨를 데리고 왔네. 내가 권했지. 자네도 벨린이 했다고 생각한다는 것을 알았다면 벌써 손을 들었겠지. 그러나 자네는 다행히 그렇게 생각지 않고 있네. 저쪽에서 서로 의논했는데, 대부분의 사람들이 벨린을 구하기 위해 돈을 내기로 동의해 주었다네. 뭐니뭐니해도 그는 다른 나라에서 왔으니까. 그래서 나도 벨린을 구해낼 가장 좋은 방법은 자네에게 있다고 보네. ”

“울프 씨, 알아주십시오” 하고 세르반이 진지한 표정으로 말참견을 했다. “이런 짓을 해야 한다는 것이 분해서 견딜 수가 없습니다. 당신은 우리가 초대한 주빈, 내가 초대한 주빈입니다. 그러한 당신에게 이런 말을 부탁드린다는 것이 당치도 않은 일이라는 것은 잘 알고 있습니다. 하지만 어쩌겠습니까. ”

“하지만” 하고 뷰크식이 뒷말을 맡아 나섰다. “모두들 매우 호기 있게 돈을 내주었다네. 자네가 언제나 받고 있는 값을 이야기했더니 말이야. ”

콘스탄서는 의자 끝머리까지 몸을 내밀고 앉아 있었는데, 이 때 그만 쓸데없는 말참견을 하고 말았다.

“나도 1만 1천 프랑을 내기로 했어요. 그러나 니스 은행에 예금되어 있어 이쪽으로 찾아 오려면 시간이 좀 걸립니다. ”

“그만두시오 ! ”

울프는 고함치듯이 하여 간신히 그 말을 가로막았다. 그는 세르반에게 손가락을 쑥 내밀고 말을 이었다

"아무래도 마르코가 당신에게 내가 욕심이 많다는 이야기를 한 모양이군요. 분명 그 말이 맞소. 여러 가지로 돈이 들기 때문에 보통 나의 의뢰인은 돈을 듬뿍 뺏기지요. 그러나 마르코도 어차피 말을 할 바에는 내가 어떻게 할 수 없을 만큼 로맨틱한 사나이기도 하다는 점까지 이야기해 두었더라면 좋았을 텐데 말이오. 나에게 있어 주인과 손님의 관계는 신성한 것이오. 손님은 '따뜻한 대접'이라는 쿠션 위에 놓여 있는 보석이지요. 그리고 주인은 그 객실과 조리장의 제왕이니까 몸을 낮추어 그 이하의 역할을 해선 안 되오. 그러니까 이제 그 이야기는 그만 두는 게."

"무엇을 그렇게 복잡하게 말하는 건가!" 뷰크식이 조급한 태도를 보였다. "대체 어쩌겠다는 거지, 네로? 벨린을 위해서 아무 것도 하지 않겠다는 말인가?"

"아니지, 돈 이야기는 하지 말자는 걸세. 나로서도 잠자코 앉아서 보고만 있을 수는 없어. 자네들이 오기 전에 이미 그렇게 결정했던 걸세. 아무튼 나를 초대해 준 주인되는 사람들로부터 돈을 받을 수는 없네. 게다가 우물거리고 있을 사이도 없으니까 혼자 생각해 보고 싶어. 그러나 이렇게 여기에 와 있으니까."

울프의 눈이 콘스탄서를 향했다.

"벨린 양, 당신은 래스지오 씨를 살해한 것은 아버지가 아니라고 확신하고 있는 것 같은데, 어째서지요?"

콘스탄서의 눈이 커다랗게 뜨여졌다.

"어째서라니……당신도 그렇게 확신하고 계시잖아요. 분명히 그렇게 말씀하셨지요? 아버지가 그런 짓을 하셨을 리가 없어요."

"내가 말한 것은 아무래도 좋소. 어떤 증거가 있소? 뭔가?"

"그냥……어이없어요! 누구라도 그런 것은——."

"알겠소, 증거는 없다는 말이군요. 그럼, 래스지오 씨를 살해한 범인에 대해 마음이 짚이는 일이라든지 증거같은 건 없습니까?"

"없어요! 누가 죽였든 알 바 아니에요! 다만 아버지가 아니라는 것쯤은——."

"흥분하지 말아요, 벨린 양. 말해 두겠지만, 우리는 어려운 문제를 안고 있는데 시간이 별로 없소. 여기서 나가면 방으로 돌아가서 마음을 가라앉히고, 카노와 수퍼에 도착한 뒤에 보거나 들은 일을 모조리, 뭐든지 다시 한 번 철저하게 다 검토해 보시오. 철저하게 말이오. 그리고 조금이라도 뭔가 의미가 있을 듯이 생각되는 일이 있으면 써놓는 거요. 이것은 일이오. 당신이 아버지를 구하는 데 도움이 될지도 모르는 일은 이것밖에 없소. 이것을 절대로 잊지 않도록, 알았지요?"

울프는 다시 시선을 옮겼다.

"세르반 씨, 우선 벨린 양에게 한 것과 같은 질문입니다만, 벨린 씨가 한 짓이 아니라는 증거나 또는 다른 사람이 했다는 심증 같은 게 없습니까?"

세르반은 천천히 고개를 저었다.

"유감입니다. 그러나 아무래도 벨린의 무죄를 증명하려면, 진범을 찾아내고 증거를 굳히는 것밖에 달리 방법이 없겠지요. 누군가에게 반드시 죄가 있을 테니 말입니다. 어찌되었든 래스지오가 죽었으니까요. 누구에겐가 혐의를 둘 수 있다는 것을 알면서도 감춘다면 벨린을 구하는 일이 되지 않겠지요."

가장 나이가 많은 명요리장은 또다시 고개를 저었다.

"하지만 누군가를 끌어넣게 될 만한 일은 전혀 알지 못합니다."

"알겠습니다. 그럼, 벨린 씨의 리스트에 관한 일인데, 그가 직접 당신에게 그것을 건네주었습니까? "

"네, 식당에서 나오자 곧. "

"그의 서명이 있었습니까? "

"네, 주머니에 넣기 전에 틀림없이 살펴보았습니다. 누구의 것인지 알 수 있도록 확인해 둔 거지요. "

"벨린 씨가 리스트를 당신에게 건네주고 나서 당신이 그것을 트루 먼 씨에게 넘겨줄 때까지 사이에 누군가가 그의 리스트를 슬쩍 바꿔칠 만한 기회는 없었다고 단언할 수 있겠습니까? "

"네, 단언할 수 있습니다. 리스트는 안주머니에 들어 있었거든요. 물론 아무에게도 보여주지 않았습니다. "

울프는 잠깐 세르반을 응시하더니 한숨을 쉬고 뷰크식 쪽을 향해 말했다.

"이번에는 자네로군, 마르코. 자네는 어떤 일을 알고 있나? "

"아무 것도 모르네. "

"자네가 래스지오 부인에게 춤을 추자고 부탁했나? "

"나는……아니, 그것과 이 사건이 무슨 관계가 있다는 건가? "

울프는 뚫어지게 뷰크식에게 눈길을 쏟으면서 중얼거리듯 말했다.

"그렇게 정색할 건 없네, 마르코. 지금으로선 아무 것도 모르니 어쩔 수 없어. 그러니 실례가 되지 않는 범위 안에서의 질문이라면 용납해 주어야지. 자네가 래스지오 부인에게 춤추자고 부탁했나? 아니면 그녀가 부탁하던가? "

뷰크식은 이마에 주름을 모으고 잠자코 있었다. 마침내 그는 화가 치민 말투로 대답했다.

"그녀 쪽에서 먼저 말한 것으로 기억하네. 하지만 그녀가 말하지 않았다면 내 쪽에서 부탁했을지도 모르네. "

"자네가 라디오를 켜도록 부탁했나? "

"아니."

"그럼, 그때의 라디오와 댄스는 그녀가 생각해 낸 것이로군?"

"제기랄!" 뷰크식은 오랜 친구에게 얼굴을 찡그려보였다.

"나로서는 잘 모르겠지만, 네로, 그것과 이 일이——."

"물론 모르겠지. 나도 모른다네. 그러나 얽힌 매듭의 끄트머리가 엉뚱한 곳에 파묻혀 있는 경우도 있거든. 친구를 잃는 두 가지 확실한 방법은 첫째로 그에게 돈을 빌려주는 일, 둘째로 여자에 대한 그의 태도에 뭔가 감추어져 있지 않을까 의심을 던지는 일이라지 않는가? 그러나 내가 자네의 우정을 잃는 일은 없겠지. 래스지오 부인이 자네와 춤을 추고 싶다는 욕구를 누를 수 없었다는 것도 참으로 있을 수 있는 일일세. 아니 마르코, 성내지 말게. 경솔하게 지껄이는 것이 아닐세. 그럼, 괜찮으시다면 여러분, 이제 그만…… 혼자 곰곰이 생각해 봐야겠으니까……."

세 사람은 일어섰다. 세르반이 넌지시 지불금에 대한 이야기를 꺼내려고 했으나, 울프는 그것을 뿌리치고 말았다. 콘스탄서는 울프에게로 가까이 가서 그 손을 잡고 분명히 호소하는 듯한 표정으로 그를 쳐다보았다. 뷰크식은 여전히 이마에 주름을 잡은 채 두 사람의 동행인과 함께 고맙다는 인사말을 했는데, 진심으로 감사하는 것 같았다. 나도 함께 홀까지 가서 세 사람을 밖으로 내보냈다.

방으로 돌아온 나는 자리에 앉아 울프가 골똘히 생각하고 있는 것을 지켜보았다. 울프는 눈을 감고——그의 집에서 자신의 의자에 앉아 있는 것만큼 편해 보이지는 않았지만——마음에 드는 자세로 의자등받이에 깊숙이 기대앉아 있었다.

입술이 조금 움직이지 않았다면 잠들어 있는 것으로 보였으리라. 나도 내 나름대로 생각해 보았지만, 내가 생각하는 일이란 뻔한 것이다. 나에게는 벨린의 짓인 것처럼 생각되었으나, 본인이 한사코 아니라고 우긴다면 뷰크식이나 블랑으로 바꾸어도 상관없었다. 내가 알고 있는 한 그 밖의 사람은 전혀 문제가 되지 않았다. 물론 뷰크식이 맛을 감정하고 있는 동안 래스지오가 잠깐 식당을 비웠다가 나중에 다시 돌아와 발렌코나 롯시가 맛을 감정하기 전이나 후에 그를 바늘겨레로 잘못 보았을 가능성도 있지만, 결코 있음직한 일로 생각되지는 않았다.

나는 전날 밤 내내 큰 별실에 있었으므로, 누군가 작은 별실에 들어가는 것을 알아차렸는가 어떤가 하는 것보다 아무도 거기에 들어가지 않았다고 단언할 수 있는가 어떤가 기억을 더듬어 보았다. 단언할 수 있을 것 같았다. 30분 이상 돌지 않는 머리를 혹사해도 나에게는 역시 벨린인 것처럼 생각되었으므로, 울프가 돈을 내겠다는 제의를 두 군데 다 거절한 것은 현명한 일이었다고 생각했다. 성공 보수를 받을 수 있는 가능성이 그다지 없을 것 같았기 때문이다.

울프가 몸을 움직이는 것이 보였다. 그는 눈을 감은 채 입을 열었다.

"아치, 어젯밤 포카혼타스 별관의 정면 현관에서 근무하고 있던 흑인이 두 사람 있었지? 그들이 지금 어디에 있는지 알아봐주게."

나의 벗 오델을 만나 그에게 조사시키는 것이 가장 빠르리라고 생각되어 나는 내 방으로 가서 전화를 걸었다. 10분도 되기 전에 나는 울프의 방으로 건너가 조사 결과를 보고했다.

"6시부터 또 포카혼타스 별관에서 근무하고 있답니다. 지금은 6시 7분입니다. 두 사람의 이름은──."

"됐네, 이름은 필요없어."

울프는 윗몸을 일으키더니 나에게로 눈을 돌렸다.

"우리의 적들은 사방에 벽을 쌓고 그 속에 들어 앉아 버렸네. 그리고 절대로 안전하다고 생각하고 있는데, 그것도 무리가 아니지. 둘

레를 에워싸고 있는 벽에는 문도 없고 창문도 없네. 그 속에 들어
박혀 있는 것은 아마도 여자일 걸세. 그러나 꼭 하나, 조그마한 틈
이 있네. 그 틈을 억지로라도 열 수 있을지 어떨지 부닥쳐보는 수
밖에 없겠지. "

울프는 크게 한숨을 내쉬었다.

제7장

7시 20분 전에는 이미 포카혼타스 별관에 도착해 있었다. 플리츠 블레너가 1천 마일이나 떨어진 곳에 있는데도 울프는 퍽 멋들어지게 예복을 차려입고 있어서, 쇼윈도에 장식할 마네킹 인형 대신으로 빌려주어도 좋을 정도였다.

당연히 나는 울프가 급사에게 관심을 보인 일에 호기심을 품고 있었으나, 그 호기심은 채워지지 않았다. 홀에 들어가 모자를 맡기자 울프는 별실에 가 있으라고 눈짓하고 자기는 뒤에 남았다. 나는 오델의 정보가 옳았다는 것을 깨달았다. 두 급사는 전날 밤에 근무했던 흑인들이었던 것이다.

만찬이 시작되려면 아직 한 시간 이상이나 남았으므로 큰 별실에는 셰리 주를 마시며 뜨개질을 하고 있는 몽도르 할머니와 리제테 프티를 사이에 두고 소파에 앉아 열심히 이야기하고 있는 발렌코와 키스밖에 없었다. 나는 저녁인사를 하고 몽도르 할머니에게 가서 뜨개질을 프랑스어로 뭐라고 하는지 물으려고 했는데, 손짓이 통하지 않자 흥분하기 시작하여 잘못하다가는 맞붙게 될지도 모를 것 같아 물러나

오고 말았다.

울프가 홀에서 들어왔다. 그 눈빛으로 보아 아까 말한 벽 틈을 아직 잃지 않았다는 것을 알 수 있었다. 울프는 그 자리에 있는 사람들에게 인사하고, 두서너 가지 질문을 하여 루이 세르반이 조리장에서 만찬 준비를 감독하고 있음을 알았다. 그는 다시 내 쪽으로 다가오더니 낮은 목소리로 서둘러 해줘야 할 일에 대해서 짤막하게 설명했다. 조금만 더 일찍 말해 주었더라면 좋았을 텐데……예복을 말끔히 차려입은 다음에야 여기저기 뛰어다니게 하다니, 아무래도 좀 너무하다고 생각했다. 특히 공짜 일이라고 생각하니 울화가 치밀었지만, 나는 불평 한 마디 하지 않고 모자를 가지러 갔다.

나는 잔디밭을 가로질러 오솔길로 나가자 본관을 향했다. 걸으면서 나는 이번에도 새로운 연줄을 개척하지 않고 또 오델을 쓰기로 했는데, 운좋게도 엘리베이터 옆 복도에서 그와 만났기 때문에 여기저기 물어보고 다니는 수고를 덜 수 있었다. 오델은 기쁜 듯이 기대를 담아 나를 보았다.

"울프 씨에게 이야기해 주었나? 울프 씨는 리게트 씨를 만나보았나?"

"아니, 아직……좀더 시간을 주어도 되지 않겠나? 걱정하지 말게나. 지금은 서두를 일이 좀 있다네. 되도록 새것으로 좋은 인주와 광택있고 매끈매끈한 흰 종이 5, 60장, 그리고 돋보기가 필요하네."

"놀랍군." 오델은 나를 빤히 쳐다보았다. "대체 누구네에서 일하고 있나? 에드거 파버인가?"

"아니, 파티가 있다네. 어쩌면 리게트 씨도 올지 모르네. 서둘러주게, 알겠지?"

오델은 거기서 기다리라고 말한 뒤 모퉁이를 돌아 사라졌다. 5분쯤 지나자 그는 세 가지 물건을 모두 갖추어들고 되돌아왔다. 내가 그것을 받아들자 오델이 말했다.

"인주와 종이는 나중에 돈을 지불해 주어야겠네. 돈보기는 내 것을 빌려주는 거니까 가지고 돌아가지 말게."

나는 알았다고 말했다. 그리고 고맙다는 인사를 하고는 바쁘게 헤어졌다. 돌아올 때는 아프셔 별관 앞을 지나는 오솔길로 가서 잠깐 60호실에 들러 물건을 찾았다. 욕실에서 털컴 파우더 병을 집어다 노트와 만년필과 함께 주머니에 넣고, 내가 가지고 온 《범죄학회보》를 찾아 그 책장을 넘겨 지문의 새로운 분류법을 그림으로 해설해 놓은 곳을 폈다. 그리고 그 페이지를 칼로 오려내어 오델에게서 받은 종이를 대고 둘둘 말아들고 아프셔 별관을 나와 포카혼타스 별관으로 향했다. 그동안 줄곧 울프가 나에게 준비시킨 물건들을 참고하여 억지로 비틀어열려고 하는 틈이 어떤 종류의 것인지 나는 계속 생각하고 있었다.

그 일에 대해 울프는 전혀 설명해 주지 않았다. 그러나 바쁘게 일하고 돌아다닌 것이 틀림없었다. 내가 떠나 있었던 것은 겨우 15분쯤이었는데, 트루먼이 콘스탄서 벨린의 급습을 받았을 때 바리케이드 역할을 해준 테이블 앞에다 작은 별실에서 가져온 가장 큰 의자를 놓고 작업을 시작하고 있었기 때문이다. 테이블을 사이에 두고 세르게이 발렌코가 의심스러운 표정을 지으면서도 단념한 듯이 앉아 있었다.

울프는 발렌코와 이야기가 끝나자 내 쪽을 돌아보며 말했다.

"모두 갖추어졌나, 아치? 좋아. 인주와 종이는 이 테이블 위에 놓게. 이 조사를 맡은 이상 모두들에게 두서너 가지 묻고 싶은 일도 있고, 지문도 채취해야 한다고 말했지. 그랬더니 첫 번째로 발렌코 씨를 보내주었네. 손가락 지문을 모두 채취해주게."

이것은 참 큰일이었다. 네로 울프가 지문을 모은다는 것만도 큰일인데, 이미 식당은 경찰관들에 의해 마구 흩뜨려지고 출입금지도 풀려 있었던 것이다. 지문 채취가 적을 속이기 위한 수단이라는 것은 알고 있었지만, 울프의 참다운 뜻이 무엇인지 아직 파악되지 않았으므로 나는 하는 수 없이 도로의 상황도 모르는 채 그의 뒤를 따라가는 수밖에 없었다. 나는 발렌코의 지문을 두 장의 종이에 뜨고 이름을 써넣었다. 울프는 고맙다는 인사를 하고 그를 돌려보냈다.

둘만이 남게 되자 나는 물었다.

"대체 이 신원조사국은……."

"나중에 해주게, 아치. 발렌코 씨의 지문에 파우더를 뿌려야 하네."

나는 울프를 뚫어지게 보며 다시 물었다.

"대체 어째서 파우더 같은 것을?"

"그편이 전문가답게 보이고 수수께끼처럼 보일 게 아닌가? 어서 뿌리게. 그리고 잡지에서 오려낸 페이지를 이리 주게나. 됐네. 나무랄 데 없군. 위쪽의 절반만 쓰기로 하세. 절반을 잘라서 주머니에 넣어두게나. 돋보기를 테이블 위에 놓고, 아아, 부인, 어서 앉으십시오!"

몽도르 할머니는 뜨개질거리를 안고 있었다. 울프가 프랑스어로 몇 가지 질문을 했으나, 나는 그것을 통역해 달라고 하지 않았다. 이윽고 울프가 할머니를 내게로 보내자 나는 그녀의 지문을 떴다. 그리고 막 채취한 또렷한 지문에다 그 털컴 파우더를 뿌렸는데, 그처럼 어이없는 기분은 생전 처음 느껴보았다. 울프는 모두들에게 각기 두서너 가지 질문을 했다. 그 목소리며 태도를 모조리 알고 있었으므로 내 귀에는 그가 하고 있는 일도 내가 하는 일만큼이나 엉터리같이 느껴졌다. 게다가 아무리 해도 틈을 비틀어여는 것처럼 들리지는 않았다.

이어서 로렌스 코인의 중국인 아내가 들어왔다. 곧 만찬회에 나갈
수 있도록 빨간색 비단 드레스를 입고, 검은 머리에 작은 아메리카
석남화 가지를 꽂고 있었는데, 홀쭉하니 마른 몸매에 얼굴이 작고 눈
이 가늘어서 세계 일주 배여행을 권유하는 포스터 같았다. 다른 사람
들을 조사할 때는 그런 말을 하지 않았는데, 울프가 날카롭게 노트를
준비하라고 말했으므로 노린 것은 이 여자였구나 하고 곧 깨달았다.
그러나 똑같은 질문을 했으며, 내가 지문을 채취하기 전에 그 일에
대해 설명했을 뿐이었다. 그러나 아직도 뭔가 남아 있는 것 같았다.
손가락 끝을 닦도록 내가 이미 더러워진 손수건을 내주자 울프가 의
자등받이에 기대앉으며 낮은 목소리로 물었다.

"그런데 코인 부인, 트루먼 검사의 이야기에 의하면 어젯밤 산책하
고 있는 동안 당신은 오솔길에서 종업원 한 사람을 만난 것 말고는
아무도 보지 못하셨다더군요. 그 종업원에게 지금 울고 있는 새의
이름이 뭐냐고 묻자 쏙독새라고 가르쳐주었다고 했는데, 지금까지
쏙독새의 울음 소리를 들어본 일이 없었습니까?"

코인 부인은 들어왔을 때부터 전혀 생기가 없었는데, 이 때도 아무
변함이 없었다.

"네, 캘리포니아에는 없기 때문에……."

"그렇다더군요. 당신은 소스 맛 감정이 시작되기 전에 밖으로 나갔
다가 뷰크식 씨가 식당에 들어간 조금 뒤 별실로 돌아오셨습니다
맞습니까?"

"밖으로 나간 것은 시작하기 전이었어요. 그러나 돌아왔을 때 어느
분이 식당에 계셨는지는 모릅니다."

"나는 알고 있소. 뷰크식 씨였지요."

울프의 목소리가 너무나도 차분하고 아무렇지도 않은 듯했기 때문

에 뭔가 있구나 하는 것을 알 수 있었다.

"그리고 당신은 자리를 비운 동안 내내 바깥에 있었다고 트루먼 씨에게 말하셨더군요. 맞습니까?"

코인 부인이 고개를 끄덕였다.

"네."

"저녁식사가 끝나 별실을 나왔을 때, 밖으로 나가기 전 부인의 방에 들르지는 않았습니까?"

"아니오, 춥지 않아서 걸칠 것도 필요없었고……."

"알았습니다, 단순히 여쭈어보고 있을 뿐입니다. 그러나 밖에 나가 계시다가 좁은 테라스에서 왼쪽 물림의 복도로 들어가 그리로 해서 부인의 방으로 가지 않았습니까?"

"아니오." 코인 부인의 말투는 나른하고 침착했다. "내내 밖에 있었어요."

"한 번도 부인의 방에 가지 않았습니까?"

"네."

"다른 곳에도?"

"줄곧 밖에 있었어요. 주인에게 물어보시면 아시겠지만, 밤에 밖으로 나가기를 좋아해요."

울프는 얼굴을 찡그리며 다시 물었다.

"그리고 돌아오실 때는 정면 현관으로 들어와 곧장 큰 별실로 오셨군요?"

"네, 당신도 계셨었지요. 주인과 함께 계시는 것을 보았어요."

"그랬지요. 그런데 코인 부인, 솔직히 말해서 당신의 말씀을 들으니 약간 얼떨떨합니다. 그러나 설명을 들으면 분명해지겠지요. 지금 들은 이야기로 생각하면——물론 트루먼 씨에게 이야기한 것도 마찬가지입니다만——당신께서 손가락이 끼였던 문은 어떤 문이었지요 ? ”

코인 부인은 훌륭할 정도로 무표정한 얼굴을 울프에게 보이고 있었다. 눈썹 하나 까딱하지 않았다. 어쩌면 눈이 좀더 가늘어졌는지도 모르지만, 나는 그 움직임을 깨닫지 못했다. 그러나 그 자리에서 선뜻 대답할 정도로 억세지는 않았다. 그녀는 10초쯤 무표정한 얼굴을 울프에게로 돌리고 있었다.

“아아, 네, 내 손가락 말씀이군요. ”

코인 부인은 흘끗 손가락으로 눈길을 떨어뜨렸다가 다시 얼굴을 들었다.

“주인에게 키스해 달라고 했었지요. ”

울프가 고개를 끄덕이면서 다시 물었다.

“나도 들었습니다. 어떤 문에 끼었었지요 ? ”

코인 부인은 이미 대답할 말을 준비해 놓고 있었다.

“현관의 큰 문이에요. 그것을 밀기가 얼마나 어려운지는 잘 알고 계시겠지요 ? 게다가 또 닫을 때는 정말——. ”

울프가 날카롭게 말참견을 했다.

“아니, 부인, 그런 말은 통하지 않습니다. 이미 현관 급사와 홀의 급사를 심문하여 공술(供述)을 받았습니다. 두 사람 다 당신이 나간 것을 기억하고 있고 돌아온 것도 기억하고 있더군요. 실은 화요일 밤에 두 사람 다 트루먼 씨에게 그 점에 대해서 심문을 받았지요. 그리고 현관 급사가 문을 열어주었으며, 손가락은 끼이지 않았다고 단언했습니다. 또 홀에서 별실로 들어가는 문에 끼었다고 할 수도 없지요. 나는 당신이 들어오는 것을 이 눈으로 직접 보았으니까요. ”

코인 부인의 얼굴에는 여전히 아무 표정도 떠올라 있지 않았다.

“실수로 나를 아프게 했기 때문에 현관 급사가 거짓말하고 있는 거예요."

부인은 아주 태연했다.

"나는 그렇게 생각지 않습니다."

"틀림없어요, 거짓말하고 있는 거예요." 부인은 벌떡 일어나며 날카롭게 말했다. "주인에게 말해야겠어요!"

코인 부인은 잰걸음으로 그 자리를 떠났다.

울프가 외쳤다.

"아치!"

나는 뛰어가 문과 부인 사이에 가로막아섰다. 부인은 나를 밀어젖히고 지나가려고는 하지 않았다. 그녀는 얌전히 걸음을 멈추더니 내 얼굴을 올려다보았다.

"이리로 돌아와 앉으십시오" 하고 울프가 말했다. "당신이 결단력 있는 분이라는 것은 압니다만, 나도 그 점에 있어서는 마찬가지입니다. 아치라면 한 손으로 당신을 붙잡을 수 있지요. 당신이 쇳소리를 질러 사람들이 모여들게 될지도 모르지만, 모여든 사람들을 쫓아보내고 나면 우리는 다시 여기에 남게 됩니다. 앉으십시오."

코인 부인은 하라는 대로 앉아서 새침하게 말했다.

"쇳소리로 고함칠 일은 없어요. 나는 주인에게 이야기하고 싶었을 뿐이에요……."

"그러니까 현관 급사가 거짓말을 했다는 말이지요? 그러나 거짓말 같은 것은 없었습니다. 아무튼 나로서는 당신을 필요 이상 괴롭히고 싶지는 않습니다. 아치, 식당문에 남아 있던 지문의 사진을 이리 주게."

나는 마음 속으로 생각했다.

'이거 난처하게 됐군. 내가 재치있게 임기응변으로 적당히 헤치우리라 생각하는 모양인데, 나의 재치도 바캉스를 가서 텅 비어 있는 경우가 있지 않겠는가? 그런 경우를 당해 보지 않고서는 나에게 미리 사정 이야기를 해두는 편이 좋다는 것을 깨닫지 못한단 말인가?'

그러나 물론 이 경우 해답은 하나밖에 생각할 수 없었다. 나는 잡지에서 오려내온 지문 사진을 주머니에서 꺼내 울프에게 주었다. 이어서 간신히 사정을 납득할 수 있었으므로 지금 막 채취한 코인 부인의 지문을 울프 쪽으로 밀어주었다. 울프는 돋보기를 집어들고 비교하기 시작했다. 울프는 두 장의 종이를 나란히 놓고 적당히 간격을 두고 만족스럽게 고개를 끄덕이며 충분히 시간을 들여 돋보기 너머로 찬찬히 살펴보고 있었다.

이윽고 울프가 말했다.

"매우 닮은 것이 세 개 있군. 똑같아 보이는데. 왼손 둘째손가락은 완전히 같고, 특히 두드러지게 똑똑히 보이는군. 아치, 어떻게 생각하나?"

나는 지문과 돋보기를 받아들고 연극을 하기 시작했다. 잡지에 나와 있는 것은 마침 억센 공원(工員)의 지문이었으므로, 이처럼 다른 두 쌍의 지문은 이제까지 본 일이 없는 것같이 생각되었다. 그러나 나는 멋지게 연극을 하여 소리내어 세는 시늉까지 한 다음 지문과 돋보기를 울프에게 돌려주었다.

"그렇군요" 하고 나는 힘주어 말했다. "분명히 같습니다. 누가 보아도 알 수 있습니다."

울프는 코인 부인을 보고 차분하게, 다정하다고 해도 좋을 만한 말투로 말했다.

"이렇습니다, 부인. 설명해 드려야 되겠군요. 물론 지문에 대해서는 누구나 다 알고 있지만, 지문을 채취하는 방법에는 그다지 알려져 있지 않은 것도 있답니다. 아치는 그 방면의 전문가요. 우리는 식당에서 테라스로 나가는 문을 가장 먼저 조사했습니다. 물론 다른 문도 조사했습니다만.

　그리고 이 지방 경찰이 발견하지 못한 지문까지 찾아내어 사진을 찍었습니다. 이처럼 당신도 아시다시피 증거를 수집하는 새로운 방법이 때때로 도움이 되는 수가 있답니다. 당신이 화요일 저녁에 손가락을 끼인 것은 테라스에서 식당으로 들어가는 문이라는 결정적인 증거를 제공해 준 셈이니까요. 전부터 그렇지 않을까 하고 주의해 보기는 했습니다만, 그런 것까지 자세히 이야기할 필요는 없겠지요. 당신에게 해명을 요구하는 것은 아닙니다. 하지만 이 증거를 경찰에 넘겨주고 나면 당연히 경찰에게 해명해야 하겠지요. 그런데 미리 말씀드려 두겠는데, 경찰에서는 호되게 다룹니다. 아무튼 당신은 트루먼 씨에게 사실대로 말하지 않았으므로 그들은 그것이 마음에 들지 않을 테니까요. 트루먼 씨가 밤의 산책에 대해 물었을 때, 테라스에서 식당으로 들어왔다는 것을 솔직하게 인정했었더라면 좋았을 겁니다."

코인 부인은 내가 생각해낼 수 있는 사람 가운데 누구보다도 무표정한 얼굴을 잘 꾸몄다. 그 얼굴은 그녀가 뭔가를 생각하고 있다 할지라도 대체 어디서 젓가락 한 짝을 잃었을까 생각하는 듯 무심하게 보였다. 마침내 그녀의 입이 열렸다.

"식당에는 들어가지 않았습니다."

울프가 어깨를 움츠리면서 말했다.

"경찰에게 그렇게 말하면 되겠지요. 당신은 트루먼 씨에게 거짓말을 했고, 아치의 노트에도 기록되었듯이 여기서 거짓말을 했고, 현관 급사를 비난하려고 한데다 이 지문이 있으니까요."

코인 부인이 손을 뻗치면서 말했다.

"잠깐만 보여주세요, 보고 싶어요."

"경찰이 보여드릴지도 모르지요. 보여주는 편이 좋다고 생각한다면 말입니다. 대단히 죄송합니다만, 부인, 이 사진은 중요한 증거이기 때문에 자국 하나 없이 깨끗하게 경찰에 넘겨주고 싶습니다."

그녀는 아주 조금 몸을 움직였지만, 그 얼굴에는 역시 아무런 변화도 나타나지 않았다. 한참 동안 잠자코 있더니 이윽고 입을 열었다.

"실은 왼쪽 물림의 복도에 들어갔었어요. 좁은 테라스로, 내 방에 갔는데 욕실문에 손가락이 끼였던 거예요. 그 뒤 래스지오 씨가 시체로 발견되자 나는 무서워서 전혀 안에 들어가지 않았던 것으로 하려고 생각했던 거예요."

울프는 고개를 끄덕이며 낮은 목소리로 말했다.

"그런 수법으로 나가는 것도 좋을지 모르지요. 그 말로써 어떻게 되리라고 생각한다면 해 보십시오. 물론 아직 식당문에 남아 있는 지문에 대해서는 설명이 되지 않았다는 것을 아실 테지요? 어찌되었든 당신은 지금 곤란한 입장에 놓여 있습니다. 가능한 한 손을 쓸 수밖에 없겠지요."

울프는 갑자기 내 쪽을 돌아보더니 마구 고함을 질렀다.

"아치! 현관의 전화실에 가서 본관에 있는 경찰관에게 연락하고 오게. 지금 곧 좀 이리로 와달라고 말일세."

나는 그다지 서두르지 않으며 일어났다. 그리고 노트며 만년필 따위를 정리하면서 시간을 벌려고 생각했지만, 그럴 필요는 없었다. 코인 부인의 얼굴에 핏기가 돌았다. 나를 흘끔 올려다보며 한쪽 손을 내밀더니 이어서 울프를 보며 귀엽게 생긴 작은 손을 양쪽 다 그에게로 뻗쳤다.

"울프 씨!" 하고 부인은 울며 매달렸다. "부탁이에요! 나쁜 짓은 하지 않았어요. 아무 짓도 하지 않았어요! 제발 부탁이니 경찰을 부르지 말아주세요."

"나쁜 짓은 하지 않았다고요?"

울프의 태도는 엄격했다.

"당신은 살인사건을 수사하고 있는 당국에 거짓말을 했습니다. 여기 있는 나에게도 거짓말을 했습니다. 그것이 나쁜 짓이 아니라고 말씀하시는 겁니까? 아치, 어서 전화를 걸게."

"그만두세요!" 부인은 이미 자리에서 일어나 있었다. "정말 나는 아무 짓도 하지 않았어요!"

"당신은 래스지오 씨가 살해되고 나서 몇 분, 어쩌면 몇 초도 되기 전에 식당에 들어왔소. 당신이 살해했소?"

"아니에요! 아무 짓도 하지 않았어요! 식당 같은 데는 들어가지 않았어요!"

"당신은 식당문 손잡이에 손을 댔습니다. 그럼, 대체 무엇을 했지요?"

코인 부인은 울프를 쳐다보고 서 있고, 나는 경찰관을 부르러 가고 싶어 안달해 하는 것은 아니었지만 언제라도 발을 내디딜 수 있도록 몸을 도사리고 서 있었다. 그러나 이윽고 그녀가 자리에 앉아서 울프를 보며 조용히 이야기를 시작하자, 그 활인화도 막을 내리고 말았다.

"이야기해야겠군요, 그렇지요?"

"나에게 하든지 경찰에 하든지 둘 중 어느 한쪽에 해야겠지요."

"하지만 당신에게 말씀드리면……언제고 당신은 경찰에 이야기하시겠지요?"

"이야기할지도 모르고 또 하지 않을지도 모르지요. 어느 쪽이라고 딱 잘라 말할 수는 없습니다. 아무튼 늦건 이르건 당신은 사실을 이야기해야만 합니다."

"그렇겠지요."

부인은 손가락을 단단히 깍지끼어 빨간 비단 드레스를 입은 무릎

위에 놓았다.

"난 무서워요. 경찰은 중국인을 좋아하지 않아요. 나는 중국인이에요. 하지만 무서운 것은 그런 일이 아니에요. 식당에서 본 남자가 무서워요. 틀림없이 그 사람이 래스지오 씨를 죽였을 거예요."

울프가 조용히 말했다.

"그게 누구였지요?"

"몰라요. 하지만 그 사람에 대해 지껄인다면 내가 그 사람을 보았기 때문에 누가 말했는지 알 거예요…… 이러나저러나 이미 다 이야기해 버렸지만 말이에요.

나는 샌프란시스코에서 태어나 그곳에서 교육을 받았지만, 중국 사람이에요. 우리는 절대로 미국 사람처럼 다루어지지 않는답니다. 어떠한 경우에도. 하지만 트루먼 씨에게 이야기한 것은 정말이에요. 내내 밖에 있었어요. 밤에 밖에 있기를 좋아한답니다. 나무와 수풀 사이의 잔디밭에 있으니까 쏙독새 우는 소리가 들리기에 오솔길을 가로질러 분수 쪽으로 갔지요. 그리고 옆쪽으로 되돌아왔는데, 왼쪽 물림이 아니라 그 반대쪽으로 오게 되었어요. 별실 안은 흐릿하게 보였지만, 식당 쪽은 유리문에 블라인드가 쳐져 있어서 보이지 않았어요. 남자분들이 소스 맛을 감정하는 것을 들여다보면 재미있으리라 생각하고——나로서는 어쩐지 그런 일들이 무척 어이없게 생각되었거든요——안을 들여다볼 틈을 찾으러 테라스 쪽으로 돌아갔지만 블라인드가 너무 꽉 닫혀 있어서 찾아낼 수가 없었어요. 그때 무엇인지 쓰러지는 듯한 소리가 식당에서 들려왔어요. 열려 있는 별실 창문으로 라디오 소리가 들리고 있었기 때문에 그것이 무슨 소리인지는 알 수 없었지요. 얼마쯤인지는 알 수 없지만, 한참 동안 그 자리에 서 있었어요. 그러나 더 이상 소리가 들리지 않기에 누군가가 화가 치밀어 올라 소스 접시를 바닥에 내동

댕이친 줄 알고 재미있겠구나 생각되어 문을 조금 열어보기로 했지요. 라디오 소리가 들리고 있었기 때문에 그 정도의 소리는 알아듣지 못할 거라고 생각했어요. 그래서 아주 조금 열었지요. 하지만 간막이 끝에 한 사나이가 내 쪽으로 옆얼굴을 보이고 서 있었으므로 테이블이 보일 정도로 열지는 않았어요. 그 사람은 손가락 한 개를 입술에 대고 있었어요. 누군가에게 아무 소리도 하지 못하도록 할 때처럼요. 그 때 그 사람이 보고 있는 상대방을 알게 되었어요. 식기실로 통하는 문이 겨우 2, 3인치 열려 있는데, 그곳으로 흑인이 얼굴을 디밀고 간막이 곁에 서 있는 남자를 쳐다보고 있었어요. 간막이 곁에 있던 남자가 내 쪽으로 돌아서려고 하여 나는 허둥지둥 문을 닫으려고 했는데, 그만 발이 미끄러져서 넘어지지 않으려고 또 한쪽 손으로 문을 잡았어요. 그 때 그 문이 닫히며 손가락이 끼었던 거예요. 식당을 엿보고 있었던 것을 들키면 우습게 생각될 것 같아 수풀 쪽으로 뛰어가 몇 분쯤 그곳에 서 있다가 정면 현관으로 돌아왔지요. 그리고 내가 별실로 들어가는 것을 당신이 보셨던 거예요."

"간막이 곁에 서 있던 사나이가 누구였지요?"

부인은 설레설레 고개를 저으며 말했다.

"모르겠어요."

"자, 부인, 이제 그런 방법은 그만두십시오. 당신은 그 사나이의 얼굴을 보았습니다."

"옆얼굴을 보았을 뿐이에요. 물론 그것만으로도 흑인이라는 것은 알 수 있었지요."

"흑인이라고요?" 하고 울프가 얼른 되물었다. "이곳 종업원이란 말입니까?"

"네, 제복을 입고 있었어요, 급사처럼."

"이곳 별관 급사 가운데 한 사람이었습니까?"

"아니오, 절대로 그렇지 않았어요, 이곳 급사들보다 더 까맣고……
아무튼 절대로 그렇지 않아요, 본 기억이 없는 사람이었어요,"

"이곳 급사들보다 더 까맣고, 그리고…무슨 말을 하려다 말았지
요?"

"밖으로 나와서 떠났으니까 이곳 급사는 아니었을 거라고 말하려고
했어요, 내가 수풀 속으로 뛰어갔었다는 건 아까 말했었지요? 뛰
어들어가서 겨우 몇 초쯤 지나서 식당문이 열리고 그가 나오더니
오솔길을 따라 뒤쪽으로 갔어요, 물론 수풀 뒤에서는 잘 보이지 않
았지만 그 사나이일 거라고 생각했어요,"

"제복이 보였습니까?"

"네, 조금, 문을 열고 등 뒤로 불빛을 받았을 때였지요, 문이 닫히
자 어두워지고 말았어요,"

"그 사나이는 뛰어갔습니까?"

"아니오, 걸어갔어요,"

울프는 이마에 주름을 모으고 말했다.

"그럼, 식기실로 통하는 문에서 들여다보던 사나이는 급사 제복을
입었던가요, 아니면 요리사 제복을 입었던가요?"

"모르겠어요, 아주 조금 문이 열렸을 뿐, 거의 눈밖에 보이지 않았
어요, 그 사람도 누구인지 알 수 없었어요,"

"래스지오 씨의 모습이 보였습니까?"

"아니오,"

"그 밖에는 아무도?"

"네, 조금 전에도 말씀드렸듯이 내가 본 건 그것뿐이에요, 그리고
세르반 씨로부터 래스지오 씨가 살해되었다는 말을 들은 뒤에야 그
게 무슨 소리였는지를 알았지요, 나는 래스지오 씨가 쓰러지는 소

리를 들었고, 그를 살해한 사나이를 본 거예요. 나는 그 사실을 알 수 있었어요. 그것이 틀림없었어요. 하지만 밖에 나가 있었던 일에 대해 여러 가지로 질문받았을 때는 차마 그 말을 하기가 무서웠어요. 게다가 어찌되었든……. "

부인은 그 작은 손을 앞가슴으로 가져갔다가 다시 무릎 위에 올려놓았다.

"물론 벨린 씨가 체포되었을 때는 딱하게 생각했어요. 그가 아니라는 것을 알고 있었으니까요. 샌프란시스코로 돌아가면 주인에게 모든 일을 이야기하고 주인이 동의하면 죄다 편지로 써서 이리로 보낼 생각이었어요. "

"그동안" 울프는 어깨를 추슬러올리며 말을 이었다.

"이 일에 대해서 누구에게든 이야기했습니까? "

"아니오. "

"그럼, 앞으로도 이야기하지 마십시오. "

울프는 반듯하게 자세를 고쳐앉았다.

"사실은 말입니다, 부인, 당신이 취한 태도는 혼자 생각하여 멋대로 행동한 것이었지만 솔직히 말해서 현명했습니다. 나에게 들릴 만한 곳에서 손가락에 키스해 달라는 말따위를 주인에게 하지만 않았어도 당신의 비밀은 아무 탈없이 지켜졌을 것이고, 따라서 당신도 안전했을 겁니다. 래스지오 씨를 살해한 범인은 저 문으로 본 사람이 있다는 것을 아마 알아 차렸을 겁니다. 그러나 당신은 겨우 2, 3인치밖에 열지 않은데다 밖이 어두웠으므로 누가 보았는지는 모를 겁니다. 본 사람이 당신이라는 것을 안다면, 샌프란시스코라 할지라도 안전하다고 할 수 없겠지요. 범인에게 당신이었다는 것을 알게 하거나 의심하게 하는 일은 절대로 하지 말아야 합니다. 아무에게도 말하지 마십시오.

다른 사람들은 간단히 끝났는데 어째서 당신만 오래 걸렸느냐고 호기심을 나타내어 이것 저것 묻거든, 지문을 찍는 데 대한 인종적인 혐오를 가지고 있었으므로 울프 씨가 그것을 설득시키는 데 아주 애먹었다고 말하는 게 좋겠군요. 똑같은 구실을 가지고 얼마 동안은 경찰도 당신을 심문하는 것은 물론 당신에게 접근하는 것조차 삼가도록 해놓겠소. 그런 일을 당하면 당신이 의혹을 불러일으키게 행동할지도 모르니까요. 그런데……."

"경찰에는 말하지 않겠다는 뜻인가요?"

"말하지 않겠다고는 하지 않았소. 내 판단을 믿는 게 좋을 겁니다. 지금 물어보려는 것은, 특히 당신의 밤 산책에 대해 뭔가 물은 사람이 없었는가 하는 점입니다. 경찰과 나 말고 여기에 모여 있는 손님 가운데 없었습니까?"

"네."

"절대로 틀림없겠지요? 별이유없이 물은 사람도 없었지요?"

"네, 없었던 것으로 생각해요……." 부인의 가느다란 눈 위의 이마에 주름이 잡혔다. "물론 주인은……."

문을 노크하는 소리가 코인 부인의 말을 중단시켰다. 울프가 나를 보고 고개를 끄덕였으므로 나는 일어나서 문을 열었다. 루이 세르반이었다. 나는 그를 안으로 들어오게 했다.

세르반은 울프 쪽으로 가까이 가더니 미안한 듯이 말했다.

"방해하고 싶지는 않습니다만, 식사하실 시간이……벌써 8시 5분입니다……."

"아아, 그래요!"

울프는 여느 때와 달리 재빠르게 일어났다.

제8장

'15명의 명요리장' 가운데 가장 나이가 위인 루이 세르반이 주인 역할을 한 그날 저녁의 만찬회——지금까지 해 온 예에 따라 5년마다 모이는 모임의 이틀째에——는 요리가 풍부하고 빈틈없이 장만되어 있었지만 즐거워야 할 모임으로서는 너무 조용한 듯 싶었다. 오르되브르(서양 요리에서 식사 전에나 또는 술 안주로 먹는 가벼운 요리)가 나오는 동안에 자유로이 주고받는 대화도 차분하지 않고 어수선했으며 자꾸만 끊겼다. 도메니코 롯시가 모두에게 들리도록 프랑스어로 뭐가 말했을 때도 서너 사람이 소리내어 웃었으나 곧 멎어버렸다. 조용한 가운데 모두들 서로 얼굴을 마주보고 있을 뿐이었다.

놀랍게도 콘스탄서 벨린도 그 자리에 나와 있었지만, 전날 밤처럼 내 옆자리는 아니었다. 그녀는 테이블 끝에 앉아 있는 루이 세르반과 콧수염을 자랄 대로 내버려둔 알지 못하는 묘한 작은 사나이 사이에 끼어 내 맞은편에 앉아 있었다. 내 오른쪽 옆자리의 레옹 블랑이 그 작은 사나이는 프랑스 대사라고 일러주었다. 그 밖에도 예정에 없었던 손님이 몇 사람 있어, 그 가운데에는 나의 벗 오델이 자신을 고용해 주기를 기대하고 있는 사람인 처칠 호텔의 레이몬드 리게트와 카노와 수퍼의 지배인 클레 애슐리와 알베르트 마르피도 눈에 띄었다. 알베르트는 그 까만 눈을 열심히 테이블 여기저기로 달리게 하여 명요리장과 시선이 마주치면 벙긋 미소를 보여주었다.

레옹 블랑이 포크 끝을 알베르트 마르피 쪽으로 돌리며 말했다.

"저기 알베르트 마르피라는 녀석이 있지요? 내일 '15명의 명요리장'의 새로운 멤버를 뽑을 때 넣어주기를 바라고 있답니다. 쳇! 녀석에게는 창조력도 없고 상상력도 없습니다! 단지 벨린이 가르쳐준 것뿐이지요."

블랑은 한껏 업신여겨 쫓아버리려는 것처럼 포크를 흔들고 나서 샤드 로 무스를 찍어들었다.

늪같은 여자——아니, 그보다 늪같은 미망인——도 그 자리에 보이지 않았지만, 그 밖의 사람은 벨린만을 빼놓고 모두 다 나와 있었다. 얼른 보기에 롯시는 딸의 남편이 살해된 일로 그다지 충격을 받지는 않은 것 같았다. 뷰크식은 우울해 보였다. 램지 키스는 상당히 취해 있어 5분에 한 번 정도로 쿡쿡 웃고 있었는데, 그의 조카라는 여자의 입에서 나온다면 그런대로 들어줄 수 있었을지도 모르는 그런 웃음이었다. 앙트레가 나오고 잠시 뒤 레옹 블랑이 나에게 말했다.

"벨린의 딸이 아주 신통하군요. 이성을 잃지 않으려고 무던히 애쓰고 있습니다. 벨린에 대한 동정심에서 루이가 자기와 대사 사이에 앉도록 해주었는데, 꿋꿋하게 아버지의 대리를 해내고 있군요."

블랑은 크게 한숨을 쉬었다.

"울프 씨가 여러 가지를 물었을 때 내가 한 말을 들으셨겠지요? 래스지오는 그런 꼴을 당해 마땅합니다. 이런 기회에 죄를 갚는다는 것이 말이오. 본디 태어나기를 파렴치한 놈으로 태어났지요. 아직 살아 있다면 지금이라도 죽여주고 싶습니다. 실제로 죽이지는 못할 테지만 말입니다. 나는 요리장이지, 푸주간 백정이 될 수는 없으니까요."

블랑은 토끼고기 찜을 꿀꺽 삼키고는 또 한숨을 내쉬었다.

"루이를 보십시오, 루이에게 있어 이 만찬회는 중요한 행사입니다. 게다가 이 시베 드 라팽도 나무랄 데 없군요. 부케 가르니의 향기가 조금 지나치게 강한 듯싶습니다만, 아마도 토끼가 어려서 맛이 담백했기 때문이겠지요. 루이는 좀더 화려한 분위기 속에서 요리에 경의를 표하는 것을 보아야 할 텐데! 자, 보십시오!"

블랑은 토끼고기를 맛있게 먹었다.

커피와 리큐르가 나오고, 루이 세르반이 그 준비에 2년이나 걸렸다는 '미각의 신비'라는 연설을 하기 위해 일어섰을 때가 나로서는 그날 밤의 피크였다. 흐뭇한 생각에 잠기면서 코냑에 입을 대었다. 그것이 목구멍으로 흘러들어가자 나는 술이나 요리에 대해 정통한 사람도 아닌데 자신도 모르게 스르르 눈을 감았다. 기화(氣化)된 코냑이 다른 곳으로 나가지 못하게 하고 싶었던 것이다. 나는 조용히 연설을 즐길 생각이었으며, 나 같은 문외한도 어느 정도는 얻는 바가 있지 않을까 생각하기까지 했다. 그 때 루이 세르반이 프랑스 어로 연설을 하기 시작했다. 나는 어찌할 바를 몰랐다. 프랑스 어로 연설하려는 그의 의도를 미리 알았더라면 어떻게 손을 쓸 수 있었겠지만, 이렇게 된 지금 새삼스럽게 일어나서 물러나올 수도 없는 일이었다. 어찌되었거나 코냑 병에는 아직 2/3쯤 남아 있었고 눈만 감고 있지 않으면 충분한 일이었으므로, 나는 의자등받이에 기대앉아 세르반의 몸짓과 입의 움직임을 가만히 바라보고 있었다. 아마도 좋은 연설이었을 것이다. 한 시간 반에 걸쳐 연설을 하는 동안 내내 누군가가 고개를 끄덕끄덕하기도 하고, 미소짓기도 하고, 눈썹을 올렸다내렸다하기도 했으며, 여기저기서 박수를 보내는가 하면 이따금 도메니코 롯시가 브라보 하고 소리쳤다. 램지 키스가 다시 웃음의 발작을 일으키자 세르반은 연설을 중단하고 리제테 프티가 그를 진정시킬 때까지 얌전하게 기다리고 있었다. 한 번, 적어도 나로서는 좀 난처하게 되었다. 연설이 거의 일단락된 데서 세르반이 입을 굳게 다물어버리더니 천천히 테이블을 둘러보았는데, 그 다음말을 계속하지 못하고 굵은 눈물방울이 눈에서 넘쳐 뺨을 타고 흘러내렸던 것이다. 웅성웅성하며 소란스러워지고, 옆자리에서 레옹 블랑이 코를 풀자 나는 두 번쯤 헛기침을 하고 코냑으로 손을 뻗쳤다. 연설이 끝나자 모두 자리를 떠나 세르반의 주위에 모여 악수를 나누었으며, 그에게 키스한 사람도 두서넛 되었다.

모두 몇몇 사람씩 모여 별실로 들어갔다. 나는 주위를 둘러보며 콘스탄서 벨린을 찾았으나, 하룻밤치의 의연함을 다 써버렸는지 아무데도 모습이 보이지 않았다. 그 때 팔에 가볍게 손을 대며 이야기를 걸어온 사람이 있었으므로 나는 돌아다보았다.

"실례입니다만, 굿드윈 씨지요? 롯시 씨에게 이름을 들었습니다. 오늘 오후 뵈었었지요…… 울프 씨의 방에서……"

나는 모든 것을 알아보았다. 이야기를 걸어온 사람은 상상력이 없는 앙트레 기술자 알베르트 마르피였다. 그는 그 날 저녁의 요리와 세르반의 연설에 대해서 조금 감상을 말한 다음 계속 이야기했다.

"울프 씨가 생각을 바꾸셨다지요? 설득되어 이 살인사건을 조사하기 시작하셨다고 하더군요. 벨린 씨가 체포되었기 때문이겠지요?"

"아니, 그렇지 않을 겁니다. 그는 손님이기 때문입니다. 손님은 따뜻한 대접이라는 쿠션 위에 놓여 있는 보석이지요."

"그렇지요, 그렇습니다."

코르시카 인은 재빨리 주위를 둘러보고 나에게로 눈길을 돌렸다.

"울프 씨에게 알려드리는 것이 좋으리라고 생각되는 일이 있습니다."

"저기 계시는군요." 나는 울프가 세 요리장과 이야기하고 있는 쪽을 턱짓해 보이며 말했다. "가서 이야기하고 오시는 게 좋겠습니다."

"하지만 말씀하시는데 방해하고 싶지 않습니다. 울프 씨는 '15명의 명요리장'이 베푸는 만찬회의 주빈이시니까요." 그의 목소리에는 외경스러움이 담겨 있었다. "그래서 당신께 여쭈어보아야겠다고 생각했습니다만…… 오늘 우리들——물론 리게트 씨와 나와 래스지오 부인을 말합니다——은 이야기를 했는데, 그 때 나는 그 일에 대해서 부인에게……"

"그래요?" 나는 그를 물끄러미 바라보고 나서 말했다. "래스지오 부인의 친구이십니까?"

"친구는 아닙니다. 그녀와 같은 여자는 친구가 없는 법입니다. 노예를 가질 뿐이지요. 물론 그녀를 알고는 있습니다. 그래서 첼로터에 대한 이야기를 했더니, 부인과 리게트 씨도 울프 씨에게 알려두는 편이 좋다고 생각한 것입니다. 아직 벨린 씨가 체포되기 전으로, 누군가가 테라스로 해서 식당으로 들어와 래스지오 씨를 살해했을지도 모른다고 생각되었던 때입니다. 그러나 벨린 씨가 범인이 아니라는 것을 입증하는 데 울프 씨께서 많은 관심을 갖고 계신다면, 확실히 알아두시는 편이 좋겠지요."

그는 나에게 미소지어 보였다.

"눈썹을 찡그리고 계시는군요, 굿드윈 씨. 벨린 씨의 혐의가 풀리지 않는 편이 내 야심을 채우기에는 형편이 좋을 텐데 어째서 그렇게 욕심이 없느냐고 생각하시는 거겠지요? 나는 욕심이 없지 않습니다. 그야 처칠 호텔의 요리장이 될 수 있다면 나의 생애에서 가장 좋은 일이지요. 그러나 헬로메 벨린 씨는 아작시오의 조그마한 카페에서 내 재능을 알아보고 세상에 내보내 주었으며, 그 천재로 가르쳐 주었지요. 그의 불행을 기쁘게 생각하고 영광을 얻으려는 생각은 없습니다. 게다가 나는 그를 알고 있습니다. 그런 방법으로 사람을 죽일 사람이 아니지요. 뒤에서 찌르는 그런 방법 말입니다. 그래서 첼로터에 대해 울프 씨에게 이야기해 두는 편이 좋으리라고 생각한 겁니다. 래스지오 부인과 리게트 씨도 같은 의견입니다. 경찰에 이야기해 봤자, 그들은 벨린 씨만으로 만족하기 때문에 소용 없을 거라고 리게트 씨가 말씀하셨지요."

나는 그의 이야기를 잘 생각해 보았다. 그리고 첼로터라는 이름을 어디서 들었는지 생각해 내려고 했는데, 문득 생각이 났다.

"아아, 타라고나의 첼로터 말이군요? 래스지오는 1920년에 그에게서 뭔가를 훔쳤었지요."

마르피는 놀라운 모양이었다.

"첼로터에 대한 것을 알고 계셨습니까?"

"조금은 알지요. 두서너 가지 들은 일이 있습니다. 그가 무엇을 했다는 것이지요? 그보다도 조금 기다렸다가 내일 아침 울프 씨에게 직접 이야기해 주시겠습니까?"

"기다릴 것도 없습니다. 첼로터는 뉴욕에 있습니다."

"그럼, 그에게는 동료가 많겠군요."

나는 빙그레 웃었다. 그리고 말을 계속했다.

"뉴욕에 있다는 것은 그다지 죄가 되지 않을 겁니다. 뉴욕에는 래스지오 씨를 죽이지 않은 사람들이 얼마든지 있으니까요. 그가 카노와 수퍼에 있었다면 이야기가 달라질지도 모르지만 말입니다."

"하지만 아마도 여기에 있었을 겁니다."

"동시에 두 장소에 있을 수는 없지요. 배심원도 그런 것은 믿지 않을 겁니다."

"그렇지만 여기에 와 있을지도 모릅니다. 당신이 첼로터에 대해 어느 정도 알고 계시는지는 모르지만, 래스지오 씨를 미워했다는 점에서——."

마르피는 어깨를 움츠려보였다.

"아무튼 굉장히 미워했습니다. 벨린 씨가 곧잘 그 일에 대해서 이야기해 주었지요. 한 달쯤 전에 그 첼로터가 뉴욕에 나타났습니다. 나에게 찾아와서 일을 하게 해달라고 했지만 거절했습니다. 왜냐하면 술로 건강을 완전히 해쳐서 형편없이 되어 있었고, 벨린 씨로부터 들은 말이 생각나 래스지오 씨에게 덤벼들 기회를 잡기 위해 처칠에서 일하고 싶어하는 거라고 생각되었기 때문입니다. 나중에야 들었는데, 뷰크식 씨가 라스터맨의 스프 담당으로 써주었더니 1주일밖에 계속하지 못했다더군요."

그는 다시 어깨를 으쓱해 보였다.

"이것뿐입니다. 래스지오 부인과 리게트 씨에게 이런 이야기를 했더니 울프 씨에게 알려드리는 편이 좋을 거라고 해서…… 첼로터에 대해 그 이상의 것은 모릅니다."

"매우 고맙습니다. 울프 씨에게 전하겠습니다. 내일 아침까지 이곳에 계시겠습니까?"

마르피는 그럴 거라고 대답했다. 그는 또다시 눈길을 이리저리 달리더니 이윽고 일어나서 가버렸다. 표(票)를 모으러 갔음이 틀림없었다. 나는 한참 동안 한가로이 돌아다니며 여기저기서 다른 사람들의 이야기를 사심없이 엿들을 기회를 얻었다. 그러나 울프가 곧 나를 손짓해 부르는 것이 보여 그에게로 가까이 갔다. 울프는 이제 슬슬 자리를 뜨자고 말했다.

나로서는 참으로 기다리던 말이었다. 졸려서 견딜 수가 없었던 것이다. 나는 홀에 가서 모자를 받아들고 하품을 하면서 울프의 인사가 끝나기를 기다리고 있었다. 울프가 오자 우리는 재빨리 현관으로 향했는데, 그는 문가에서 걸음을 멈추며 말했다.

"자, 아치, 이 두 사람에게 각기 1달러씩 주게나. 잘 기억하고 있었던 데 대한 사례일세."

나는 두 급사에게 돈을 주었다. 그것은 물론 필요 경비에서 지출한 것이었다.

아프셔 별관 60호실로 돌아오자 나는 불을 켜고, 울프의 섬세한 살갗이 옷을 벗는 동안 밤바람으로 추워지지 않도록 창문을 닫았다. 그리고는 방 한가운데 서서 기지개를 켜며 마음껏 하품을 즐겼다.

"난 정말 이상한 데가 있습니다. 어젯밤처럼 4시까지 자지 않고 있거나 하면 그 수면 부족이 회복될 때까지는 도무지 상태가 나쁘거든요. 아까는 언제까지나 꾸물꾸물 이야기를 끌지나 않을까 하고 걱정했습니다. 그렇지만 빨리 끝내 주셔서 얼마나 다행인지……이제 겨우 12시니까요——."

나는 울프의 태도가 이상했으므로 말을 끊었다. 그는 웃옷의 단추도 벗기지 않았던 것이다. 뿐만 아니라 커다란 의자에 깊숙이 파묻혀 한참 동안 거기 앉아 있을 생각인 듯 조금이라도 편하게 앉으려고 했던 것이다.

"이런 시간에 또 머리를 쓰시려는 겁니까? 이미 하룻밤 몫은 충분히 쓰시지 않았습니까?"

"아아, 물론이지." 울프의 목소리에는 냉혹한 울림이 깃들어 있었다. "그렇지만 아직 할 일이 있네. 일을 끝내는 대로 포카혼타스 별관의 요리사와 급사가 이리로 오도록 세르반과 의논이 되어 있다네. 15분쯤 지나면 올 걸세."

"내 참!" 나는 털썩 주저앉으며 투덜거렸다. "대체 언제부터 우리는 야근을 하게 되었습니까?"

"칼에 찔린 래스지오 씨를 발견한 뒤부터." 울프의 목소리는 한층 더 냉랭해졌다. "시간이 조금밖에 없네. 코인 부인의 이야기를 고려에 넣으면 굉장히 모자랄 정도일세."

"그래서 그 까마귀들이 떼지어 오는 겁니까? 적어도 한 다스는 될 텐데요."

"자네가 말하는 까마귀라는 것이 살빛이 검은 사람을 이르는 것이라면 그렇다네."

"아프리카 사람 말입니다." 나는 벌떡 일어나며 말했다. "아시겠습니까, 대장? 대장은 사람다루는 방법을 모르게 되어버린 것입니다. 정말입니다. 아프리카 사람이라고 하건 까마귀라고 하건 다른 뭐라고 하건 마음대로 부르면 되겠지만, 그들은 이런 식으로 다루어선 안됩니다. 그들은 말하고 싶어하지 않습니다. 그렇지 않다면 사팔뜨기 보안관이 심문했을 때 말했겠지요. 내가 그들을 모두 곤봉으로 후려치기라도 하리라고 생각하는 겁니까? 내일 아침 날이 새자마자 트루먼 씨와 보안관을 이리로 불러 코인 부인의 이야기를 전하고 그 다음 일은 그들에게 맡기면 됩니다. 그 방법밖에 없습니다."

"그들은 8시에 오기로 되어 있네. 코인 부인의 이야기는 전하겠지만, 과연 믿을지 모르겠군. 아무리 뭐라 해도 부인은 중국인이니까 말일세. 충분히 부인을 심문한 끝에 비록 그녀의 말을 믿는다 해도 당장 벨린 씨를 풀어주지는 않을 걸세. 부인의 이야기로는 벨린의 리스트가 잘못된 것을 설명할 수 없으니까 말일세. 정오에 그들은 흑인을 심문하기 시작할 걸세 한 사람씩.

어떻게 할 것인지도 모르고, 얼마나 시간이 걸릴지도 모르는 일일세. 목요일 밤 12시에 우리의 기차가 뉴욕을 향해 떠날 때까지 흑인의 심문이 끝나지 않을지도 모르고 아무 것도 알아내지 못할지도 모르네."

"대장보다는 그래도 가능성이 있습니다. 머지않아 알게 되겠지만 말입니다. 그 사람들은 어지간히 다루어서는 끄떡도 하지 않을 겁니다. 익숙해져 있으니까요. 코인 부인의 이야기를 믿으십니까?"

"물론이지. 그렇다고밖에 생각할 수 없었네."

"부인이 식당문에 손가락이 끼였다는 것을 어떻게 아셨는지 가르쳐 주시겠습니까?"

"알기는 뭘 알아? 나도 몰랐네. 알고 있었던 것은 부인이 트루먼 씨에게 말한 것처럼 곧장 밖으로 나가서 내내 밖에 있다가 곧장 별실로 돌아왔다는 것, 그리고 문에 손가락이 끼였다는 것뿐이었네. 그녀가 정면 현관문에 손가락을 끼였다고 했을 때, 그것이 거짓말임을 알고 있었기 때문에 뭔가 감추고 있다는 것을 알아차렸지. 그래서 우리가 준비해 두었던 증거를 쓰기로 한 걸세."

"내가 준비했습니다."

나는 다시 앉았다. 그리고 여전히 퉁명스러운 말투로 항의했다.

"언제나 그런 속임수가 통한다고 생각하시면 큰 잘못입니다. 누군가 흑인 한 사람이 래스지오 씨를 해치웠다면 그 동기를 말해 주실 수 있습니까?"

"아마 돈을 받고 한 일일 테지."

울프는 얼굴을 찡그렸다.

"사람을 죽인다는 것은 도무지 싫네. 그들 덕분에 먹고 살아가는 것 같지만 말일세. 특히 돈으로 사람을 사서 살인을 저지르게 하는 사람들은 도무지 마음에 들지 않아. 실제로 사람을 죽인 녀석은 적어도 그 손에 묻은 피에서 한평생 헤어나지 못하지. 그러나 돈을 주고 죽이게 하는 녀석은……속이 뒤집힌다는 말로는 도저히 부족하네. 이만저만 파렴치한 게 아니야. 그 흑인은 돈으로 매수되었을 걸세. 말할 것도 없이 우리에게는 귀찮은 일이지만 말일세."

"그렇게 걱정하실 일은 아닙니다." 나는 크게 손을 내저으면서 말했다. "그들은 이제 곧 이리로 올 것입니다. 그러면 한 줄로 세워놓을 테니까 시민으로서의 자각과 십계명(十誡命)에 대해 간단히 훈계하신 다음, 비록 미리 돈을 받았다 하더라도 돈 때문에 사람을 죽인다는 것이 얼마나 법에 어긋나는 일인가를 설명하십시오. 그렇게 하면 그 다음에는 누가 얼마를 주었는가 묻기만 하면……."

"이제 됐네, 아치." 울프는 한숨을 쉬었다. "내가 얼마나 끈기있게 참아왔는가 하는 것은……온 것 같군. 들어오도록 하게나."

울프로서는 보기 드물게 보증없는 결론을 내린 셈이다. 홀로 나와서 문을 열자 그곳에서 기다리고 있는 것은 아프리카 흑인들이 아니라 디나 래스지오였기 때문이다. 이것은 그의 말에 의하면 터무니없는 일이며, 나는 그것으로 언제나 골치를 앓았던 것이다. 뜻하지 않은 사태에 순응하기 위해 나는 잠시 동안 가만히 그녀를 쳐다보고 있었다.

디나는 그 눈꼬리가 길게 늘어지고 졸린 듯한 눈을 나에게로 돌리며 말했다.

"이렇게 늦게 실례해서 죄송합니다만, 울프 씨를 뵐 수 있을까요?"

나는 잠깐 기다려보라고 말한 뒤 안쪽 방으로 갔다.

"살빛이 검은 자들이 아니라 여자입니다. 래스지오 부인이 뵙고 싶다고 합니다."

"뭐? 디나라고?"

"네, 검은 케이프를 두르고 모자는 쓰지 않았더군요."

울프는 얼굴을 찡그리며 말했다.

"참 터무니없는 여자로군! 안내하게."

제9장

나는 자리에 앉아 가만히 지켜보며 귀를 기울이고 있었는데, 싸늘한 눈으로 바라보고 있는 자신을 의식했다. 울프는 둘째손가락 끝으로 천천히 리드미컬하게 뺨을 비비고 있었는데, 그것은 마음이 초조하기는 하지만 주의깊게 귀기울이고 있다는 것을 나타내주는 태도였다. 디나 래스지오는 케이프를 뒤로 젖히고, 칼라 없는 드레스에서 매끄러운 목을 드러내보이며 울프의 맞은편 의자에 차분히 앉아 있었다.

"변명이나 설명은 필요없습니다" 하고 울프가 말했다. "이야기만 들려주십시오, 사람이 오기로 되어 있으므로 시간이 없습니다."

"마르코 때문이에요."

"그가 어떻게 했습니까?"

"무척 무뚝뚝하시군요."

부인은 살짝 미소를 지었는데, 그 미소가 언제까지나 입가에 남아 있었다.

"여자란 그렇게 단도직입적으로는 되지 않는다는 것을 아시는 편이 좋을 거예요. 좀 빙 둘러서 가려고 하지요. 그런 것 정도는 아시겠지요? 하지만 나 같은 여자에 대해 어느 정도 아시는지 모르겠군요."

"글쎄요, 당신은 다른 사람들과 다른가 보지요?"

부인은 고개를 끄덕여 보이며 말했다.

"그렇게 생각합니다만······아니, 분명히 그래요. 하지만 그건 내가 바라기 때문도 아니고 그래야겠다고 생각하기 때문도 아니에요."

그녀는 '이해하시겠지요?' 하는 듯한 몸짓을 했다.

"덕분에 이제까지의 내 인생에는 파란이 많았지요. 그다지 수월한 게 아니었어요. 아마 이대로 가면······아니에요, 그런 것은 나는 몰라요. 아무튼 지금은 마르코가 걱정이에요. 그 사람은 당신이 자기를 의심하고 있다고 생각하여······."

울프는 뺨을 비비는 것을 그만두었다.

"원, 어이가 없군."

"아니, 어이없는 게 아니에요. 그는 그렇게 생각하고 있어요."

"어째서지요? 그가 그렇게 말하던가요?"

"아니에요. 난 당신이 원망스러워요."

그녀는 갑자기 말을 끊었다. 그리고 살짝 고개를 갸웃하고 입술을 보일 듯 말 듯 벌리면서 몸을 앞으로 숙이더니 말끄러미 울프를 바라보았다. 나는 그것을 즐거운 마음으로 지켜보고 있었다. 특별한 여자가 되려고 생각한 것이 아니라는 그녀의 말은 아마도 정말인 모양이다. 그렇게 할 필요가 없는 것이다. 이 여자에게는 남자를 유혹하지 않고는 못 배기는 무엇인가가 있다. 그것은 얼굴뿐만이 아니라 입고 있는 옷을 통해 몸 전체로부터 뿜어나오고 있었다. 나는 아직도 냉정하고 또렷한 눈으로 계속 보고 있었는데, 그것만으로는 막아낼 수 없게 될 때가 올지도 모른다는 것을 쉽게 알 수 있었다.

부인은 달콤한 목소리로 소곤거리는 것처럼 말을 이었다.

"울프 씨, 어째서 나한테 언제나 냉정하게 대하시지요? 무엇이 마음에 안 드시는 거지요? 어제 필립이 비소에 대해 나에게 한 이야기를 전해드렸을 때도 그렇고, 지금 마르코에 대한 이야기를 하는데도……."

부인은 몸을 일으켜 의자등에 기대앉았다.

"언젠가 훨씬 전에 마르코가 당신은 여자를 싫어하신다고 말한 적이 있어요."

울프는 고개를 저으며 말했다.

"또 어이가 없다고 말할 수밖에 없겠군요. 나도 그렇게까지 우쭐할 필요는 없었지요. 여자를 싫어한다고요? 다만 편의상 면역이 되어 있는 것처럼 행동했을 뿐이오. 여러 해 전에 꼭 그래야 할 필요성이 있었기 때문에 몸에 지니게 된 처세 방법이지요. 그러나 당신에 대해서는 특별히 적의를 가지고 있다는 점을 말해 두지요. 마르코 뷰크식은 내 친구입니다. 당신은 그의 아내였습니다. 그런데 그를 버렸지요. 그 때문에 나는 당신을 좋아하지 않는 겁니다."

"그건 옛날일이에요!"

그녀는 손을 내저으며 어깨를 움츠려 보였다.

"아무튼 지금 나는 마르코 때문에 여기에 찾아온 거예요."

"마르코가 부인을 여기로 보냈다는 말입니까?"

"아니오, 하지만 그를 위해서 이렇게 찾아왔어요. 필립 살해죄로 체포된 벨린 씨에 대한 혐의를 벗겨주겠다고 당신이 약속하셨다는 것은 이미 모두 다 알고 있어요. 그런데 마르코에게 죄를 씌우지 않고 어떻게 그런 일을 하실 수 있겠어요? 벨린 씨는 자기가 식당에서 나왔을 때 필립이 아직 살아 있었으며, 식당에 있었다고 말했지요. 그런데 마르코는 자기가 식당에 들어갔을 때 필립이 보이지

않았다고 말했어요. 그러니 벨린 씨가 아니라고 한다면 마르코라고
밖에 생각할 수 없는 일 아니에요? 게다가 오늘 당신은 마르코에
게 그가 먼저 나에게 춤을 추자고 했는가, 또 라디오를 켜라고 말
했는가 하는 걸 물으셨어요. 그런 것을 물으신 이유는 한 가지밖에
생각할 수 없어요. 마르코가……그러니까 식당에서 무슨 일인지
생겼을 때 그 소리가 들리지 않도록 마르코가 라디오를 켜두고 싶
었던 게 아닐까 의심한 것이라고밖에……. "

"내가 라디오에 대한 것을 물었다고 마르코가 당신에게 말했나 보
군요."

"네."

부인은 보일 듯 말 듯한 미소를 지었다.

"그분은 나에게 알려두는 편이 좋을 거라고 생각한 거예요. 당신께
서 용서하려고 하지 않는 것을 그이는 벌써 용서해 주신 거지요.
그러니까——."

문을 노크하는 소리가 들렸으므로 나는 그 다음말을 들을 수가 없
었다. 나는 울프의 방문을 닫고 홀로 가서 복도의 문을 열었다. 복도
의 광경은 미리 예상하고 있긴 했지만 그래도 깜짝 놀라지 않을 수
없었다. 할렘에 사는 사람의 절반이 한꺼번에 밀려온 것 같았다.

그 가운데 너덧 명은 두 시간쯤 전에 만찬회 자리에서 시중을 들던
급사로 풀빛 재킷을 입었으며, 그밖에는 요리사와 그 밑에서 일하는
사람들로 제각기 자신의 옷을 입고 있었다. 맨 앞에 서 있는 한쪽 귀
밑이 떨어져나간 중년의 갈색 사나이는 포카혼타스 별관의 급사장으
로, 코냑 병을 바로 내 앞에 놓아준 사나이였으므로 나는 호감을 갖
고 있었다. 나는 들어오라고 말하고 밝히지 않도록 옆으로 몸을 비켜
내 방으로 들어가게 한 다음 그 뒤를 따라 들어갔다.

"울프 씨는 손님과 이야기 중이니 여기서 좀 기다려야겠소. 적당히

앉으시오, 침대에 앉아도 좋소. 내 침대인데, 오늘 밤에는 쓰게 될 것 같지도 않으니까. 만약 잠이 들거든 나 대신 코를 골아주시오, 멋지게 두서너 번!"

나는 그들을 그곳에 남겨놓고 울프가 싫어하는 여자를 상대로 어떻게 하고 있는지 보러 갔다. 내가 자리에 앉아도 두 사람 다 본 척도 하지 않았다. 부인이 말하고 있는 참이었다.

"그렇지만 어제 말씀드린 일 외에는 아무 것도 몰라요. 물론 벨린 씨와 마르코 외에도 용의자로 생각할 수 있다는 것은 알아요. 당신께서 말씀하시는 것처럼 누군가가 테라스로 해서 식당에 들어갔다고 생각할 수도 있거든요. 당신이 생각하시는 건 그런 게 아닌가요?"

"그렇게 생각할 수도 있지요. 그러나 조금만 앞으로 돌아가 주실까요, 부인. 그러니까 마르코 뷰크식이 내가 라디오에 대해 묻더라는 말을 당신에게 이야기하고, 당신의 주인을 살해할 기회를 잡으려고 라디오를 켜게 한 것이 아닌가 내가 의심하는 것 같아서 걱정이라고 말하더라는 말씀인가요?"

"어머나! ……" 그녀는 어쩔 줄 몰라했다. "그런 게 아니에요. 마르코는 걱정한다 하더라도 그런 말을 입 밖에 낼 사람이 아니에요. 하지만 그 이야기를 할 때의 태도로 보아 속으로 걱정하고 있는 것이 분명했어요. 그래서 당신이 정말 그 분을 의심하는지 어떤지 확인해 보려고 이렇게 찾아온 거예요."

"그를 변호하려고 오셨습니까, 아니면 라디오가 아주 좋은 때에 켜진 사실에서 당연히 끌어낼 수 있는 결론을 내가 미처 깨닫지 못하고 있으면 안되겠기에 그런 일이 없도록 일러 주려고 오신 겁니까?"

"그 어느 쪽도 아니에요." 디나는 울프를 보고 살짝 웃으며 이야기를 계속했다. "나를 성나게 하려고 해봐야 그렇게 쉽게 넘어가지 않아요, 울프 씨. 그 밖에 또 무슨 결론을 끌어낼 수 있을까요? 여러 가지가 있나 보지요."

울프는 조급하게 고개를 저었다.

"그렇게 해봐야 아무 소용없습니다, 부인. 그만두십시오. 내가 말하는 것은 당신의 이 얼빠진 것 같은 엉뚱한 태도요. 시간이 있을 때라면 얼마든지 상대해 드리겠지만, 이미 밤이 늦은데다 저쪽 방에서 많은 사람들이 나를 기다리고 있소. 제발 부탁이니 끝까지 이야기하게 내버려두시오. 조금이나마 사태를 똑똑히 밝게 해주시오. 당신에 대해 적의를 품고 있다는 것은 이미 확인했지요? 나는 당신과 결혼하기 전의 마르코 뷰크식도 알고 있었고, 결혼한 뒤의 그도 알고 있소. 그리고 결혼한 뒤 마르코가 어떻게 달라져갔는가 하는 것도 알고 있지요. 그렇다면 당신이 갑자기 새로운 생활을 택했을 때 어째서 내가 그것을 기뻐하지 않았는가? 그걸 말해 주겠소.

당신이 뒤에 남겨두고 간 것은 살아 있는 시체였기 때문이오. 사람을 코카인 상습자로 만드는 것은 참으로 좋지 않습니다. 게다가 그렇게 해놓고 갑자기 약의 공급을 딱 끊어버린다는 것은 더욱 나쁜 일이지요. 남자는 여자를, 여자는 남자를 육체적으로나 정신적으로 포근히 감싸주는 것이 자연의 일입니다. 그러나 당신에게는 상대를 포근히 감싸줄 만한 것이 아무 것도 없소. 당신이 풍기는 야릇한 것——당신의 눈, 당신의 입술, 당신의 부드러운 살결, 당신의 모습, 그리고 당신의 몸짓이 발산하는 야릇한 것은 부드러운 사랑이 넘치는 것이 아니라 오히려 해로운 것이지요.

이야기를 진행시키기 위해 당신의 변명을 일단 모두 인정하기로 합시다. 당신에게는 뜨거운 피가 흐르고 있고, 본능과 욕망도 있었으므로 마르코를 알게 되자 그를 자신의 것으로 하고 싶어졌지요. 그리하여 당신은 몸에서 발산되는 독기로 그를 감싸버려서, 그로 하여금 그 밖의 공기는 마시고 싶지 않다고 생각하게 만들었소. 그렇게 해놓고 당신은 마음이 달라져 아무 예고도 없이 마르코에게서 그 공기를 빼앗아버리고, 어쩔 줄 몰라 헐떡이고 있는 마르코를 헌신짝처럼 내버렸지요."

부인은 눈썹 하나 까딱하지 않고 대답했다.

"하지만 내가 좀 특이한 여자라는 것은 이미——."

"잠깐만, 아직 이야기가 끝나지 않았소. 마침 좋은 기회이니 쌓인 원한을 모두 털어놓으려는 것이오. '마음이 달라져서'라고 말한 것은 잘못이었소. 그것은 냉정한 계산의 결과였지요. 보다 더 넉넉한 생활을 찾아서 그것도 정신적으로가 아니라 물질적으로 넉넉한 생활을 찾아서 당신은 래스지오 씨의 품으로, 자기보다 두 배나 나이를 먹은 사나이에게로 달려간 거요. 아마 모르긴 해도 마르코가 훌륭한 사람이기 때문에 도저히 당신이 마음먹은 대로 다룰 수 없다는 것을 깨달은 탓이기도 했겠지요. 마음대로 골라잡을 수 있는 뉴욕에 있으면서, 어째서 래스지오 씨 정도로 참고 있었는지 이해하기 어렵지만 말이오. 아무리 뭐라 해도 래스지오 따위는 당신의 사고방식에 따르면 고용된 요리장에 지나지 않으니까요. 하지만 그때는 당신도 아직 어려서 20대였지요. 그런데 지금 몇이지요?"

부인은 대답 대신 울프에게 방긋 미소를 던져주었다.

"나이뿐만 아니라 지능 정도의 문제이기도 했던 게 아닐까 생각되는군요. 그다지 머리가 좋다고 볼 수는 없지요. 똑똑히 말해서 당신은 본질적으로 미치광이요. 미치광이라는 게 주위 사람들에게 위해(危害)를 가할 정도로 자연적이고 건전한 환경에 적응하지 못하는 사람을 이르는 것이라면 말이오. 사람이 갖추고 있는 것 중에는 이를테면 애정이라든가 사회 생활에서 빼놓을 수 없는 예절이라는 정리(情理)로, 다른 사람의 것을 빼앗고 싶어하는 이기적인 충동을 참으려는 힘도 포함되어 있으니까요. 내가 당신을 미친 사람이라고 말한 것은 그 때문이오."

울프는 윗몸을 일으키더니 디나에게로 손가락을 쑥 내밀었다.

"자, 아시겠소? 이러니저러니 이야기하고 있을 시간이 없소. 나는 마르코가 당신의 남편을 살해했다고 의심하고 있지 않소. 그가 죽였다고 생각할 수 있다는 점은 인정하지만. 그 때 라디오가 켜졌다는 데에서 끌어낼 수 있는 결론은 모두 검토해 왔고, 여전히 검토를 계속하고 있지만 아직 결론에 이르지는 못했소. 그 밖에 또 무슨 궁금한 일이라도 있소?"

"당신이 말씀하신 것은 모두……."

래스지오 부인의 손이 무엇인가를 뿌리치는 것처럼 움직이더니 다시 의자팔걸이에 올려놓여졌다.

"지금 말씀하신 나에 대한 이야기는 모두 마르코에게서 들으신 건가요?"

"최근 5년 동안 마르코는 당신 이름을 입에 올리지 않았소. 그 밖에 알고 싶은 일은?"

부인은 부스럭부스럭대며 몸을 움직였다. 그 가슴이 부풀어올랐다가 다시 가라앉는 것이 보였지만, 숨소리는 들리지 않았다.

"어차피 나는 미쳤으니까요. 쓸데없는 일이라고 생각하지만, 마르피로부터 첼로터의 일을 들으셨는지 여쭈어보고 싶군요."

"못 들었소. 그 사람에 대해 어떤 일 말입니까? 대체 어떤 사람이지요?"

"내가 들었습니다." 나는 말참견을 하여, 두 사람의 눈이 나에게로 향해지자 이야기를 계속했다. "말씀드릴 기회가 없었습니다. 만찬회가 끝난 뒤 별실에서 들었지요. 래스지오 씨가 퍽 오래 전에 첼로터로부터 뭔가를 훔쳤기 때문에 첼로터가 그를 죽여버리겠다고 별러온 모양인데, 한 달쯤 전부터 그 첼로터가 뉴욕에 나타나 마르피 씨를 찾아와서 일자리를 부탁했답니다. 그때 마르피 씨는 거절했는데, 뷰크식 씨가 라스터맨에서 써주었답니다. 그런데 그가 1주일밖에 일하지 않고 사라져버렸다는군요. 마르피 씨가 그 일을 리케트 씨와 래스지오 부인에게 이야기했더니, 두 분 다 당신에게 말해 두는 것이 좋겠다고 했다는 겁니다."

"고맙네. 그 밖에 또 뭐 없습니까, 부인?"

래스지오 부인은 가만히 앉은 채 울프를 바라보고 있었다. 눈이 거의 감기려 하고 있었으므로 나는 그녀가 어떤 눈을 하고 있는지 알 수 없었다. 그리고 울프도 알지 못하는 게 아닐까 생각했다. 바로 이때 그녀는 아무 말도 하지 않고 눈이 휘둥그래질 만한 짓을 했다. 의자등받이에 케이프를 남겨둔 채 천천히 일어서더니 울프에게로 다가가서 그의 어깨에 손을 얹고 가볍게 두드렸던 것이다. 울프는 그 거대한 몸을 움직여 굵은 목을 비틀어서 그녀를 올려다보았다. 디나는 입가에 미소를 띠고 울프에게서 떨어지더니 케이프를 집어들었다. 그리고 달지도 시지도 않은 목소리로 울프에게 밤인사를 하고는 방에서 나갔다. 나는 홀까지 나가 그녀를 배웅했다.

방으로 돌아오자 나는 빙그레 웃으면서 울프를 내려다보고 물었다.

"기분이 어떻습니까? 학살의 희생자로서 부인은 대장을 점찍은 것일까요, 아니면 저주한 것일까요? 그것도 아니면 그녀는 저렇게 하여 독기를 발산하기 시작한 것일까요?"

나는 눈을 가늘게 뜨고 그녀가 두드린 울프의 어깨를 바라보았다.

"그 첼로터라는 사나이의 일입니다만, 막 이야기하려고 했는데 그 부인이 뛰어든 겁니다. 마르피는 저 여자가 첼로터에 대해서 대장에게 말씀드려 놓으라고 말했다고 했습니다. 아무래도 그자와 리게트 씨는 오늘 오후 저 여자와 함께 있으면서 위로해 준 모양입니다."

울프는 고개를 끄덕이면서 말했다.

"그렇지만 자네도 알다시피 위로하려 해도 먹혀들어가는 여자가 아닐세. 자, 그들을 이리로 들여보내게."

제10장

　나에게는 전혀 아무 가망도 없는 것처럼 생각되었다. 울프의 끊일
줄 모르는 변덕스러운 마음 덕분에 아무 소득도 얻지 못하고 하룻밤
의 잠을 거의 희생해야 하리라는 데 나는 최소한 10대 1로 내기를 걸
었던 것이다.
　나로서는 정말 얼빠진 일처럼 생각되었으므로 이만한 숫자의 아프
리카 사람을 모두 함께 불러들여 논전(論戰)을 벌이려는 울프의 방
법은, 주위 사람들에게 위해를 끼칠 만큼 탐정이라는 인종이 자연스
럽고 건전한 환경에 대해 적응하지 못한다는 것을 보여주는 짓이라고
말해주고 싶을 정도였다.
　간막이 끝에 서서 입술에 손가락을 대고 있던 제복 입은 급사와,
식기실과 그 안쪽 조리장으로 통하는 문의 조그마한 틈새로 들여다보
던 종업원의 얼굴――아니, 그의 눈을 코인 부인이 언뜻 보았으나
낯선 얼굴이었다고 했다――우리가 알고 있는 것은 이것뿐이었다.
더욱이 모든 종업원들이 이미 보안관에게 아무 것도 보지 못했으며
듣지도 못했노라고 말한 뒤인 것이다. 아무튼 희망은 없었다. 한 사

람씩 불러낸다면 아직 조금이나마 희망이 있을지도 모르지만, 이렇게 모두 함께 불러들여서는 내가 생각하건대 절망적이었다.

의자 문제는 그들을 바닥에 앉게 함으로써 해결되었다. 울프는 언제나의 그 솔직한 어조로 거기에 대해 변명을 했다. 그런 다음 그들의 이름을 묻고 그들이 기억한 점을 확인했는데, 그 일만으로도 10분이나 걸렸다. 울프가 어떻게 이 심문을 시작할 것인가 하고 나는 호기심이 일어났지만, 아직 그 밖에도 여러 가지로 준비해야 할 일이 있었다.

울프는 그들에게 무엇을 마시겠느냐고 물었다. 그들은 들릴 듯 말 듯한 목소리로 아무 것도 필요없다고 대답했는데, 울프는 그렇게 말해서는 안된다며 아마도 밤을 새게 될지도 모른다고 말했다. 이 말에 그들은 몹시 놀란 듯 웅성거림이 일어났다. 결국 내가 맥주, 버번, 진저에일, 프렌 소다, 레몬, 박하, 그리고 얼음 등을 전화로 주문하여 이 문제는 해결되었다.

이만한 지출을 한다는 것은 울프가 이 일에 매우 열심이라는 뜻이 된다. 모두들이 있는 곳으로 돌아오니 투실투실 살이 찌고 키가 작으며 턱에 군살이 있는 푸른색 제복을 입지 않은 사나이를 보고 울프가 말하고 있었다.

"이 기회에 내가 자네의 솜씨에 감탄하고 있다는 말을 전할 수 있어 기쁘게 생각하네, 클래브트리. 세르반 씨에게 들었는데, 샤드로 무스를 자네 혼자서 만들었다고? 어떤 요리장이라도 자랑했을 걸세. 몽도르 씨는 한 그릇 더 먹었지."

키가 작은 사나이는 조심스레 고개를 끄덕였다. 모두 매우 조심스러웠으며, 어찌할 바를 몰라 의혹에 싸인 채 말이 없었다. 대부분 울프를 보고 있지 않았지만, 뭔가 다른 것을 보고 있는 것도 아니었다. 마침내 한숨을 쉬면서 울프가 다시 말을 시작했다.

"나는 이제까지 흑인과 교섭을 가져본 경험이 거의 없네. 이런 말을 하는 것은 잘하는 일이 아니라고 생각할지 모르지만, 사실이 그렇다네. 마찬가지로 다른 사람들과 동등하게 이야기를 나눌 수 없다는 것은 확실한 사실이니까. 이 부근에서는 백인이 흑인을 대할 때 틀에 박힌 태도를 취한다고 말하는데, 흑인이 백인을 대할 때도 똑같이 말할 수 있을 걸세. 확실히 어느 정도까지는 그 말이 틀림없는 사실이지만, 자네들 자신의 경험으로도 알 수 있듯이 때와 경우에 따라 크게 달라지네. 이를테면 이 카노와 수퍼에서 뭔가 부탁하고 싶은 일이 있어 지배인 애슐리 씨나 세르반 씨에게 의논해 보면 어떤가? 애슐리 씨는 부르주아로서 걸핏하면 성을 잘 내며, 세상의 습관에 사로잡혀 있어서 말하자면 거만하지. 그러나 세르반 씨는 다정하고 너그럽고 인정이 많으며, 예술가인데다 라틴계라네. 애슐리 씨와 의논하는 방법은 세르반 씨에게 의논할 경우와 전혀 달라질 걸세.

그러나 개인적인 차이보다 더욱 중요한 것은 인종과 인종 사이, 나라와 나라 사이, 부족과 부족 사이의 차이일세. 내가 흑인과 교섭을 가진 일이 별로 없었다고 했을 때 말하고 싶었던 것은 바로 그 점이었네.

여기서 말하는 흑인이란 미국의 흑인을 가리키는 거네. 몇 해 전인가 이집트와 아라비아와 알제리아의 살빛이 검은 사람들을 상대로 해서 몇 가지 사건을 처리한 일이 있는데, 물론 그것은 자네들의 경우와 전혀 아무 관계도 없는 일일세.

자네들은 미국 사람이며, 나보다도 훨씬 완전한 미국 사람이네. 나는 이 나라에서 태어나지 않았으니까. 이곳은 자네들이 태어난 나라일세. 그리고 나를 이 나라에 옮겨와 살게 해준 것은 자네들이며, 피부색이 검고 흰 것은 어떻든 자네들의 동포라네. 그렇기 때문에 나는 자네들에게 감사하고 있다는 쓸데없는 감상을 빼버리고 말하고 싶네."

누군가가 뭐라고 중얼거렸다. 울프는 그것을 무시하고 말을 계속했다.

"자네들이 어떤 질문을 하여 무언가 알아보고 싶어 세르반 씨에게 자네들을 오늘 밤 이리로 보내달라고 부탁한 걸세. 나에게 관심이 있는 것은 그 일뿐이지. 내가 얻으려고 생각하는 정보——솔직하게 말하지, 자네들을 바짝 다그치고 위협함으로써 그 정보를 얻을 수 있다고 생각되면 나는 한순간도 주저하지 않을 걸세. 그러나 폭력을 휘두르는 짓은 비록 정보를 얻어낼 수 있다 하더라도 하지 않겠네.

나는 로맨틱한 사람이어서 폭력이란 품위를 떨어뜨리는 것이며, 그로 인해 얻는 것보다 잃는 것이 언제나 더 많다고 생각하기 때문이지. 그러나 협박하거나 함정에 빠뜨리는 일이 도움이 된다고 생각하면 서슴지 않고 협박하기도 하고 계략을 써서 함정에 빠뜨리기도 할 걸세.

그러나 상황을 검토해 본 결과, 이 경우 그런 방법은 아무 쓸모가 없다는 결론에 이르렀네. 그래서 곤란해진 걸세. 흑인에게서 뭔가를 알아내려면 위협하거나 계략을 쓰거나 폭력을 휘두르는 수밖에 없다는 말을 백인에게 들은 일이 있네. 그러나 우선 첫째, 과연 그것이 정말인지 어떤지 나는 의심스러운 걸세. 그러기에 그것이 일반적인 사실이라 해도 이 경우에는 들어맞지 않으리라 확신하고 있지.

효과가 있다고 생각될 만한 협박방법 같은 것을 나는 알지 못하고, 자네들이 걸려들 만한 계략도 생각해낼 수 없으며, 폭력을 휘두를 수도 없기 때문이네."

울프는 손바닥을 위로 젖히고 그들 쪽으로 두 손을 내밀었다.

"나에게는 그 정보가 필요한데, 어떻게 하면 좋겠나?"

누군가가 소리죽여서 웃자 다른 사람들이 그 남자 쪽으로 흘끗 눈길을 던졌다. 벽에 기대앉아 있는 여위고 키가 큰 사나이로, 광대뼈가 툭 불거졌으며 피부빛깔은 진한 갈색이었다. 울프가 샤드 로 무스에 대해 찬사를 보내준 키 작은 사나이가 병사들에게 한바탕 연설을 하고 있는 상사(上士)처럼 날카롭게 주위를 둘러보았다. 가장 조용히 앉아 있는 자는 코가 낮고 몸집이 큰 건장한 젊은이로, 무슨 말이든 대답할 때 결코 입을 열지 않았으므로 저쪽 별관에 있을 때부터 눈에 띄던 급사였다. 귀 끝이 잘라져나간 급사장이 나지막하고 부드러운 목소리로 말했다.

"뭐든지 묻고 싶으신 일을 물어주십시오. 대답해 드릴 테니까요. 그렇게 하라고 세르반 씨께서 말씀하셨습니다."

울프는 급사장을 보고 고개를 끄덕이면서 말했다.

"그게 좋을 것 같군, 몰튼. 게다가 가장 간단하니까. 그러나 아마 귀찮은 문제에 부딪치게 되지 않을까 생각하는데……."

갑자기 굵고 탁한 목소리가 울려퍼졌다.

"그 문제란 어떤 성질의 것입니까? 알고 싶으신 일을 물으십시오, 뭐든지 대답할 테니까요."

울프는 그 우악스러운 목소리의 주인공에게로 눈길을 보냈다.

"그렇게 해주면 고맙겠네. 좀 개인적인 감상을 말해도 괜찮겠나? 히아신스 브라운이라는 고운 이름을 가진 사나이의 입에서 그런 목소리가 나올 줄은 몰랐는걸. 아무도 예상하지 못할 걸세. 귀찮은 문제란——아차, 마실 것이 온 것 같군. 몇 사람 도와주지 않겠나?"

그리하여 또 10분이 지나가버렸다. 어쩌면 더 걸렸을지도 모른다.

급사장의 지시로 너덧 명이 따라왔으므로 배달된 것들을 함께 날라서 벽가에 있는 테이블에 늘어놓았다.

울프에게는 맥주를 건네주었다. 우유를 함께 주문하는 것을 잊었기 때문에 나는 버번의 하이볼로 참기로 했다. 폴 휘플이라는 이름의 코가 납작하고 몸이 다부진 젊은이는 진저에일을 들었지만, 다른 사람들은 모두 알코올 성분이 있는 것을 들었다. 마실 것을 받아들고 다시 제자리로 돌아가자 그들은 약간 기분이 누그러진 듯 소곤소곤 뭔가 이야기를 하더니 울프가 빈 잔을 놓고 다시 입을 열자 곧 조용해졌다.

"아까 말한 귀찮은 문제에 대해서는 그 때 가서 구체적으로 설명하는 것이 좋겠네. 우리가 관심을 가지고 있는 것이 래스지오씨 살해 사건이라는 점은 물론 자네들도 알고 있겠지. 자네들이 사건에 대해 아무 것도 모른다고 보안관에게 말했다는 것은 알고 있네. 그러나 나는 자세한 것을 몇 가지 더 듣고 싶어. 게다가 보안관과 이야기할 때는 잊고 있었던 것을 그 뒤 다시 생각해냈을지도 모르는 일이니까. 자네부터 시작하지, 몰튼. 화요일 밤 자네는 조리장에 있었겠지?"

"네, 줄곧 조리장에 있었습니다. 소스의 맛 감정이 끝난 뒤 우프 오 슈발을 내가기로 되어 있었으니까요."

"그랬었지. 그런데 그만 먹지 못하고 만 셈이군. 소스를 차려놓는 것을 도왔나?"

"네." 급사장의 대답은 막힘이 없었고 정중했다. "셋이서 래스지오 씨의 심부름을 했습니다. 소스는 내가 직접 운반 수레에 담아서 날랐습니다. 완전히 준비가 갖추어진 뒤에는 꼭 한 번 래스지오 씨가 부르셨을 뿐입니다. 물에 넣었던 얼음을 치워버리라고 하셨지요. 그 때 말고는 줄곧 조리장에 있었습니다. 모두 다 조리장에 있었습니다."

"조리장인가, 아니면 식기실인가?"

"조리장입니다. 식기실에 가지러 갈 것도 없었습니다. 몇 사람의 요리사가 우프 오 슈발을 만들고 있었고, 급사들은 뒷설거지를 하고 있었으며, 남은 오리구이를 먹는 사람도 있었습니다. 세르반 씨께서 먹어도 좋다고 하셔서요."

"정말 그 오리구이는 훌륭했네."

"네, 여러 손님의 솜씨가 정말 기막히게 훌륭하시더군요. 대단합니다."

"초일급이니까. 여러 가지 예술 가운데서도 가장 미묘하고 가장 마음을 흐뭇하게 해주는 예술 분야에서 생존하여 일하는 자들 중 가장 위대한 거장들이지."

울프는 한숨을 쉬고 맥주를 따서 따르고는 잠시 거품이 잔 위 끝까지 부글부글 끓어오르는 것을 바라보다 불쑥 한 마디 던졌다.

"그럼, 자네는 이 살인에 대해서는 아무 것도 보지 못했고 아무 소리도 듣지 못했겠구먼?"

"네."

"맨 마지막으로 래스지오 씨의 모습을 본 것은 물에 들어 있는 얼음을 치워버리려고 식당에 들어갔을 때였겠지?"

"그렇습니다."

"비둘기를 썰기 위해 나이프를 두 자루 내놓았었는데, 한 자루는 손잡이가 은으로 된 스테인 레스 나이프였고 또 한 자루는 살코기를 베어내는 큰 나이프였네. 물에서 얼음을 꺼낼 때 두 자루 다 테이블 위에 놓여 있던가?"

급사장은 잠깐 동안 망설인 다음 대답했다.

"네, 있었다고 생각합니다. 너무 어지럽혀져 있어서는 안된다고 생각되어 테이블 위를 죽 둘러보았으므로, 한 자루가 없어졌다면 알아차렸을 것입니다. 접시의 숫자까지 조사했습니다."

"번호를 쓴 카드 말인가?"

"아닙니다. 접시의 숫자입니다. 래스지오 씨나 내가 나르다가 바뀌어버리지 않도록 접시에 백묵으로 번호를 써두었습니다."

"알아차리지 못했는걸."

"네, 그러실 겁니다. 조그맣게 한쪽 가장자리 아래에 썼으니까요. 번호를 쓴 카드가 있는 곳에 접시를 놓고 백묵으로 쓴 번호가 뒤쪽, 그러니까 래스지오 씨 쪽을 향하도록 접시를 돌려두었습니다."

"그런데 물에서 얼음을 꺼냈을 때 그 백묵으로 쓴 번호가 순서대로 되어 있었나?"

"네."

"자네가 식당에 들어갔을 때 누가 맛을 보고 있던가?"

"네, 램지 키스 씨께서……."

"래스지오 씨도 식당에 아직 있었단 말이지?"

"네, 건강하셨습니다. 얼음을 너무 많이 넣었다면서 나를 마구 나무라셨습니다. 그러면 미각이 둔해진다고 하시면서……."

"물론이지. 위장에 좋지 않은 것은 말할 나위가 없고, 식당에 있는 동안 간막이 뒤를 들여다보거나 하지는 않았겠지?"

"네, 간막이는 저녁식사를 한 뒤처리를 할 때 벽 쪽으로 밀어놓았었습니다."

"그래서 그 뒤로는 식당에 들어가지 않았군. 래스지오 씨의 시체가 발견된 다음에는 문제가 다르지만."

"네, 들어가지 않았습니다."

"들여다보지도 않았고?"

"네."

"틀림없나?"

"물론 틀림없습니다. 내가 한 행동쯤은 기억하고 있다고 생각합니다."

"그럴 테지……."

울프는 눈썹을 찌푸리고 맥주잔을 만지작거리더니, 천천히 그것을 입으로 가져가서 꿀꺽꿀꺽 마셨다. 급사장은 침착하게 하이볼에 입을 댔는데, 그의 눈이 뚫어지게 울프를 보고 있는 것을 나는 알아차렸다.

울프는 잔을 내려놓으며 말했다.

"고맙네, 몰튼."

이윽고 울프는 몰튼의 왼쪽에 앉아 있는 고수머리에 흰 머리가 듬성듬성 섞이고 얼굴의 주름살이 눈에 띄며 중키에 알맞게 살찐 사나이에게로 눈을 돌렸다.

"그리고 자네는 요리사였지, 글랜트?"

"그렇습니다."

글랜트는 목소리가 쉬어 있어서 헛기침을 하고는 다시 되풀이했다.

"그렇습니다. 본관에서는 새나 짐승을 다듬는 일을 합니다만, 여기서는 클래비를 돕고 있습니다. 우리는 모두 이 호텔에서는 가장 솜씨가 좋은 요리사입니다. 여러분을 감탄하게 해드리려고 세르반 씨가 이곳으로 모아온 것입니다."

"클래비?"

"나를 말하는 겁니다."

군살이 붙은 뚱뚱한 사나이——상사님이었다.

"아아, 클래브트리! 그럼, 자네도 샤드 로 무스를 만드는 것을 도왔겠군?"

"네, 클래비는 감독했을 뿐 실제로 만든 것은 나였습니다."

"아아, 굉장한 솜씨더군. 화요일 밤, 자네는 조리장에 있었겠지?"

"네, 시간을 절약하시도록 해드리겠습니다. 나는 조리장에 있었습니다. 조리장을 한 번도 떠나지 않고 줄곧 머물러 있었습니다. 됐습니까?"

"그런 것 같군. 식당에도 식기실에도 가지 않았단 말이지?"

"네, 줄곧 조리장에 있었다고 지금 말씀드렸습니다."

"그렇군. 별로 의심한 것은 아닐세, 글랜트. 다만 확인하고 싶었을 뿐이지."

울프의 눈길이 다시 옮겨졌다.

"휘플 군, 물론 자네에 대해서는 알고 있네. 자네는 눈치 빠르고 훌륭한 급사더군. 저녁식사 때 자네는 내가 원하는 것을 미리 척척 알고 있었거든. 그 정도까지 머리가 돌아가기에는 너무 나이가 어린 것 같은데, 몇 살인가?"

코가 납작하고 건강해 보이는 젊은이는 똑바로 울프를 바라보며 대답했다.

"21살――."

급사장인 몰튼이 그를 슬쩍 흘겨보고 나서 나무랐다.

"'21살입니다'라고 해야지."

몰튼은 울프를 쳐다보며 변명 아닌 설명을 덧붙였다.

"폴은 대학에 다니고 있습니다."

"오오, 그래. 어느 대학인가, 휘플 군?"

"하버드 대학입니다."

울프는 휘플에게로 손가락을 쑥 내밀며 말했다.

"백인에게 공손한 말을 하는 데 저항감을 느낀다면, 그만두어도 좋네. 싫은데 억지로 공손한 말을 하는 것이라면 쓰지 않는 편이 좋

아. 자네는 교양을 몸에 익히기 위해 대학에 다니는 거겠지?"

"인류학에 흥미가 있습니다."

"아아, 그런가? 나는 프랜츠 보아즈를 만난 일이 있네. 그의 저서에 서명도 받았지. 자네는 화요일 저녁 식당에 있었지? 저녁식사 때 나에게 서비스해 주었으니까."

"네, 저녁식사가 끝난 뒤에는 뒤처리며 그 소스 맛보기 콘테스트의 준비를 거들었습니다."

"자네의 말투에는 어딘지 비난하는 듯한 데가 있군."

"네. 이렇게 말하면 뭣합니다만, 그런 일에 시간과 재능을 낭비하고 게다가 다른 사람의 시간까지 허비하게 하는 것은 어이없고 어린아이 장난같다고 나는——."

"그만두게, 폴!" 몰튼이 나무랐다.

"아직 자네는 어리네, 휘플 군" 하고 울프는 말했다. "그리고 우리는 저마다 독자적인 가치관을 갖고 있는 걸세. 자네의 가치관을 존중해 주기를 바란다면 나의 가치관도 존중해 주어야 하는 걸세. 또한 폴 로렌스 댄버는 이런 말을 했지. '주머니쥐에게 해 주는 일 가운데 가장 좋은 일은 고픈 배를 채워주는 것이다'라고 말일세."

대학생은 놀란 얼굴로 울프를 쳐다보며 물었다.

"댄버를 아십니까?"

"물론이지, 나는 야만인이 아니니까. 그러나 이야기를 다시 화요일 저녁으로 돌리세. 식당에서 심부름을 끝낸 뒤 자네는 조리장으로 갔나?"

"네."

"그리고 조리장에서 떠난 것은 언제였지?"

"한 번도 떠나지 않았습니다. 그 사건을 들을 때까지는."

"그 사이 내내 조리장에 있었나?"

"네."

"고맙네."

울프의 눈길이 다시 옮겨졌다.

"더게트 씨……."

울프는 또다시 같은 질문을 계속했으나, 되돌아오는 것은 똑같은 대답뿐이었다. 나는 하이볼을 다 마시고 의자를 비스듬히 하여 벽에 기대고 눈을 감았다. 질문도 거기에 대해 대답하는 목소리도 내 귀에는 잡음일 뿐이었다. 나로서는 이런 일에 어떤 의미가 있는지 도무지 알 수 없었으며, 의미 따위는 전혀 없는 것처럼 생각되었다. 물론 계략 따위는 생각조차 하지 않았으므로 계략을 써서 함정에 빠뜨리는 짓은 하지 않겠다고 한 울프의 선언은 기린이 목이 짧으니 높은 곳에 있는 열매는 먹을 수 없다고 말하는 것과 마찬가지였다. 그러나 이 개미 쳇바퀴 돌 듯하는 단조로운 짓을 좋은 함정이라고 생각한다면, 잠시도 지체하지 말고 빨리 웨스트버지니아의 산 공기에서 달아나 평지로 돌아가는 편이 좋으리라고 생각했다.

일문일답은 여전히 계속되었다. 울프는 누구에 대해서나 수고를 덜려고 하지 않았으며, 그의 질문은 점점 개인적인 일로까지 넓혀져갔다. 그리하여 히야신스 브라운의 아내가 아직 어린아이들을 셋이나 남겨둔 채 집을 나가버렸다는 것까지 알아냈다. 이따금 나는 눈을 떠서 심문이 어디까지 진행되었는지 확인하고 다시 눈을 감았다. 열려 있는 창문으로 멀리서 수탉이 홰를 치는 소리가 들렸으므로 팔목시계를 들여다보니 2시 15분 전이었다.

내 이름을 부르는 소리에 나는 벽에 기댔던 의자를 제자리로 돌렸다.

"아치, 맥주를 좀 주게."

내가 잠시 꾸물거리자 몰튼이 일어나 재빨리 맥주를 가지러 갔다.

나는 다시 앉았다. 울프가 모두들에게도 다시 술을 권하자, 여러 명의 급사와 요리사들이 따르러 갔다. 울프는 맥주를 따라서 단숨에 마셔버리고는 입을 닦고 의자등받이에 편안히 기대앉아 모두의 시선이 자기에게로 돌려질 때까지 천천히 주위를 둘러보고 있었다.

이윽고 울프는 이제까지와는 달리 활기있는 어조로 말을 꺼냈다

"여보게들, 내가 처음에 말했던 조금 귀찮은 문제에 대해서는 나중에 구체적으로 설명하겠다고 했었지? 그 귀찮은 문제가 지금 우리 앞을 가로막고 있네. 자네들은 묻고 싶은 것을 물으라고 말했고, 나는 그렇게 했네. 여기서 주고받은 말은 모두 자네들 귀에도 들렸을 걸세. 그런데 자네들 중의 한 사람이 일부러 거짓말을 했다는 것을 과연 이 가운데 몇 사람이나 알아차렸을까?"

방 안이 물을 끼얹은 것처럼 조용해졌다. 울프는 5초쯤 조용함이 더욱 깊어지도록 내버려두었다가 이윽고 계속했다.

"자네들은 화요일 저녁 벨린 씨가 식당에서 나간 다음 뷰크식 씨가 식당으로 들어오기 전까지 8분 내지 10분쯤 사이가 있었다는 것을 알고 있으며, 또한 벨린 씨는 자기가 식당을 나올 때 래스지오 씨가 아직 살아 있었다고 말하고 있으며 뷰크식 씨는 자기가 들어갔을 때 래스지오 씨의 모습이 보이지 않았다고 말했다는 것도 알고 있네.

그 8분 내지 10분 사이에 어떤 사람이 테라스에서 식당으로 들어가는 문을 열고 안을 들여다보았는데, 그 때 두 흑인을 보았네. 한 사람은 급사의 제복을 입고 있었으며 간막이 곁에 서서 입술에 손가락을 대고 있었고, 또 한 사람은 식기실에서 들어오는 문을 2, 3인치쯤 열고 간막이 곁에 서 있는 사나이를 똑바로 보고 있었지. 간막이 곁에 있었던 사나이가 누구인지는 짐작할 수 없네. 그러나 식기실문으로 들여다본 사나이는 지금 내 앞에 앉아 있는 자네들

가운데 한 사람일세. 그런데도 그 사나이는 나에게 거짓말을 한 걸세."

또다시 방 안이 조용해졌다. 그 정적은 마치 들으라는 듯 킬킬거리는 웃음소리로 깨졌다. 그 웃음 소리의 주인은 아까도 웃었던 그 사나이로, 여전히 벽에 기대앉아 있는 키가 후리후리하게 큰 흑인이었다.

이번에는 그 킬킬거리는 웃음 소리에 이어 심하게 콧김까지 내뿜더니 "정말 참!"하고 말했다.

대여섯 명이 동시에 그를 돌아다보자 클래브트리가 정나미 떨어진 듯 말했다.

"참으로 어처구니없는 녀석이로군. 너무 취했잖아."

그는 울프를 보고 변명했다.

"저 애송이 녀석은 도무지 어쩔 수 없는 놈입니다. 지금 하신 말씀에 대해서입니다만, 우리 동료 가운데 한 사람이 거짓말한 것으로 생각된다니, 우리로서는 유감입니다. 뭔가 잘못된 정보를 잡으신 게 아닐까요?"

"아니, 그렇지 않네. 내가 입수한 정보는 정확한 걸세."

몰튼이 언제나의 그 부드럽고 듣기좋은 목소리로 물었다.

"문으로 들여다보다가 두 사람을 보신 분이 누구인지 여쭈어보아도 되겠습니까?"

"아니, 그 사람은 본 일을 모두 이야기했고, 보았다는 것도 분명하네."

울프는 그들의 얼굴에 차례로 눈길을 돌렸다.

"모두들 내 정보를 의심하려고는 생각하지 말게. 식당에서 그런 일이 있었다는 것을 모르는 사람은 이러쿵저러쿵 말할 것도 없는 일이고, 알고 있는 사람은 내 정보가 정말 목격자에게서 입수한 것이라는 사실을 알고 있을 테니까. 목격자에게서 들은 것이 아니라면 그 간막이 곁에 서 있던 사나이가 입술에 손가락을 대고 있었다는 것까지 어떻게 알겠나? 아니, 일은 간단하네. 나는 적어도 자네들 가운데 한 사람이 거짓말했다는 것을 알고 있고, 그 거짓말한 사람은 내가 그것을 알고 있다는 사실을 알고 있네. 아주 간단한 일이니까 간단한 방법으로 처리할 수 없을까 생각하는 모양인데, 한번 해보세. 물론, 식기실문을 열고 입술에 손가락을 대고 간막이 곁에서 있던 사나이를 본 것은 당신이었나?"

귀 끝이 떨어져나간 급사장은 천천히 고개를 저었다.

"아닙니다."

"휘플, 자네인가?"

"아닙니다."

울프는 모두에게 하나하나 물어보아 14명으로부터 부정하는 대답을 14개 모았다. 그것이 끝나자 그는 맥주를 따라 이마에 주름을 잡은 채 그 거품을 들여다보고 있었다. 말을 하는 사람도 없었고 몸을 움직이는 사람도 없었다. 이윽고 울프는 맥주에 입도 대지 않고 의자 등받이에 기대더니 노여움을 억누르는 듯한 한숨을 내쉬며 중얼거리듯 말했다.

"밤을 새게 되지 않을까 걱정했는데…자네들에게도 그렇게 말하지 않았는가? 또 협박하거나 하지는 않겠다고 말했는데, 지금도 그렇게 할 생각은 없네. 그러나 자네들은 모두 한결같이 부정함으로써 간단한 일을 복잡하게 만들고 말았기 때문에 일단 일이 어떻게 되어 있는지 설명하지 않으면 안되게 되어버렸네.

우선 자네들이 계속 부정한다고 하세. 그렇게 되면 나로서는 경찰에 알려서 그들에게 테라스의 문으로 식당을 들여다본 사람을 찾아내도록 하는 수밖에 없네. 나와 마찬가지로 그들도 그 정보가 정확하다는 것을 납득하고, 그것을 바탕으로 자네들을 심문하게 되겠지. 그들은 자네들 가운데 한 사람이 칸막이 곁에 있는 사나이를 보았다고 확신하고 있을 테니까, 자네들에 대해 어떻게 할 것이며 자네들이 얼마나 견디어낼 것인지 그것은 나로서도 알 수 없네. 그러나 아무튼 그렇게 되면 모든 일은 내 손에서 떠나고 마니까……."

울프는 또 한숨을 쉬더니 모두의 얼굴을 휘둘러보았다.

"그런데 그것이 누구이든 부정하기를 그만두고 나에게 사실을 말한다면 어떻게 될 것인가? 역시 늦건 이르건 자네들은 경찰을 상대로 해야 되겠지만, 그렇게 되면 전혀 사정이 달라지는 걸세. 지금 나는 자네들 가운데 한 사람을 보고 이야기하는 걸세. 그는 그것이 누구인지 알고 있지만, 나는 모르네. 그와 동료들이 내 요구를 받아들여 나를 만나러 와서 그날 식당에서 본 일에 대해 자진해서 정보를 제공해 주었다고 트루먼 씨와 보안관에게 말해도 전혀 아무 일이 없을 걸세. 물론 그들로서는 그가 이렇게 중요한 사실을 화요일 밤에 감추고 있었다는 것이 못마땅하겠지만, 그 점에 대해서는 너무 나무라지 않도록 미리 손을 써둘 수 있으리라고 생각하네. 그것은 내가 보증하네. 다른 사람들은 전혀 이 사건에 관계할 필요가 없는 걸세. 그러면……."

울프는 말을 끊고 또다시 모두를 주욱 둘러보았다.

"드디어 가장 어려운 부분에 들어가게 되었는데, 그것이 누구이건 그가 부정하는 심정은 충분히 이해할 수 있고 동정도 가네. 틀림없이 어떤 소리를 들었기 때문일 텐데, 아무튼 그는 문으로 들여다보고 자기와 같은 인종의 사나이가 칸막이 곁에 서 있는 것을 보았네. 그리고 40분쯤 뒤 사건에 대한 말을 들었을 때, 래스지오 씨가 살해당한 것을 알았을 뿐만 아니라, 아마도 그것이 누구의 짓인가도 알았을 걸세.

칸막이 곁의 사나이는 급사 제복을 입고 있었으므로 그의 동료이며, 그가 문으로 들여다 보았을 때 그 사나이도 똑바로 그의 쪽을 보고 있었으니까. 그래서 일이 귀찮게 된 걸세. 범인이 그와 친한 사나이로 그가 호의를 가지고 있는 사람이라면 내가 무슨 말을 하든, 보안관이 뭐라고 하든 그는 계속 부정하겠지. 그렇게 되면 여기 있는 동료들이 모두 매우 불쾌한 꼴을 당하게 되겠지만 어쩔 수 없는 일일세.

그러나 개인적으로는 친하지 않지만 동료이기 때문에, 좀더 파고 들어가 말하면 자기와 같은 흑인이기 때문에 범인을 옹호하고 있는 것이라면, 조금 말해 주어야 할 일이 있네. 우선 동료이기 때문에 옹호하는 것이라면 그건 얼빠진 일일세.

몇 세기 전부터 우리는 사람을 죽인 자에게서 혼자 몸을 지킨다는 건 불가능하다는 것을 알고 있네. 사람을 죽이는 것은 매우 간단한 일이니까. 그래서 서로 힘을 합쳐 지켜야 한다고 깨닫게 된 것일세.

그러므로 그가 몸을 지키는 데 나의 도움을 받으면, 그로서도 내가 자신의 몸을 지켜주는 일을 도와주어야 할 걸세. 나를 좋아하건 싫어하건, 자신의 의무를 다하지 않으면 그는 보호받을 자격도 잃게 되는 거지.

그러나 이 범인은 흑인이며, 그도 흑인일세. 그것이 이 문제를 어렵게 만들고 있다는 것은 나도 인정하네. 인간 사회의 여러 가지 약속은 살인자에게서 몸을 지키는 일 뿐만 아니라 그 밖의 많은 일에도 미치고 있네. 그리고 다른 대륙에서는 말할 것도 없지만, 이 미국에서도 백인이 그 약속에서 얻어지는 이익의 일부를 흑인으로부터 빼앗아왔다는 것은 틀림없는 사실일세. 때로는 살인으로부터 몸을 지키는 권리까지 흑인에게서 빼앗아왔다고 말할 수도 있지.

이 나라의 일부 지방에서는 백인이 흑인을 죽이더라도 법에 의한 처벌까지 모면할 수 있다고 아니, 그 정도는 아니라 하더라도 최소한 인간 사회의 약속이 내리기로 되어 있는 벌을 모면할 기회가 얼마든지 있다고 하는데, 그것은 정말 당치도 않은 일일세. 한심스러운 일이며, 흑인이 분개하는 것도 당연하다고 생각하네. 그러나 이치를 따져 불평하고 있을 때가 아니라, 지금 그는 사실에 직면해 있는 걸세. 어떻게 그 차별을 개선해 가야 할 것인가?

나는 지금 칸막이 곁에 서 있던 사나이를 두고 말하고 있는데, 그 사나이와 친하다거나 어떤 정당한 개인적 이유로 그를 옹호하는 것이라면 나로서도 이제 더 이상 할 말이 없네. 쓸데없는 말을 지껄이기는 싫으니까. 그는 보안관과 싸울 수밖에 없겠지. 그러나 살빛이 같다는 이유만으로 그를 옹호하는 것이라면 나는 말을 좀 해야겠네. 그는 자신이 속해 있는 인종에 대해 당치도 않은 짓을 하고 있는 걸세. 그가 분개하고 있는 차별을 오래 지속시키고 나아가서는 더 심하게 하는 데 힘을 빌려주고 있는 셈이지.

이상적인 인간의 약속이란 인종이나 피부 빛깔이나 종교에 의한 차별이 전혀 없는 것일세. 그러한 차별을 남겨두는 일에 협력하는 것은 그 이상(理想)을 이룩하는 일을 늦추게 하는 것이나 마찬가지지. 아무튼 그가 차별을 남기는 일에 협력하고 있다는 것은 확실한 일일세. 살인이라는 문제에 있어서 범인의 피부 빛깔로 그의 태도가 좌우된다면 그의 피부가 희거나 검거나 분홍빛이거나……."

"그건 그렇지 않습니다!"

코가 납작한 건장한 젊은이——흑인 대학생의 입에서 날카로운 외침이 튀어나왔다. 몇 사람인가가 펄쩍 뛰었고, 나도 깜짝 놀랐다. 모두들 재빨리 그에게로 눈을 돌렸다.

"나의 견해가 옳다는 것은 증명할 수 있다고 생각하는데, 휘플 군"
하고 울프가 말했다. "끝까지 이야기를——."
"당신의 견해를 말하는 것이 아닙니다. 당신이 말씀하신 사실을 말
하는 것입니다. 당신이 말씀하신 사실 가운데 한 가지를——."
"어떤 사실 말인가?"
울프가 눈썹을 치켜올리며 물었다.
"범인의 피부색입니다."
대학생은 울프의 눈을 똑바로 쳐다보고 있었다.
"그는 흑인이 아니었습니다. 나는 보았습니다. 그는 백인이었습니
다!"

제11장

그 말이 떨어진 직후 나는 또다시 놀랐다. 이번에는 뭔가가 바닥에 때려눕혀지는 소리가 난 것이다. 울프의 연설로 졸음이 와서 끄덕끄덕 졸고 있던 키가 크고 여윈 사나이 보니가 휘플의 충격적인 말로 절반쯤 눈을 뜬 채 몸의 균형을 잃어 쓰러졌다는 것을 알게 되기까지 우리의 주의는 대학생에게서 떠나 있었다. 보니가 뭐라고 투덜거리기 시작하자 클래브트리가 눈을 흘겨 입을 막았다. 그러나 주위는 여전히 웅성웅성하고 있었다.

울프가 조용히 말을 재촉했다.

"자네는 칸막이 곁에 있던 사나이를 보았군, 휘플 군?"

"네."

"언제?"

"칸막이 곁에 서 있을 때입니다. 문을 열고 들여다본 것은 나였습니다."

"그런데 피부가 희더라는 말인가?"

"아닙니다."

휘플의 눈은 뚫어지도록 울프를 향해 있었다. 보니가 쓰러지는 소리가 들렸을 때도 그는 돌아다보지 않았다.

"피부빛이 희었다고 말하지는 않았습니다. 백인이었다고 말했습니다. 내가 보았을 때는 검었습니다. 검게 칠하고 있었으니까요."

"어떻게 그것을 알았지?"

"그를 보았기 때문입니다. 정말 검은 살갗과 태운 코르크를 칠한 살갗의 차이를 내가 못 알아차릴 것 같습니까? 나는 흑인입니다. 하지만 그뿐만이 아니었습니다. 당신도 말했지만, 그는 입술에 손가락을 대고 있었는데, 그 손이 달랐습니다. 흑인이 아니었다 해도 알아보았을 것입니다. 꼭 들어맞는 검은 장갑을 끼고 있었습니다."

"어째서 식기실로 가서 문으로 들여다보았나?"

"식당에서 소리가 났습니다. 글랜트가 우프 오 슈발을 만들고 있는데, 패프리커(고추의 일종)가 필요했지만 깡통이 비어 있었습니다. 그래서 식기실 벽장으로 새 깡통을 가지러 갔던 것입니다. 그때 식당에서 나는 소리가 들렸습니다. 조리장에서는 모두들 덜그럭거리며 소리를 내고 있었기 때문에 들리지 않았던 것입니다. 사다리를 올라가 패프리커를 찾던 중이었는데, 그것을 찾아가지고 다시 내려와 무슨 소리였는지 확인하려고 문을 조금 열고 들여다 보았던 것입니다."

"식당에 들어갔었나?" 울프는 손가락을 쑥 내밀더니 천천히 흔들면서 말했다. "휘플군, 진실이란 대개의 경우 좋은 일이고 거짓말도 때로는 매우 좋지만, 양쪽을 섞어놓으면 뭐라고 할 수 없이 불쾌한 것이 되고 마는 법이라네."

"진실만을 말하고 있습니다."

"전에는 그렇지 않았잖나? 범인이 흑인이 아니었다면 어째서 사실대로 말하지 않았지?"

"백인 나리들의 복잡한 일에 말려들지 않도록 하는 편이 좋다는 것을 알고 있었기 때문입니다. 범인이 흑인이었다면 말했겠지요. 흑인은 스스로 그 검은 피부를 더럽히는 짓을 할 수가 없으니까요. 그런 일은 백인에게 맡겨두면 되는 것입니다. 이것으로 당신의 논리가 얼마나 훌륭한 것인지 아셨겠지요?"

"글쎄, 좀 어떨까……자네의 말은 내 논리에 이론(異論)을 제기한 것은 못되네. 자네가 나와 같은 의견이라는 것을 말해주고 있을 뿐일세. 언제고 좀 이야기를 해봐야겠군. 그러니까 이것은 백인의 일이므로 내가 알 바 아니라 생각하여 그 사실을 감추고 있었다는 말이로군? 게다가 경솔하게 말했다간 귀찮게 된다는 것도 알고 있었기 때문에……."

"큰일나지요, 당신은 북부 사람이니까."

"나는 다만 사람일세 적어도 그러고 싶네. 자네는 나를 연구하는 셈이군, 인류학을 공부하고 있다고 했으니까. 자네는 과학자가 되려고 하는 걸세. 잘 생각해서 대답해 주게. 그 사람이 백인이었다는 사실에 어느 정도 확신이 있나?"

휘플은 곰곰이 생각하더니 곧 대답했다.

"잘라 말할 수는 없습니다. 밝은 다갈색 피부, 또는 상당히 어두운 다갈색 피부일지라도 태운 코르크를 바르면 그렇게 보일 것이고, 또 검은 장갑 따위는 누구나 낄 수 있을 테니까요. 하지만 태운 코르크나 그 비슷한 것을 칠했다는 점은 확신할 수 있습니다. 장갑에 대해서도 확신합니다. 게다가 흑인이 얼굴을 까맣게 칠해야 할 이유를 나는 모르겠으므로 당연히 백인이라고 결정한 것입니다만, 확신할 수는 없습니다."

"그 추론은 틀림이 없는 것 같군. 자네가 보았을 때 그는 무엇을 하고 있던가?"

"칸막이 끝에 서서 막 돌아서려는 참이었습니다. 우연히 나를 보았을 게 틀림없습니다. 소리가 들리지는 않았을 겁니다. 그 문은 소리가 나지 않는데다 겨우 2, 3인치 열었을 뿐이니까요. 게다가 식기실과의 사잇문이 닫혀 있었는데, 라디오 소리가 크게 들려왔었거든요."

"이곳 급사의 제복을 입었던가?"

"네."

"머리카락은?"

"급사 모자를 쓰고 있었습니다. 뒷머리는 보이지 않았습니다."

"어떤 사나이였는지 말해 보게나. 키라든가 몸집이라든가……."

"중키에 여위지도 뚱뚱하지도 않은 보통 몸집이었습니다. 5피트 8, 9인치에 155나 156파운드쯤 될 겁니다. 그다지 자세히 보지는 못했습니다. 온통 까맣게 칠한 것을 곧 알아차렸기 때문에, 그가 입술에 손가락을 댔을 때 손님 가운데 한 분이 장난하는 줄로 생각하고 내가 들은 소리도 칸막이나 뭔가를 움직일 때 났나 보다고 짐작했습니다. 그래서 문을 닫고 조리장으로 돌아왔습니다. 문을 닫았을 때 그는 다시 돌아서려는 참이었습니다."

"테이블 쪽으로 말인가?"

"테라스로 나가는 문 쪽이었습니다."

울프는 입술을 오므렸다. 이윽고 그 입술이 다시 벌어졌다.

"자네는 손님 가운데 한 사람이 장난하는 줄 알았다고 했는데, 그렇다면 손님 가운데 어떤 분을 골라내겠나?"

"모릅니다."

"글쎄, 그렇게 말하지 말게, 휘플 군. 전반적인 특징을 알려고 하는 것뿐일세."

"그렇지만 당신은 이름을 대라고 하셨습니다. 이름은 물론 어느 손님인지도 몰랐습니다. 얼굴을 시커멓게 칠한데다 모자를 깊숙이 눌러쓰고 있었습니다. 눈은 밝은 빛이었던 것으로 생각합니다. 얼굴은 둥글지도 않고 길지도 않은 중간쯤이었습니다. 그렇지만 아주 잠깐 보았을 뿐이므로……"

"어떤 느낌이던가? 전에 본 일이 있는 것 같은 느낌이었나?"

대학생은 고개를 저었다.

"내가 그 때 느낀 것은 백인의 장난에 참견하고 싶지 않다는 기분뿐이었습니다. 나중에는 백인의 살인에 참견하고 싶지 않다는 것이었지만."

울프의 맥주에서는 거품이 말끔히 없어져 있었다. 울프는 맥주잔을 집어들어서 이마에 주름을 잡고 들여다보더니 이윽고 입으로 가져가 다섯 모금에 다 마셔버리고 빈 잔을 내려놓았다.

"그런데……"

울프는 또다시 휘플에게로 눈길을 돌렸다.

"화내지 말아주기 바라네. 이 이야기는 자네의 뜻과는 전혀 다르게 되어버렸네. 사실을 그릇되게 하지 않았으면 좋겠는데…… 조리장에 돌아온 뒤 자네가 본 일을 누구에게 이야기했나?"

"하지 않았습니다."

"급사 제복을 입고 얼굴을 꺼멓게 칠하고 검정 장갑을 낀 낯선 사람이 식당에 있었다는 것은 예삿일이 아닐세. 이것은 좋은 이야깃거리가 될 거라고 생각지 않았나?"

"네."

클래브트리가 몹시 조바심하며 고함쳤다.

"자네는 참 어리석군, 폴! 자기 혼자만이 어엿한 남자라고 생각하는 모양이지?"

그는 울프 쪽으로 돌아섰다.

"폴은 지금 아주 우쭐해 있답니다. 겉으로 보기와는 달리 근본은 다정하지만 잘 돌아가지도 않는 머리를 너무 지나치게 쓰고 있지요. 뭐든지 모두 자기 혼자서 짊어지려고 하는 겁니다. 그건 거짓말입니다. 조리장으로 돌아오자마자 모두 지껄였답니다. 지금 지껄인 것처럼 말입니다. 우린 모두 들었습니다. 좀더 재미있는 이야기를 듣고 싶으시면 저기 있는 몰튼에게 물어보십시오."

귀 끝이 떨어져나간 급사장이 클래브트리 쪽을 홱 돌아다보며 말했다.

"무슨 말을 하고 있나, 클래브트리?"

몸집이 뚱뚱한 사나이는 몰튼이 눈길을 받자 얼른 대답했다.

"멍청하게 굴지 말게. 폴이 떠들어버렸네. 괴로움을 끼치지 않도록 자네의 귀에 들어가지 않게 하려고 한 것은 아니었어."

몰튼이 뭐라고 투덜투덜 불평했다. 그는 몇 초 동안 클래브트리를 뚫어지게 노려보고 있더니 어깨를 움츠리면서 울프 쪽을 향해 점잖게 말했다.

"지금 저 사람이 말한 일입니다만, 폴의 이야기가 끝나거든 이야기하려고 했습니다. 나도 그 사나이를 보았습니다."

"칸막이 곁에 있던 사나이 말인가?"

"네."

"그건 또 어떻게 된 거지?"

"페프리커를 찾으러 간 폴이 좀처럼 돌아오지 않기에 곧 식기실로 가보았습니다. 식기실에 가니까 마침 폴이 문께에서 이쪽으로 돌아서려고 하기에 엄지손가락으로 식당 쪽을 가리키자, 누군가가 거기에 있다는 것이었습니다. 나는 무슨 일인지 몰랐습니다. 물론 래스지오 씨가 식당에 계시다는 것은 알고 있었지만, 조금 문을 열고 들여다보았습니다. 그 사나이는 나에게로 등을 돌리고 테라스로 나가는 문 쪽을 향해 걸어가고 있었으므로 얼굴은 보이지 않았지만 검정 장갑이 보였고, 물론 급사의 제복도 보였습니다. 문을 닫고 폴에게 저 사나이가 누구냐고 물었더니, 모르겠지만 손님 가운데 누군가가 얼굴을 꺼멓게 칠한 모양이라고 말하는 것이었습니다. 나는 폴에게 패프리커를 갖고 조리장으로 돌아가라고 이른 뒤 다시 문을 조금 열고 들여다보았는데, 그 사나이의 모습은 이미 보이지 않았습니다. 나는 래스지오 씨께 무슨 볼일이 없는지 여쭈어 보려고 문을 활짝 열었습니다. 그런데 래스지오 씨가 테이블 곁에 계시지 않았습니다. 그래서 식당으로 들어갔지만, 거기에도 보이지 않았습니다. 맛을 감정하는 콘테스트가 어떻게 진행되는지 알고 있었으므로 이상하다고는 생각했지만 그다지 놀라지는 않았습니다. "

"어째서지 ? "

"저어……이런 말씀을 드린다고 이상하게 생각지는 말아주셨으면 합니다. 그 손님들은 처음부터 이런 일을 하시는 데 뭔가 독특한 데가 있었습니다. "

"아아, 아무렇게도 생각지 않겠네. 괜찮으니까 어서……. "

"네, 그래서 래스지오 씨는 별실이나 어디에 가신 모양이라고 생각한 것입니다. "

"칸막이 뒤를 들여다보았나 ? "

"아닙니다, 찾아보아야 한다고 생각하지는 않았기 때문에……. "

"식당에는 아무도 없던가 ? "

"네, 아무도 보이지 않았습니다. "

"그런 다음 어떻게 했지 ? 조리장으로 돌아갔나 ? "

"네, 나는 그다지……. "

몸집이 우람한 요리사가 협박하는 것처럼 말했다.

"아직 완전히 이야기하지는 않았어 ! 여기에 계시는 울프 씨는 마

음이 상냥하신 분이니까 모든 것을 다 이야기하는 것이 좋아. 우리
는 모두 자네가 이야기해 준 것을 그대로 기억하고 있으니까."

"그런가, 클래비?"

"그렇습니다."

몰튼은 어깨를 으쓱하며 다시 울프 쪽으로 돌아섰다.

"클래비가 말한 것으로, 지금 막 이야기하려던 참이었습니다. 조리
장으로 돌아오기 전에 잘못되는 일이 있어서는 안된다고 생각되어
테이블을 살펴보았습니다."

"소스가 놓였던 테이블 말인가?"

"네."

"나이프가 한 자루 없어졌던가?"

"그것은 모르겠습니다. 없어졌다면 알아차렸으리라고 생각합니다
만, 어쩌면 깨닫지 못했는지도 모릅니다. 비둘기새끼 위에 덮여 있
던 뚜껑을 들어보지 않았기 때문에 나이프 한 자루는 거기에 있었
는지도 모릅니다. 그러나 그와는 다른 이상한 점을 깨달았습니다.
누군가가 소스 그릇을 만졌던 모양입니다. 놓은 순서가 마구 흩뜨
려져 엉망이 되어 있었습니다."

나는 자신도 모르게 휘파람을 불고 있었다. 울프는 흘끔 나를 흘겨
보고서 다시 몰튼에게로 눈길을 돌리고 말했다.

"그래, 어떻게 그것을 알았나?"

"번호 숫자로 알았습니다. 그릇에 백묵으로 써두었던 숫자로요. 테
이블에 옮겨놓을 때 1이라고 백묵으로 씌어 있는 그릇은 1번 카드
앞에, 2의 그릇은 2번 카드 앞에, 이런 식으로 놓았었습니다. 그런
데 내가 보았을 때는 그렇게 되어 있지 않았습니다. 여러 가지로
바꾸어져 놓여 있었습니다."

"몇 개나 바꾸어 놓았던가?"

"두 개만 빼놓고는 모조리 다. 8번과 9번은 그대로 있었지만, 그 밖에는 모두 바뀌어 있었습니다."

"틀림없다고 맹세할 수 있겠나, 몰튼?"

"맹세할 수밖에 없을 것 같군요."

"그러니까 맹세할 수 있겠나?"

"네, 맹세할 수 있습니다."

"그릇이 바뀌어 있는 것을 알아차린 뒤 순서대로 고쳐놓았나?"

"네, 그렇게 했습니다. 이것으로 아마 모가지가 되겠지요. 제대로 고쳐놓는다는 것은 쓸데없는 일이었습니다. 그것은 알고 있었습니다. 그러나 내 이야기를 들으시면 세르반 씨도 알아주시리라고 생각합니다. 세르반 씨를 위해 한 일입니다. 세르반 씨가 내기에 지는 것이 싫었기 때문이지요. 80퍼센트는 맞출 수 있다는 데에 세르반 씨가 내기를 건 것을 알고 있었습니다. 그래서 그릇이 바뀌어 있는 것을 깨닫자 누군가가 세르반 씨를 함정에 빠뜨리려 하고 있구나 생각하고 처음과 같이 고쳐놓았습니다. 그리고 급히 식당에서 나왔습니다."

"어떻게 바뀌어 있었는가는 기억하지 못하겠지? 이를테면 1번이 어디에 옮겨졌었는가 하는 따위로."

"네, 거기까지는 좀……."

"아니, 좋네."

울프는 한숨을 쉬었다.

"고맙소, 몰튼. 그리고 휘플도. 너무 늦어졌군. 내일 아침에는 될 수 있는 대로 일찍 트루먼 씨와 보안관을 만나 이야기해야 하기 때문에 안됐지만 모두들 잘 시간이 별로 없을 것 같네. 자네들은 여기서 먹고 자겠지?"

모두들 그렇다고 대답했다.

"그렇다면 잘되었군. 그럼, 그때 다시 부르러 보내겠네. 해고되는 일은 없을 걸세, 몰튼. 미리 당국에 손을 써두겠다고 한 말을 나는 잊지 않았고, 그 약속은 반드시 지킬 생각이니까. 모두 오랫동안 잘 참고 견디어주어 고맙네. 자네들의 모자는 아치의 방에 있겠지?"

그들은 병이며 유리잔들을 입구의 홀로 치우는 것을 거들어주었는데, 모두 그 방면의 전문가였으므로 그다지 오래 걸리지 않았다. 대학생은 뒤에 남아 울프와 이야기를 하고 있었으므로 거들지 않았다. 모두들에게 모자를 건네주고 내가 문을 열자 그들은 나갔다. 히야신스 브라운이 보니의 팔을 부축하고 있었다. 내가 문을 닫았을 때도 보니는 여전히 뭐라고 중얼거리고 있었다.

울프의 방으로 돌아오자 창문 바로 밖에 관목숲이 있는데, 벌써 창문이 훤해져왔다. 이틀을 계속해서 새벽녘까지 자지 않고 있는 셈이어서, 나는 우유배달 조합에라도 들어가는 것이 낫지 않을까 생각하기 시작했다. 나의 눈은 누군가가 가정용 시멘트를 눈꺼풀에 마구 발라서 그대로 말려버린 것 같은 느낌이었다. 울프는 아직도 자지 않고 의자에 앉아 있었다.

"잘되었습니다. 이제 날개만 있으면 올빼미가 될 수 있겠는데요, 12시에 깨우도록 말해둘까요? 그렇게 하면 저녁식사 때까지는 여덟 시간이 있으니까 충분할 겁니다."

울프가 얼굴을 찡그리며 물었다.

"벨린 씨는 어디에 구류되어 있나?"

"군청이 있는 퀸비겠지요."

"여기서 얼마쯤 되지?"

"글쎄요, 20마일쯤 되겠지요."

"트루먼 씨도 거기에 살고 있나?"

"모르겠습니다. 검사니까 그의 사무실은 거기에 있을 겁니다만."

"그의 집을 찾아내어 전화로 불러내게나. 보안관과 함께 8시에 이리로 와 주었으면 좋겠네. 그가 나오거든 자네가——아닐세, 그가 나오면 내가 이야기하지."

"지금 말입니까?"

"지금."

나는 두 팔을 벌리고 말했다.

"새벽 4시 반입니다. 조금만 더——."

"아치, 부탁하네. 자네는 흑인 다루는 방법을 나에게 가르쳐 주려고 했었지? 그 수법으로 백인도 잘 다루어주지 않겠나?"

나는 전화를 걸러 갔다.

제12장

사팔뜨기 보안관 페티글루는 고개를 저으며 느릿느릿한 어조로 말했다.

"고맙습니다만, 진창에 빠져 악전고투했기 때문에 의자를 더럽힐 겁니다. 서 있는 데는 익숙해 있으니까 염려없습니다."

나의 벗 밸리 트루먼도 그다지 말쑥한 차림은 아니었지만 흙투성이가 되어 있지는 않았으므로 사양하지 않고 자리에 앉았다. 목요일 아침 8시 30분. 5시가 조금 지나서 옷을 벗고, 7시 반에 깨워달라고 교환대에 부탁한 뒤 잠자리에 기어들어가는 바보같은 짓을 하고 말았으므로, 나는 클래프 게임에서 마지막 한 장 남은 5센트짜리 한 닢과도 같은 기분이었다. 두 시간밖에 자지 못하고 다시 일어난 탓으로 상태가 완전히 엉망진창이었던 것이다. 울프는 수염을 깎고 머리를 빗고 노란색 욕실 가운을 입고 큰 의자에 앉아 접는 식 테이블을 끌어당겨 아침식사를 하고 있었다. 울프는 노란색 욕실 가운을 다섯 개나 가지고 있는데, 이곳에는 칼라와 벨트가 갈색인 얇은 울로 된 것을 가져왔다. 그는 넥타이를 매고 있었다.

"전화로 말한 바와 같이" 하고 트루먼이 말했다. "9시 반에 법정에 나가기로 되어 있습니다. 필요하다면 부하에게 말해서 연기하도록 할 수도 있지만, 되도록 출정하고 싶습니다. 서둘러주실 수 없겠습니까?"

울프는 입에 넣었던 롤빵에 스며들게 하기 위해 코코아를 마시고 있었다. 그 작업이 끝나자 그는 입을 열었다.

"그것은 당신이 하기에 달려 있소. 이미 말씀드렸지만, 언젠가는 뚜렷해질 이유로 내가 퀸비에 갈 수는 없소. 그러나 서둘러 처리하기 위해 될 수 있는 한 노력하겠소. 아무튼 한잠도 자지 않고,"

"뭔가 정보를 입수했습니까?"

"그렇소. 그러나 조금 사정이 있어서 본론으로 들어가기 전에 미리 말해 두어야 할 것이 있소. 당신이 벨린 씨를 체포한 것은 그가 범인이라고 확신했기 때문이라고 생각하오. 그를 범인으로 만들어내고 싶어한다고는 생각지 않소. 만일 그가 범인이라는 것에 강한 의문을 던질 만한 뭐가 있다면."

"물론입니다." 트루먼은 초조해 하고 있었다. "이미 그 일에 대해서는——."

"그랬지요. 그런데 어떤 가정(假定)을 세워봅시다. 벨린 씨를 위해서 변호사를 고용하고, 벨린 씨의 변호에 도움이 될 증거를 찾아내기 위해서 내가 고용되었다고 합시다. 게다가 그러한 증거, 그것도 아주 중요한 증거를 내가 이미 발견했으며, 당신이 벨린 씨를 기소하는 경우 아무리 생각해도 그를 석방시킬 만한 이 증거를 지금으로서는 적인 당신에게 밝힌다는 것이 경솔하게 생각된다고 합시다. 그리고 당신이 지금 그 증거를 제출하라고 요구하고 있다고 합시다. 당신으로서는 그 요구를 합법적으로 강제할 수 없습니다. 이것은 사실이 아니겠소? 우리가 결정적인 마지막 방법을 강구해야 할 때라고 판단되기까지 그 증거가 우리의 소유라는 것은 말이오. 물론 우리를 거치지 않고 당신네의 힘으로 그것을 찾아낸다면 문제가 다르겠지만 말이오."

트루먼은 얼굴을 찡그리며 말했다.

"물론 그렇습니다. 그러나 벌써 말하지 않았습니까? 벨린 씨에게 불리한 증거만 설명할 수 있으면——."

"알고 있소. 지금 여기서 벨린 씨의 혐의를 풀 만한 설명을 해드리겠소. 그러나 거기에는 조건이 있소."

"무엇이지요?"

울프는 코코아를 마시고 입술을 문질러 닦았다.

"귀찮은 일은 아니오. 우선 이 설명이 벨린 씨가 범인이라는 데 강한 의문을 던지게 된다면 당장 그를 석방할 것."

"그 의문이 어느 정도 강한가 하는 것은 누가 결정하는 것입니까?"

"당신이 하시오."

"좋습니다, 동의합니다. 지금 판사가 법정에 있으니까 5분 만에 석방할 수 있습니다."

"좋소. 둘째로 벨린 씨를 자유로운 몸으로 해준 증거는 내가 발견한 것이고, 그가 석방된 것은 나 한 사람의 덕분이며, 내가 그 증거를 발견하지 않았다면 그는 어떻게 되었을지 모른다고 당신이 직접 그에게 전해줄 것."

트루먼은 아직도 얼굴을 찡그리고 있었는데, 이 때 보안관이 말참견을 했다.

"잠깐만, 그렇게 덤비지 마십시오." 보안관은 사팔뜨기 눈으로 울프를 내려다보며 말을 이었다. "당신이 정말 그러한 증거를 잡았다면, 그것은 아마 이 부근 어디엔가 있을 게 틀림없습니다. 우리가 하는 일이 그렇게 활발하다고는 할 수 없지만……."

"페티글루 씨, 그만두시오. 공표할 때 내 이름을 내달라는 말이 아니오. 그런 일에는 흥미가 없소. 신문기자에게는 당신들 좋을 대로 말하면 되겠지요. 그러나 벨린 씨에게만은 내가 그 증거를 발견했다고 분명히 트루먼 씨가 직접 전할 것."

트루먼이 보안관에게 물었다.

"어떻소, 샘?"

보안관은 어깨를 으쓱해보이며 대답했다.

"아무래도 좋겠지요."

"알겠습니다"하고 트루먼이 울프에게 말했다. "동의합니다."

"그럼, 좋소."

울프는 코코아 잔을 내려놓았다.

"셋째, 나는 오늘 밤 12시 40분 기차로 뉴욕으로 떠날 예정이니, 어떤 사정이 있든 내가 직접 래스지오 씨를 살해했거나 그 살해의 공범자라는 혐의 외의 일로 나를 여기에 잡아두지 말 것."

페티글루가 상냥하게 대답했다.

"지옥이든 어디든 마음대로 가십시오."

"아니, 지옥이 아니오." 울프는 크게 한숨을 쉬고 한 마디 했다.

"뉴욕이오."

트루먼이 항의했다.

"그러나 그 증거로 당신이 중요하고 또 없어서는 안될 증인이라고 한다면 어쩌시겠습니까?"

"그런 일은 없소. 내 말을 믿을 수밖에 없을 것이오. 몇 가지 일에 대해 나도 당신의 말을 믿을 생각이니까요. 30분 안에 당신도 저 식당에서 있었던 사건에 대하여 내가 알고 있는 중요한 점을 모두 알게 될 것이오. 단순히 내가 도움이 될지도 모른다는 정도의 이유로 기차 시간 뒤까지 나를 여기에 붙잡아두지 않겠다는 데 동의해 주셔야겠소. 어찌되었든 나를 붙잡아둬봐야 전혀 쓸모가 없으리라는 것을 보증하겠소. 도무지 참을 수 없을 정도로 귀찮은 존재가 될 것이오. 어떻소?"

트루먼은 우물쭈물하더니 마침내 고개를 끄덕이며 말했다.

"당신이 말씀하시는 바와 같다면, 그 테두리 안에서 동의합니다."

카나리아가 새장에서 풀려나왔을 때 내쉬는 한숨이 있다면, 울프가 지금 바로 그러한 한숨을 쉬었다.

"그건 그렇고, 마지막 조건은 다른 조건에 비하여 조금 막연하지만 그런대로 이해되도록 설명할 수 있겠지요. 이제부터 당신에게 내주는 증거는 실은 내가 두 사나이에게서 끌어낸 증언이오. 효과가 있으리라고 생각되는 방법을 써서 이것저것 시도해 본 결과 그것이 보기 좋게 들어맞아서 정보를 얻어낼 수 있었던 것이오. 그 두 사람이 그 사실을 당신에게 이야기할 기회가 있었는데도 말하지 않았다 하여 화가 나겠지만, 그것은 나로서도 어쩔 수 없는 일이오. 당신이 화내는 것까지 못하게 할 수는 없겠지만 노여움을 누르도록 부탁할 수는 있을 것이고, 그렇게 부탁해 주겠다고 약속했고. 그 두 사람이 고통받거나 골탕먹거나 학대받는 일은 없으며, 자유를 빼앗기지도 않고 어떠한 형태의 박해도 받지 않을 거라는 당신의 보증이 필요하오."

"무슨 말씀을 하시는 겁니까? 우리는 학대 같은 것은 하지 않습니다." 보안관이 화난 듯이 말했다.

"고통을 주거나, 골탕먹이거나, 학대하거나, 자유를 빼앗거나, 박해하지만 않는다면 물론 실컷 심문하셔도 좋소."

트루먼은 고개를 저으면서 말했다.

"그 두 사람은 중요한 증인이 되는 것입니다. 그들은 이 주를 떠날

지도 모른다고 생각할 수 있겠지요. 아니, 그보다 우선 떠납니다. 적어도 당신이 떠나시는 거니까요, 오늘 밤."

"주 밖으로 나가지 않는다는 마지막 방법도 있지요."

"재판이 열릴 때까지입니다."

울프는 트루먼에게 손가락을 바싹 갖다대고 말했다.

"그러나 벨린 씨의 재판이 아니오."

"벨린 씨의 일을 말하는 게 아닙니다. 만약 그 증거가 당신이 말씀하시는 것만큼 강력한 것이라면 말입니다. 그러나 재판은 반드시 있을 것으로 생각해 주셔도 좋습니다."

"그렇게 되기를 진심으로 기도하지요."

울프는 롤빵을 뜯어 버터를 바르고 있었다.

"그런데 어떻소? 법정에 나가야 하기 때문에 서두르는 것 같은데 ······굉장한 것을 부탁하고 있는 게 아니오. 내 증인에 대해서 감정을 폭발시키지 말았으면 좋겠다고 부탁드릴 뿐이오. 내 조건을 받아들이지 않는다면, 당신이 자신이 직접 그 증인을 찾아내야 하게 되는 거요. 그리고 벨린 씨를 오래 잡아두면 둘수록, 결국은 당신의 어리석음이 두드러지게 되는 것이오."

"알겠습니다." 파란 눈의 건장해 보이는 사나이 트루먼이 고개를 끄덕이며 대답했다. "동의하겠습니다."

"내가 말한 조건에 말이오?"

"네."

"그럼, 이것으로 머리말이 처리된 셈이로군요. 아치, 두 사람을 데려오게."

나는 하품을 삼키면서 일어나 내 방으로 두 사람을 부르러 갔다. 울프는 자기 방으로 전화를 갖다놓고 내가 자고 있는 사이에 자신이 직접 이날 아침 서로 만날 수배를 했으므로, 두 사람은 내가 옷을 갈아입을 때부터 와 있었던 것이다. 두 사람은 제복을 입고 있었다. 폴 휘플은 똑똑히 잠이 깨어 있어 반항적으로 보였고, 몰튼은 졸린 모습으로 겁을 먹고 있었다. 나는 무대가 다 갖추어졌음을 알리고 두 사람의 뒤를 따라 울프의 방으로 돌아갔다.

울프가 나에게 의자를 잘 배치하도록 이르자 몰튼이 재빨리 거들어 주었다. 트루먼은 눈이 휘둥그래졌다. 페티글루가 소리쳤다.

"이게 어찌된 일이지! 검둥이 아닌가! 이봐, 자넨 그 의자에 앉아!"

그는 매우 불만스럽게 울프 쪽을 돌아보며 대들 듯한 표정을 지었다.

"아시겠습니까, 나는 이 사람들을 모두 신문했습니다. 만약 이들이 뭔가——"

울프가 고함치듯이 대답했다.

"이 두 사람이 내 증인이오. 트루먼 씨는 빨리 법정에 나가고 싶어 하고 있소. 당신들이 화를 낼 거라는 말은 이미 하지 않았소? 화를 내는 것은 마음대로지만, 겉으로 드러내보이지는 말아주시오."

그리고 나서 울프는 대학생 쪽을 보았다.

"휘플 군, 우선 자네 이야기부터 듣기로 하세. 이쪽에 계신 분들께 어젯밤 나에게 이야기해 준 것을 되풀이해 드리게나."

페티글루는 그야말로 심술사나운 눈초리로 몸을 앞으로 내밀면서 말했다.

"이 웨스트버지니아에서는 검둥이에게 호칭을 붙여 부르는 일이 없습니다. 게다가 다른 사람에게 검둥이 다루는 법을 배우지 않더라도——."

"조용히 하시오, 샘!" 트루먼은 초조해 하고 있었다. "시간 낭비일 뿐이오. 너는 휘플이라고 했지? 무슨 일을 하고 있나?"

"네." 젊은이는 조용히 말했다. "급사입니다. 세르반 씨의 지시로 화요일 점심때 포카혼타스 별관에서 일하고 있었습니다."

"어떤 이야기가 있다는 거지?"

결국 트루먼은 시간에 대어 법정에 나갈 수 없었다. 카노와 수퍼를 떠날 무렵 이미 9시 반이 되어 있었기 때문이다. 두 사람으로부터 자세한 이야기를 모조리 들어내는 데는 15분밖에 걸리지 않았지만, 트루먼과 페티글루가 그 다음에 뒤로 되돌아갔다가 옆길로 샜다 하면서 심문을 계속했던 것이다.

트루먼은 꽤 재치있게 신문을 진행시켰지만, 페티글루는 너무 흥분했기 때문에 그다지 잘해내지 못했다. 페티글루는 휘플에게 배운 것이 있다고 잘난 체한다느니, 너에게 필요한 교육이 어떤 것인가 하는 것쯤 잘 알고 있다느니 하는 말을 자꾸만 되풀이하고 있었던 것이다. 트루먼은 보안관을 제쳐놓고 훌륭한 반대신문을 펴고 있었는데, 천천히 아침식사를 끝내 가고 있던 울프가 그 훌륭한 신문 솜씨를 보고 가볍게 고개를 끄덕이는 것을 나는 두서너 번 깨달았다.

휘플은 시종일관 조용한 태도를 허물어뜨리지 않았으나, 보안관이 배운 것이 있어서 어쩌느니 라고 말했을 때는 노여움을 애써 억누르는 것을 알 수 있었다. 몰튼은 처음에는 말도 띄엄띄엄하고 겁먹은 것 같았지만, 신문이 진행됨에 따라서 침착성을 되찾아갔다. 페티글루는 휘플만 가지고 줄곧 다그치고 있었으므로, 트루먼의 질문에 사실에서 벗어나지 않도록 대답하기만 하면 되었던 것이다. 마침내 트루먼의 질문이 차츰 간격이 생기다가 뒤가 이어지지 않게 되었다. 트루먼은 울프를 보고 눈썹을 치켜올리더니 보안관에게 흘끔 눈길을 보내고는 깊은 생각에 잠긴 듯이 이마를 찡그리며 몰튼에게서 눈길을 돌렸다.

페티글루가 물었다.

"둘 다 모자를 어디에 두었지? 퀸비로 데리고 가야겠는데."

울프의 반응은 재빨랐다.

"그렇게는 안되오. 약속을 잊었소? 두 사람은 여기서 일을 계속하는 거요. 벌써 그 일에 대해서는 세르반 씨와 의논이 되어 있소."

"당신이 애슐리 씨와 의논하셨다 해도 전혀 상관하지 않습니다. 주밖으로 나가지 않겠다는 정식 각서를 쓸 때까지 유치장에 넣어두어야 합니다."

울프의 눈길이 트루먼에게로 옮겨졌다.

"어떻소?"

"글쎄요……이들에게서 각서를 받아도 상관이 없습니다."

"그러나 그것은 증인이 당신들의 관할 지역 밖으로 나갈 것 같다고 생각될 때뿐이오. 이 두 사람은 여기서 일하는 사람들이오. 여기서 떠난다는 것을 생각할 수 있겠소? 몰튼에게는 아내가 있고 아이도 있소. 휘플 군은 대학생이오."

울프는 잠시 말을 끊고 보안관을 쳐다보고 있었다.

"당신은 자신이 흑인을 어떻게 다루어야 하는지 그 방법을 잘 알고 있지만 나는 모른다고 생각하는 모양인데, 우쭐대는 것도 정도가 있소. 도무지 어처구니가 없어서 말도 못하겠소.

화요일 밤의 사건 수사를 맡고 있는 보안관으로서 당신은 이 두 사람을 신문했는데 아무 것도 알아내지 못했었소. 범죄수사의 전문가로 인정받고 있는데도 말이오. 의심조차 하지 않았소. 어젯밤 나는 이들과 서로 이야기를 나누어 당신이 수사를 맡고 있는 범죄에 관한 매우 중요한 정보를 끌어내었소. 당신으로서도 완전히 면목을 잃었다는 것쯤은 알 수 있을 것이오. 이 군에 사는 사람들에게 모두 그러한 사실을 알리고 싶소?"

울프는 두 급사를 돌아다보았다.

"자네들은 이제 이런 데서 꾸물거리지 말고 각자 맡은 일자리로 돌아가 일을 하게나. 트루먼 씨에게는 자네들의 증언이 필요하니까, 그 정당한 요구에 응해야 한다는 것은 물론 알겠지? 만약 그가 각서를 쓰도록 요구하거든 변호사에게 부탁하면 간단히 만들어줄 걸세. 자, 어서 가보게."

폴 휘플은 이미 문 쪽으로 향하고 있었다. 몰튼은 흘끗 트루먼에게로 눈길을 보내며 한순간 망설였으나, 이윽고 그 뒤를 따랐다. 나는 자리에서 일어나 복도문이 닫힌 것을 확인하기 위해 방을 나갔다.

내가 돌아오자 페티글루는 부족의 풍습과 원주민의 습성에 대해 마구 열을 올리고 있는 참이었다. 트루먼은 두 손을 주머니에 넣고 단정하지 못하게 앉아서 울프를 바라보고 있었으며, 울프는 우아한 손놀림으로 빵부스러기를 주워서 과일접시에 모으고 있었다. 둘다 보안관에게는 아무 주의도 하지 않았으므로 결국 보안관은 입을 다물어버리고 말았다.

울프가 얼굴을 들고 물었다.

"어떻소?"

트루먼이 고개를 끄덕이며 말했다.

"네, 당신이 이긴 것 같습니다. 아무래도 저 두 사람은 사실을 말하는 것 같습니다. 저들은 마음만 먹으면 얼토당토않게 터무니없는 이야기도 만들어내지만, 이 이야기는 그렇지 않은 것 같군요."

트루먼의 눈이 조금 가늘어졌다.

"물론 이밖에도 고려해야 할 일이 여러 가지 있습니다. 여기 모인 이들이 벨린 씨의 혐의를 풀어주기를 바란다고 당신을 설득한 것도 알고 있고, 래스지오 씨가 죽은 뒤 그 뒷자리에 벨린 씨를 앉게 하는 데 성공하면 많은 액수의 수고료를 내겠다는 제의를 받았다는 말도 들었습니다. 이것은 클레 애슐리 씨에게서 들었습니다. 그는 친구인 처칠 호텔의 리게트 씨에게 들었답니다. 그렇게 되면 당연히 벨린 씨의 혐의를 풀 증거를 찾아내기 위해서 당신이 어느 정도 깊이 들어가는가 하는 문제가 생기게 되지요."

"간접적으로 에둘러 말하는군요."

울프의 입술 끝이 희미하게 올라갔다.

"즉 증거를 날조한단 말이지요. 하지만 나는 성질을 알지 못하는 사람들에게 돈을 쥐어 주고 복잡한 거짓말을 하게 할 만큼 바보도 아니고, 사정이 딱한 것도 아니오. 게다가 그렇게 하려면 둘뿐만 아니라 14명에게 모두 돈을 쥐어 주어야만 했겠지요.

그 이야기는 어젯밤 바로 이 방에서, 포카혼타스 별관에서 일하는 모든 요리사와 급사들이 있는 데서 알아낸 것이오. 그들을 모두 다시 신문해 봐도 좋소. 그 이야기는 꾸며낸 것이 아니오."

울프는 손바닥을 위로 돌렸다.

"그러나 그런 일은 당신도 알고 있을 거요. 그 이야기가 사실인지 거짓인지 충분히 테스트해 보았으니까요. 그건 그렇고, 당신은 법정에 나갈 시간까지 퀸비로 돌아가고 싶어하셨소."

"네, 알고 있습니다."

그러나 트루먼은 움직이지 않았다.

"이 살인사건은 도무지 뭐가 뭔지 알 수 없게 되고 말았군요. 저 두 흑인이 사실을 말하고 있는 거라면——나는 그렇게 생각합니다만——어떻게 되는지 아시겠습니까? 자기 방에 있었다는 블랑 씨 말고 그들 모두에게 혐의가 없다는 말이 됩니다. 그리고 블랑이라는 사나이는 이곳 사람이 아니므로 카노와 수퍼의 급사 제복을 구하는 것이 쉽지 않습니다. 그러므로 그 사람까지 빼놓으면 용의자의 범위는 모든 사람에게까지 넓혀지고 맙니다."

울프가 중얼거리듯 말했다.

"으음, 확실히 귀찮은 문제로군요. 그러나 고맙게도 나와는 관계없는 일이오. 그런데 우리의 협정 말이오만, 나는 이제 약속을 다한 것이 되지 않겠소? 벨린 씨가 범인이라는 데 대해 강한 의문을 이제 느꼈겠지요?"

보안관이 멸시하는 것처럼 코방귀를 뀌었다. 트루먼이 무뚝뚝하게 말했다.

"네, 소스 그릇이 바뀌어 있었으니까요. 확실히 의문을 버리게 되었습니다. 그러나 대체 누가 그렇게 했을까요?"

"모르겠소. 아마도 범인이 했거나 또는 래스지오 씨 자신이 했다고 생각할 수 있겠지요. 벨린 씨를 놀림거리로 만들기 위해서."

울프는 어깨를 움츠려보였다.

"귀찮은 일을 맡으셨구료. 벨린 씨를 오늘 아침에 풀어주시겠지요?"

"그렇게 하는 수밖에 없겠지요. 이렇게 된 이상 더 잡아둘 수는 없습니다."

"그거 잘되었군요. 그럼, 좋으실 대로……당신은 서두르는 형편이고, 나는 한잠도 자지 못했으니……."

"네" 하고 트루먼은 대답했지만, 그대로 버티고 앉아 있었다.

그는 아직도 두 손을 주머니에 집어넣은 채 두 다리를 앞으로 쑥 내밀고 앉아 양쪽 발끝으로 작은 동그라미를 그리고 있었다.

한참 입을 굳게 다물고 있던 트루먼이 말했다.

"정말 까닭을 모르겠군. 블랑 씨 말고는 전혀 실마리가 없습니다. 그 흑인이 말한 몸집 같은 것이 대개의 사람에게 들어맞으니까요. 물론 범인이 흑인이며, 우리의 눈을 속이기 위해 장갑을 끼고 볼에 태운 코르크를 썼다고 생각되기도 합니다만, 이 부근의 흑인 가운데 래스지오 씨를 살해하고 싶어할 이유를 가진 자가 우선 없습니다."

트루먼은 다시 입을 다물었다. 조금 뒤 그는 갑자기 자세를 고쳐앉더니 다시 말하기 시작했다.

"아시겠습니까? 당신이 벨린 씨의 혐의를 벗겼다는 데 대해 유감스럽게 생각하는 것은 아닙니다. 덕분에 뭐가 뭔지 도무지 알 수 없게 되었든 어쨌든 말입니다. 당신께서 오늘 밤 이곳을 떠나는 것을 방해하지 않겠다는 것도 포함하여 약속은 모두 지키겠습니다. 그러나 당신은 이미 증거를 제공해 주셨으니, 그 밖에 또 다른 것은 없습니까? 당신의 솜씨가 놀랍고, 벨린 씨 일에 대해서는 이 보안관도 나도 웃음거리가 되었다는 것을 인정합니다. 그러니 증거를 좀더 제공해 주실 수 없겠습니까? 그밖에 어떤 일을 알아내셨습니까?"

"그것뿐이오."

"그 흑인이 식당에서 본 사람이 누구인지 마음에 짚이는 것은 없으십니까?"

"없소."

"그 프랑스 사람의 짓이라고 생각하십니까? 블랑 씨 말입니다만 ──."

"모르겠소. 그렇지 않으리라고 생각하오만."

"밖에 나가 있던 중국인 여자가 관계되었다고 생각지는 않습니까?"

"아니오."

"그 특정한 때에 라디오를 켰다는 것이 이 사건과 어떤 관계가 있으리라고 생각되지 않습니까?"

"물론 그렇게 생각할 수 있지요. 라디오 소리 덕분에 래스지오 씨가 쓰러지는 소리가 들리지 않았으니까. 만일 고함 소리를 질렀다

해도 안 들렸을 거요."

"그 때문에 일부러 라디오를 켜놓은 것이었을까요?"

"모르겠는데요."

트루먼은 얼굴을 찡그리며 말했다.

"벨린 씨를 범인으로 체포했을 때, 아니, 범인으로 생각하고 체포했을 때에는 그 라디오를 우연히, 그가 뜻밖의 행운으로 이용한 것이라고 단정했었습니다. 그러나 이제는 뭐라고 확실히 말할 수 없게 된 셈이로군요."

트루먼은 울프에게로 몸을 내밀었다.

"당신께 부탁드리고 싶은 일이 있습니다. 나는 무능하다는 말은 들어보지 못했습니다만, 경험이 좀 모자란다는 것은 인정합니다. 당신은 이 방면의 베테랑일 뿐만 아니라 가장 수완이 뛰어난 탐정 가운데 한 분이라고들 하더군요.

나는 필요한 때에도 도움을 청할 줄 모를 만큼 건방지지는 않습니다. 다음 단계는 블랑 씨를 충분히 조사해 보는 일인 것 같은데, 당신께서도 도와주셨으면 합니다. 될 수 있는 대로 당신 자신이 신문하고, 나도 그 자리에 함께 있는 것으로 해주신다면 더욱 좋겠습니다. 그렇게 해주시겠습니까?"

"거절하겠소."

트루먼이 깜짝 놀라 되물었다.

"해주시지 않겠다는 말씀이십니까?"

"그렇소. 그런 일은 서로 의논하는 것조차도 사양하겠소. 적당히 해주시오. 나는 여기에 놀러 온 것이오!"

울프는 얼굴을 찡그렸다.

"월요일 밤에는 기차를 탔기 때문에 잠을 못 잤소. 화요일 밤에는 당신 덕분에 새벽 4시까지 깨어 있어야 했소. 어젯밤엔 벨린 씨의 혐의를 풀겠다고 약속해 버렸기 때문에 눈을 붙이지 못했소. 오늘 밤에는 또 내노라하는 사람들 앞에서 그들의 전문적인 일에 대해 중요한 연설을 해야만 하오. 한잠자고 기운을 회복할 생각으로 잠자리는 말끔히 준비가 되어 있소. 당신은 블랑 씨를 신문하겠다고 했는데, 내가 증거를 제출하는대로 즉시 벨린 씨를 석방한다는 데 동의했던 일을 잊지 마시오."

울프의 태도며 목소리에는 이것으로 끝났다는 빛이 뚜렷이 나타나 있었다. 보안관이 투덜투덜 불평하기 시작했다. 그때 문을 노크하는 소리가 들렸으므로 나는 자리에서 일어났다. 그리고 더 이상 잠자리에 들어가는 것을 뒤로 미루게 할 염려가 있는 자라면 배에 한 방 먹여서 때려눕히고 말겠다고 마음 속으로 중얼거리면서 홀로 나갔다.

방문객은 몸집이 큰 사나이였는데, 뷰크식만이었다면 그렇게 했을는지도 모르지만, 나로서도 단순히 졸립다는 이유만으로 여자를 때릴 생각은 없었다. 뷰크식은 콘스탄서 벨린과 함께 거기 서 있었다. 내가 얼른 문을 활짝 열자 콘스탄서가 들어왔다. 뷰크식은 찾아온 용건을 말하기 시작했으나, 콘스탄서는 예의범절 따위는 아예 무시하고 안으로 성큼성큼 들어갔다.

나는 손을 내밀었지만, 막지 못하고 당황하여 말했다.

"잠깐만! 손님이 와 계십니다. 당신의 친구이신 밸리 트루먼 씨가 그 방에 계십니다."

"누구라고요?"

"들었을 텐데……트루먼 씨요."

콘스탄서는 다시 홱 돌아서서 나에게로 등을 보이더니 울프의 방문을 열고 서슴없이 들어갔다. 뷰크식도 나를 쳐다보며 어깨를 으쓱해 보이고는 그 뒤를 따랐으므로 나도 그 뒤를 따랐다.

트루먼은 콘스탄서의 모습을 보자 벌떡 일어났다. 그리고 2초쯤 얼굴이 새파랗게 질려 있었으나, 곧이어 벌겋게 상기되어 그녀에게로 가까이 다가가려고 했다.

"벨린 양, 다행히도……."

얼음처럼 차디찬 무엇인가가 가로막혀서 트루먼은 입을 벌린 채 그 자리에 못박혀 버렸다. 그것은 목소리 때문이 아니었다. 그때의 콘스탄서의 얼굴은 그 외의 것을 일체 필요로 하지 않았던 것이다! 트루먼을 그 자리에 꼼짝 못하게 못박아 놓은 채 콘스탄서는 그에게 보여 준 것과는 또 다른, 그러나 상대로 하여금 어쩔 줄 몰라 쩔쩔매게 하는 점에서는 결코 뒤지지 않는 얼굴을 울프에게로 돌리고 말했다.

"당신은 우리를 도와주시겠다고 하셨어요! 아버지를 석방시켜 주시겠다고 하셨어요!"

극악무도한 짐승같은 사람이나 받을 만큼 심한 모멸이었다.

"그런데도 아버지의 리스트에 대한 말을 꺼낸 것은 당신이 아니었던가요? 소스의 리스트에 대한 말을 꺼낸 것은 당신이었지요? 아무도 모르리라고 생각하셨겠지만."

"벨린 양!"

"지금은 모두 다 알고 있어요. 아버지께 불리한 증거를 제공한 것은 당신이었어요, 그 증거를 제공한 것은. 세르반 씨와 뷰크식 씨와 나한테는 도와주는 척하고서."

나는 울프의 눈길을 잡아, 목소리는 들리지 않았지만 그 입술이 나에게 말하려는 것처럼 움직이는 것을 알아차렸다. 나는 콘스탄서에게 가까이 다가가 그녀의 팔을 움켜잡고 내게로 향하게 했다.

"상대방에게도 조금쯤 이야기할 기회를 주서야지요."

콘스탄서는 내 손에서 빠져나가려고 몸부림쳤으나 나는 놓아주지 않았다. 울프가 날카롭게 말했다.

"히스테리를 일으켰군. 밖으로 데리고 나가게."

콘스탄서의 팔에서 힘이 빠졌으므로 손을 놓았다. 그녀는 다시 울프 쪽을 향해 조용히 말했다.

"히스테리 따위는 일으키지 않았어요."

"아니, 일으켰소. 여자에게는 누구나 다 히스테리가 있지요. 이따금 조용해지는 것은 다만 다음 발작에 대비해서 에너지를 저장하기 위해서요. 당신에게 말해 두고 싶은 것이 있는데, 들어주시겠소?"

콘스탄서는 꼼짝도 않고 선 채 울프에게로 눈을 돌리고 있었다.

울프는 고개를 끄덕이며 말했다.

"고맙소. 이런 변명을 하는 것도 당신의 아버지에게 좋지 않은 감정을 갖게 하고 싶지 않기 때문이오. 당신 아버지를 휘말려들어가게 만들 줄은 전혀 생각지 못했었소. 실은 그 혐의를 벗게 하는 데 도움이 되지 않을까 생각하고 나는 모든 사람의 리스트를 정답 리스트와 대조해 보도록 제안했던 것이오. 불행히도 결과는 전혀 반대가 되어버려서, 나는 뜻밖에도 남에게 준 괴로움을 뒷수습 해야만 하게 되었던 거요. 그러기 위해서는 그가 범인이 아니라는 것을 입증할 다른 증거를 찾아낼 수밖에 없었소. 그래서 그렇게 했소. 아버지는 한 시간 이내에 풀려날 것이오."

콘스탄서는 뚫어지게 울프를 쏘아보았다. 그녀의 모습을 본 순간 트루먼은 새파랗게 질렸었는데, 그와 비슷할 정도로 콘스탄서의 얼굴에서도 금방 핏기가 가셨다. 그러나 조금 뒤 트루먼과 마찬가지로 그녀의 얼굴에서 핏기가 다시 되살아났다. 콘스탄서는 더듬거리면서 말했다.

"하지만……하지만……그런 건 믿을 수가 없어요. 난 지금 막 거기에 다녀왔어요……그런데 만나게 해주지도 않았는걸요……."

"이제 다시는 갈 필요가 없소. 오전 중에 돌아올 것이오. 나는 당신 아버지의 이 어이없는 혐의를 벗겨주겠노라고 당신과 세르반 씨와 마르코에게 약속했고, 약속한 대로 혐의를 벗겼소. 내가 하는 말을 모르겠소?"

분명히 콘스탄서는 이해하기 시작하고 있었다. 이 새로운 사태에 대응하기 위해 그녀의 마음 속에서는 급격한 조정(調整) 작업이 행해지고 있었다. 양쪽 눈이 한가운데로 모아지고, 코 옆에서 입 끝에 걸쳐 비스듬히 주름이 잡히기 시작했으며, 뺨이 천천히 부풀어오르더니 턱이 떨리는 것처럼 움직이기 시작했다. 금방이라도 울음을 터뜨릴 것만 같았다. 30초쯤 콘스탄서는 간신히 참고 있을 것같이 생각되었다. 그러나 갑자기 그것은 불가능하다는 것을 깨달았다.

콘스탄서는 홱 몸을 돌리더니 문으로 뛰어갔다. 그리고 문을 열고 뛰쳐나갔다. 그것이 트루먼을 되살아나게 했다. 그는 인사도 잊은 채 콘스탄서가 열어놓은 문으로 뛰어나가 버렸다.

뷰크식과 나는 얼굴을 마주 보았다. 울프는 후유 한숨을 내쉬었다.

보안관이 일어섰다. 그는 울프에게 느릿느릿한 어조로 말했다.

"당신의 수완이 기막히다는 것은 인정하지만, 내가 밸리 트루먼 검사였다면 두서너 가지 자세한 조사가 끝날 때까지는 밤중 기차든 어느 기차든 여기서 나가는 기차를 타지 못하게 했을 겁니다."

울프는 고개를 끄덕이고 중얼거리듯 말했다.

"안녕히……."

보안관이 나갔다. 나는 자신도 모르게 깜짝 놀랄 정도로 난폭하게 복도의 문을 닫았다. 이윽고 나는 다시 자리에 앉았다.

"내 신경은 낚싯바늘에 매달린 갯지렁이처럼 조마조마합니다."

뷰크식도 앉았다.

울프는 뷰크식에게로 눈길을 돌리고 말을 꺼냈다.

"왜 그러나, 마르코? 서로 아침인사쯤은 하는 게 좋을 것 같군.

그 때문에 왔나?"

"아닐세."

뷰크식은 머리카락을 쓸어올렸다.

"여러 가지로 벨린 양을 돌보아 주게 되어, 그녀가 퀸비에 가고 싶다고 했을 때도――구치소가 있는 도시라네――내가 데려다 주었네. 기껏 데리고 갔는데 만나게 해주지 않더군. 그의 혐의를 풀 만한 증거를 자네가 벌써 찾아냈다는 것을 알았더라면……."

갑자기 뷰크식은 말투를 바꾸어 단호하게 물었다. "그런데 그 증거란 뭔가? 만약 비밀이 아니라면……."

"비밀인지 아닌지 모르겠군. 이젠 내 것이 아니니까. 벌써 당국에 인도해 버렸네. 세상에 알리든 알리지 않든 그들이 결정할 일이라고 생각하네. 그러나 비밀이 아닌 일로 내가 말 할 수 있는 것이 꼭 한 가지 있어. 어젯밤 나는 자지 못했다네."

"한잠도 못 잤다는 말인가?"

"그렇지."

"그다지 피곤해 보이지 않는데." 뷰크식은 또다시 머리카락을 쓸어올리며 말했다. "잠깐 묻고 싶은 일이 있는데, 어젯밤 디나가 자네를 만나러 왔었지? 오지 않았던가?"

"왔었네."

"대체 무슨 이야기를 하던가? 말해 줄 수 있는 일이라면――."

"그런 것쯤은 자네가 판단해야 될 게 아닌가? 자기는 특별한 여자라면서, 래스지오 씨를 살해한 것이 자네가 아닌가 하고 내가 의심하고 있다고 자네가 걱정하는 것 같다고 했네."

울프는 얼굴을 찡그렸다.

"그리고 내 어깨를 두드리더군."

뷰크식이 화난 듯이 말했다.

"참 어리석은 여자로군!"

"나도 그렇게 생각하네. 어리석은 바보는 바보인데, 매우 위험한 바보야. 물론 얼음에 구멍이 뚫렸다 하더라도 스케이트를 타러 가지 않으면 조금도 위험할 게 없지만 말일세. 쓸데없는 말인지는 모르지만, 자네가 이야기를 꺼냈으니까 말한 것뿐이네."

"알고 있네. 대체 왜 자네가 나를 의심하는 것으로, 내가 생각하리라고 짐작했을까?"

"자네가 그렇게 말한 게 아니었나?"

"아니, 내가 그렇게 말했다고 하던가?"

울프는 고개를 내저으며 말했다.

"여자란 단도직입적으로 다루어선 안된다고 하더군. 그러나 내가 자네에게 누가 먼저 춤추자고 했는가 물었다는 말은 자네에게서 들었다고 했네."

뷰크식은 우울하게 고개를 끄덕이고는 아무 말도 하지 않았다. 이윽고 그는 무언가 결심한 것처럼 말했다.

"그 여자와 이야기했지, 두 번. 그 여자가 위험한 여자라는 것은 의심할 여지가 없네. 그 여자는……그 여자는 5년 동안 내 아내였었다는 사실을 알아주었으면 하네. 어제 또 그 여자에게 접근해서 내 품에 안았지. 남자가 그 여자에게 빨려들어가는 것은, 남을 속이는 그녀의 재주에 걸리기 때문이 아닐세. 그녀가 부리는 그런 재주 따위는 모두 다 알고 있으니까. 그 여자에게는 남자를 꼼짝 못하게 만드는 뭔가가 천성적으로 갖추어져 있다네. 자네에게는 그런 것이 보이지도 느껴지지도 않을 테지, 네로. 자네에게는 아무 효과도 없을 걸세. 주위에 바리케이드를 빙 둘러쳐 놓았으니까. 자네 말대로 스케이트를 타러 가지 않으면 얼음 구멍 같은 것은 조금도 위험하지 않아. 그렇지만 위험을 두려워하기만 하면 인생은……."

"마르코!" 울프가 조바심하며 말했다. "몇 번 말해야 알아듣겠나? 그것이 자네의 가장 나쁜 버릇일세. 자신이 스스로 납득시키려고 이것저것 늘어놓을 때는 머릿속으로 하는 게 어떤가? 마치 설득시키려는 상대가 나인 것처럼 쓸데없는 말을 떠들어대지는 말게. 인생이 어떤 것인가 정도는 자네도 잘 알 걸세. 인생이란 인간의 갖가지 속성으로 성립되어 있네. 그리고 개도 가지고 있을 만한 욕망을 보기 흉하지 않도록 지성으로 억누르는 것도 인간의 속성 가운데 하나일세. 인간은 동물의 시체를 허겁지겁 정신없이 먹거나 해질녘부터 새벽녘까지 언덕 중턱에서 계속 울어대거나 하지는 않아. 제대로 요리된 음식을 손에 넣었을 때 적당한 분량만 먹는 걸세. 그리고 격정이 치솟는 대로 분별없이 행동하여 자신의 몸을 파멸시키는 그런 짓은 하지 않는다네."

뷰크식은 일어나 있었다. 그는 이맛살을 찡그리고 옛친구를 내려다보며 말했다.

"그럼, 나는 계속 울어댔다는 건가?"

"그렇지. 게다가 자네 자신도 그것을 알고 있는 걸세."

"그런가, 잘못했군. 정말 미안하네."

뷰크식은 울프에게로 홱 등을 돌리더니 성큼성큼 방에서 나갔다.

나는 일어나서 창가로 걸어가 열려 있는 문으로 들어오는 바람에 말려 밖으로 날려가버린 커튼을 바로 되돌려놓았다. 창문 바로 밖의 숲 속에서 새가 지저귀다가 깜짝 놀라 날아가 버렸다. 이어서 나는 창가를 떠나 울프 앞에 섰다. 울프는 눈을 감고 있었다. 가만히 바라보더니 그 우람한 몸이 깊이 들이마신 숨으로 부풀어올랐다가 다시 가라앉았다.

나는 하품을 하며 말했다.

"아무튼 모두 얼른 나가주어서 살았습니다. 벌써 10시가 다 되었습니다. 나도 그렇습니다만, 당신도 주무셔야만 합니다."

울프는 눈을 번쩍 뜨고 말했다.

"아치, 나는 마르코 뷰크식을 좋아한다네. 산에서 함께 잠자리를 쫓아다니던 사이지. 그런데 그 바보는 또 그 바보에게 걸려서 바보 같은 짓을 하고 있는 걸세, 알겠나?"

나는 다시 하품을 했다.

"자신이 어떤 말을 하고 있는지 알고 계십니까? 만일 내가 그런 까닭모를 말을 횡설수설한다면 쫓겨나겠지요. 당신은 지쳤습니다. 해로운 말씀은 드리지 않습니다. 우린 둘 다 한잠 자야만 합니다. 트루먼 씨에게 이 살인사건에 관한 한 이제는 일체 손을 떼겠다고 하셨는데, 진심으로 그렇게 말씀하신 겁니까?"

"물론이지. 벨린 씨의 혐의는 풀렸네. 이젠 흥미도 관심도 없네. 오늘 밤 여기를 떠나는 걸세."

"알겠습니다. 그럼, 아무튼 자기로 하지요."

울프는 눈을 감고 또 한숨을 쉬었다. 아무래도 좀더 그 자리에 앉아서 뷰크식에 대해 걱정하고 싶은 모양이었다. 내가 도울 수 있는 일은 아무 것도 없었으므로 나는 그에게 등을 돌리자 '깨우지 마시오' 라는 표찰을 매달아두고 정면 현관의 급사에게 아무도 들여보내지 말도록 부탁해야지 생각하면서 걸음을 떼어놓았다. 그러나 문손잡이에 손을 댔을 때 울프의 목소리가 뒤쫓아왔다.

"아치, 자네는 그래도 나보다는 잤네. 여기 온 뒤로 아직 그 연설 연습을 한 번도 하지 못했다고 말하려던 참일세. 적어도 두 번은 연습할 생각이었지. 어느 가방에 들어 있는지 알고 있겠지? 미안하지만 가져다 주게나."

이곳이 뉴욕이었다면 나는 사표를 힘껏 내동댕이쳤을 것이다.

제13장

오전 10시, 나는 활짝 열어놓은 창문 곁의 의자에 앉아 타이프라이터로 친 원고를 눈으로 쫓으면서 늘어지게 하품을 했다. 연설은 벌써 아홉 장째까지 진행되고 있었다.

나와 마주앉아 있는 울프는 침대에 들어가 있었는데, 등에 쿠션을 네 개나 받치고 윗몸을 일으켜 노란 실크 파자마를 반 에이커 정도 내보이고 있었다. 옆탁자에는 빈 맥주병이 두 개, 그리고 빈 맥주잔이 하나 놓여 있었다. 울프는 이마에 주름을 잡고 내 양말을 뚫어지게 노려보고 있는 것 같았다.

"……그러나 최고급품 조지아 햄의 뭐라고 표현할 수 없는 기막힌 맛, 내가 보기에 유럽 최고의 것과 비교해도 훨씬 뛰어나게 좋은 그 품질은 도살된 뒤의 고기 처리법에서 얻어진 것은 아닌 듯 싶습니다. 전문적인 가공 지식과 세심한 주의도 물론 중요하지만, 그것은 첸스토호바나 웨스트팔렌에서도 결코 신기한 것이 아니며, 조지아 이상으로 보급되어 있다고 할 수 있습니다. 폴랜드 사람들이나 웨스트팔렌 사람들도 돼지와 지식과 솜씨는 갖고 있습니다. 그들에게 없는 것은 피너츠입니다."

울프는 말을 끊고 코를 풀었다. 나는 자세를 고쳤다. 울프는 다시
다음을 계속했다.

"피너츠가 50 내지 70퍼센트 섞인 사료로 길러진 돼지는 믿어지지
않을 만큼 맛있지요. 섬세한 맛이 있는 넓적다리살로 가공과 보존
을 잘하여 솜씨있게 요리하면 세계의 어떤 햄보다 훌륭할 것입니
다. 인디언들은 백인이 오기 전부터 칠면조나 감자를 먹었지만 피
너츠로 기른 돼지는 먹지 않았습니다. 그 잊혀지지 않는 햄은 자연
이 내려준 물건이 아니라 발명가의 진취적인 성품과 실험가의 인
내, 게다가 맛을 아는 자의 맛을 구별해 내는 능력이 만들어낸 것
입니다. 마찬가지 결과가 병아리에게 블루베리를 줌으로써 얻어지
고 있으며, 보통……."

"잠깐만, 병아리가 아니라 가축의 새끼입니다."

"닭도 가축일세."

"잘못되면 말하라고 하시지 않았습니까?"

"하지만 트집을 잡으라고 하지는 않았네."

"트집을 잡기 시작한 것은 누군데요? 내가 아닙니다."

울프는 나에게로 손바닥을 보이고는 하는 수 없다는 듯이 말했다.

"다음을 계속하기로 하세. ……보통 부화된 뒤 1주일 째부터 시작
합니다. 아직 어린 병아리일 때부터 블루베리를 대량으로 먹이는
습관을 들여서 매슈룸, 타라곤, 그리고 백포도주를 넣어 요리한 4
개월짜리 수탉, 또는 미국에서 하듯 치킨 앤드 콘푸딩으로 요리한
4 개월짜리 닭의 맛은 아주 독특할 뿐만 아니라 다른 요리에서 그
예를 찾아볼 수 없을 정도로 훌륭합니다. 이것은 앞서 말한 햄보다
도 더욱 적절하고, 고급 요리에 미친 미국의 공헌에 대한 구체적인
예입니다. 유럽에는 피너츠가 없었으므로 유럽 사람은 돼지에게 피

너츠를 먹일 수가 없었기 때문입니다. 그러나 유럽에도 닭은 닭이라고 해도 되겠지?"

"가축입니다."

"그게 그거 아닌가, 마찬가지일세. ……유럽에도 닭과 블루베리가 있었지만 여러 세기가 지나는 동안 닭에게 블루베리를 먹임으로써 얻어진 것으로 우리의 혀를 즐겁게 하는 방법을 생각해 낸 사람은 아무도 없었습니다. 미국 사람이 창의력이 풍부했던 것을 보여주는 또 한 가지……."

"잠깐만요, 그 앞이 모두 빠졌습니다. '……아마도 여러분은……'"

"알겠네, 좀 조용히 앉아 있을 수 없겠나? 자네는 끊임없이 의자를 삐걱거리고 있군. ……아마도 여러분은 이러한 것은 모두 요리 이전의 문제라고 하시겠지만, 잘 생각해 보면 그렇지 않다는 데 동의해 주시리라고 생각합니다. 바텔은 자기의 농장을 가지고 있어, 거기서 기르는 가축에 손수 여러 가지로 주의를 기울였습니다. 에스코피에는 어떤 특정한 지역의 가축은 아무리 살이 쪘다 하더라도 그 가축들이 먹는 물에 함유되어 있는 광물질이 맛을 떨어뜨린다고 하여 일체 쓰지 않았습니다. 블리아 사발랑은 많은 찬사를……."

나는 의자에서 일어섰다. 앉아 있으려니까 팔이며 다리가 부들부들 떨려 가만히 있을 수가 없었던 것이다. 원고에서 눈을 떼지 않고 나는 테이블로 걸어가 물병을 집어들어 유리잔에 따라 마셨다. 울프는 억양이 없는 목소리로 강연을 계속하고 있었다. 나는 이제 앉지 않기로 하고 방 한가운데에 서서 부들부들 떨리는 경련을 멈추게 하기 위해 다리의 근육을 굽혔다폈다 했다.

그것이 무엇인지는 알 수 없지만, 뭔가가 나에게 경고해 주었다. 내 눈길은 원고에 쏠려 있었고, 활짝 열어젖힌 창문까지는 적어도 12피트쯤 되었으며, 그 위치도 내 바로 옆이었으므로 뭔가가 보였을 리가 없었다. 소리가 들린 것이라고 생각되지도 않는다. 그러나 뭔가가 나를 홱 뒤돌아보게 했다. 그 때에도 창문 밖의 관목숲에서 뭔가가 움직이는 것이 보였을 뿐이었으므로 어째서 원고를 집어던졌는지는 나 자신도 알 수가 없다. 그러나 나는 창문을 향해 똑바로 원고를 집어던지고 있었다. 집어던진 순간 총소리가 울려퍼졌다. 그와 동시에 화약 연기와 냄새가 창문으로 흘러들어와 원고가 펄럭이면서 마룻바닥에 흩어지고, 등 뒤에서 울프의 목소리가 들렸다.

"아치!"

돌아다보니 울프의 뺨에서 피가 흐르고 있었다. 순간 나는 그 자리에 못박혀 버렸다. 창문으로 뛰어나가 터무니없는 짓을 저지른 범인을 붙잡아서 단단히 묶어버리고 싶었다. 울프는 죽은 것이 아니었으며, 아직 윗몸을 일으킨 채 침대에 앉아 있었다. 그러나 출혈이 상당히 심한 모양이었다. 나는 침대로 뛰어갔다.

울프는 입을 꽉 다물고 있더니 곧 입을 열어 물었다.

"어딜 맞았나? 머리인가?" 하고 물으면서 울프는 몸을 부르르 떨었다. "관통되었나?"

"천만에요."

나는 상처를 살펴보고 너무나도 다행스러워 마음이 놓인 나머지 목소리가 쉬어 있었다.

"그런 데서 골이 쏟아져 나오겠습니까? 염려하실 것 없습니다. 손을 떼고 가만히 계십시오. 타월을 가져올 때까지 기다리십시오."

나는 욕실로 가서 타월을 가져오자 한 장은 울프의 목에 감고 또 한 장으로 피를 닦았다.

"광대뼈까지도 이르지 않았을 겁니다. 가죽과 살을 살짝 스쳤을 뿐입니다. 정신이 가물가물 합니까?"

"아닐세, 면도용 거울을 가져다주게."

"그런 거야 급하게 서두르지 않아도."

"거울을 가져오라니까!"

"어쩔 수 없군요. 타월을 거기에 대고 있어야 합니다."

나는 다시 욕실로 들어가서 거울을 가져다가 그에게 주고 전화를 걸러 갔다. 젊은 여자의 목소리가 "안녕하세요"하고 달콤하게 말했다.

"네, 상쾌한 아침이군요. 이 호텔에 의사가 있소? 아니, 전화를 대주지 않아도 되오. 곧 이리로 오라고 해주시오. 아파서 별관 60호실에서 남자가 총에 맞았소…… 총에 맞았다지 않소! 서둘러주시오. 의사를 보내주셔야겠소. 그리고 호텔 탐정인 오델 씨와 그 부근에 주경찰관들이 어슬렁거리거든 곧 보내주시오. 그리고 브랜디 한 병. 알았소? 아아, 좋소, 됐소. 당신은 아주 머리가 좋군."

나는 울프에게로 돌아왔다. 어지간한 구경거리였다. 이제부터 앞으로 한바탕 웃고 싶을 때 이때의 울프를 생각하면 언제나 웃을 수 있을 것 같았다. 목에서 미끄러져 떨어질 것 같은 타월을 한 손으로 누르고, 다른 한 손으로 거울을 들고 격렬한 분노에 불타면서도 정나미가 떨어진 듯 자신의 얼굴을 노려보고 있었던 것이다. 피가 입으로 흘러들어가지 않도록 입술을 꽉 다물고 있는 것을 보고 나는 손수건을 가져다가 또 피를 닦았다.

울프는 왼쪽 어깨를 조금 아래위로 움직여보았다.

"피가 목을 타고 흘러내렸네."

그는 턱을 아래위로 움직였다.

"턱을 움직여도 아프지 않군."

이윽고 그는 침대 위에 거울을 놓더니 버럭 소리를 질렀다.

"여보게, 이 괘씸한 피를 좀 멎게 할 수 없나? 조심해 주게. 그렇게 세게 누르지 말고! 저기 바닥에 떨어져 있는 것은 뭔가?"

"원고입니다. 총알로 구멍이 뚫렸겠지만 괜찮습니다. 몸을 쭉 펴고 옆으로 누우십시오. 아니, 쓸데없는 말은 하지 마십시오. 잠깐만, 쿠션을 치울 테니까……."

나는 울프를 눕히고 베개를 둘 받쳐서 머리를 높게 했다. 그런 다음 욕실로 가서 찬물에 타월을 적셔다가 상처를 식혔다. 울프는 눈을 감고 있었다. 또 한 장의 타월을 적셔 가지고 돌아오자 문을 노크하는 큰 소리가 들렸다.

머리가 벗어지고 몸집이 작으며 안경을 쓴 의사가 가방을 들고 간호사와 함께 서 있었다. 내가 두 사람을 맞아들이는 데 또 한 사람 다른 사나이가 복도를 잰걸음으로 다가왔다. 그것이 카노와 수퍼의 지배인 클레 애슐리임을 알자 나는 그도 맞아들였다. 애슐리는 빠른 말로 마구 떠들어대고 있었다.

"누가 쏘았습니까? 어떻게 쏘았지요? 지금 어디에 있습니까, 맞은 사람은……."

나는 그가 떠들지 못하게 막고 의사와 간호사의 뒤를 따라 방으로 들어갔다.

대머리 의사는 엉터리는 아니었다. 간호사가 의자를 끌어당겨 가방을 놓고 열자 나는 침대 곁으로 테이블을 밀어주었다. 의사는 나에게 어떻게 된 거냐고 묻지도 않고 울프 위로 몸을 굽혔다. 울프가 돌아누우려고 하자 의사는 가만히 옆으로 누워 있으라고 말했다.

울프는 항의했다.

"이렇게 하면 당신의 얼굴이 보이지 않잖소!"

"무엇 때문에 내 얼굴을 보아야 하지요? 내 정신상태가 정상인지 어떤지 보려는 겁니까? 정상입니다. 가만히 계십시오."

바로 곁에서 클레 애슐리의 목소리가 들렸다.

"대체 무슨 일입니까? 그가 맞았단 말입니까? 무슨 일이 있었지요?"

의사가 돌아다보지도 않고 날카롭게 나무랐다.

"진단이 날 때까지 조용히 하시오."

또 문을 두드리는 요란한 소리가 들렸다. 내가 문을 열러 가자 애슐리도 따라왔다. 문을 열자 나의 벗 오렐과 경관 두 사람이 서 있고, 그 뒤에 정면 현관의 급사가 서 있었다. 애슐리는 급사를 보고 호통을 쳤다.

"썩 돌아가! 그리고 쓸데없는 말을 지껄여선 안돼."

"총소리가 들렸는데, 손님 두 분께서 무슨 일이냐고……."

"아무 것도 모른다고 해둬. '뱀파이어'라고 하는 거야. 알겠어?"

"알았습니다."

나는 네 사람을 내 방으로 데리고 갔다. 울프가 애슐리더러 부르주아라고 말한 것을 들은 적이 있었으므로 나는 그를 무시하고 경관에게 말했다.

"네로 울프 씨는 침대 위에 일어나 앉아 오늘 밤 하기로 되어 있는 연설 연습을 하고 있었습니다. 그리고 나는 활짝 열어놓은 창문에서 4야드쯤 떨어진 곳에 서서 그가 잘못하거나 막히면 가르쳐주기 위해 원고를 보고 있었습니다. 그런데 창문 밖의 뭔가가 내 주의를 끌었지요. 그것이 소리였는지 움직임이었는지 모르겠습니다. 그래서 창문 쪽을 보았지요. 뚜렷하게 알아볼 수 있었던 것은 관목 가지가 하나 움직이는 것뿐이었습니다만, 나는 창문을 향해 원고를 내던졌습니다. 그와 동시에 밖에서 총소리가 들리고 울프 씨가 나를 부르더군요. 돌아다보니 그의 뺨에서 피가 흐르기에 옆으로 다가가서 살펴보았습니다. 그런 다음 본관으로 전화를 걸고 당신들이 오시기 조금 전 의사가 올 때까지 피를 닦고 있었습니다."

경찰관 한 사람이 수첩을 꺼내들고 있었다.

"이름은?"

"굿드윈."

경찰관은 그것을 받아쓰고 나서 다시 물었다.

"관목숲 속에 누군가 있는 것을 보셨습니까?"

"아닙니다. 주제넘은 말인지는 모르겠지만, 범인이 총을 쏜 지 아직 10분도 채 되지 않았습니다. 질문을 뒤로 돌리고 밖을 수사하면 새로운 단서가 잡힐지도 모릅니다."

"울프 씨를 만났으면 하는데요."

"내가 쏘지 않았느냐고 묻기 위해서인가요? 나는 쏘지 않았습니다. 나는 총을 쏜 녀석을 알고 있습니다. 화요일 밤 포카혼타스 별관에서 래스지오 씨를 찔러죽인 녀석입니다. 이름까지는 모르지만, 범인은 그 녀석입니다. 당신들도 그 녀석을 찔러주고 싶으시겠지요? 그렇다면 단서가 없어지기 전에 빨리 밖을 조사해 보십시오."

"범인이 래스지오 씨를 살해한 놈이라니, 어떻게 알 수 있지요?"

"울프 씨가 너무나 그 자의 몸 가까이 다가가므로 그로서는 그것이 마음에 들지 않기 때문이겠지요. 네로 울프 씨가 죽으면 기뻐할 사람은 쓸어다 내버릴 만큼 많지만, 이 부근에는 없습니다."

"울프 씨는 의식이 있습니까?"

"물론입니다. 저쪽으로 가시지요, 입구의 홀을 빠져나가서."

"오게, 빌."

두 사람이 먼저 앞장서서 걸어가고 애슐리와 내가 그 뒤를 따랐다. 그리고 그 뒤에서 오델이 따라왔다. 울프의 방에서는 간호사가 붕대 등 여러 가지 것으로 테이블 위를 거의 다 메우고 전기 소독기가 콘센트에 꽂혀 있었다. 오른쪽을 밑으로 하여 누워 있는 울프는 우리에게 등을 돌린 자세였고, 의사가 그 위로 몸을 굽히고 바쁘게 손가락을 놀리고 있었다.

"어떻습니까, 선생님?"

"누구······" 의사는 우리 쪽으로 얼굴을 돌리고 말했다. "아아, 당신들이군. 뺨 위쪽살이 떨어져나갔을 뿐입니다. 꿰매야 되겠는데요."

울프가 물었다.

"누굽니까?"

"말을 해선 안됩니다. 주경찰이오."

"아치, 어디에 있나, 아치?"

"여기 있습니다, 대장."

나는 앞으로 나갔다.

"이 경찰관들은 내가 쏘았는지 어떤지 알고 싶어합니다."

"그럴 테지, 바보들이니까. 그들을 쫓아내버리게. 자네와 의사선생 외에는 모두 쫓아내주게. 손님의 상대가 되어주고 있을 상태가 못 되니까."

경찰관이 큰 소리로 물었다.

"울프 씨, 잠깐 여쭈어보고 싶습니다만──."

"누군가가 창문 너머로 나를 쏘았다는 것 말고는 할 이야기가 없소. 아치에게서 못 들으셨소? 범인을 잡을 수 있다고 생각하시오? 재주껏 해보시오."

클레 애슐리가 볼멘 목소리로 대들었다.

"그런 태도를 취하시면 안됩니다. 이런 좋지 않은 사건은 모두 내가 우리 손님들과는 그 질이 다른 사람들의 모임을 허락한 데서 생긴 겁니다. 우리 손님들의 질과는 전혀 다른 사람들의 모임을 말입니다. 나는 아무래도──."

"나는 지금 이야기한 사람이 누구인지 알고 있소."

울프의 머리가 움직이려고 하자 의사가 단단히 눌러버렸다.

"애슐리 씨지요. '우리 손님의 질'이라니, 흥, 저 사람도 쫓아내게,

아치 ! 모두 내보내버려. 들리나, 아치 ? "

의사가 단호하게 말했다.

"이젠 그만하십시오. 말을 많이 하면 피가 납니다. "

나는 두 경찰관을 보고 말했다.

"자, 나가주시오. 이미 범인은 멀리 달아났으니까 위험은 없습니다. "

그런 다음 나는 애슐리에게로 향했다.

"당신도 마찬가지요. 당신의 손님들에게 부디 말씀 잘 전해주시오. "

오델은 내내 문께에 있었으므로 그가 먼저 방에서 나갔다. 애슐리와 두 경관도 곧 그 뒤를 따랐다. 나도 그들의 뒤를 따라 밖의 복도까지 나갔다. 내가 경관 한 사람의 소매끝을 잡아세우자, 동료 경관도 그가 남은 것을 알아차리고 뒤에 남았다. 애슐리와 오델은 그대로 가버렸다. 애슐리가 노여움으로 격해져서 발을 쿵쾅거리며 걸어가자 오델이 그 뒤를 잰걸음으로 쫓아갔다.

"아시겠습니까 ? " 하고 나는 경관을 보고 말했다. "조금이라도 빨리 수사에 착수하라는 맨 처음의 제안은 당신들의 마음에 들지 않던 모양이니, 한 가지 더 제안하려고 생각합니다. 래스지오 씨를 찌르고 울프 씨를 쏜 녀석은 상당히 적극적인 성질인 모양이오. 그러므로 또 한 번 같은 장소에서 사격 연습을 해보려는 생각을 갖지 않는다고 말할 수 없습니다. 날씨가 너무 좋으니 울프 씨도 창문을 닫고 커튼을 쳐두려고 하지 않을 것이고, 나도 하루 종일 저기에 앉아 관목숲을 감시하는 것은 질색이오. 당신들의 주에 와 닿았을 즈음에는 나나 울프 씨나 모두 건강해서 생생했었으니까, 똑같은 상태로 오늘밤 12시 40분에 여기서 나가고 싶소. 저 방의 창문과 관목숲을 뒤에 살펴볼 수 있을 만한 곳에 경관을 배치해 두면 어떻겠소 ? 너무 멀리 떨어지지 않은 곳에 좋은 벤치가 있소, 시냇물 기슭에."

"참으로 죄송합니다만——" 경관은 빈정거림을 담아 말했다. "찰스턴에서 경감이라도 부를까요? 당신의 지시를 받도록."

나는 손을 흔들며 대답했다.

"나는 지금 혼란하오. 한잠도 자지 못한데다 대장이 총을 맞아 하마터면 골이 사방으로 흩어질 뻔했으니까요. 그런 것을 생각하면 이제까지의 응대만 해도 너무 공손해서 나 자신도 놀랄 정도요. 저 창문을 감시해 준다는 것을 알면 퍽 마음이 든든할 텐데……."

"그렇다면 전화로 상황을 보고하여 두 사람쯤 보내달라고 하지요."

경관은 나를 흘끗 바라보았다.

"나에게 이야기한 일 말고는 아무 것도 보지 못했겠지요?"

보지 못했다고 대답하자 그는 동료와 함께 가버렸다.

울프의 방에서는 치료가 진행되고 있었다. 나는 침대의 발치 쪽에 서서 잠시 지켜보다가 문득 뒤돌아보니 아직도 바닥에 떨어진 채로 있는 원고가 눈에 들어왔으므로 집어들어 살펴보았다. 총알은 원고를 꿰뚫어 타이프 용지를 칠해놓은 금속에 패스너가 하나 망가져 있었다. 나는 원고의 구겨진 주름살을 펴서 화장대 위에 던져놓고 침대 발치의 아까 있던 자리로 돌아갔다.

의사는 민첩한 솜씨라고는 할 수 없지만 기술이 좋았으며 빈틈이 없고 꼼꼼했다. 이미 상처를 꿰매기 시작했는데, 눈을 감고 누워 있는 울프가 국부마취를 거절했다고 작은 목소리로 일러주었다. 침대 커버 위에 놓여 있는 울프의 손은 굳게 주먹이 쥐어지고 바늘이 살을 뚫고 지날 때마다 그 입에서 신음 소리가 새어나왔다. 몇 바늘인이 꿰매고 나자 울프가 물었다.

"끙끙 앓는 소리를 내면 신경에 걸려 하기 힘드시오?"

의사가 그렇지 않다고 대답하자 신음 소리가 요란해졌다. 다 꿰매고 붕대를 감기 시작하자 의사는 그 손을 계속 놀리면서 상처는 깊지 않지만 약간의 통증이 있으니까 조용히 쉬도록 하는 편이 좋으며 뉴욕에 도착할 때까지 치료하지 않아도 되게 해두었다는 것, 환자가 무슨 일이 있더라도 오늘 밤에 연설을 하겠다고 고집을 부리니 근육을 너무 움직여 또 출혈이 시작되거든 자기를 불러주었으면 좋겠다는 것, 저녁식사 때까지 누워 있게 해두는 편이 좋다는 것 등을 나에게 말했다.

치료가 끝났다. 의사가 뒤처리를 시작하자 간호사가 도와서 피묻은 타월도 처리해 주었다. 내가 부축해 줄 테니까, 피로 더러워진 잠옷 윗옷을 갈아입는 게 어떻겠느냐고 말했으나 울프는 거절했다. 치료비를 내려고 하자 의사는 호텔 청구서에 넣을 테니 괜찮다고 하며, 울프의 얼굴을 정면에서 보기 위해 침대 반대쪽으로 돌아가 마지막 주의를 주었다.

나는 정면 현관까지 의사를 배웅해 주었다. 그리고 급사에게 60호실에는 어떠한 손님도 절대로 들여보내지 말라고 일러두었다. 울프의 방으로 돌아오자 환자는 아직도 오른쪽을 밑으로 하고 누워 눈을 감고 있었다

나는 전화를 집어들었다.

"여보세요, 울프 씨는 절대로 안정하라는 의사의 지시가 있었습니다. 그러니 전화가 걸려오더라도 연결하지 말도록 다른 교환수에게도 전해주시오. 누구에게서 온——."

"아치, 그건 취소하게!"

나는 송화구에 대고 다시 말했다.

"잠깐만 기다려주시오. 뭡니까, 대장?"

울프는 여전히 등을 보인 채로 말했다.

"전화를 연결하지 말라는 지시를 취소하란 말일세."

"그러나 대장께선⋯⋯."

"취소하라니까!"

나는 교환수에게 이제까지와 다름없이 해달라고 말한 뒤 전화를 끊었다. 그리고 환자쪽으로 가까이 갔다.

"실례했습니다. 당신의 개인적인 일에 참견할 생각은 전혀 없습니다. 전화 벨이 요란하게 울려대기를 바라신다면──."

"그런 건 바라지 않네."

울프는 감았던 눈을 떴다.

"그러나 외부와의 연락이 끊어지면 아무 것도 할 수 없지 않나? 총알이 연설 원고를 꿰뚫었다고 했지? 좀 보여주게."

울프의 말투로 미루어 무슨 말을 해도 소용없다는 것을 알 수 있었으므로 나는 잠자코 화장대 위에서 원고를 집어 그에게 건넸다. 울프는 얼굴을 찡그리고 원고를 뒤적이더니 상당히 심하게 상한 것을 알자 그 얼굴에 새겨진 주름살이 한층 더 깊어졌다. 울프는 원고를 나에게 돌려주면서 말했다.

"자네라면 웬만큼 읽을 수 있겠군. 어째서 자넨 원고를 집어던졌나?"

"손에 들고 있었기 때문이지요. 만일 이 원고가 총알을 조금이라도 빗나가게 하지 않았더라면 모든 것은 깨끗이 끝났을지도 모릅니다. 하기야 전혀 맞지 않았을지도 모른다는 것 역시 인정합니다만. 그런 것은 범인의 솜씨에 달렸겠지요."

"그렇겠지. 녀석은 어리석어. 나는 이미 이 사건에서 손을 떼었네. 용케 잘 도망칠 수 있는 가능성도 있었는데, 이젠 끝났네. 내가 반드시 붙잡아낼 테니까."

"그래요?"

"물론이지. 나는 아주 참을성이 강한 편이지만, 내가 표적이 되었으니 이제는 잠자코 있을 수 없네. 붕대를 감는 동안 여러 가지로 생각해 보았는데, 아무튼 시간이 없네. 그 거울 좀 이리 주게 볼만하겠군 그래."

"꽤 솜씨있게 감았는데요."

내가 거울을 주자 울프는 입술을 꽉 깨물고 거울에 비친 자신의 얼굴을 보았다.

"범인을 잡는 것에는 나도 찬성입니다만, 대장의 상태며 의사의 말로 미루어보아 무리지요."

"하는 수 없지. 창문을 닫고 블라인드를 내려주게."

"컴컴해질 겁니다. 밖을 감시하도록 경찰관에게 일러두었으니까."

"하라는 대로 하게. 감시 같은 것은 신용하지 않네. 게다가 열어놓으면 자꾸 창문 쪽으로 눈길이 가서 생각이 중단되는 게 싫네. 아니, 밑에까지 다 닫게. 그래도 충분히 밝군. 그래, 그 편이 좋아. 다른 창문도 부탁하네. 됐어. 그럼, 속옷과 깨끗한 와이셔츠, 욕실 가운을──."

"침대에서 나오면 안됩니다."

"어리석은 소리 말게. 앉아 있는 것보다 누워 있는 편이 더 머리에 피가 몰리는 법일세. 이렇게 붕대를 칭칭 감아놓았으니 보기흉하지 않다고 말할 수는 없지만, 일부러 흉한 몰골을 하고 있을 필요는 없지 않겠나. 속옷을 집어주게."

울프가 가끔 신음 소리를 내면서 그 큰 몸을 꼼지락거리며 우선 침대 끝에 앉았다가 이어 일어나는 동안에 나는 입을 것을 갖추어 놓았다. 피가 밴 잠옷 윗옷을 벗더니 울프는 얼굴을 찡그리고 그것을 바라보았다.

나는 젖은 타월과 마른 타월을 가져왔다. 작업을 계속하면서 울프는 자질구레한 지시를 내렸다.

"어김없이 범인을 가리키고 있다고 생각되는 사실을 발견할 때까지 가능성 있는 선(線)을 하나하나 부딪쳐가는 수밖에 없네. 가능성이 있을 것 같은 선이란 도무지 마음에 들지 않지만, 지금으로선 그 길밖에 없네. 태운 코르크로 어떻게 얼굴을 칠하는지 아나? 한 번 해 보세. 코르크를 구해야 하네. 그리고 중간 정도의 사이즈인 급사 제복을 모자까지 갖추어 한 벌 구해오게. 코르크를 태우는 것은 성냥을 쓰면 되겠지. 그러나 무엇보다도 우선 뉴욕으로 전화를 해야겠네.

아니, 그 양말이 아니라 검정 것으로 주게. 저녁식사 전에 다시 바꾸어 신기가 귀찮아질지도 모르니까. 그리고 그 연설을 끝까지 연습해 볼 시간도 마련해야 하네. 솔 팬더와 클레머 경감의 전화번호는 알고 있겠지? 그러나 그 선에서 우리가 찾고 있는 사실이 잡히면, 그 쪽을 조사하고 있다는 것을 놈에게 알리게 될지도 모르는 짓은 하지 말아야겠네. 어떻게 하든 그런 것은 피해야겠는데……."

제14장

　나의 벗 오렐은 로비의 기둥 곁에 서서 그 눈에 의심스러운 빛을 담고 나를 보고 있었지만, 나로서는 의심받을 만한 일이 전혀 없었다. 머리 위에는 큰 종려나무 잎사귀가 펼쳐져 있었다.

　"……교환수를 설득하려는 것도 아니고, 다른 사람의 전화를 몰래 도청하려는 것도 아닐세" 하고 나는 말했다. "분명히 말하지 않던가, 다름이 아니라 개인적인 통화를 다른 사람이 듣지 못하게 하려는 것뿐이라고. 그럴 우려가 있다는 것이 아니라, 미리 손을 써두려는 것뿐일세. 지배인에게 의논해야 한다고 말했지만, 어느 것 하나 마음대로 할 수 없다면 어지간히 훌륭하신 고문 탐정이로군! 함께 가서 옆에 붙어 있게나. 만일 자네 마음에 들지 않는 짓을 하기 시작하거든 돌을 던져도 괜찮네. 정말 돌을 던진다고 하면, 이 카노와 수퍼라는 곳은 꽤나 손님 대접이 거칠군. 돌을 맞지 않았나 보다 생각하면 이번에는 총알이 날아오는 판국이니 말일세. 안 그런가?"

아직도 의심이 가시지 않은 것 같았지만 오델은 발걸음을 떼어놓기 시작했다.

"알았네. 이번에 농담을 할 때는 패트와 마이크의 이야기로 하겠네. 이쪽일세."

오델은 로비를 빠져나와 엘리베이터 앞을 지나 좁은 복도로 안내했다. 그는 오른쪽의 젖빛 유리가 끼워진 문을 열더니 들어오라고 눈짓했다.

그곳은 좁은 방으로 한쪽 벽면을 끝에서 끝까지 15피트 정도의 교환대가 차지하고, 젊은 여자가 여섯 명 우리에게 등을 돌리고 앉아 있었다. 오델은 끝에 있는 여자 옆으로 가서 잠깐 뭐라고 이야기하더니, 이윽고 세 번째 여자에게로 가라고 나에게 눈짓했다. 뒤에서 보니 그 여자의 목은 좀 뼈가 앙상한 것 같았으나 돌아다보는 그 얼굴은 살결이 희고 매끄러웠으며, 파란 눈도 보기 좋았다. 오델이 뭔가 말하자 그 여자가 고개를 끄덕였으므로 나는 말했다.

"실은 새로운 전화 연결법이 생각났습니다. 아프셔 별관의 60호실 울프 씨가 뉴욕에 전화를 걸고 싶어하는데, 당신이 연결하는 것을 여기서 보았으면 좋겠소."

"60호실? 그럼, 총을 맞으신 분이군요."

"그렇소."

"그리고 나더러 머리가 좋다고 한 것은 당신이군요."

"그렇소, 그것도 확인해 보러 왔소. 미안하지만——"

"잠깐, 실례해요."

여자는 교환대 쪽을 향해서 뭐라고 재잘거리고 상대의 이야기를 듣더니 플러그를 꽂았다 뽑았다 했다. 그것이 끝나자 나는 말했다.

"뉴욕 리버티 2의 3306번을 불러내어 60호실로 연결해 주시오."

"직접 감독하시려는 거로군요."

"그렇소, 이렇게 즐거운 일은 정말 오래간만이오."

여자는 일을 시작했다. 바로 옆에서 뭔지 부스럭거리는 소리가 들려 돌아다보니, 오델이 수첩과 연필을 꺼내 무얼 쓰고 있었다. 목을 길게 뽑아 그 수첩을 들여다보면서 나는 명랑하게 말했다.

"나는 자네처럼 자신의 할 일을 척척 알고 있는 사나이가 좋더군. 다시 귀기울이지 않아도 되도록 가르쳐 주겠는데, 다음에 거는 곳은 스프링 7의 3100번이네. 뉴욕 경찰 본부일세."

"고맙네. 자네 대장은 대체 무엇을 하려는 거지? 얼굴에 슬쩍 할 퀸 자국이 생겼다고 도움을 청하는 건가?"

나는 교환수의 조작을 뚫어지게 지켜보면서 오델의 질문에는 건성으로 적당히 대답해 두었다. 교환대는 구식 기계여서 교환수가 도청하는지 어떤지 지켜보는 것은 매우 간단했다. 교환수는 여기저기 손을 뻗쳐서 플러그를 꽂았다뺐다하더니 5분쯤 지나자 "울프 씨입니까? 뉴욕 나왔습니다. 말씀하십시오"라고 말한 다음 나를 보고 생긋 웃으며 덧붙였다. "내가 누구에게 말할 거라고 생각하셨나요? 거기에 있는 오델 씨?"

나도 같이 빙긋 웃어주며 대답했다.

"그 작은 머리를 그런 일에까지 시달리게 하지 않아도 되오."

오델은 전화가 끝날 때까지 내 옆에 붙어 있었다. 솔 팬더와의 이야기는 충분히 15분은 걸렸고, 다음 클래머 경감과의 이야기도—— 아무튼 클래머를 전화에 불러낼 수 있었다고 보고——거의 그 정도로 걸렸으므로 오델은 오랜 시간을 기다려야 했다.

나는 오델에게 고맙다는 인사를 하고 처칠 호텔로 자리를 옮기고 싶다는 그의 희망을 잊어버린 것은 아니므로 대장이 기회있는 대로 리게트의 의향을 알아보아줄 거라고 말한 다음 로비에서 헤어졌다.

그 뒤 바로 나 자신이 리게트의 의향을 알아볼 수 있는 기회가 있었지만, 너무 바빠서 그럴 경황이 없었다. 본관 정면 현관을 나와 돌아가는 모퉁이 쪽으로 걸어가서 승마대 옆을 지났다. 그 부근에는 급사와 같은 제복을 입은 마부가 달린 말이 몇 마리 있었다. 나는 10피트, 또는 그 이상 떨어진 곳에서 말을 바라보는 것을 좋아했기 때문에 천천히 걸어갔다. 거기서 나는 리게트가 큰 밤색 말에서 내리는 것을 보았던 것이다. 리게트는 아마도 빌려입은 것일 테지만 단정하게 승마복을 입고 있었다. 내가 천천히 걸어간 또 한 가지 이유는 어쩌면 손님이 말에게 밟히는 광경을 구경하게 될지도 모른다고 생각했기 때문이었는데, 그렇게 되지는 않았다. 손님 자체에 적의를 품고 있었던 것은 아니지만, 이것은 하루에 20달러나 되는 방값을 지불하는 사람들에 대한 나의 자연스러운 감정이었다. 그들은 굉장히 윤이 나고 아름답거나, 아니면 태어날 때부터 복통으로 시달려온 것 같은 얼굴을 하고 있거나 둘 중 하나였다. 만약 내가 말이었다면……

그러나 내게는 아직도 할 일이 남아 있었다. 이미 울프는 30분 이상이나 저 방에 혼자 있는 것이다. 어떤 이유를 말하더라도 60호실에는 절대로 아무도 들여보내지 말라고 급사에게 단단히 말해 두고 문에 자물쇠까지 잠그고 왔지만, 그를 혼자 있게 둔다는 것은 그다지 마음에 들지 않았다.

그런 까닭으로 나는 급히 포카혼타스 별관으로 향했다. 현관 가까이에서 라켓을 손에 든 리제테 프티와 발렌코를 만났다. 몽도르 할머니는 베란다에서 뜨개질을 하고 있었다. 자동차를 돌리는 곳에 세워놓은 차 안에서 주경찰관 한 사람과 사복형사 한 사람이 담배를 피우고 있었다. 안으로 들어가자 별실은 모두 텅 비어 사람의 모습이 보이지 않았으나 조리장은 몹시 혼잡을 이루고 있었다. 요리사, 급사, 하인, 게다가 몇몇의 명요리장이 진지한 표정으로 뛰어다니고 있었다. 이미 저녁식사 준비가 시작되었다는 것은 말할 필요도 없었지만,

무료로 제공되는 점심 준비도 동시에 진행되고 있는 것이 틀림없었다. 그날 저녁식사는 미국에서 처음으로 만들어진 요리만을 모아 울프의 연설 주제를 실제로 맛보기로 되어 있었다. 그리고 물론 그런 요리들은 루이 세르반의 감독 아래 만들어지게 되어 있었으므로, 그는 흰 옷에 흰 모자를 쓰고 여기저기 부지런히 돌아다니며 손으로 만져보기도 하고, 눈으로 보기도 하고, 냄새도 맡아보고, 맛을 보기도 하고, 지시를 내리기도 했다. 코르시카인인 과일깎기 담당 알베르트 마르피가 흰 모자에 앞치마를 두르고 노요리장의 뒤를 따라 다니는 모습을 보고 나는 빙그레 웃었다. 이윽고 세르반에게 이야기하려고 가까이 다가가다가 하마터면 가스레인지에서 막 돌아서는 도메니코 롯시와 부딪칠 뻔했다.

나를 보자 세르반의 위엄있는 노안이 흐려졌다.

"아아, 굿드윈 씨! 지금 막 들었습니다. 울프 씨께서…… 애슐리 씨가 본관에서 전화를 했더군요, 내 손님이……우리의 주빈이…… 끔찍한 일입니다! 손이 비는 대로 문병 가겠습니다. 중상은 아니겠지요? 저녁식사에는 나오실 수 없겠지요?"

세르반에게 걱정할 건 없다고 말하는 사이에 그의 동료가 두서너 명 잰걸음으로 달려왔기 때문에, 나의 대장에 대한 위로의 말을 듣고 나서 두서너 시간은 방에 오지 않는 편이 좋겠다고 말했다. 이어서 세르반에게 바쁜 데 방해하고 싶지는 않지만 조금 할 이야기가 있다고 말하자 그는 작은 별실로 나와주었다. 한참 이야기를 나눈 다음 세르반은 급사장인 몰튼을 불러 지시를 내렸다.

몰튼이 나가자 세르반은 잠깐 머뭇거리다가 말했다.

"어찌되었든 울프 씨를 만나 뵙고 싶었습니다. 애슐리 씨의 이야기에 의하면, 울프 씨는 우리 급사 두 사람에게서 놀랄 만한 이야기를 들으셨다지요? 그 두 사람이 이야기하고 싶어하지 않았던 심정은 알겠습니다만……나로서는 친구인 래스지오 씨가 내 식당에서 살해되었다는 것이…….”

세르반은 매우 피곤한 듯이 이마를 쓰다듬었다.

“즐거운 모임이 될 터였는데……나는 이미 70을 넘었지만, 굿드윈 씨, 이렇게 언짢은 일은 그야말로 처음입니다. 이제는 조리장으로 돌아가야겠습니다. 클래브트리는 좋은 녀석입니다만, 좀 덤벙거리는 데가 있지요. 저토록 조리장이 어수선하니 맡겨둘 수가 없습니다.”

“너무 걱정하지 마십시오.”

나는 세르반의 팔을 가볍게 두드렸다.

“내 말은 사건에 대해서 걱정하지 마시라는 것입니다. 골치를 썩이는 것은 네로 울프 씨에게 맡겨두면 됩니다. 나는 언제나 그렇게 하고 있습니다. 오늘 아침 새로운 멤버 네 명을 뽑았습니까?”

“네. 그런데 왜 그러십니까?”

“마르피 씨가 어떻게 되었을까 생각했을 뿐입니다. 넣었습니까?”

“마르피를? ‘15명의 요리장’에 말입니까? 당치도 않습니다, 어림도 없습니다!”

“그래요? 아니, 궁금했을 뿐입니다. 조리장으로 돌아가셔서 즐기십시오. 점심식사에 대한 당신의 전갈은 대장에게 전해두겠습니다.”

세르반은 고개를 끄덕이며 가버렸다. 아프셔 별관을 나온 지 벌써 한 시간 이상 지났으므로 나는 가장 가깝게 질러가는 오솔길로 급히 돌아왔다.

햇살을 받으며 걸어온 뒤여서 울프의 방은 어쩐지 음침해 보였다. 그러나 이미 하녀가 와서 침대를 정돈했고, 모든 것이 깨끗하게 정리되어 있었다. 울프는 큰 의자를 창문 쪽으로 향하게 놓고 앉아서, 찡그린 얼굴로 원고 맨 끝장을 들여다보고 있었다. 나는 복도에 발을 들여놓은 순간 모든 일이 잘되었다는 것을 알았지만, 붕대를 살펴보기 위해서 울프에게 가까이 갔다. 붕대는 조금도 흐트러지지 않고 잘 감겨 있었으며, 새로 피가 배어 나온 흔적도 보이지 않았다.

나는 보고했다.

"모두 수배했습니다. 세르반 씨의 지시로 자잘한 일은 몰튼이 해주고 있습니다. 몸조심하시라고 모두들 말하더군요. 점심식사는 세르반 씨가 가져다 주겠답니다. 밖은 아주 상쾌합니다. 이렇게 틀어박혀 있어야 하다니, 정말 유감스럽습니다. 우리의 의뢰인은 말을 타러 가서 이 좋은 날씨를 즐기고 있더군요."

"의뢰인 같은 건 없네."

"리게트 씨 말입니다. 이 사건의 조사를 맡아주면 돈을 내겠노라고 했으니 돈을 내게 해주어도 좋지 않을까 하는 생각이 아직도 드는군요. 벨린 씨를 그의 호텔로 가도록 설득하는 일도 함께 말입니다. 솔과 클레머 경감을 불러내셨습니까?"

"자네는 교환대에 있지 않았나?"

"물론 있었습니다. 그렇지만 누가 나왔는지 그것까지는 몰랐습니다."

"둘 다 나왔네. 그 두 사람이 지금 내 부탁을 조사해 주고 있지."

울프는 한숨을 쉬었다.

"이게 자꾸 아프단 말이야. 점심식사로는 무엇을 만들던가?"

"그런 것은 모릅니다. 대여섯 명이 북적거리고 있더군요. 아픔을 당하면서까지 공짜로 일을 하시겠다는 겁니까?"

나는 자리에 앉자 고개를 똑바로 세우기가 싫어졌기 때문에 의자등에 머리를 기댔다.

"그 상처는 아픔뿐만 아니라 여느 때보다 훨씬 당신을 고집스럽게 만드는 것 같군요. 그 상처와 수면 부족이. 당신이 틀에 박힌 조사 방법을 경멸하는 것은 아닙니다만, 이따금 당신 자신이 그런 일로 성과를 올린 것도 보아왔지요. 당신이 얼마만큼 천재인지는 모르지만, 오늘 아침 10시 15분에 여러 종류의 사람이 각기 무엇을 하고 있었는지 조사해 보아도 그다지 나쁘지는 않을 겁니다. 이를테면 레옹 블랑은 그 시간에 조리장에서 스프를 만들고 있었다는 것을 알게 되면, 이 창문 밖에 있다가 관목숲에서 당신을 쏘았을 가능성이 우선 있을 수 없지요. 나는 어떤 식으로 조사하면 되는가를 설명하는 것뿐입니다.”

“고맙네.”

“고맙다고 하면서 계속 고집을 부리실 겁니까?”

“고집부리는 게 아닐세. 다만 머리가 좋다는 것뿐이지. 여러 번 말하지 않았나? 혐의가 없다는 증거를 찾는 건 혐의가 있다는 증거가 아무리 해도 발견되지 않을 때 쓰는 마지막 수단이라고. 닥치는 대로 모조리 알리바이를 조사해 가는 작업은 이만저만 큰 일이 아닐뿐더러, 대개의 경우 죽도록 애만 썼지 결과는 보잘것없게 마련일세. 혐의가 있다는 증거를 들이댔을 때 알리바이를 주장하거든, 그것을 허물어뜨리면 되는 걸세. 어찌되었든 나를 쏜 녀석에게는 흥미도 관심도 없네. 내가 밝혀내고 싶은 것은 래스지오 씨를 찌른 사나이라네.”

나는 어이가 없어서 다그쳐 물었다.

“무슨 말씀이지요? 수수께끼입니까? 둘 다 같은 녀석이라고 당신 자신께서 말씀하시지 않았습니까?”

“그 말이 맞네. 그러나 녀석이 나를 쏘게 된 것은 래스지오 씨를 살해했기 때문이니까, 우리가 증명해야 하는 것은 분명히 살인사건일세. 녀석이 래스지오 씨를 살해했다는 것을 증명할 수 없으면,

나를 죽이려고 한 동기도 허공에 떠버리는 걸세. 동기를 밝힐 수 없다면 녀석이 10시 15분에 어디에 있었든 무슨 상관 있겠나? 우리에게 도움이 되는 것은 녀석이 래스지오 씨를 살해했다는 것을 밝혀낼 직접적인 증거뿐일세."

"알겠습니다."

나는 힘없이 손을 저었다.

"물론 당신은 그 증거를 잡고 계시겠지요?"

"그렇지. 지금 그것을 입증할 증거를 잡도록 부탁해 두었네."

"털어놓고 이야기해 주십시오. 그 증거라는 것은 무엇이며 범인은 누굽니까?"

울프는 고개를 저으려다가 너무 아파서 쩔쩔매며 그만두었다.

"지금 입증할 증거를 모으고 있는 중이라네. 그 증거가 결정적인 것이라고는 말하지 않겠네. 그런 것은 결코 아닐세. 증거를 잡을 때까지 기다려야 하네. 그것이 너무나도 결정적이 못되기 때문에, 블랑 씨를 이용하여 학예회를 해보기로 했네. 시간이 없으므로 온갖 수단을 다 써보아야 하기 때문일세. 게다가 그는 가능성도 크게 있을 수 있네. 그렇다고 해서 권총을 갖고 있다고 생각되지는 않지만 말일세. 누가 왔군."

블랑을 써서 한 학예회는 매우 애쓴 것이었지만, 죽도록 애만 썼지 그야말로 실속이 없었다. 그 유일한 효용은 나를 점심식사 때까지 바쁘게 돌아다니게 하고 잠을 못 자게 한 것뿐이었다. 나는 그 결과에 놀라지 않았고, 울프도 놀라는 것 같지 않았다. 울프로서는 어느 것하나도 무시하지 않고 해보았을 뿐인 것이다.

맨 처음에 온 것은 몰튼과 폴 휘플이었는데, 두 사람은 각기 제복을 가지고 왔다. 나는 이 계획에 대해 설명하기 위해서 우선 두 사람을 울프의 방으로 안내하고, 이어서 내 방으로 데리고 가서 문을 닫앉다. 2, 3분 뒤 레옹 블랑이 왔다.

　요리장과 음식 전문가는 한참 동안 이야기하고 있었다. 물론 블랑
도 울프가 다친 것을 마음아파하고 있었으므로 길다랗게 위안의 말을
늘어놓았다. 이어 두 사람은 용건으로 들어갔다. 세르반의 요청으로
왔지만, 울프의 질문에는 뭐든지 대답하겠다고 블랑은 말했다. 누구
나 다 그렇게 해주어야 하겠지만, 래스지오 부인과 어느 정도로 사귀
어왔는가 하는 데 대한 날카롭고 집요한 질문을 포함해서 블랑은 꽤
잘 대답했다. 래스지오 부인에 대해 블랑은 그녀가 아직 뷰크식 부인
이었고 자기가 처칠 호텔의 요리장이었던 무렵에는 상당히 잘 알고
지냈지만, 최근 5년 정도는 자신이 보스턴으로 옮겨갔으므로 두서너
번밖에 만나지 못했으며, 친밀한 사이였던 것은 아니라고 확신있게
말했다. 이어서 울프는 화요일 밤, 블랑이 포카혼타스 별관의 자기
방에 있을 때, 즉 다른 사람들이 소스 프랑탕의 맛을 감정하고 누군
가가 래스지오를 찌른 그 시간으로 질문의 방향을 돌렸다. 나는 두
사람이 주고받는 대화를 조금 떨어진 곳에서 거의 다 듣고 있었다.
욕실문을 조금 열고 태운 코르크가 어느 정도로 끈적끈적한가를 손등
에 시험해 보고 있었던 것이다. 민스트럴 쇼(민요 무용대회)의 1회
분에 충분할 정도의 코르크와 알콜 램프는 세르반이 준비해서 보내주
었다.

　울프가 민스트럴(백인이 흑인으로 분장해서 하는 춤·노래 등 연
예) 쇼에 대해 제안하자, 블랑은 잠깐 망설였으나 그다지 완고하게
저항하지는 않았으므로 나는 욕실문을 열고 그를 불러들였다. 블랑은
속옷만 입게 해놓고 나는 우선 바탕을 만들기 위해 콜드크림을 바르
고 이어서 불에 태운 코르크를 칠하기 시작했다. 전문가의 솜씨처럼
되지는 않았지만 아무튼 블랑의 얼굴은 시커매졌다. 귀와 머리카락이
난 곳이 잘 안되었다. 블랑은 코르크가 눈에 들어갔다면서 투덜거렸

지만, 너무 심하게 눈을 깜빡거렸기 때문에 그렇게 되었을 뿐이었다. 이어서 블랑은 급사의 제복을 입고 모자를 썼는데, 몰튼이 검정 장갑을 구하지 못하여 짙은 갈색 장갑을 끼지 않을 수 없었던 점을 빼놓으면 썩 잘되었다.

나는 블랑을 울프에게로 데리고 가서 승인을 받은 뒤 포카혼타스 별관에 전화해서 코인 부인을 불러내어 준비가 되었음을 알렸다.

5분쯤 지나자 코인 부인이 왔다. 나는 복도에 나가 이 계획에 대해 간단히 설명하고, 울프가 그녀를 사건에 끌어넣지 않도록 애쓰고 있으니 거기에 협력하고 싶다면 소리를 내지 않도록 하라고 말한 다음 부인을 홀로 불러들여 그곳에 있게 했다. 그리고 블랑에게 포즈를 취하도록 하기 위해 울프의 방으로 돌아왔다. 욕실에서 내가 까맣게 칠할 때까지 블랑은 이미 상당히 초조해 있었지만, 울프가 잘 달래주었다. 나는 문에서 알맞게 떨어진 곳, 침대 발치 조금 앞에 블랑을 서게 하여 모자를 깊숙이 끌어내리고 손가락을 입술에 대게 한 뒤 그 자세로 가만히 있게 했다. 그런 다음 홀로 나가는 문으로 가서 6인치쯤 열었다.

10초쯤 그렇게 해놓고 나서 이제는 그 포즈를 풀어도 좋다고 블랑에게 말하고 홀로 나가 코인 부인을 다시 복도로 데리고 나왔다.

"어떻던가요?"

코인 부인은 고개를 저었다.

"아니, 저 남자가 아니에요."

"어떻게 그렇지 않다는 것을 알 수 있었지요?"

"키가 너무 커요. 저 사람이 아니에요."

"법정에서 선서한 다음에도 그렇게 말할 수 있겠습니까?"

"하지만 당신은……" 부인의 눈이 가늘어졌다. "당신은 그럴 필요는 없다고……."

"염려 마십시오. 그렇게 되지는 않을 겁니다. 그러나 어느 정도 확신이 있습니까?"

"틀림없어요, 지금 그 사람은 키가 훨씬 커요."

"좋습니다, 고맙습니다. 울프 씨께서 나중에 이야기하고 싶다고 하실지도 모르겠습니다."

다른 두 사람도 똑같은 말을 했다. 다시 또 두 번 나는 블랑에게 포즈를 취하게 했다. 한 번은 문 쪽을 향한 포즈로서 폴 휘플에게 보여주기 위한 것이었고, 또 한 번은 문에 등을 돌린 포즈로서 몰튼에게 보이기 위한 것이었다. 휘플은 식당 칸막이 곁에 서 있던 사나이는 울프의 방에서 본 사나이가 아님을 맹세해도 좋다고 했고, 몰튼은 뒷모습만 보고 맹세할 수는 없지만 같은 남자가 아닌 것 같다고 말했다. 나는 두 사람을 포카혼타스 별관으로 돌려보냈다.

그런 다음 나는 블랑이 태운 코르크를 물로 씻어내는 것을 도와주어야만 했다. 물로 씻는 것은 칠하는 것보다 두 배나 어려운 일로 귀같은 곳이 과연 전과 같이 깨끗해졌는지 어떤지 나로서는 알 수 없었다. 범인이 아니었다고 밝혀진 것을 알자 블랑은 퍽 협조적이었다. 울프의 피로 더러워지기도 하고, 블랑의 몸에 발랐던 태운 코르크로 더러워지기도 하는 등 그 날은 확실히 카노와 수퍼의 타월에게 있어서 액운의 날이었다.

블랑은 울프 앞에 서더니 말했다.

"내가 이런 일까지 기꺼이 한 것은 루이 세르반에게 부탁받았기 때문입니다. 사람을 죽인 자는 벌받아야 한다는 것을 나는 잘 알고 있습니다. 만약 내가 사람을 죽였다면 벌받을 것을 각오하고 있을 것입니다. 이것은 우리 모두에게 있어 끔찍스러운 경험입니다. 울프 씨, 정말 무서운 경험입니다. 필립 래스지오를 죽인 것은 내가 아닙니다만, 만약 내가 손가락 하나를 들기만 하면 그 녀석을 다시 살아나게 할 수 있을 경우 내가 어떻게 할지 아시겠습니까? 이렇게 하겠습니다."

블랑은 두 손을 주머니 깊숙이 집어넣고 그대로 두었다.

블랑은 울프에게로 등을 돌리고 나가려 했으나, 그때 손님이 찾아왔으므로 잠시 더 함께 있어야 하게 되었다. 예정이 바뀌었기 때문에 아무도 들이지 말라는 명령이 해제된 것은 현관 급사에게도 전해져 있었으므로, 띄엄띄엄 끊어지면서도 그날 오후 내내 계속 찾아온 손님의 제1진이 온 것이었다.

제1진이라고 했지만 이때의 손님은 단 한 사람으로, 나의 벗 밸리 트루먼이었다.

"울프 씨는 어떻습니까?"

"얻어맞고 화가 잔뜩 나 있습니다. 들어오시지요."

트루먼은 방으로 들어오자 울프를 보고 깜짝 놀랐다. 그리고 그 자리에서 서 있는 사람을 알아보았다.

"아아, 여기 계셨군요, 블랑 씨."

"네, 세르반 씨의 부탁을 받고."

울프가 말참견을 했다.

"어떤 실험을 하던 참이오. 블랑 씨에 대해서는 이제 시간을 허비할 필요가 없다고 생각하오. 어떤가, 아치? 블랑 씨가 래스지오 씨를 살해했나?"

"아닙니다. 삼자범퇴(三者凡退)입니다."

트루먼은 우선 나에게, 그 다음 울프에게, 그리고 나서 블랑에게로 눈을 돌렸다.

"그렇습니까? 어찌되었든 나중에 만나 뵙고 싶게 될지도 모르겠군요. 물론 포카혼타스 별관에 계시겠지요?"

블랑은 무뚝뚝하게 그렇다고 대답한 다음 울프에게 저녁식사 때까지 조금이라도 편해지도록 기도하겠다고 말하고 나갔다. 내가 블랑을 배웅하고 돌아오자 트루먼은 이미 자리에 앉아 고개를 갸웃거리면서 울프의 붕대 감은 모습을 바라보고 있었으며, 울프가 말을 시작하는 참이었다.

"나로서는 대수롭지 않은 일이오. 의사도 가벼운 상처라고 했소. 그러나 말해 두겠는데, 이런 짓을 한 녀석에게는 매우 위험한 일이오. 게다가 이것 좀 보시오."

울프는 구멍 뚫린 원고를 보여주었다.

"내가 그 총알에 맞기 전에 이게 먼저 맞아서 이렇게 되었답니다. 아치가 창문을 향해 이것을 던져 내 목숨을 구해주었소. 그가 그렇게 말하고 있답니다. 나도 그것은 인정하오. 벨린 씨는 어디에 있지요?"

"여기에 있습니다. 포카혼타스 별관에……벨린 양과 함께. 지금 막 내가 직접 데리고 왔습니다. 퀸비의 나에게로 당신이 총을 맞았다는 소식을 전화로 알려왔더군요. 범인은 래스지오 씨를 살해한 이와 같은 자라고 생각하십니까?"

"달리 생각할 수 있겠소?"

"그렇지만 어째서 당신을 노렸을까요? 당신은 이미 손을 떼었는데……."

"녀석은 그것을 몰랐던 거요."

울프는 앉은 채 몸을 꿈지럭거리고 어찌할 바를 몰라하며 괴로운 표정을 지었다.

"그러나 이제는 손을 떼지 않았소."

"그거 참, 고맙습니다. 당신이 맞으신 것을 기뻐하는 것은 아니지만. 그 시작이 블랑 씨였습니까? 그래, 그가 범인이 아니라고 단정한 이유는 뭡니까?"

울프가 설명하려는데 다시 또 방해자가 들어왔기 때문에 나는 일어나야만 했다. 이번에는 점심식사가 날라져왔는데, 참으로 굉장한 것이었다. 세 급사가 저마다 터무니없이 큰 쟁반을 들고 있었으며, 이들을 지휘하는 급사가 또 한 사람 딸려 있었던 것이다. 나는 배가 고팠으므로 뚜껑을 덮은 큰 접시에서 모락모락 오르는 냄새가 더욱 나의 배고픔을 자극했다. 지휘하던 급사──그는 다른 사람 아닌 몰튼이었는데──가 절을 하고 울프에게 내용을 설명하였다. 그리고는 쟁반을 올려놓을 서빙 스탠드를 편 다음 테이블보를 갖고 테이블 쪽으로 갔다.

울프는 트루먼을 보고 말했다.

"잠깐 실례하겠소."

멋지게 신음 소리를 내며 의자에서 일어나더니 울프는 방을 가로질러 서빙 스탠드 앞에 가서 섰다. 몰튼은 울프의 곁으로 다가가 공손히 대기하고 있었다. 울프는 큰 접시의 뚜껑 하나를 집어들어 몸을 조금 앞으로 숙이듯하여 요리를 보며 냄새를 맡았다.

"피로시키(잼, 달걀, 고기, 야채 등을 넣어 빚은 러시아식 튀김만두)로구먼."

"네, 발렌코 씨가 만드셨습니다."

"으음, 알고 있네."

울프는 다른 뚜껑을 열고 고개를 끄덕이면서 냄새를 맡았다. 그런 다음 몸을 일으키며 중얼거리듯 말했다.

"아티초크 발리그루로군."

"분명히 드리건트라고 말씀하신 것 같았습니다. 몽도르 씨가 만드신 것으로, 뭔지 그렇게 들었습니다."

"걱정하지 않아도 되네. 모두 여기에 놓고 가주게. 내가 직접 집어먹을 테니까."

"그러나 세르반 씨께서⋯⋯."

"그렇게 하는 편이 좋네. 이 쟁반 위에 놓아주게."

"그럼, 한 사람만 남겨놓고⋯⋯."

"아니, 괜찮아. 이야기를 하던 참이어서 그러네. 자, 모두 나가주게."

급사들은 나갔다. 아무래도 음식이 얻어걸리려면 자신이 직접 집어다먹는 수밖에 없을 것 같았으므로 나는 내 근육에 또 한 번 일을 부탁하기로 했다.

"어떤 식으로 하시렵니까? 하숙집 스타일로 하시겠습니까?"

울프는 자리에 버티고 앉을 때까지 대답하려고 하지 않았다. 그는 자리에 앉자 우선 한숨을 쉰 다음 말했다.

"아닐세. 본관에 전화해서 점심식사의 식단을 가져오도록 하게."

나는 울프를 뚫어지게 쳐다보며 말했다.

"무슨 일이 있습니까?"

"아치!" 그의 목소리는 아주 거칠었다. "내가 지금 어떤 기분인지 알겠나? 저 피로시키는 발렌코 씨가 만든 것이고, 저 아티초크는 몽도르 씨가 요리한 걸세. 그러나 그 조리장에 누가 있고 어떤 일이 행해졌는지 나로선 알 수가 없어. 저 쟁반의 요리는 우리를 위해 준비된 것이고, 아마도 그 점은 모두가 다 알고 있었을 걸세. 나를 위해 준비한 것이라는 사실을 말일세. 나는 아직도 오늘 밤 여기를 떠나 집으로 돌아가고 싶다고 생각한다네. 본관에 전화해 봐. 그리고 그 냄새를 맡지 않을 수 있도록 쟁반을 밖에 내놓게. 자네 방에 놓아두란 말일세."

"그러나 울프 씨."하고 트루먼이 말했다. "만약 당신이 정말 그 요리에⋯⋯뭣하시면 분석하도록 해도 좋습니다⋯⋯."

"나는 저것을 분석하고 싶은 게 아니오, 먹고 싶소. 그런데 먹을 수 없는 거요. 먹을 생각이 없소. 아마 아무 이상도 없을 거요. 그런데도 나를 보시오. 저 터무니없는 녀석 덕분에 겁을 먹고 떨고 있소! 저것을 분석해 봐야 무슨 소용 있겠소? 말해 두겠소만 아치!"

또 누군가가 온 것이다. 뚜껑을 덮은 큰 그릇에서 풍겨오는 냄새로 나도 울프 못지않게 심한 상태가 되어 있었으므로, 그 요리에는 아무것도 섞여 있지 않다는 것을 증명해 줄 위생국의 식품검사관이었으면 좋겠다고 생각했는데, 현관에서 온 급사였다.

그는 네로 울프에게로 온 전보를 들고 있었다.

나는 그 전보를 들고 방으로 돌아오자 겉봉을 뜯어 울프에게 건네주었다.

울프는 전보를 꺼내어 읽더니 중얼거렸다.

"과연……."

목소리의 어조가 완전히 바뀌어진 것을 알아차리고 나는 날카로운 눈길을 흘끔 울프에게로 던졌다. 울프는 편 채로 전보를 나에게 건네주었다.

"트루먼 씨에게 읽어드리게."

나는 하라는 대로 했다.

　웨스트버지니아 주 카노와 수퍼 네로 울프 씨
　신문에는 기사 없음. 클레머 경감은 협조적. 출발함. 도착 즉시
　전화하겠음.

울프는 조용히 말했다.

"전망이 밝아졌네. 훨씬 밝아졌어. 이제는 저 피로시키를 먹어도 괜찮을 것 같지만, 만일의 경우라는 것이 있으니까……아니, 그만

두지. 본관에 전화하게, 아치. 그리고 트루먼 씨, 당신께서도 협력
해 주실 기회가 있을 것으로 생각합니다……. "

제15장

헬로메 벨린은 두 손을 꼭 쥐고 앉아 있는 의자가 흔들릴 정도로 격렬하게 흔들었다.

"이게 무슨 일이야! 개짐승만도 못한 녀석! 개짐승만도……."

벨린은 갑자기 말을 끊었다.

"블랑이 아니군요? 뷰크식도 아니고? 나의 옛친구 첼로터도?"

"아니라고 생각하오."

울프는 중얼거리듯 말했다.

"그럼, 한 번 더 말하겠습니다. 개짐승만도 못한 놈입니다!"

벨린은 몸을 숙이더니 울프의 무릎을 두드렸다.

"툭 털어놓고 말하겠습니다만, 래스지오를 죽였다고 해서 반드시 개짐승만도 못하다는 말은 아닙니다. 누구라도 죽일 수 있었을 겁니다, 누구라도. 산 쓰레기를 처리하는 김에 녀석도 함께 치워버린다는 것은 누구라도 할 수 있는 일입니다.

확실히 뒤에서 사람을 찌르는 것은 좋지 않지만 급할 때에는 그런 세세한 일을 보고도 모른 척해야 하는 경우도 있답니다. 아니,

래스지오를 살해한 것만이 아니라 비록 그런 방법으로 죽었다 해도 나는 개짐승만도 못하다고 말하지는 않겠습니다. 그러나 창문 너머로 당신을 쏘다니……'15명의 명요리장'의 주빈이신 당신을 쏘다니, 용서할 수 없습니다! 그것도 당신이 정의를 위해 일어섰다는 단 그 한 가지 이유만으로, 나에게 죄가 없음을 입증하기로 했다는 이유만으로 당신을 쏘다니! 아홉 가지 종류의 소스 가운데 내가 일곱 가지나 틀릴 리가 없다고 판단할 만큼의 분별을 당신이 가지셨다고 해서 당신을 쏘다니! 그런데 그들이 나에게 무엇을 먹이려고 했는지 가르쳐 드리면 믿어주시겠습니까! 저기……저 유치장에서?"

벨린은 나왔던 것을 늘어놓았는데, 참으로 빈약한 것 같았다. 벨린은 울프가 애써 준 데 대해 고맙다는 뜻을 표시하기 위해 딸을 데리고 찾아왔던 것이다.

이미 4시가 가까웠지만 트루먼이 창문의 감시를 늘이도록 수배해 주었기 때문에 블라인드와 창문을 열어놓았으므로 방 안에는 햇빛이 비쳐들고 있었다. 본관에서 가져온 점심식사는 발렌코가 만든 피로시키는 아니었지만 나의 목적에는 충분했으며, 상처 때문에 씹기가 힘들었지만 울프도 음식을 조금 먹을 수 있었다. 한잠자는 것은 이제 완전히 단념하고 있었다. 기회가 없었던 것이다.

트루먼은 점심식사가 다 끝날 때까지 있었다. 식사가 끝나자 롯시와 몽도르와 코인이 울프의 문병을 왔으며, 그 뒤에도 차례차례 위문객이 있었다. 루이 세르반도 잠깐 얼굴을 내밀었다. 나로서는 그가 어떻게 조리장에서 빠져나올 수 있었는지 짐작도 할 수 없었다.

또 3시쯤에는 뉴욕에서 전화가 왔는데, 울프가 직접 받았다. 울프는 "그렇지, 그래" 하는 외에는 거의 아무 말도 하지 않았기 때문에 전화가 끝났을 때 내가 알 수 있었던 것은 상대가 클레머 경감이었다는 사실뿐이었다. 그러나 전화가 끝나고 나자 울프가 코 옆을 문지르며 매우 기쁜 표정을 지었으므로 나쁜 소식이 아니라는 것을 알 수 있었다.

콘스탄서 벨린은 말참견을 하려고 20분이나 의자 끝에 몸을 내밀고 앉아 있었는데, 아버지가 파이프에 불을 붙이려고 잠깐 쉬자 가까스로 기회를 잡을 수 있었다.

"울프 씨……나……나는 오늘 아침에 좀 어떻게 되었던가 봐요."

울프는 콘스탄서에게로 눈을 돌리며 대답했다.

"확실히 그렇더군요. 나는 전부터 여러 번 깨달았는데, 아름다운 여자일수록, 특히 젊은 사람은 무분별한 발작을 일으키기 쉽지요. 그것은 당신도 인정하겠지요? 그렇게 될 것 같다고 느꼈을 때, 그것을 막을 방법이 없을까요? 막으려고 생각한 일은 없소?"

콘스탄서는 울프에게 살짝 웃어보이며 대답했다.

"하지만 발작 같은 게 아니에요. 발작이라니, 난 그런 건 일으키지 않아요. 겁을 먹은 데다 몹시 흥분해 있었어요. 아버지가 사람을 죽였다는 혐의로 유치장에 잡혀가 있고 나는 아버지가 한 짓이 아니라는 것을 알고 있는데 경찰에서는 아버지에게 불리한 증거를 쥐고 있다고 생각하고 있는 눈치인데다, 그 증거를 찾아낸 것이 바로 당신이었다는 말을 들었기 때문에 그만…… 그런 때에는 이성적으로 행동하라는 것이 좀 무리가 아닐까요? 게다가 생전 처음 와본 낯선 나라에서……미국이라는 나라는 정말 무서운 나라예요."

"당신의 의견에 반대하는 사람도 있지요."

"그야 그렇겠지만……무서운 것은 나라가 아니라……여기 살고 있는 사람들인지도 모르지요……어머나 죄송해요. 당신이나 굿드윈 씨를 두고 한 말은 아니에요. 당신이 친절하신 분 이라는 것은 잘 알고 있고, 굿드윈 씨는 부인도 계시고 아기들도 여럿 있으니까요

……"

"과연……" 울프는 자신도 모르게 난처해서 어쩔 줄 몰라하는 눈길을 나에게로 던지며 말했다. "아이들은 어떤가, 아치? 건강하겠지?"

"네, 덕분에." 나는 손을 저으면서 대답했다. "이렇게 집을 떠나 있으면 아주 보고 싶어집니다. 빨리 돌아가고 싶어 견딜 수가 없는데요."

벨린은 입에서 파이프를 떼고 나를 보며 고개를 끄덕였다.

"어린아이란 좋은 겁니다. 이 딸아이도……."

벨린은 어깨를 으쓱했다.

"물론 좋은 아이긴 합니다만, 가끔 걱정거리를 만들어주기도 하지요."

벨린은 몸을 구부리더니 울프의 무릎을 파이프로 두드렸다.

"그런데 돌아가는 일에 대해 내가 들은 것은 사실입니까! 저 쓸모없는 사람들의 허가가 있을 때까지 우리는 언제까지나 여기에 있어야 한다는 게 말입니다. 저 래스지오라는 녀석이 칼로 등을 찔렸다는 단순히 그 일 때문에? 딸아이와 나는 오늘 밤 뉴욕으로 떠났다가 그 다음 캐나다로 가게 되어 있었습니다. 나는 유치장에서 나왔지만 자유의 몸은 아니라는 말입니까?"

"유감스럽지만 그렇습니다. 밤기차로 뉴욕으로 떠날 작정이었습니까?"

"그렇습니다. 그런데 저들은 그 쓸데없는 녀석을 죽인 범인을 알게 될 때까지는 아무도 여기서 떠나면 안된다는 것입니다! 저 무능한 트루먼과 또 한 사람 사팔뜨기 보안관이 범인을 찾아내기를 기다리면서……."

벨린은 파이프를 입에 물더니 연기가 풀썩풀썩 오를 때까지 빨아대고 있었다.

"그러나 그런 것을 기다릴 필요는 없습니다." 울프가 한숨을 쉬며 말했다. "만일 짐을 꾸리고 기차에 좌석을 예약해 놓았다면 취소하지 않고 그냥 두는 게 좋을 겁니다. 다행히도 당신은 트루먼 씨가 그 소스에 관한 진상을 깨달을 때까지 기다리지 않아도 됩니다. 그가 깨달을 때까지 기다려야만 했다면……."

"영원히 떠날 수 없었을지도 모르지요. 아마 이렇게 되었을지도 모릅니다" 하며 벨린은 손으로 목을 치는 흉내를 내보이고 나서 다시 말을 이었다. "아직 저 유치장에 있었을 것은 틀림없는 사실이고, 3일 이내에 굶어죽겠지요. 우리 카탈로니아 사람은 여차하면 다소곳이 죽을 수는 있습니다. 그러나 그 음식을 삼킬 수 있는 녀석은 사람이 아닙니다. 그건 짐승도 못됩니다!

당신께 엄청난 빚을 지고 있으므로 점심식사를 한 입 먹을 때마다 신의 보살핌이 당신과 함께하기를 기도했습니다. 세르반과도 이야기했지요. 당신에게 얼마나 큰 빚이 있는가를 말하고, 상대가 누구든 나는 빚을 진 채 그냥 있을 사람이 아니라고 이야기했습니다. 아무튼 사례를 해드려야 한다고 주장했습니다. 세르반은 주인 역할을 하고 있으며 자상하게 마음을 쓰는 사람입니다만, 당신이 아마 받아주시지 않을 거라고 말하더군요. 사례에 관한 이야기는 벌써 꺼냈지만 거절하셨다고요. 당신은 주빈으로서 초대되신 분이므로 그 기분을 잘 알 수 있고 또 존중할 생각입니다. 그러나 나로서는——."

또 문을 노크하는 소리가 들렸으므로 나는 울프에게 자신이 뿌린 씨는 자신이 거두도록 맡겨두고 자리에서 일어섰다. 언젠가 울프가 한 마디 했었기 때문에 곤란한 입장에 놓이리라는 것을 전부터 알고 있었던 것이다. 문 쪽으로 향하면서 나는 회심의 미소를 지으며, 지금 이 중요한 때에 따뜻한 대접이라는 방석 위에 놓여진 보석으로 부추겨올려 앉혀지고 만 울프의 심정을 상상했다.

새로 온 손님은 뷰크식이었다. 다른 때라면 아무렇지도 않게 생각했겠지만 이때는 창문으로 총알이 또 날아들어오기라도 한 것처럼 이야기를 멈추고 울프의 수고에 대해 보수를 지불하겠다는 등 저속한 화제로부터 말머리를 얼른 돌려버리고 말았다.

뷰크식은 매우 기분이 나빴다. 그 태도는 어떻게 해야 좋을지 몰라 하는 것 같았고, 아주 우울해 보였으며, 신경질적이 되어 모든 게 건성이었다. 2, 3분 지나 벨린과 그 딸이 자리에서 물러나자 뷰크식은 팔짱을 끼고 울프 앞에 서서 이마에 주름을 잡고 그를 내려다보면서, 그날 차임 언덕 중턱에서 울어대는 짐승같다고 울프에게 무례한 말을 들었지만, 다시 옛친구를 병문안하는 것은 오랜 친구로서의 의무이므로 이렇게 찾아왔다고 말했다.

"내가 맞고 나서 벌써 여섯 시간도 넘었네" 하고 울프는 물어뜯을 듯이 말했다. "지금쯤은 이미 죽었을지도 모르지."

"무슨 말인가, 네로? 그런 일은 있을 수 없네. 뺨을 맞았을 뿐이라고 들었고, 지금 이렇게 보아도……."

"1리터 가량이나 피가 나왔네. 아치, 1리터라고 했지?"

의사는 아무 말도 하지 않았지만, 나는 언제나 충실한 부하였다.

"네. 적어도 1리터……2리터 가까이라고 했습니다. 물론 출혈을 멈추게 하고 재볼 수는 없었지만, 마치 강물처럼 아니, 나이아가라 폭포처럼……."

"이제 됐네. 고맙네."

뷰크식은 아직도 얼굴을 찡그리고 그를 내려다보고 있었다. 늘어진 머리카락이 눈을 덮을 것 같았으나, 팔짱낀 팔을 풀어 쓸어올리려 하지 않았다. 뷰크식은 신음하는 것처럼 입을 열었다.

"미안하네. 위험했었군. 만일 자네가 정말 당했다면……" 그는 잠깐 사이를 두었다가 말을 이었다. "울프, 누가 쏘았을까?"

"글쎄, 확실한 점은 모르네, 아직."

"알아낼 수 있을 것 같은가?"

"물론."

"래스지오를 죽인 녀석인가?"

"그렇다네. 제기랄, 말할 때에는 머리를 움직이고 싶은데, 움직일 수가 있어야지!"

울프는 신중하게 손 끝을 붕대에 대고 살짝 건드려보았다. 그는 곧 다시 손을 내리고 말을 이었다.

"말해 두고 싶은 일이 있네, 마르코. 자네 눈과 내 눈 사이에 끼어 있는 이 안개, 우리는 이것을 무시할 수도 없고 거기에 대해 이야 기를 해본다 해도 아무 소용 없네. 내가 말할 수 있는 것은 이 안 개도 머지않아 사라질 것이라는 점뿐이라네. 아무튼 나는 그것을 목표로 삼고 있네. 그 때까지는 서로 아무 말도 하지 않는 것이 좋 겠네. 자네는 또 마약에 취해 있는 걸세. 아니, 이런 말을 할 생각 은 없었네. 알겠나? 우리로서는 이야기할 수가 없는 걸세. 나는 자네를 불쾌하게 만들 것이고, 자네는 나를 견딜 수 없이 정떨어지 게 만들 뿐이지. 그럼, 또 보세, 마르코."

"마약에 취해 있다는 것은 부정하지 않겠네."

"그럴 테지. 자네는 자신이 무슨 일을 하고 있는지 알면서도 그만 두지 못하는 걸세. 문병을 와주어 고맙네."

뷰크식은 그제야 팔짱끼었던 팔을 풀어 머리를 쓸어올렸다. 그는 천천히 머리를 세 번 쓸어올린 다음 아무 말도 하지 않고 울프에게 등을 돌려 나갔다.

꽤 오랫동안 울프는 눈을 감고 가만히 앉아 있었다. 이어서 깊은 한숨을 쉬더니 연설의 끝부분을 연습할 테니 원고를 보고 있으라고 말했다.

　이번에는 트루먼과 클레 애슐리와 루이 세르반에게서 전화가 걸려왔을 뿐, 그 밖의 방해자는 없었다. 다음에 손님이 찾아왔을 때는 이미 6시가 되어 있었다. 문을 연 나는 손님이 처칠 호텔의 레이몬드 리게트라는 것을 알고 빙긋이 웃으며 환영의 뜻을 나타냈다. 나는 리게트의 얼굴을 본 순간 사례금의 냄새를 맡았던 것이다. 내가 조바심 내고 있었던 이유 가운데는 한푼도 받을 수 없는데 울프가 머리를 쥐어짜기도 하고, 장거리 전화며 14명의 흑인에게 술을 대접하는 등 쓸데없이 돈을 쓰기도 하고, 이틀 밤이나 잠을 못자기도 하고, 권총의 표적이 되어 흉터가 남을지도 모르는 상처를 입는 것이 못마땅했다는 점도 들어 있었기 때문이다. 부차적인 문제로는 나의 벗 오델의 취직 부탁도 있었다. 별로 그에게 신세진 것은 아니지만, 뉴욕 같은 데서 탐정일을 하다 보면 아는 사람이 있을 때 도움이 되는 경우가 흔히 있는 것이다. 내가 아는 사나이를 처칠 호텔의 고문 탐정이나 또는 그 부하의 한 사람으로 보내놓으면 언제 도움이 되는지 알 수 없다.

　사례금이 얻어걸릴 가망성은 크게 있을 것 같았다. 자리에 앉자 리게트는 먼저 울프의 얼굴에 난 상처에 대해 위로의 말을 한 뒤 찾아온 목적을 이야기했다. 즉 처칠 호텔의 요리장으로 벨린을 초빙하기 위해 그와 교섭해 볼 생각이 없는지 울프에게 다시 한 번 묻고 싶다는 것이었다.

　울프가 중얼거리듯 말했다.

　"놀랐는데요, 아직도 그가 필요합니까……살인혐의를 받은 그런 사나이가? 덕분에 평판이 날 거라고 생각하는 건가요?"

　리게트는 그 말을 지워버리는 것처럼 손을 흔들었다.

　"어째서 안됩니까? 손님은 평판을 먹으러 오는 것이 아니라 요리를 먹으러 옵니다. 벨린 씨의 명성은 아시겠지요? 솔직히 말해서 나는 그의 요리보다 그의 명성 쪽에 보다 흥미를 느낍니다. 우리에게는 이미 우수한 요리사들이 갖추어져 있습니다. 일류에서부터 맨 밑의 심부름꾼에 이르기까지."

"그럼, 손님은 명성을 먹으러 오는 셈이로군요." 울프는 가만히 배를 두드리며 말했다. "그런 것은 나로서는 아무래도 좋소만."

리게트는 엷은 미소를 띠었다. 그 회색 눈이 지난 수요일 아침만큼 조바심하고 있는 것 같았다. 결코 그 이하도 아니었고, 또 그 이상 조바심할 필요도 없는 것이다. 리게트는 어깨를 으쓱 움츠리며 말했다.

"아무래도 손님들이 명성을 좋아하는 것 같으니까요. 그건 그렇고, 벨린 씨에 대해서입니다만, 어제 아침 당신이 그를 설득하는 일을 맡을 수 없다고 말씀하신 건 알고 있습니다. 그때는 래스지오 씨 살인사건의 조사도 맡지 않겠다고 하셨었지요. 그런데 그 일은 생각을 고치신 모양이더군요. 애슐리 씨의 이야기에 의하면, 뭔가 놀라운 일을 하셨다지요? 나로선 무슨 일인지 모르지만 말입니다."

울프는 1/8인치쯤 머리를 숙이더니 공손하게 대답했다.

"매우 고맙습니다."

"애슐리 씨가 그렇게 말했습니다. 게다가 벨린 씨가 석방된 건 그것이 무엇이든 당신이 발견한 일 때문이었다더군요. 벨린 씨도 그것은 알고 있으니까 당신으로서는 그에게 무엇을 제안하든 매우 유리한 입장에 있는 셈입니다. 제안뿐만 아니라 뭔가를 요청한다 해도 그렇지요. 왜 내가 그를 고용하려고 특히 애쓰는지 그 까닭은 어제 말씀드렸지요? 실은 그 일뿐만 아니라, 이것은 다 털어놓고 하는 이야기입니다만——."

"다 털어놓고 말씀하시지 않아도 좋습니다, 리게트 씨."

리게트는 초조한 듯이 그 말을 무시하고 이야기를 계속했다.

"비밀이라고 할 만한 것도 아닙니다. 어떤 라이벌이 한 2년쯤 벨린 씨의 뒤를 쫓아다니고 있습니다. 알렉산더의 블랑팅인데, 내일 오후 뉴욕에서 벨린 씨가 그와 만나기로 되어 있다는 것을 우연히 알게 되었습니다. 내가 이리로 달려온 가장 큰 이유는 그것입니다. 블랑팅과 만나기 전에 그를 매수해야만 합니다."

"그런데 당신이 도착하자마자 벨린 씨는 유치장에 갇혀버렸소. 그것은 당신에게 있어서도 불행한 일이었겠지요. 그러나 이제 그는 풀려나왔으며, 지금 이 순간에도 아마 포카혼타스 별관에 있을 거요. 두 시간 전에 이 방에서 나갔지요. 어째서 자신이 직접 만나러 가지 않지요?"

"이미 그것은 어제 말씀드리지 않았습니까? 나로서는 그를 움직일 수 없다고 생각하기 때문입니다."

리게트는 몸을 앞으로 내밀었다.

"아시겠습니까? 지금의 상황은 아주 이상적입니다. 당신은 그를 유치장에서 구출해 내셨습니다. 그리고 그는 충동적이며 감정에 좌우되기 쉬운 사나이로 당신에게 감사하고 있습니다. 당신께서 조금만 이야기해 주시면 됩니다. 단 블랑팅이 얼마를 주겠다고 제의했는지, 또는 제의할 생각인지를 알아낼 수 없는 일이 문제입니다만, 그것이 얼마이든 나는 그 이상 내겠습니다. 4만 달러로 와 주었으면 하지만, 안된다면 6만 달러까지 내도 좋다고 생각한다는 것은 어제도 말씀드렸지요? 이제는 시간이 없으므로 7만 달러까지 내도 좋다고 생각합니다. 5만 달러에서부터 이야기를 시작하여……."

"5만 달러에서부터고 뭐고 나는 아직 동의하지 않았소."

"제발 부탁입니다. 연봉 5만 달러라고 말씀하셔도 좋습니다. 이것은 그가 상 레모에서 받는 것보다 훨씬 많은 액수입니다만, 어쩌면 저쪽에서는 수수료도 받고 있을지 모르겠군요. 어찌되었든 뉴욕이란 특별한 곳이니까요. 그래서 잘 설득해 주시면 당신에게는 현금으로 1만 달러 드리겠습니다."

울프는 눈썹을 치켜올리며 말했다.

"꽤 끈질기시군요."

"무슨 일이 있어도 오게 해야 합니다. 우리 중역들도 이 문제에 대해서는 이미 의논이 되어 있습니다. 뭐라고 해도 래스지오 씨는 이미 나이가 있었으니까요. 따라서 무슨 일이 있어도 그에게 와 달라고 해야겠습니다. 물론 처칠 호텔이 내 것이라는 말은 아닙니다만, 나는 상당한 주식을 가지고 있습니다. 저녁식사를 하기 전에 일을 시작할 시간이 있습니다. 오늘 오후에 좀더 빨리 그들이 벨린을 석방했을 때 곧 만나고 싶었는데, 당신이 총을 맞으시는 돌발사건이 일어났기 때문에……."

"돌발사건이 아니오. 돌발사건이란 미리 의도한 것이 아니지요."

울프는 붕대에 손을 대보았다.

"이것은 의도적으로 행해진 일이오. 아니, 그 이상을 노리고 행해진 것이오."

"맞습니다, 물론 그렇지요……이제부터 벨린 씨를 만나주시겠습니까?"

"안되겠는데요."

"오늘 밤에는?"

"안되겠는데요."

리게트는 펄쩍 뛰었다.

"어째서 그런……정신이 돌기라도 했습니까? 간단히 1만 달러를 벌 수 있는데."

리게트는 손가락을 딱딱 마주쳐 소리내 보였다.

"대체 어째서 싫다는 거지요?"

"요리장을 고용하는 데 도와주는 것은 내가 할 일이 아니오. 나는 탐정이오. 탐정이 하는 일 외에는 손을 내밀지 않소."

"그것을 일거리로 삼으라는 말은 아닙니다. 상황이 상황이니만큼 한 번 진지하게 그와 이야기를 해주시기만 하면 아마 결정이 날 겁니다. 대우는 중역급으로 하고, 모든 것을 전적으로 맡기며, 경영자측에서는 일체 간섭하지 않고 결과만 보고해 주면 중간에 일어난 일에 대해서는 아무 것도 보고해 주지 않아도 좋다고 말씀해 주셔도 좋습니다. 우리 경비의 배분은——."

울프는 리게트에게로 손가락을 쑥 내밀고 휘두르면서 말을 가로막았다.

"리게트 씨, 그만두시오! 아무리 말해 봐야 시간 낭비요. 나는 처칠 호텔을 위해 벨린 씨와 교섭하거나 하지는 않을 테니까요."

침묵. 나는 입에 손을 대고 가만히 하품을 했다. 리게트 씨가 크게 화를 내며 펄쩍 뛰지 않았으므로 나는 놀랐다. 자칫하면 펄쩍 뛰어오를 것처럼 생각되었으나, 근육 하나도 움직이지 않고 가만히 앉아 울프를 보고 있을 뿐이었다. 울프도 마찬가지로 꼼짝하지 않은 채 절반쯤 감은 눈으로 리게트를 보고 있었다.

꼭 1분 동안 그 침묵이 계속되었다. 마침내 리게트가 노여움 따위는 전혀 느낄 수 없는 담담한 말투로 입을 열었다.

"벨린을 설득해 주시기만 하면 현금으로 2만 달러 드리겠습니다."

"역시 안되겠는데요, 리게트 씨."

"그……그럼, 3만 달러 드리겠습니다. 내일 아침 현금으로 드리겠습니다."

울프는 상대를 뚫어지게 쏘아보며 몸을 조금 움직였다.

"안되겠소. 그렇게 많은 돈을 낼 만한 가치는 없을 거요. 벨린 씨는 분명히 명요리장이지만, 그 사람 말고도 명요리장은 얼마든지 있소. 아시겠소? 이런 어린아이 장난 같은 구실은 바보스럽소. 이런 식으로 나에게 접근해 오다니, 생각이 모자랐지. 당신에게도 아마 태어날 때부터 지닌 분별이라는 것이 있을 것이오. 자신의 일만을 생각하면 되는 거요. 곁에서 이러쿵저러쿵 하는 말을 듣지 않고 자신의 생각에 따라 마음대로 행동할 수 있다면 결코 이런 일은 하지 않았으리라 생각하오. 당신은 다른 사람의 말을 듣고 여기에 왔소, 리게트 씨. 나는 압니다. 이것이 누가 시킨 일인가를 생각하면, 어쩌면 예상할 수 있었을지도 모르는 실수였소.

자, 돌아가서 실패했다고 보고하는 것도 좋겠지만, 또 뭔가 의논하고 싶어지거든 다른 사람과 의논하기보다 자기 혼자 생각하는 편이 훨씬 좋을 거요."

"무슨 말씀을 하시는 건지 도무지 모르겠군요. 나는 솔직하게 의논하고 있는 겁니다."

울프는 어깨를 으쓱 움츠리며 대답했다.

"내 말이 통하지 않는다면 이제 더 이야기해 봐야 소용없소. 그럼, 실패했다고 자신에게 보고하시오."

"아무에게도 그런 보고를 할 생각은 없습니다."

리게트의 눈초리는 날카로웠으며, 그 말투에 가시가 돋쳐 있었다.

"당신에게 부탁한 것은 그렇게 하는 편이 좋으리라고 생각되었기 때문이지, 다른 사람의 뜻은 아닙니다. 자기 행동쯤은 당신의 힘을 빌지 않더라도 할 수 있습니다."

"그럼, 사양 말고 하면 되겠군요."

"그러나 아직 복잡하고 귀찮은 일을 피하고 싶은 것입니다. 5만 달러 드리겠습니다."

울프는 천천히, 간신히 알 수 있을 정도로 고개를 젓고 나서 말했다.

전화벨이 울렸다. 나는 리게트에게로 등을 돌리지 않고 그의 의자 앞까지 옆걸음으로 걸어갔다. 맨 처음 수화기에서 들려온 목소리는 그 눈이 파란 미인인 듯 뉴욕에서 전화가 걸려왔다고 말했다. 이어서 네로 울프를 불러달라는 무뚝뚝한 목소리가 들리고 클레머 경감이라고 밝혔다. 나는 뒤돌아보고 말했다.

"당신에게 온 전화입니다, 대장. 파디 씨에게서입니다."

울프는 신음 소리를 내며 가까스로 그 우람한 몸을 의자에서 들어 올렸다. 그는 손님을 내려다보며 말했다.

"리게트 씨, 이 전화 내용은 별로 다른 사람에게 들려주고 싶지 않은 이야기요. 이제 우리의 용건도 끝났으니 이만……."

리게트는 이 말을 얌전히 듣고 있었다. 그리고는 아무 말도 하지 않고, 서두르지도 망설이지도 않고 일어서더니 방을 나갔다. 나는 그 뒤를 따라 홀까지 가서, 그가 나간 뒤 문을 닫고 잠갔다.

울프와 클레머의 이야기는 10분 이상 걸렸는데, 앉아서 귀를 기울이고 있노라니 이번에는 수긍하는 목소리 말고도 약간 의미있는 말이 들렸으나 분명히 내용을 파악하는 데까지는 이르지 못했다. 이윽고 울프가 전화를 끊었을 때 똑똑히 설명을 들으려고 기다리고 있는데, 그가 겨우 자리에 앉으려는 순간 또 전화가 울렸다. 이번에는 파란 눈의 미인이 찰스턴에서 온 것이라고 말했다. 한참 동안 잡음이 들리더니 이윽고 벤튜라 스킨 로션의 테마송 못지않게 귀에 익은 목소리가 들려왔다.

"여보세요, 울프 씨입니까?"

"무슨 엉뚱한 소리요, 여기는 최고재판부요!"

"여어, 아치로군! 어떻소?"

"잘 있지요, 늘어지게 쉬고 있소. 잠깐만 기다리시오, 대장을 바꿀 테니까. ”

나는 울프에게 수화기를 건네주며 설명했다.

“찰스턴에서 솔 팬더 씨입니다. ”

그 전화도 10분이나 걸렸다. 나는 틀림없이 울프가 공격했을 선의 힌트며 단편(斷片)을 모을 수 있었지만, 아직 여기저기 상당히 미심쩍은 데가 있었다. 전화를 끊자 울프는 또 천천히 자리로 돌아가 신중하게 의자등에 기대앉아, 뾰족한 등받이 위에서 두 손을 깍지꼈다. 울프가 물었다.

“몇 시지 ? ”

나는 팔목시계를 흘끔 보고 대답했다.

“7시 15분 전입니다. ”

울프는 퉁명스럽게 말했다.

“저녁식사까지 한 시간 남짓밖에 안 남았군. 저쪽 별관에 갈 때 잊지 말고 원고를 주머니에 넣으라고 말해 주게. 자네는 메모해 두지 않아도 간단한 것을 몇 가지 기억할 수 있겠나 ? ”

“물론입니다, 얼마든지. ”

“모두 중요한 일이라네. 우선 트루먼 씨와 이야기해야만 해. 미리 약속했던 대로 본관에 있으리라고 생각하네만. 그리고 세르반 씨에게 전화해야겠네. 이것은 좀 어려울지도 모르네. 마지막 밤에 예정에도 없는 손님을 불쑥 초대한다는 것은 관례에 어긋나는 일이겠지. 하지만 그 전통을 깨뜨려려 하네. 내가 전화하는 동안 자네는 필요한 것들을 모두 챙겨서 짐을 꾸려 기차까지 운반하도록 해주게. 12시쯤 해서는 시간에 쫓기게 될지도 모르니까. 그리고 본관에서 계산서를 가져오도록 하여 지불을 끝내게.

분명히 권총을 가지고 왔다고 했지 ? 좋아, 뭐 필요하지는 않으리라고 생각하네만, 일단 갖고 있어 주게. 아참, 그리고 이발사를 불러주게. 나 혼자서는 면도를 못하겠으니까.

　자, 어서 트루먼 씨를 불러주고, 자네는 짐을 꾸리기 시작하게.
오늘 저녁의 준비에 대해서는 옷을 갈아입으면서 의논하기로 하
세.”

제16장

전통은 깨어졌다. 식당문이 열리고 루이 세르반이 나타나 우리를 맞아들이기 전에 나는 큰 별실에서 몇 사람이 그 점에 대해 불평하고 있는 소리를 들었다. 그러나 몇 사람씩 여기저기 모여서 셰리며 베르뭇을 마시고 있는 사람들의 불평은 주로 다른 일에 돌려지고 있었다. 당국의 허가가 있을 때까지 웨스트버지니아 주를 떠나지 말라는 당국의 명령이 있었던 것이다.

도메니코 롯시는 큰 소리로 불평을 떠들어대고 있었으므로, 단정한 얼굴에 걱정스러운 빛을 띠고 라디오 곁에 서 있는 벨리 트루먼에게도 충분히 들렸을 것이다. 램지 키스는 노여움을 쏟아놓고 있었다. 헬로메 벨린은 참으로 도리에 어긋난 이야기지만 뱃속의 소화를 해칠 만큼 그런 일로 걱정하는 것은 어리석은 짓이라고 말했다. 알베르트 마르피는 좀 침울해 있기는 하지만 여전히 날카로운 눈길로 여기저기 쏘아보고 있었는데, 1942년에 행해질 새로운 멤버 선거에 대비한 운동의 첫걸음으로 몽도르 할머니에게 접근하여 비위를 맞추는 것이 좋다고 결정한 모양이었다. 레이몬드 리게트는 소파에 앉아 조용히 뷰크식과 이야기하고 있었다. 콘스탄서 벨린이 들어오자 나의 벗 배릴 트루먼이 뜻을 굳힌 것처럼 그녀에게로 다가가서 이야기를 붙였지만, 가혹한 냉대를 받았다. 어쩌면 냉대조차 받을 수 없었다고 하는 편이 적당할지도 모른다. 콘스탄서가 너무나도 보기좋게 그를 무시해 버렸으므로 순간 나까지도 그가 있다고 생각한 것은 착각이 아니었나 여겨졌을 정도였던 것이다.

모두들 일어나서 식당으로 가기 2, 3분 전에 디나 래스지오가 들어왔다. 별실이 물을 끼얹은 듯 조용해졌다. 그녀의 아버지 롯시가 달려가자, 뷰크식이 그 뒤를 쫓았다. 그리고 몇몇 사람도 미망인을 위로하기 위해 가까이 다가갔다. 내가 회교의 탁발승처럼 보이지 않는 것과 마찬가지로, 디나의 옷차림도 도저히 슬픔에 잠긴 미망인에게 어울린다고는 말할 수 없었다. 하지만 남편과 함께 잠시 여행을 떠날 때마다 그가 살해될 때를 대비해서 상복까지 준비해 가지고 다닐 수는 없을 것이다. 게다가 나는 네로 울프가 디나 래스지오를 만나고 싶다고 루이 세르반에게 말한 사실을 알고 있었으므로, 그녀가 이 축하 파티에 나온 것을 비난할 수 없었다.

식탁에서는 다시 콘스탄서의 옆자리에 앉게 되었지만 그다지 견디기 어려운 일도 아니었다. 울프는 세르반의 오른쪽 상석에 앉고, 뷰크식은 나에게서 훨씬 떨어져 디나 래스지오의 건너편 옆자리에 앉아 있었다. 리게트와 마르피는 나란히 나의 정면에 앉았으며, 벨린은 세르반의 왼쪽에 울프와 마주보고 앉아 있었는데 유치장에서 막 풀려난 사나이인 셈치고는 굉장히 우대받고 있는 것처럼 생각되었다. 벨린의 옆자리에는 클레 애슐리가 앉았다. 상냥하게 행동하려 하고 있었지만, 그다지 잘되지 않았다. 다른 사람들은 몇 되지 않는 여자 손님들을 군데군데 한 사람씩 사이에 두고 앉아 있었다. 우리가 식탁에 앉았을 때는 각자 앞에 놓여 있는 접시 위에 훌륭한 메뉴가 올려놓여져 있었다.

15명의 명요리장
웨스트버지니아 주 카노와 수퍼
1937년 4월 8일 목요일

아메리칸 디너
껍질째 요리한 베크드 모이스터
테라핀 메릴랜드 풍 비스킷 곁들임
팬 블로일드 얀 터키
라이스 코로케   말메로 젤리 곁들임
리마 빈즈   크림탕   샐리 랑
스타우트 류 애버커드
파인애플 샤베트   스펀지 케익
위스콘신 델리 치즈   블랙 커피

몰튼의 감독을 받으며 급사들이 물흐르듯이 요리를 날라오기도 하고 접시를 가져오기도 하며 지나가자 루이 세르반은 지나치리만큼 진지한 얼굴에 걱정스러운 빛을 담고 식탁을 한바퀴 둘러보았다.

맨 처음 나온 음식으로 세르반의 걱정도 얼마쯤 누그러졌을 것이다. 처음에 나온 굴은 피너츠와 블루베리를 하나하나 손바닥에 놓고 먹여서 기른 게 아닐까 생각될 만큼 향기가 좋았을 뿐만 아니라 통통하게 살찌고 맛이 있었던 것이다. 껍질이 붙은 굳은 요란스러움 속에 화려함이 깃들어 있었다. 각각 12개씩 굴이 담긴 큰 접시를 다 나누어놓고 급사들이 48시간 전에는 필립 래스지오의 시체가 그 뒤에 감추어져 있었던 칸막이를 등지고 한 줄로 늘어서자 식기실로 통하는

문이 열리고 얼룩 하나 없는 흰 모자에 흰 앞치마를 두른 갈색 피부
의 요리사가 들어왔다. 요리사는 두서너 걸음 앞으로 나오더니 당장
에라도 도망쳐 버릴 것처럼 어쩔 줄 몰라 쩔쩔매었다. 세르반이 일어
서서 그를 "카노와 수퍼의 생선 요리 주임 히야신스 브라운을 소개합
니다. 이제부터 우리가 먹게 될 구운 요리는 브라운이 만든 것입니
다. 이것이 '15명의 명요리장'의 식탁에 오를 만한 명예에 상당한 것
인가 어떤가는 여러분께서 판단하도록 부탁드리고 싶습니다. 브라운
은 이러한 기회가 주어진 것을 매우 영광스럽게 생각하고 있으며, 나
에게 대신 그 뜻을 여러분에게 전해달라고 부탁했습니다. 그렇지 않
나, 브라운?"

"네, 그렇습니다."

잔물결 같은 박수가 일었다. 브라운은 더욱 어쩔 줄 몰라하는 얼굴
로 꾸벅 절하고 물러갔다.

명요리장들이 포크를 집어들어 먹기 시작하자 우리도 그에 따랐다.
여기저기서 만족스러운 탄성이 들리고 웅성거림이 일어났다. 롯시가
긴 테이블 너머로 뭐라고 큰 소리로 말했다. 몽도르는 조용한 어조에
권위를 담아서 말했다.

"훌륭합니다. 온도가 높은 오븐에 구웠군요?"

세르반이 점잖게 고개를 끄덕이자 또다시 포크가 번쩍이기 시작했
다.

테라핀이 나오자 똑같은 일이 되풀이되며, 이번에는 클래브트리가
소개되었다. 그리고 그것을 다 먹고 났을 때는 너무나도 훌륭한 맛에
열광하여 폭동이라고 해도 좋을 만큼 소란해졌으며, 클래브트리가 다
시 불려나왔다. 대부분의 사람들이 일어나서 클래브트리에게 악수를
청했는데, 그는 확실히 기쁜 표정이긴 했으나 쩔쩔매고 있지는 않았
다. 칠면조 요리가 나왔을 때는 요리사가 두 사람 소개되었다. 한 사

람은 주름살투성이의 얼굴에 곱슬곱슬한 회색 머리를 한 글랜트였으며, 또 한 사람은 키가 크고 살빛이 검은 낯선 사나이였다. 수요일 밤 파티에 나와 있지 않았기 때문이다.

이토록 맛있는 칠면조고기는 처음 먹어보았으나, 그 때까지 나온 요리의 분량이 너무 많았고 나의 수용력에는 한계가 있었으므로 더 먹을 수가 없었다.

음식을 먹는 사람들의 모습은 마치 여행에 가지고 갈 옷가지를 트렁크에 챙겨넣고 있는 여자를 연상하게 했다. 얼마만큼 들어가는가 하는 따위는 문제가 아니었다. 얼마나 집어넣어야 하는가 하는 점만이 문제인 것이다. 칠면조고기를 집어넣는 데 붉은 보르도산 포도주를 마구 들이켜고 있는 것은 말할 나위도 없었다.

모든 것이 그야말로 훌륭한 솜씨였다. 나는 포도주를 많이 마시지 않고 조금만 마셨다. 어찌되었든 벌써 의식이 몽롱해지려 하고 있었으므로, 이제부터 앞으로 또 울프의 목숨을 구하기 위해 분발하여 도와야 한다면 조금 남아 있는 말짱한 부분을 이 이상 줄이지 않도록 해두는 편이 좋을 듯했기 때문이었다.

그 자리의 분위기에는 긴장된 듯한 점은 전혀 없었으며 모두들 기분좋게 배를 불리고 기막힌 커피와 브랜디의 향기를 즐기고 있었다. 10시가 조금 지나자 마침내 울프가 연설을 하기 위해 일어섰다. 울프는 이제부터 식사 후의 연설을 하려는 사람이라기보다 손해 배상 청구 재판을 할 때의 원고(原告)와도 같았다. 울프 자신도 그것을 알아차리기는 했지만 그다지 대수롭게 생각지 않는 것 같았다. 우리가 모두 편안히 울프를 바라볼 수 있도록 하기 위해 의자를 움직이자 그는 조용히 기다렸다. 울프는 딱딱하여 거북스러움을 느끼게 하지 않는 툭 털어놓는 태도로 연설을 시작했다.

"여러분, 나는 지금 말하지 않는 편이 더 나을 듯싶은 말을 하려는 게 아닌가 느끼고 있습니다. 지금과 다른 상황 아래에서라면 여러분에게 있어 적어도 여러분 가운데 몇 사람에게 있어 '고급요리에 미친 미국의 공헌'에 관한 이야기를 나로부터 듣는 것은 도움이 될 뿐만 아니라 또한 즐거운 일일지도 모르며, 나의 모든 설득력을 동원하여 그 공헌이 결코 보잘것없는 것이 아니며 실로 적지않다는 점을 여러분에게 납득시키는 것이 바람직할지도 모릅니다. 그러나 요리에 대해 이야기하는 것은 즐겁지만, 그것을 칭찬하며 맛보는 편이 훨씬 더 즐겁지요. 지금 우리는 바로 그렇게 했습니다.

어떤 사람이 일찍이 나에게 인생에서 무엇보다도 강렬한 기쁨은 눈을 감고 아름다운 여성을 꿈꾸는 일이라고 말했습니다. 그래서 나는 눈을 뜨고 그녀들을 바라보는 편이 더 즐겁지 않겠느냐고 말했더니 그것은 큰 잘못이라며, 눈을 감고 꿈꾸는 여성은 모든 점에서 아름다울 뿐 아니라 실제로 이제까지 보아온 어떤 여성보다 훨씬 아름다운 법이라고 말하는 것이었습니다.

이와 똑같은 논법으로 만약 내 말재주가 시원스럽고 산뜻하다면 내가 이야기하는 요리는 여러분께서 지금 막 맛보신 요리보다 훨씬 나을지도 모릅니다. 그러나 나는 '말재주가 시원스럽고 산뜻하다면'이라는 그럴 듯한 핑계를 대지 않을 수 없는 형편인 것입니다. 건방진 말일는지도 모릅니다만 나는 몇 가지 최고급 미국 요리에 대해 묘사하고, 그것을 칭찬받을 수 있습니다. 그러나 바로 조금 전에는 저기에……" 하고 울프는 테이블을 손가락으로 가리키면서 말을 이었다. "그리고 지금은 여기에 있는……" 울프는 손바닥으로 가볍게 테이블 한 곳을 두드렸다. "굴과 테라핀과 칠면조고기 이상으로 여러분을 입맛 다시게 해드릴 수는 없습니다."

모두들 박수를 보냈다. 몽도르가 "옳습니다" 하고 소리쳤다. 세르반은 얼굴을 빛내고 있었다.

정확히 말하자면 여기까지는 원고에 없었으므로 울프는 아직 연설에 들어가지 않은 셈이었다. 그러나 바야흐로 울프는 본론으로 들어갔다. 처음 10분쯤 나는 몹시 걱정이 되었다. 나에게 있어 세상에서 아무리 즐거운 일이라고 해도 울프가 어쩔 줄 몰라 쩔쩔매는 것을 보는 것만큼 즐거운 일은 없지만, 다른 사람들 앞이고 보니 이야기가 달랐다. 그런 즐거운 일은——하지만 아직 한 번도 그런 때가 찾아온 적은 없었다——나 말고 다른 관객은 한 사람도 없는, 오직 아치 굿드윈 한 사람만을 위해 마련된 자리에 찾아오도록 해두고 싶었던 것이다. 그런데 기차 안에서의 악전고투에 수면 부족이 겹치고 거기다 권총의 표적까지 되었으니, 울프도 상태가 정상이 아니어서 연설하다가 잊어버리는 일도 얼마든지 있으리라고 생각되어 무척 걱정스러웠으나, 처음 10분이 지나자 별로 걱정할 게 없다는 것을 알았다. 울프는 막히지 않고 순조롭게 잘 이야기해 나갔다. 나는 다시 브랜디에 입을 대고 마음을 편안히 가졌다.

울프의 연설이 거의 끝나 갈 무렵이 되자 다른 일이 걱정되기 시작했다. 나는 흘끗 팔목시계를 보았다. 이미 꽤 늦어져 있었다. 찰스턴까지는 겨우 60마일이고, 트루먼은 길이 좋아서 한 시간 반이면 충분히 갈 수 있다고 했다. 그러나 울프의 연설이 끝난 뒤에 펼쳐지기로 예정된 제2막이 얼마나 까다롭고 복잡한 것인가를 알고 있으므로, 이날밤 안으로 이곳을 떠나기는 전혀 불가능할 것 같이 생각되었다. 아무튼 솔 팬더의 몸에 혹시 무슨 일이라도 있다면 모든 일은 다 틀어지고 마는 것이다. 이런 까닭으로 현관의 급사가 일러두었던 대로 별실에서 조용히 들어와 나에게 눈짓을 했을 때는 정말 살아난 기분이었다. 나는 될 수 있는 대로 방해가 되지 않도록 자리에서 일어나 발소리를 죽여 식당을 나왔다.

작은 별실에 코가 큼직하고 더부룩하게 수염이 자란 작달막한 사나이가 낡은 모자를 무릎에 올려놓고 앉아 있었다. 그가 일어나서 손을 내밀었으므로 나는 싱긋 웃으며 그 손을 잡았다.

"여어, 당신이 핸섬하게 보일 때가 있으리라곤 생각지 못했는데요. 저쪽으로 돌아서보시오. 뒷모습은 어떻소?"

"울프 씨의 형편은?" 하고 솔 팬더가 물었다.

"열을 올리고 있소. 지금 저기서 내가 가르쳐준 연설을 하고 있지요."

"정말 걱정없겠소?"

"당연하지 않소? 아마 당신은 상처에 대해 말하는 모양이군요." 나는 손을 내저었다. "그런 것쯤은 아무 것도 아니오. 본인은 마치 영웅이라도 된 것같이 행동하지만 말이오. 이번에는 나를 쏘아주었으면 좋겠소. 그러면 으스대지 못하게 될 테니까. 그런데 뭘 좀 알아내셨소?"

솔은 고개를 끄덕이며 대답했다.

"모든 걸 다 알았소."

"울프 씨가 그 이야기를 불쑥 꺼내기 전에 당신이 설명해 두어야 할 일은 없소?"

"없을 거요. 울프 씨가 말씀하신 것은 모두 확인했소. 찰스턴 경찰이 온 힘을 다해 조사해 주었지요."

"그럴 테지요. 친구인 트루먼 씨가 수배해 주었기 때문이오. 또 한 사람 오델이라는 친구도 있는데, 그는 사람에게 돌을 던지는 버릇이 있지요. 그 이야기는 언제고 다시 해드리겠소. 여긴 매우 재미있는 곳이오. 그럼, 연락할 때까지 여기서 기다려주시오. 나는 돌아가는 편이 좋겠군요. 식사는 하셨소?"

팬더는 이미 먹었다고 했으므로 나는 그를 거기서 기다리게 했다. 그리고 식당으로 돌아와 콘스탄서의 옆에 앉아 울프가 연설의 한 단락을 끝내고 숨을 내쉬었을 때, 가슴주머니에서 손수건을 꺼내어 입술을 닦고 다시 제자리에 넣었다. 울프는 흘끗 나에게 눈길을 던짐으로써 내가 보낸 신호를 알아차렸음을 알렸다. 연설은 인디언인 초크토족이 사사프라스 잎사귀로 만든 가루(강장제, 향료)를 뉴올리언즈 시장에 가져간 데까지 했으므로 14페이지까지 진행되었다는 것을 알 수 있었다. 울프는 그럭저럭 이야기를 잘 이끌어 나가는 모양이었다. 고급요리에 미친 미국의 공헌에서 가장 중요한 세 곳의 중심지 루이지애나와 사우드 캐롤라이나, 그리고 뉴잉글랜드에는 이탈리아 요리의 영향이 전혀 보이지 않는다는 것을 똑똑히 말했음에도 불구하고 도메니코 롯시까지 열중해서 귀를 기울이고 있는 모양이었다.

이윽고 연설이 끝났다. 울프가 어떻게 하기로 계획했는지 알고 있었고 시간이 없다는 것도 알고는 있었지만, 적어도 여기서 잠깐 숨을 돌려 루이 세르반이 고맙다는 뜻을 나타낼 만큼의 기회는 주지 않을까 생각했으나, 울프는 모두들이 연설이 끝난 것을 알아차릴 만한 사이도 주지 않았다. 장방형으로 자리에 늘어앉은 얼굴들에게 흘끗 눈길을 보냈을 뿐, 울프는 말을 계속했다.

"좀 더 이야기를 계속하고자 합니다만, 이번에는 화제가 완전히 바뀌므로 여러분을 지루하게 하지 않았으면 하고 바랍니다. 그러나 내가 이런 이야기를 하는 것은 나 자신을 위한 일인 동시에 여러분을 위하는 것이기도 하므로 참고 들어주시기 바랍니다. 요리에 관한 내 이야기는 끝났습니다. 이제부터는 살인에 대해 이야기하려고 생각합니다. 래스지오 씨를 살해한 일에 대해서 말입니다."

동요와 웅성거림이 일어났다. 리제테 프티가 쇳소리를 냈다. 루이 세르반이 한 손을 들어 설명했다.

"조용히 해주시기 바랍니다. 울프 씨는 나와 미리 의논하고 이렇게 하시는 것이라는 점을 말씀드려 두고 싶습니다. '15명의 명요리장'

의 만찬회를 이렇게 끝내야 한다는 것은 슬픈 일이지만 어쩔 수 없다고 생각합니다. 우리는 아직…… 그러나 이렇게 하는 수밖에는……."

램지 키스는 트루먼, 마르피, 리게트, 그리고 애슐리에게 눈길을 보내고 나서 무뚝뚝하게 한 마디 했다.

"그럼, 그래서 이 사람들이——."

"그렇소, 그 때문이오." 울프가 또렷하게 말했다. "여러분께 부탁 드리고 싶습니다만, 이처럼 즐거워야 할 자리에 불쾌한 문제를 들고 나왔다 하여 나를 나무라지 말아주시기 바랍니다. 나쁜 것은 래스지오 씨를 살해한 범인입니다. 래스지오 씨를 살해함으로써 즐거운 모임에 재액(災厄)을 가져다주었으며, 한무리의 뛰어난 분들에게 의혹의 그림자를 던져서 모처럼 가진 여러분의 휴가뿐만 아니라 내 휴가까지도 망치고 만 인물입니다. 그러므로 나에게는 그 인물에 대해 격렬한 미움을 품을 특별한 이유가 있으며 게다가——" 울프는 붕대에 손 끝을 가져다댔다. "우리는 모두 그 사람을 미워할 공통된 이유를 갖고 있는 것입니다. 그리고 저녁식사를 하기 전에 여러분 가운데 몇몇 분이 당국의 허가가 있을 때까지 모두 이곳을 떠날 수 없다는 데 대해 불평하고 계시는 것을 들었는데, 그것이 여러분을 덮친 재난의 당연한 결과라는 것은 아시겠지요? 여러분 가운데 한 사람이 범인이라고 의심하는 이유가 있는 한, 당국으로서는 여러분이 온 세계로 흩어져가는 것을 잠자코 보고 있을 수 없는 것입니다. 내가 참고 견디어주시기 바란다고 한 이유는 바로 이 점입니다. 범인이 발견될 때까지 우리는 여기서 떠날 수 없습니다. 따라서 지금 내가 여기서 하려는 것은, 그 범인을 찾아내는 일입니다. 우리가 이 식당에서 나가기 전에 범인을 찾아내어 그의 범행임을 입증하려는 것입니다."

리제테 프티가 또다시 쇳소리를 지르며 자신의 손바닥으로 입을 막았다. 웅성웅성 소란이 일어나지는 않았다. 몇 사람인지 주위를 흘끔 둘러보았으나, 대부분 가만히 울프를 지켜보고 있었다.

울프는 다시 말을 이었다.

"우선 화요일 밤 이 방에서 어떤 일이 행해졌는가 하는 것을 이야기해 두는 편이 좋으리라고 생각합니다. 그런 다음 누가 했는가 하는 문제로 옮기겠습니다.

몽도르 씨, 코인 씨, 키스 씨, 그리고 세르반 씨가 여기에 와서 소스 맛을 감정할 때까지는 전혀 귀찮은 일이 일어나지 않았습니다. 세르반 씨가 이곳에서 나간 순간, 래스지오 씨는 테이블 너머로 팔을 뻗쳐서 두 개만 빼놓고 나머지 소스 접시의 위치를 서로 바꾸어 놓았습니다. 문이 열리고 벨린 씨가 들어오지 않았다면 그 두 개의 위치도 마저 바꾸어 놓았을 것이라는 점은 의심할 여지가 없습니다. 그것은 벨린 씨의, 그리고 아마도 마르코 뷰크식 씨의 신용을 떨어뜨리기 위해서 저지른 어린아이 짓 같기는 하나 악의에 찬 간계(奸計)였던 것입니다. 벨린 씨가 나갔을 때 래스지오 씨는 각 소스 접시를 다시 본디 있던 위치로 돌려놓을 생각이었을지도 모르지만, 고쳐놓지 않았습니다. 제자리로 돌릴 사이도 없이 살해되어 버렸기 때문입니다.

벨린 씨가 식당에 있는 사이에 누군가가 별실의 라디오를 켰습니다. 그것은 밖의 관목숲에서 기다리고 있던 사나이와 미리 의논해 두었던 신호였습니다. 그는 별실 창문 가까이에 있었기 때문에……"

"잠깐만 기다리세요!"

그 목소리는 크지도 않았고 격해지도 않았다. 그리고 이성을 잃은 것 같은 데도 전혀 없었다. 그러나 누구나 다 깜짝 놀라 목소리의 주인인 디나 래스지오 쪽을 돌아보았다. 그녀의 눈은 조금 더 길게 찢어지고, 여느 때보다 좀더 졸린 듯이 보였는지도 모르지만, 그녀의 태도 역시 목소리와 마찬가지로 이성을 잃은 듯한 점은 전혀 찾아볼 수 없었다. 그 눈은 똑바로 울프를 향하고 있었다.

"당신이 거짓말을 했을 때 그것을 바로잡아도 될까요?"

"그럴 필요는 없을 겁니다. '거짓말을 했을 때'라고 하는 당신의 전제가 옳다고 하더라도 말입니다. 내가 하는 말에 일일이 반박하다가는 언제까지나 결말이 나지 않을 겁니다. 반박하는 것은 내가 모조리 다 이야기한 다음이라도 좋지 않을까요? 이야기를 끝낸 다음 내가 거짓말을 했다면 명예훼손으로 소송을 제기하여서 나를 파산시켜도 좋습니다."

"라디오를 켠 것은 나였어요. 내가 켰다는 것은 여러분들도 다 아시는 일입니다. 그런데 그것을 당신은 미리 의논해 놓았던 신호라고."

"분명히 그렇게 말했습니다. 그러니 부탁입니다만, 이곳을 말다툼하는 자리로 만드는 것은 그만두어 주십시오. 내가 말하는 것은 살인이며, 나는 지금 중대한 고발을 하려고 하는 것입니다. 마지막까지 말하도록 그냥 두어 주십시오. 내가 알고 있는 일을 나도 남김없이 모두 털어놓게 해주십시오. 그 다음에는 실컷 반박하며 되겠지요. 내가 신용과 면목을 잃든지, 여기에 있는 누군가가…… 트루먼 씨, 웨스트버지니아에서는 교수형인가요?"

트루먼이 뚫어지게 울프를 쳐다보며 고개를 끄덕였다.

"여기에 있는 누군가가 로프 끝에 매달려 죽게 될 것입니다. 조금 전에 말하려던 바와 같이 그 사나이는 저 바깥……" 울프는 테라스로 나가는 문을 손가락으로 가리켰다. "관목숲에 숨어 있었습니다. 그 신호가 있었을 때 벨린 씨가 별실로 돌아가는 것이 보이도록 열려 있는 별실 창문 가까이에 있었습니다. 이윽고 그는 곧 테라스로 가서 저 문으로 이 방에 들어왔습니다. 테이블 곁에 있던 래스지오 씨는 급사가 들어온 것을 보고 깜짝 놀랐습니다. 그 사나이는 카노와 수퍼의 급사 제복을 입고, 검은 얼굴을 하고 있었기 때문입니다. 사나이는 테이블로 다가와서 자기가 누구인가를 알게 해주었습니다. 래스지오 씨는 그 사나이를 잘 알고 있었기 때문입니다. '자아, 보시오'하고 그 사나이는 미소를 띠고 말했습니다. '모르겠소? 난 화이트요' 사실 그 사나이는 백인이었으므로 우선 화이트라고 부르기로 하겠습니다. '화이트가 가장한 거요, 하하하. 사람들을 좀 속여주기 위해서. 틀림없이 굉장히 재미있을 거요, 래스지오 씨, 하하하. 당신은 칸막이 뒤로 가고, 나는 테이블 곁에 있다'

래스지오 씨 말고는 이러한 말을 들은 사람이 없다는 것은 나도 인정합니다. 실제로 그 사나이가 이야기한 것은 전혀 다른 내용이었는지도 모르지만, 아무튼 래스지오 씨는 칸막이 뒤로 가고 화이트 씨는 테이블에서 칼을 집어들고 그 뒤를 쫓아가 뒤에서 심장을 찌른 것입니다. 서로 붙잡고 실랑이를 벌이지도 않았고 식기실까지 들릴 만한 비명 소리도 지르지 못한 것으로 미루어보아 훌륭하게 재빨리 해치웠을 겁니다. 화이트 씨는 칼을 찌른 채 두고 목적이 이루어진 것을 확인한 다음 칸막이 뒤에서 나왔습니다. 그리고 식기실문, 그 문이 몇 인치쯤 열려 있고 한 사나이 한 흑인이 그 틈으로 자기를 보고 있다는 것을 깨달았습니다. 미리 그처럼 급한 경우에 취할 바를 정해두었는지, 아니면 매우 침착했던지 두 가지 중 하나겠지만, 그 사나이의 칸막이 끝에 서서 자기를 보고 있는 눈을 똑바로 지켜보며 입술에 손가락을 댔을 뿐입니다. 간단하고 훌륭한 동작이지요. 그리고 그가 깨달았는지 어떤지 또는 아마도 알아차리지 못했으리라고 생각하지만, 바로 그 순간 그의 등 뒤에서 테라스로 나가는 문이 열리고 한 부인이 그 사나이를 보고 있었습니다. 그리하여 그 사나이는 가장은

실로 두 가지 효과를 발휘했습니다. 흑인 쪽은 그가 가짜이며 백인이 얼굴을 검게 칠한 것임을 알아차렸으나 손님 가운데 한 사람이 장난하고 있는 것으로 생각했기 때문에 조사해 보아야겠는가 쓸데없는 참견을 해야겠다는 마음을 일으키지 않았고, 또 부인 쪽은 간단히 급사라고 생각하고 그대로 두었던 것입니다.

이 방에서 나가기 전에 화이트 씨는 또 한 사람의 사나이에게 모습을 들켰습니다. 그것은 여기 있는 급사장 몰튼이었는데, 그가 문틈으로 들여다보았을 때 화이트 씨는 이미 문 쪽을 향하고 있어 등만 보였으므로 그의 얼굴은 보지 못했습니다. 이야기를 진행시키면서 이름을 밝히고 기록해 두는 편이 좋을 것 같군요. 처음에 문틈으로 들여다본 것은 이곳 급사인 폴 휘플로서, 좀 더 자세히 말하면 그는 하버드 대학에서 인류학을 전공하는 젊은이입니다. 화이트 씨가 나가는 것을 본 사람은 급사장 몰튼, 테라스문으로 들여다 본 부인은 로렌스 코인 부인입니다."

코인은 깜짝 놀라 얼른 아내 쪽을 돌아다보았다. 코인 부인은 울프 쪽으로 턱을 내밀며 항의했다.

"하지만……당신은 약속하셨잖아요? 이름을 밝히지 않겠다고"

"나는 당신과 아무 것도 약속하지 않았습니다. 대단히 죄송합니다만 코인 부인, 아무 것도 감추지 말고 모두 이야기해 버리는 편이 훨씬 좋습니다. 이름을 말하더라도 당신에게……."

코인이 버럭 화를 내며 떠들었다.

"나는 아무 것도 듣지 못했소……나는 아무 것도……."

"잠깐만 가만히 계십시오."

울프가 한 손을 들었다.

"나는 보증하겠습니다만, 당신이나 부인은 아무 것도 걱정할 필요가 없습니다. 우리는 모두 그녀에게 감사해야 합니다. 부인이 문에 손가락이 끼여 나에게 들리는 곳에서 그 손가락에 키스해 달라고 당신에게 말하지 않았다면, 당연히 벌받아야 할 사람 대신 벨린 씨가 교수형을 받았을 가능성이 얼마든지 있으니까요. 그러나 그런 말을 할 필요는 없을 것입니다.

이상이 화요일 밤에 이 방에서 일어난 일입니다. 이제 라디오에 대해서 한 가지 점을 분명히 해두고 싶습니다. 라디오는 벨린 씨가 여기서 소스 맛을 보고 있을 때 미리 의논하여 짜두었던 신호로서 켜진 것이니까 벨린 씨에게 혐의를 씌우기 위해 그 순간 켜진 것이라고 생각될지도 모르지만, 그렇지 않습니다.

누군가 특정한 사람에게 혐의가 걸리도록 하려는 의도는 아마 없었을 것입니다. 그러나 만약 있었다면, 그 사람은 마르코였을 겁니다. 그 때 누가 소스의 맛을 보고 있었는가 하는 일과는 관계없이 마르코가 식당에 가기 몇 분 전에 라디오를 켜기로 되어 있었습니다. 그 때 맛을 보고 있었던 사람이 벨린 씨였다는 것도, 벨린 씨의 신용을 떨어뜨리기 위해 래스지오 씨가 소스 그릇의 순서를 바꾸어놓은 것도 모두 우연이었습니다. 벨린 씨만이 함정에 빠진 것은, 마르코가 들어오기 전에 접시가 바꾸어진 것을 문득 알아차린 몰튼이 다시 처음 순서대로 되돌려놓았기 때문입니다. 이것은 아직 이야기하지 않았었군요. 그러나 내가 분명히 해두고 싶은 점은, 순서대로 해나가면 벨린 씨 다음에 식당으로 들어갈 사람은 마르코였으며, 그가 들어가기까지는 몇 분쯤 시간이 있었고 바로 그 때 라디오에 의해서 신호가 보내졌다는 것, 그리고 어째서 그 때를 골라 신호를 보냈는가 하는 점입니다. 어째서 일까요? 래스지오 부인으로서는 마르코라면 별실에 붙들어두어 식당에 가는 시간을 늦추게 할 자신이 있었기 때문입니다. 그리고 목적을 이루는 데 필요한 시간만큼 화이트 씨를 래스지오와 단둘이 있도록 해둘 수 있다고 생각했기 때문입니다.

우리 모두가 알고 있는 바와 같이 그녀는 댄스를 즐기는 것처럼 하면서 마르코의 팔에 그 몸을 맡겨 그가 식당으로 가는 것을 늦추게 하는 데 성공했습니다."

"거짓말이에요! 거짓말이라는 것은 당신도 아시면서."

"디나, 잠자코 있거라!"

버럭 소리를 지른 것은 딸을 노려보고 있는 도메니코 롯시였다. 뷰크식은 이를 꽉 물고 뚫어지게 디나를 쏘아보았다. 다른 사람들은 그녀에게 흘끗 눈길을 던지고는 얼른 얼굴을 돌려버렸다.

"하지만 거짓말을──."

"잠자코 있어! 거짓말이라면 모두 다 말하게 하는 편이 좋지 않겠느냐?"

"고맙습니다."

울프는 반 인치쯤 머리를 숙였다.

"이제는 슬슬 화이트 씨의 정체를 밝히는 편이 좋지 않을까 생각합니다. 화요일 밤 이 방에서 화이트 씨는 굉장한 위험을 무릅쓴 것으로 보이지만, 사실은 그다지 위험한 일이 아니었다는 것을 알 수 있을 겁니다. 래스지오 씨의 등에 칼을 찌르는 순간까지 그는 아무 위험도 없었습니다. 흔히 보는 가장한 인물에 지나지 않았습니다. 그리고 만일 그 뒤에 들켰다 하더라도 정말 들켰습니다만 별 위험이 없지요. 얼굴을 검게 칠했으니까요. 화요일 밤 이 방에서 그를 본 사람은 모두 그 뒤 얼굴에 칠한 검댕을 지우고 급사 제복을 벗은 그를 보았는데도 의심한 사람은 아무도 없었습니다. 그의 안전은 의심받을 리가 없다는 확신으로 뒷받침되어 있었습니다. 그 확신에는 몇 가지 근거가 있었는데, 가장 중요한 것은 화요일 밤 그는 카노와 수퍼에 있는 것으로 되어 있지 않았다는 것이었습니다.

그는 뉴욕에 있었습니다."

갑자기 벨린이 소리쳤다.

"뭐라고요! 만약 여기에 있지 않았다면⋯⋯."

"'여기에 있는 것으로 되어 있지 않았다'고 했습니다. 누구나 다른 장소에 있는 게 아닐까 하는 의심이 일어나지 않는 한 늘 있는 곳에 있으려니 하고 생각되기 쉬운 법입니다. 그런데 화이트 씨는 그런 의심조차도 생길 리가 없다고 생각했습니다. 그러나 그는 너무나 지나치게 자신을 가졌고, 너무나 부주의했습니다. 그는 나와 이야기할 때 의혹을 갖게 할 만한 말을 직접 자신의 입으로 이야기하고 말았던 것입니다.

여러분들도 아시다시피 이런 종류의 사건에 대해서 나는 여러 가지로 경험을 쌓아 왔습니다. 내 일이니까요. 화요일 밤에 나는 트루먼 씨에게 벨린 씨의 짓이 아니라는 확신이 있다고 말했으나, 그 확신의 가장 확실한 근거는 말해주지 않았습니다. 이것은 내가 맡은 사건이 아니며, 나와 관계없는 일에 다른 사람을 끌어넣기가 싫었기 때문입니다. 그 근거란 바로 래스지오 부인이 라디오를 켬으로써 범인에게 신호를 보냈다고 확신하고 있었던 점입니다. 이 일에 관련이 있는 다른 자잘한 일들은 우연으로 처리해도 좋을지 모르지만, 그녀가 춤을 추면서 마르코에게 매달려 남편이 살해되고 있는 동안 그가 식당으로 가는 것을 늦추게 한 일까지 우연으로 생각하는 건 어지간히 속기 쉬운 사람이 아니고서는 무리입니다. 특히 나처럼 그녀가 매달려 있는 것을 본 사람에게는 말입니다. 여기서 그녀는 잘못을 저지른 것입니다. 보통 정도의 머리만 가졌더라도 내가 있으니 좀더 교묘하게 해야 한다는 것을 알아차렸을 텐데 말입니다.

벨린 씨가 체포되었을 때 여러분들도 아시는 바와 같이 나는 이 사건에 관심을 가졌으나, 그를 석방시키는 데 성공하자 다시 관심을 잃고 말았습니다. 그 때 범인은 또 어이없는, 믿어지지 않을 정도로 어이없는 실수를 저질렀습니다. 화이트 씨는 내가 너무나도 많은 것을 착착 파헤쳐가고 있다고 생각한 나머지 내가 이미 손을 뗐다는 사실은 알아보려고도 하지 않고 내 방 창문 밖에 있는 관목 숲을 빠져나와서 몰래 다가와 나를 쏜 것입니다. 그가 어떻게 해서 아프셔 별관에 접근했는지도 나는 알고 있습니다. 나의 조수 아치가 그 한 시간 쯤 뒤 본관 가까이에서 그가 말에서 내리는 것을 보았습니다. 말타는 길은 아프셔 별관 뒤 쪽에서 50야드도 못되는 곳을 지나고 있습니다. 사람 눈에 띄지 않고 그 길을 떠나 말을 매어 놓고 관목숲을 빠져나와 내 방 창문으로 몰래 다가와서 나를 쏜 다음 다시 말에게로 돌아가 말타는 길을 따라 달아나는 것은 간단한 일이었으리라고 생각됩니다. 아무튼 그는 그런 실수를 저지름으로써 나를 처치하기는커녕 나와 대결하게 되어버렸습니다. 나의 관심이 되살아난 것이지요.

지금도 말씀드린 바와 같이 나는 범인이 래스지오 부인과 손을 잡고 있다고 생각했습니다. 이것이 그녀 혼자의 계획이며, 범인은 그녀에게 고용된 것이라고는 생각하지 않았습니다. 범인이 고용되었다면 그 가장의 의미가 없어지고 말 것이며, 더욱이 래스지오 씨와 알지도 못하는 고용된 범인이 고함 소리도 지르지 못하게 하고 실랑이를 벌이는 일도 없이 이 방으로 들어와 테이블에서 칼을 집어 래스지오 씨를 칸막이 뒤로 끌어들여서 살해할 수 있었으리라고는 도저히 믿어지지 않았기 때문입니다.

그리고 벨린 씨가 체포되어서 내가 그를 석방시키기 위한 증거를 찾기 시작했을 때, 문에 손가락이 끼였으니 키스해 달라고 코인 부인이 주인에게 호소하는 아주 대수롭지 않은 일에서 단서를 잡았던 것과 마찬가지로, 오늘 범인을 잡으려고 했을 때에도 똑같이 아주 대수롭지 않은 일입니다만 역시 단서를 하나 잡았습니다. 즉 이런 것입니다. 어제 2시쯤 마르피 씨와 리게트 씨는 뉴욕에서 논스톱으로 직행하는 비행기로 카노와 수퍼에 도착했습니다. 그리고 급사 외에 아무와도 이야기하지 않고 곧장 아프셔 별관의 내 방으로 와서 나와 이야기를 나누었습니다. 그리고 이야기하는 동안 리게트 씨는 이런 말을 했습니다. 이것은 그가 말한 것을 그대로 옮기는 것입니다. '아무래도 범인은 그 재능을 소스 파랑탕의 향신료 맛을 알아내는 데 이외의 목적에도 훌륭하게 쓴 것 같습니다.' 기억하십니까, 리게트 씨?"

"당치도 않은 말이오!" 리게트는 콧방귀를 뀌었다. "멍텅구리 같으니, 나를 끌어넣으려는 거요?"

"안됐지만 그렇소, 래스지오 부인과 함께 나를 명예훼손으로 고소해도 좋소, 지금 내가 한 그 말을 기억하고 있습니까?"

"천만에! 당신도 기억하고 있지는 않을 거요, 한 적이 없으니까."

울프는 어깨를 으쓱하며 말을 계속했다.

"지금은 이미 아무래도 좋은 일입니다. 단서로서는 중요했습니다만. 아무튼 상대해 볼 가치가 있는 것으로 생각되었습니다. 뉴욕으로 타전된 이 살인사건에 대한 간단한 제1보 (報)에 우리가 맛을 감정하면 소스 이름 같은 자잘한 일까지 들어 있었다는 것은 우선 있을 수 없는 일이라고 생각되었지요, 그래서 뉴욕으로 전화를 했습니다. 우리 사무실 사람과 클레머 경감에게 말입니다. 클레머 경감에게 부탁한 것은 좀 어려운 일이었습니다. 정기적으로 운항하는 비행기는 전세기든 화요일에 뉴욕의 어느 비행장을 출발하여 어디든 좋으니 이 부근에 내려 화요일 오후 9시까지 카노와 수퍼에 도착할 수 있었던 모든 승객을 조사해 줄 것을 부탁했던 겁니다. 9시까지라고 한 것은 화요일 밤 우리가 식사를 끝내고 별실로 옮겼을 때 곧 래스지오 부인이 모습을 감추어 그 뒤 한시간 정도 보이지 않았기 때문입니다. 나의 가설이 어느 정도 맞았다면, 그녀가 없어진 것은 협력자를 만나러 갔기 때문이라고 생각되었던 것이지요. 클레머 경감에게는 래스지오 부인의 뉴욕에서의 생활도 샅샅이 조사해 달라고 부탁했습니다. 교우관계 같은 것을 말입니다. 아아, 부인, 말씀하실 기회는 나중에 얼마든지 있습니다. 그 시점에서는 아직 용의를 리게트 씨에게로 좁힐 수가 없었습니다. 여러분 가운데 한 사람, 완전히 혐의가 없다고 할 수 없는 사람이 한 분 계셨으니까요. 어떤 실험에 참을성 있게 협력해 주신 데 대해 나는 여러분 앞에서 블랑 씨에게 감사드리고 싶습니다. 그 실험으로 블랑 씨는 완전히 혐의가 없다는 것이 밝혀졌습니다.

오늘 오후 1시쯤에 나는 화요일 아침 뉴욕의 어떤 신문에서 소스 프랑탕에 대한 기사가 나와 있지 않았다는 전보를 받았습니다. 리게트 씨는 10시 전에 비행기로 떠나 직행으로 여기에 와서 나를 만나기 전에는 아무와도 이야기하지 않았는데 어떻게 맛을 감정한 것이 소스 프랑탕이었다는 것을 알 수 있었겠습니까? 아마도 누구와 이야기를 했을 것입니다. 그는 화요일 밤 9시 반쯤 이 건물 가까운 어딘가에서 래스지오 씨를 죽이기로 되어 있었던 것입니다."

내가 있는 곳에서는 리게트의 손이 보이지 않았으므로 그다지 재미가 없었다. 나의 맞은편에 앉아 있었기 때문에 그의 손은 테이블 뒤에 가려져 있었던 것이다. 눈도 울프에게로 향해져 있었으므로 보이지 않았다. 보이는 것은 한쪽 입 끝에 떠올라 있는 엷은 미소와 턱을 당기고 있어 불룩 부풀어오른 목의 힘줄 정도였다. 리게트의 자리에서는 디나 래스지오가 보이지 않았지만, 나 있는 곳에서는 보였다. 그녀는 아랫입술을 깨물고 있었다. 그녀가 울프의 어깨를 두드렸을 때만큼 태연하지 못하다는 것을 나타내주는 것은 그 아랫입술을 꼭 깨물고 있는 일뿐이었다.

울프는 이야기를 계속했다.

"3시에 클레머 경감에게서 전화가 왔습니다. 여러 가지를 전해주었는데, 그 가운데서도 특히 중요한 것은 우리 사무실의 솔 팬더라는 사나이가 나의 지시대로 비행기로 찰스턴을 향해 떠났다는 것이었습니다. 그리고 말이 나온 김에 이것도 이야기해 두는 편이 좋을 것 같습니다. 6시쯤 리게트 씨는 또 터무니없는 실수를 저질렀습니다. 리게트 씨를 공평하게 평가하기 위해 덧붙여 두겠는데, 이것은 그 자신의 생각은 아니었을 것입니다. 아마도 그것을 생각해 내어 해보도록 설득한 것은 래스지오 부인이 아니었을까 싶습니다. 리게트 씨가 내 방에 와서 벨린 씨를 처칠 호텔 요리장으로 오도록 설득해 주면 5만 달러를 내겠다고 했습니다."

리제테 프티가 또다시 쉿소리를 질렀다. 헬로메 벨린이 분노를 터뜨렸다.

"그 도둑놈의 소굴에, 그 기분나쁜 집구석에……내가 그곳에 가느니 내 손톱 위에 달걀 프라이를 하는 편이 나을 거요!"

"그렇겠지요, 나는 거절했습니다. 그런 말을 하다니, 리게트 씨도 어리석었지요. 적이 모처럼 고백을 해서 자신을 주었는데도 그것을 못 본척할 만큼 나는 자만하지 않았습니다. 그가 터무니없이 많은 돈을 내겠다고 나에게 제안한 것은 죄를 고백한 것이나 다름없는 일이었습니다. 그는 이 점을 부정하겠지요. 아마도 그런 제안을 했다는 것조차도 부정할 것입니다. 그렇다면 그것으로 좋습니다. 나는 그밖에 좀더 중요한 일로 자신을 얻었습니다. 클레머 경감에게서 또 전화가 왔던 것입니다. 시간이 없기 때문에 자질구레한 일을 늘어놓아 여러분을 지루하게 만드는 일은 피하고 싶습니다만, 그 자질구레한 일 가운데는 리게트 씨와 래스지오 부인이 2년 전부터 서로 밉지 않게 생각해 왔다는 소문을 들었다는 것도 포함되어 있었습니다. 월요일 밤 이리로 오는 기차에서 벨린 씨는 지난 토요일 처칠 호텔의 리조트 룸에 갔을 때의 일을 이야기해 주었는데, 그곳에서는 급사들이 저마다 유명한 리조트 호텔의 급사 제복을 입었는데, 그 가운데 이 카노와 수퍼의 것도 있었다고 했습니다. 그리고 클레머 경감의 부하는 1년쯤 전에 리게트 씨가 자기 몸에 맞도록 카노와 수퍼의 급사 제복을 맞추어서 가장무도회에서 그것을 입었다는 사실을 알아냈습니다. 이미 카노와 수퍼의 급사 제복을 갖고 있었으므로 그가 급사로 변장하여 래스지오 씨를 살해하기로 했다는 것은 의심할 여지가 없습니다. 이렇게 해서 여러분께서도 아시는 바와 같이 스케치는 착착 완성되어 가고 있었습니다. 리게트 씨는 아직 알 리가 없을 때 소스 프랑탕에 대해서 이야기했습니다. 그는 래스지오 부인과 가까운 사이였습니다. 그리고 그는 카노와 수퍼의 급사 제복을 가지고 있었습니다. 이 밖에도 아직 여러 가지가 있습니다. 이를테면 그는 화요일 낮에 골프를 치러 간다면서 호텔을 나갔는데, 늘 단골로 가는 클럽 어디에도 모습을 보이지 않았습니다. 그러나 이야기를 조금 간추려서 하기로 하겠습니다. 그런 자질구레한 것은 리게트 씨를 체포한 다음 트루먼 씨가 모으면 될 테니까요. 이제는 솔 팬더 쪽으로 이야기를 진행시키는 쪽이 좋을 것 같군요. 클레머 경감으로부터 전화가 있는 뒤 곧 그가 찰스턴에서 전화를 걸어왔다는 것은 아직 이야기하지 않았지요? 누가 별실에서 그를 데려다 주지 않겠소?"

몰튼이 잰걸음으로 나갔다.

리게트가 침착한 목소리로 말했다.

"당신의 거짓말 가운데 가장 교묘한 것은 내가 단서를 주었다는 이야기인데, 얼마쯤 사실도 포함되어 있지만 무엇보다도 위험한 거짓말이오. 나 대신 벨린 씨에게 말해 달라고 부탁하기 위해서 당신의 방에 가기는 했으니까요. 아마 당신 부하는 내가 5만 달러 내겠다고 제안한 것을 사실인 것처럼 증언할 테지요."

"그만두시오, 리게트 씨." 울프는 손을 들어 그를 말렸다 "만약 내가 당신이라면 조심성없는 말은 삼가겠소. 이야기하기 전에 잘 생각하는 것이. 여어, 솔, 잘 와주었네."

"걱정했습니다."

솔 팬더는 내 의자 곁에 섰다. 그는 바지를 다림질해 본 일이 없는 낡아빠진 회색 양복을 입고, 낡아빠진 갈색 모자를 손에 들고 있었다. 울프에게서 눈을 돌린 다음 솔의 날카로운 시선은 장방형으로 앉아 있는 얼굴을 한 바퀴 둘러보았는데, 그 순간 그 얼굴 하나하나가 그의 머릿속에 새겨져 영원히 사라지지 않으리라는 것을 나는 알고 있었다.

"리게트 씨에게 이야기해 드리게" 하고 울프가 말했다.

"네."

솔의 눈은 단번에 목표물에 고정되었다.

"처음 뵙겠습니다, 리게트 씨."

"흥! 뻔히 들여다보이는 행동이라 치더라도 참 시시하군!" 리게트는 쳐다보지도 않고 중얼거렸다.

울프가 어깨를 으쓱 올리며 말했다.

"시간이 그다지 없네, 솔. 요점만 간단히 말하게. 리게트 씨는 화요일 오후 골프를 했던가?"

"아닙니다."

목소리가 쉬어 있었으므로 솔은 헛기침을 한 번 했다.

"화요일 오후 1시 15분에 그는 뉴아크 공항에서 인터스테이트 항공의 비행기를 탔습니다. 나도 오늘 같은 스튜어디스가 타고 있는 같은 비행기를 타고 리게트 씨의 사진을 그녀에게 보여주었습니다. 그는 그 비행기가 6시 18분에 찰스턴에 도착하자 거기서 내렸는데, 나도 오늘 똑같이 거기서 내렸습니다. 6시 반쯤 그는 마링 스트리트의 '리틀 갈레지'에 가서 20달러짜리 지폐로 2백 달러의 보증금을 주고 1936년형 스튜드베커를 세냈습니다. 나도 오늘 밤 같은 차를 빌어 여기까지 타고 왔습니다. 지금 밖에 세워두었습니다.

도중 몇 군데에 들러 물어보았으나, 그가 돌아가는 길에 얼굴을 칠한 검댕을 지우기 위해 들른 장소는 알아내지 못했습니다. 11시까지 도착해야 한다고 말씀하셨기 때문에 급히 서두른 탓입니다.

리게트 씨는 화요일 밤 1시 15분쯤 리틀 갈레지로 차를 돌려주러 갔는데, 펜더를 망가뜨렸기 때문에 10달러를 지불해야 했습니다. 갈레지를 나온 그는 로렐 스트리트에서 택시를 잡아 찰스턴 공항으로 갔습니다. 택시 번호는 C 3428이고 운전수는 알비슬이라는 사나이입니다.

찰스턴 공항에서 리게트 씨는 인터스테트 항공의 야간 급행편을 타고 수요일 아침 5시 34분 뉴아크 공항에 도착했습니다. 그 다음은 모르겠습니다만, 8시 조금 전 알베르트 마르피 씨에게서 전화가 왔을 때 그는 자기 아파트에 있었으니까 뉴욕으로 돌아갔겠지요. 8시 반에 리게트 씨는 뉴아크에 전화해서 마르피 씨와 함께 카노와 수퍼로 달려가기 위한 비행기를 전세 계약하고 9시 52분에——."

"거기까지로 됐네, 솔. 그때부터 그는 이미 공공연하게 행동하고 있었으니까. 지금 여기까지 리게트 씨가 화요일에 빌었던 것과 똑같은 차를 운전하고 왔다고 했지 ? "

"네. "

"으음, 훌륭한 다짐이었군. 그리고 여러 사람들에게 보여주기 위해 리게트 씨의 사진을 가지고 있었지? 스튜어디스며 갈레지 사람들이며 택시 운전수며……."

"네. 차를 빌어 갈레지를 나올 때에는 아직 얼굴을 칠하지 않았었습니다."

"도중에 어딘지 들러서 변장한 것이 틀림없군. 그러나 그다지 어려운 일은 아닐세. 오늘 오후 내 방에서 어떤 사나이의 얼굴에 검게 칠해 보았네. 지우는 것이 꽤 어려웠지…… 지우다 남은 검댕이 어딘지 남아 있는 것을 갈레지의 직원이나 운전수가 알아차리지는 못했겠지?"

"네, 그것도 알아보았습니다."

"물론 그렇겠지. 그들도 귀까지 조사하지는 않았을 테니까. 그런데 짐에 대한 것은 아무 말도 하지 않았군."

"리게트 씨는 중간 정도 크기의 여행 가방을 가지고 있었습니다. 갈색 쇠가죽에 놋쇠 장식이 달린 것으로 끈은 없었답니다."

"줄곧 갖고 있었나?"

"네, 갈 때도 돌아올 때도 모두."

"좋아, 이것으로 충분하겠지. 저 창가의 의자에 앉아 있게."

울프는 모두들의 얼굴을 둘러보았다. 요리에 관한 연설도 모두 열심히 듣고 있었지만, 지금은 한층 더 열중해 있었다. 바늘이 떨어지는 소리는 물론 떨어지기 전에 공기를 가르는 소리까지 들릴 것 같았다.

"이제 그럭저럭 겨냥이 된 것 같군요, 리게트 씨가 소스 프랑탕에 대해 말한 것 등 자질구레한 일은 이제 중요하지 않다고 말씀드린 이유를 아셨을 것입니다. 그가 살인이라는 중대한 범죄를 믿어지지 않을 정도로 경솔하게 저질렀다는 것은 명백합니다만, 우리는 두 가지 사실을 기억해 두어야만 합니다. 첫째로 리게트 씨는 카노와 수퍼에 있지 않았다는 알리바이를 의심받는 일은 없으리라고 생각했다는 것, 둘째로 그는 여러 가지 의미에서 마비되어 있었다는 것입니다. 마약에 취해 있었던 것이나 마찬가지입니다. 래스지오 부인에게 글자 그대로 빠져 있었다고 할지, 독기에 씌어 있었던 겁니다. 리게트 씨에 관한 한 이미 다 끝난 일이나 다름없습니다. 남은 것은 이제 트루먼 씨가 그를 체포하여 증거를 굳히고, 재판에 넘겨서 유죄판결을 얻는 것밖에 없습니다. 내가 말한 데 대해 무언가 하고 싶은 말은 없습니까, 리게트 씨? 아무 것도 말하지 않는 편이 좋으리라고 생각합니다만."

"아무 말도 하지 않겠소." 리게트의 목소리는 침착성을 잃지 않았다. "만약 트루먼 씨가 이 이야기를 그대로 곧이듣고 그것을 바탕으로 당신이 생각한 대로 행동한다면 끝내 후회하게 될 것이라는 말밖에는." 리게트는 턱을 앞으로 쑥 내밀면서 다시 덧붙였다. "당신에 대해서는 알고 있소, 울프 씨. 소문으로 들었지요. 어째서 당신이 나를 범인으로 날조했는지는 알 수 없지만, 당신과 사이의 일이 끝맺어지면 그것도 알게 되겠지요."

울프는 정중하게 머리를 숙이며 말했다.

"그 이외의 태도는 취할 수가 없겠지요, 당연합니다. 그러나 나로서는 당신과 실랑이를 벌일 생각이 없습니다. 이제는 트루먼 씨에게 넘겨주겠소. 당신이 저지른 가장 큰 실수는 내가 이미 방관자가되었을 때 나를 쏜 일이오. 자, 보시오!"

울프는 주머니에서 원고를 꺼내어 펴보였다.

"당신의 총알은 이 원고를 뚫었소, 나에게 맞기 전에. 트루먼 씨, 이 주에서는 살인 사건의 배심원에 여자도 섞여 있습니까?"

"아니오, 남자뿐입니다."

"그렇습니까?"

울프는 래스지오 부인을 뚫어지게 쏘아보았다. 리게트에게 중점을 두고 이야기를 진행하기 시작한 뒤 울프가 그녀에게로 눈길을 돌린 것은 이때가 처음이었다.

"당신으로서는 조금 운이 좋았다고 하겠군요. 하지만 당신도 자신에게 죽음의 선고를 내릴 12명의 남자를 설득한다는 것은 적잖이 힘든 일이겠지요."

그리고 울프는 트루먼 쪽을 보았다.

"리게트 씨를 래스지오 씨 살해용의자로서 체포할 의사가 있습니까?"

트루먼의 목소리에는 조금도 망설임이 없었다.

"있습니다."

"정말입니까? 벨린 씨를 체포할 때도 당신은 주저하지 않았지요."

트루먼은 일어섰다. 네 걸음밖에 걸을 필요가 없었다. 트루먼은 리게트의 어깨에 손을 얹고 큰 소리로 말했다.

"레이몬드 리게트, 당신을 체포하겠소. 정식 체포영장은 내일 아침에 발부하겠소."

그는 뒤돌아보더니 몰튼을 향해 날카롭게 말했다.

"보안관이 밖에 있으니 이리로 오도록 말해 주게."

리게트는 고개를 비틀어 트루먼의 눈길을 잡더니 험악한 어조로 말했다.

"이것으로 당신의 장래는 끝장이오!"

울프는 손을 들어 몰튼을 가로막으며 트루먼에게 부탁했다.

"보안관은 조금 더 기다리게 해주시오. 괜찮겠지요? 도무지 마음에 들지 않는군요."

울프는 이윽고 래스지오 부인에게로 다시 눈을 돌렸다.

"그리고 아직 당신의 일이 남았습니다. 특히 리게트 씨에 관한 한 ……아시겠지요?……."

울프는 리게트의 곁에 서 있는 트루먼에게 조금 손을 움직여보였다.

"이번에는, 당신의 일입니다. 당신은 아직 체포되어 있지 않습니다. 뭔가 하고 싶은 말이 없습니까?"

늪과도 같은 여자는 안색이 나쁜 것 같았다. 화장을 잘하기 때문에 여느 때라면 전문가가 아닌 한 어느 정도 창백한지 알 수 없었겠지만, 이 정도까지 몰리더라도 감출 수 있도록 계산되어 있지는 않았던 것이다. 이윽고 그 얼굴이 얼룩얼룩해졌다. 아랫입술을 깨물고 있었으므로 윗입술과 색깔이 똑같지 않았다. 어깨가 치켜져 올라가고 가슴이 쑥 들어가 있었다. 그녀는 언제나 여유 있고 사람을 끌어당기는 듯한 목소리와 거리가 먼 가냘픈 목소리로 말했다.

"난 아무 것도 하지……다만……거짓말이에요! 모두 거짓말이에요!"

"내가 리게트 씨에 대해 한 말이 거짓말이라는 것입니까? 그리고 솔 팬더가 한 말이? 분명히 말해 두겠습니다만, 부인. 증명할 수 있는 일은 거짓말이 아닙니다. 그런데도 거짓말이라고 하시는군요, 뭐가 거짓말이라는 것입니까?"

"모두 다 거짓말이에요……나에 관한 것은 모두!"

"그럼, 리게트 씨에 대한 것은?"

"난……난 몰라요!"

"과연. 그럼 당신에 관한 일인데, 당신은 라디오를 켰지요?"

부인은 잠자코 고개를 끄덕였다. 울프는 물어뜯을 듯이 다그쳤다.

"켰지요?"

"네."

"우연이었는지 계획적이었는지는 모르지만, 당신은 마르코를 붙잡아놓고 주인이 살해되는 동안 그와 춤을 추었지요?"

"네."

"화요일 밤 저녁식사를 끝낸 뒤 당신은 모든 사람 앞에서 한 시간 가까이 보이지 않았었지요?"

"네."

"주인께선 세상을 떠났으니, 리게트 씨도 곧 죽는다는 불행한 일이 없다면 그와 결혼할 생각이었겠지요. 그렇지 않습니까?"

"난……." 그녀의 입이 일그러졌다. "그렇지 않아요! 당신에게는 그런 말을 할…… 그렇지 않아요!"

"자아, 부인. 침착하십시오." 울프의 목소리가 갑자기 상냥해졌다. "당신을 괴롭히고 싶지는 않습니다. 당신에 관해서 이미 알고 있는 사실을 두 가지로 해석할 수 있으며 그 두 가지 해석 사이에는 크나큰 거리가 있다는 것을 잘 알고 있습니다. 그 한 가지 해석은 이런 것입니다. 당신과 리게트 씨는 서로를 원하는 사이였습니다. 적어도 그는 당신을 원했고, 당신은 그의 명성과 지위를, 그리고 재산을 원했습니다. 그러나 당신의 주인은 한번 손에 넣은 것은 절대로 내놓지 않는 사나이로, 그것이 두 사람 사이를 어렵게 만들고 있었습니다. 욕망은 어디까지나 격렬하게 활활 타고 있는데, 장애가 떡 버티고 있으므로 당신과 리게트 씨는 마침내 마지막 수단에 호소하려고 결심하게 되었습니다. '15명의 명요리장'의 모임에는 주인을 미워하고 있는 사람이 세 명 참석하기로 되어 있었으므로 그를 없애기에는 마침 좋은 기회라고 생각되었습니다. 그리하여 리게트 씨는 비행기로 찰스턴까지 와서 거기서 자동차를 빌어 이리로 와서 미리 의논해 두었던 대로 화요일 밤 9시 반에 어딘가 밖에서 당신과 만났습니다. 세르반 씨와 램지 키스 씨가 내기를 해서 그 승부를 정하기 위해 준비된 소스 프랑탕의 맛을 감정한다는 것을 리게트 씨가 전부터 알았을 리가 없으므로, 자세한 의논은 그 때에 이루어졌습니다.

리게트 씨는 관목숲 속에서 기다렸습니다. 당신은 별실로 돌아와 시간에 맞춰 라디오를 켰습니다. 리게트 씨가 식당에 들어가 주인을 살해하고 시간을 벌기 위해 마르코와 춤을 추어 그가 식당으로 가는 걸 늦추게 했습니다. 부인, 그런 눈으로 보지 마십시오! 당신의 행동은 이렇게 해석할 수도 있다는 것뿐이니까요."

"하지만 그 해석은 틀렸어요. 그런 건 모두 거짓말이니까요."

"실례합니다만 너무 모든 것을 닥치는 대로 부정하지 않는 편이 좋습니다. 또 한 가지 다르게 해석할 수도 있으므로 잘못된 부분이 섞여 있을지 모른다는 점은 나도 인정합니다. 그러나 이제부터 하는 말을 이해하고 잘 생각해 보십시오."

울프는 그녀에게로 손가락을 거칠게 들이대고 목소리가 날카로워졌다.

"리게트 씨가 여기 와서 소스의 맛을 감정한다는 것을 누구에겐가 들었다는 것, 방해가 들어갈 시간 없이 래스지오 씨를 살해하기 위해 아무도 몰래 이 방에 들어올 수 있는 순간을 그가 정확하게 알고 있었다는 것, 다시 말해 일이 처리되기 전에 마르코가 들어와 방해가 될 염려가 없다는 것을 그는 알고 있었다는 것. 이런 것은 머지않아 증명될 사실입니다. 마르코가 방해될 염려 없다는 것을 리게트 씨는 잘 알고 있었습니다. 그렇지 않으면 그가 그런 행동을 한 것이 조리에 닿지 않거든요. 너무 모든 것을 닥치는 대로 부정하지 않는 편이 좋다는 것은 그 때문입니다. 밖에서 리게트 씨와 만나지도 않았고, 그와 미리 의논하지도 않았으며, 그 때 라디오를 켠 것은 우연이었고, 저 운명을 좌우한 몇 분의 시간 마르코를 식당에 가지 못하도록 한 그 몇 분의 시간도 우연이었다고 주장한다면, 남의 일이지만 걱정하지 않을 수 없군요. 아무리 남자들만 12명으로 배심원이 구성된다 해도, 그리고 증인석에 있는 당신을 눈앞에 가까이 보았다고 해도 유감스럽지만 당신의 이야기를 곧이듣지는 않을 겁니다. 그렇게 하면 잔혹한 표현이지만 당신은 살인죄로 유죄판결을 받게 될 겁니다. 그러나 당신을 보고 아직 살인자라고는 말하지 않았습니다."

울프의 말투는 어르고 타이르는 것 같은 느낌이었다.

"이 범행이 저질러진 뒤 당신이 적어도 침묵을 지킴으로써 리게트 씨를 옹호해 온 것은 의심할 여지가 없지만, 그러나 여자의 마음이란."

울프는 어깨를 한 번 움츠려보았다.

"그러므로 당신에게 유죄판결을 내릴 배심원은 아마 없을 겁니다. 게다가 만약 화요일 밤에 리게트 씨와 밖에서 만났을 때 그와 의논해서 미리 정한 일들이 당신으로서는 나쁜 일을 할 생각이 아니었다는 것을 제시할 수만 있다면 살인죄가 아닌 다른 일로도 당신을 유죄로 만들 배심원은 없을 겁니다. 이것은 단순한 가정입니다만, 그렇지요, 이를테면 리게트 씨가 아무 위험 없는 장난이라도 하려나 보다고 당신이 생각했다는 점을 제시할 수만 있다면 말입니다. 그것이 어떤 것이었든, 비록 가정된 이야기일지라도 더 자세한 일까지는 나로서도 추측할 수가 없습니다. 나는 그런 장난을 하는 사람이 아니니까요. 그러나 그 장난은 마르코가 들어가기 전에 잠깐 동안 리게트 씨가 래스지오 씨와 단둘이 있도록 하기 위해서였다는 것만 증명하면 당신은 죄에 빠지지 않고도 모든 설명이 될 것입니다. 당신이 라디오를 켠 일이며 마르코를 붙들어놓은 것도 말입니다. 알고 계셔야 할 것은 부인, 나는 당신이 빠져나갈 길을 제시해주기 위해 이런 말을 하는 건 아닙니다. 당신으로서는 이미 일어난 일을 부정할 수가 없겠지만 어쩌면 자신을 구할 수 있는 해명을 할 수는 있지 않을까 싶어서 말하는 것뿐입니다. 만약 그렇다면 리게 트 씨까지 구하려는 따위의 행동은 하지 않는 편이 좋을 것입니다. 그리고 만약 그렇게 해명할 수 있다면 조금이라도 빨리 하는 편이 좋습니다. 우물쭈물하다가는 늦어지고 마니까요."

이것은 리게트에게는 견딜 수 없는 일이었다. 천천히 그의 목이 거역할 수 없는 거대한 펜치로 집혀 있는 것처럼 디나 래스지오가 보이는 데까지 돌아갔다. 디나는 리게트를 보려고 하지 않았다. 또다시 아랫입술을 지그시 깨물고, 그 눈은 넋을 잃은 듯 울프에게 못 박혀 있었다. 그녀가 뇌수(腦髓)까지 깨물고 있는 것이 보이는 것 같았다. 그런 상태가 30초쯤 계속되더니 이어서 놀랍게도 디나 래스지오는 천천히 미소를 지었다. 야릇한 미소였지만, 미소임에는 틀림이 없었다. 그때 디나의 시선은 이미 리게트에게로 옮겨졌으며, 그 미소를 그에 대한 우아한 사죄로 생각하고 있다는 것을 나는 알아차렸다. 그녀는 조금도 떨리지 않는 나지막한 목소리로 말했다.

"미안해요, 레이. 정말 미안해요. 하지만."

디나는 다음 말을 입속에서 우물우물했다. 리게트의 눈은 파고들 듯이 디나에게로 향해져 있었다. 래스지오 부인은 그 시선을 울프에게로 옮기더니 딱 잘라 말했다.

"당신의 말씀이 모두 옳아요. 틀림없어요. 물론 당신께서 말씀하신 그대로예요. 저녁 식사를 끝낸 뒤 미리 약속했던 대로 밖에서 그와 만났을 때,"

"디나, 디나, 제발 부탁이니!"

파란 눈의 건장한 청년 트루먼이 리게트를 의자에 끌어 앉혔다. 늪과 같은 여자는 말을 계속하고 있었다.

"저 사람은 그날 밤 하려고 한 일을 나에게 이야기했어요. 그리고 나는 그것을 그대로 믿어 버렸답니다. 장난이라고 생각했어요. 그리고 나중에 필립이 그에게 덤벼들어서 때려눕혔노라고."

울프가 날카롭게 말했다.

"당신은 자신이 하고 있는 행동을 알고 있겠지요? 당신은 지금 한 사나이를 죽음으로 몰고 가는 데 힘을 실어주고 있는 겁니다."

"알고 있어요. 하지만 이렇게 할 수밖에 없어요! 어떻게 내가 그를 위해 계속 거짓말을 하겠어요! 그는 주인을 죽였어요. 밖에서 만나서 그 계획을 들었을 때는."

드디어 리게트가 본성을 드러냈다.

"이 교활한 짐승 같은 놈!"

그는 붙잡고 있는 트루먼의 손을 뿌리치고 몽도르의 다리에 걸리며 블랑과 그가 앉아 있던 그 의자를 냅다 차서 굴리고 울프에게 덤벼들려고 했다. 나는 울프에게로 달려가는데 내가 그 자리에 닿았을 때에는 이미 벨린이 리게트를 단단히 끌어안고 있고, 리게트는 미친 사람처럼 다리를 버둥대며 마구 고함을 지르고 있었다.

제17장

헬로메 벨린이 분명하게 잘라 말했다.

"그 여자는 그 선에서 끝까지 버틸 겁니다. 위험을 멀리할 수만 있다면 어떤 일이라도 할 여자이고, 그 선이 가장 안전할 것 같으니까요."

햇빛이 찬란하게 내리쏟아지는 금요일 아침, 열차는 이미 필라델피아를 지나 뉴저지를 가로질러 미끄러지듯 달리고 있었다. 한 시간쯤 지나면 허드슨 강 밑을 지날 것이다. 나는 또 플루먼 카의 칸막이실 벽에 기대어 앉았고, 콘스탄서는 의자에, 그리고 울프와 벨린은 창가의 자리에 맥주를 앞에 놓고 앉아 있었다. 울프는 붕대를 감지 않더라도 마찬가지겠지만 열차 안에서는 면도 같은 것을 하려 들지 않았으므로 상당히 무덥고 답답했지만, 한 시간쯤 지나면 열차가 멎는다는 것을 알고 있었으므로 그 얼굴에 희망의 빛이 떠올라 있었다.

"그렇게 생각하지 않습니까?" 하고 벨린이 물었다.

울프는 어깨를 으쓱해 보이고 대답했다.

"글쎄요, 잘 모르겠지만, 아무래도 좋습니다. 문제는 리게트가 화요일 밤 카노와 수퍼에 있었다는 것을 증명하여 그를 꼼짝할 수 없게 하는 일이었는데, 래스지오 부인 이외에는 그런 일을 할 수 있는 사람이 없었던 겁니다. 말씀하시는 바와 같이 그 여자도 리게트와 똑같은 죄인이라는 것은 의심할 여지가 없는 일이고, 보기에 따라서는 그 여자 쪽이 더 나쁜지도 모르지요. 트루먼 씨는 그 여자도 역시 살인죄로 기소하지 않을까 싶습니다. 어젯밤에는 중요한 참고인으로서 연행했지만, 리게트의 용의(容疑)를 추궁하기 위해 그대로 둘지도 모르고 또 공범으로서 체포할지도 모르지요. 어떻게 하던 결국은 마찬가지가 아닐까 생각되는군요. 트루먼 씨가 제아무리 발버둥쳐 봐야 그녀가 유죄라는 것을 입증하지는 못할 겁니다. 아무튼 특별한 여자니까요. 그 여자가 자기 스스로 그렇게 말했었지요. 비록 리게트가 화가 난 나머지 모든 사실을 깨끗이 다 털어놓았다 하더라도, 남자들만으로 구성된 배심원을 설득하여 그런 여자는 사형에 처하는 것이 가장 좋다고 생각하게 만드는 것은 이만저만 어려운 일이 아닐 겁니다. 트루먼 씨에게 그만한 수완이 있는지 어떤지 나는 의심스럽습니다.〃

파이프에 담배를 담고 있던 벨린은 울프의 말에 눈살을 찌푸렸다. 울프는 한 손으로 팔걸이에 매달리면서 다른 한 손으로 맥주를 집어들었다.

콘스탄서는 나에게 미소지어 보이면서 말했다.

〃난 두 분의 이야기를 듣지 않도록 하고 있어요. 사람 죽이는 이야기를 하고 있거든요.〃

콘스탄서는 몸서리를 쳤다.

〃아주 기분이 좋은 모양이군요. 이런 때에.〃

〃이런 때라니요?〃

나는 아무 말 없이 손을 저었을 뿐이었다.

벨린은 파이프에 불을 붙이며 다시 이야기를 시작하고 있었다.

"보고 있자니 불쾌하더군요. 롯시가 딱하기도 하지. 그 사람을 보았습니까? 불쌍하더군요. 디나 롯시가 아직 어렸을 때에는 곧잘이 무릎에 안아주곤 했었는데…… 물론 어떤 살인자에게나 어린 시절이 있었겠지만."

벨린은 좁은 차칸에 안개가 자욱이 낀 것처럼 될 때까지 파이프를 빨아대고 있었다.

"그런데 뷰크식이 이 기차에 탄 것을 아십니까?"

"아니오."

벨린은 고개를 끄덕이며 말했다.

"나는 보았는데 기차가 떠날 시간이 다 되어서 벼룩에게 쫓긴 사자처럼 뛰어와 올라탔지요. 왔다갔다 해보았지만, 오늘 아침이 된 뒤로 아직 그를 보지 못했습니다. 8시쯤 내가 잠깐 여기에 들렀던 것은 굿드윈 씨에게서 들으셨겠지요?"

울프는 얼굴을 찡그리고 대답했다.

"아직 옷도 갈아입지 않았을 때였소."

"그렇게 말하더군요. 그래서 다시 온 것입니다. 마음이 개운치 않아서 말입니다. 남에게 진 빚이 있으면 도무지 마음이 개운치 않아 견딜 수가 없습니다. 얼마나 빚을 지고 있는지 그것을 여쭈어보고 갚아드리지 않으면 말입니다. 카노와 수퍼에서는 당신이 손님이었으니까 그런 이야기를 하고 싶지 않았습니다만, 이제는 괜찮겠지요. 당신은 나를 궁지에서 구해 주셨습니다. 어쩌면 목숨을 구해 주셨다고 해도 좋을는지 모르겠군요. 그것도 딸아이가 그 방면의 전문가이신 당신에게 부탁드렸고, 당신은 거기에 응해주셨습니다. 그렇다면 이것은 아무래도 엄연한 빚이 아닐까요. 나로서는 갚고 싶습니다. 사례금이 꽤 비싸다는 것은 알고 있습니다만, 하루에 보통 얼마를 받으시지요?"

"당신은?"

"뭐라고요?"

벨린은 눈을 휘둥그렇게 떴다.

"놀랐는데요. 나는 하루에 얼마씩 받고 일하지 않습니다. 예술가니까요. 감자껍질을 벗기는 사람이 아닙니다."

"나도 마찬가지요."

울프는 벨린에게로 손가락을 들이대며 말했다.

"아시겠습니까? 내가 당신의 목숨을 구했다는 것은 두말할 나위가 없는 사실로서 서로 인정하기로 합시다. 그러나 나는 우정과 호의에서 한 일이므로, 사례 같은 것은 받지 않아도 좋다고 생각합니다. 내 우정과 호의를 받아주시겠소?"

"그럴 수는 없지요. 이것은 내 빚입니다. 딸아이가 부탁했으니까요. 이 헬로메 벨린이 그런 호의를 좋게 생각하는 줄 아시면 큰 잘못입니다."

"그렇습니까?."

울프는 한숨을 쉬었다.

"우정으로 받아주시지 않는다면 하는 수 없지요. 그렇다면 청구서를 드리는 수밖에 없겠군요. 그것은 간단한 일입니다. 그러나 이번 일을 내가 일로서 생각하고 말았다고 치고 값을 매긴다면 보통 일거리가 아니었으므로 비싸게 청구하지 않을 수 없습니다. 그러니까…… 당신은 무슨 일이 있더라도 돈을 치르겠다고 하니까 말입니다만…… 이 빚은 소시스 미뉴이를 만드는 방법으로 지불해 주십시오."

"뭐라고요!" 벨린은 울프를 노려보았다. "흥, 당치도 않은 소리요!"

"어째서 당치도 않지요? 당신의 빚은 어떻게 되느냐고 물으므로 내가 가르쳐드린 것 뿐입니다."

벨린은 노여움이 치밀어 소리쳤다.

"정말 말도 안 되는 소리요!"

벨린은 너무나도 심하게 파이프를 휘둘렀으므로 불티와 재가 사방으로 튀었다.

"그 방법은 값을 매길 수 없을 만큼 귀중한 것이오! 그런데 그걸 가르쳐 달라니……기가 막히는군! 50만 프랑을 내겠다고 해도 거절했소. 그것을 당신은 분별없다고 해야할지, 무례하다고 해야 할지."

"그만 두시오." 울프는 물어뜯을 것처럼 말했다. "이런 일로 다투는 일은 그만둡시다. 당신은 당신의 요리법에 값을 정합니다. 그것은 당신의 특권이지요. 나는 내 일거리에 값을 정합니다. 이것은 내 특권이지요. 당신은 50만 프랑을 마다고 했습니다. 당신이 50만 달러짜리 수표를 보내오더라도 나는 찢어버리겠소. 금액이 얼마이든 말입니다.

나는 당신의 목숨을 구했습니다. 어쩌면 그 정도는 아니라 하더라도 아무튼 궁지에서 구해주었지요. 어떻게 받아들이든 좋습니다만, 거기에 대해 당신은 얼마를 내면 좋겠느냐고 물었습니다. 나는 그 요리법이라고 대답했소. 이렇게 되면 나는 이제 다른 것은 일체 받지 않겠습니다. 내가 청구한 대로 주시든가 일체 주지 않든가, 어느 쪽이든 좋을 대로 하십시오. 자기 집 식탁에 앉아 적어도 한달에 두 번은 소시스 미뉴이를 먹을 수 있다면 형용할 수 없는 기쁨이겠지요. 그러나 헬로메 벨린은 나에게 빚이 있다, 그리고 그는 그것을 갚기를 거부했다. 이것을 한 달에 두 번 정도가 아니라 좀더 자주 생각해 낼 수 있다는 것도 종류가 좀 다르긴 하지만 매우 만족감을 맛볼 수 있는 일일 겁니다."

"흥!" 벨린은 콧방귀를 뀌었다. "사기요!"

"천만에요, 나는 강요하고 있는 건 아니오. 어디에 고발하려고도 호소하려고도 하지 않습니다. 다만, 모처럼 실력을 발휘해서 수면 시간을 듬뿍 빼앗기고 권총의 표적 노릇까지 했는데, 우정 넘치는 관대한 행위로 인정받지도 못할 뿐더러 당연한 보수도 받지 못한 것을 유감스럽게 생각할 뿐이지요. 소시스 미뉴이 제조법을 아무에게도 말하지 않겠다고 보증한 것을 생각해 내시는 것이 좋을 겁니다. 그 소시지는 우리 집에서만 만들고, 내 집 식탁에만 내놓겠습니다. 손님에게 대접할 권리도 있었으면 좋겠군요. 물론 아치에게도요. 그는 내 집에서 살며 나와 똑같은 것을 먹으니까 말이오."

벨린은 울프를 노려보며 중얼거리듯이 말했다.

"요리사는?"

"요리사에게도 알리지 않겠소. 나는 곧잘 손수 요리를 한답니다."

벨린은 잠자코 울프를 노려보고 있었다. 그러나 마침내 신음하는 것처럼 말했다.

"종이에 쓸 수는 없소, 이제까지 한 번도 쓴 일이 없으니까."

"쓰지 않겠소. 나는 기억력이 좋은 편입니다."

벨린은 파이프를 보지도 않고 입으로 가져가더니 그것을 뻑뻑 빨아댔다. 이어서 또 한참 동안 울프를 노려보고 있었다. 마침내 몸을 부르르 떨며 한숨을 쉬더니 콘스탄서와 내 쪽을 보았다. 이윽고 그는 퉁명스럽게 말했다.

"이런 사람들이 있는 곳에서는 이야기 할 수 없소."

"한 사람은 당신의 따님이오."

"내 딸이라는 것쯤은 나도 압니다. 두 사람더러 자리를 비켜달라고 합시다."

나는 일어서서 콘스탄서를 보고 눈썹을 치켜올렸다.

"나가겠소?"

열차가 흔들리자 울프는 또 하나의 팔걸이를 허둥지둥 붙잡았다. 콘스탄서는 일어서더니 아버지의 머리를 가볍게 만지고 나서 내가 열어준 문을 나섰다.

울프가 그 소시지 만드는 법을 알게 되었으므로 우리 휴가의 피날레로는 아주 잘 어울린다고 생각했는데, 또 하나 예기치 못했던 즐거움이 우리를 기다리고 있었다. 아직 뉴욕에 도착하려면 한 시간이나 있었으므로 식당칸에서 뭐든지 마시자고 콘스탄서를 이끌었더니 그녀는 비틀거리면서 차량을 세 칸이나 지나서 따라 왔다. 식당차에는 열 명 정도밖에 손님이 없었기 때문에 자리가 많이 비어 있었다. 대부분의 손님들은 신문을 읽고 있었으므로 얼굴이 보이지 않았다. 콘스탄서가 진저에일을 마시겠다고 하여 나는 지난날의 일을 그립게 생각해 냈다. 나는 울프가 사례를 받을 수 있게 된 것을 축하하기 위해 하이볼을 부탁했다.

마시기 시작한 지 얼마 되지 않아서 통로 저쪽의 좌석에 있던 손님이 일어서 신문을 놓고 우리에게로 가까이 다가오더니 콘스탄서의 앞에 서서 그녀를 내려다보고 있는 것을 나는 깨달았다.

"나에게 이런 태도를 취하다니. 너무하지 않습니까! 이런 꼴을 당해야 할 만한 짓은 하지 않았습니다. 너무 심하지 않습니까!"

하고 그 사나이는 투덜거렸다. 그 목소리에는 골똘히 생각에 잠긴 여운이 담겨 있었다. "그런 것쯤은 당신도 알 겁니다. 그런 것쯤은 알아주시더라도."

콘스탄서는 나를 보고 새가 지저귀는 것처럼 재잘거렸다.

"아버지가 그 제조법을 다른 사람에게 가르쳐주다니, 생각지도 못한 일이에요. 언젠가는 상 레모에서 아버지가 영국의 아주 훌륭한 분을 보고,"

불시에 쳐들어온 자는 우리 사이에 가로막아서는 것처럼 다시 몇 인치 앞으로 나서더니 버릇없이 말참견을 했다.

"여어, 굿드윈 씨, 잠깐 물어볼 일이 있는데요."

"안녕하시오, 트루먼씨!" 나는 빙글 웃으며 그를 올려다보았다. "무슨 일입니까? 잡아다 놓은 용의자가 두 사람이나 있는데 이런 데 서?"

"뉴욕에 가는 겁니다. 증거물을 직접 가지러 가는 길이지요 매우 중요한 것이기 때문에…… 잠깐 여쭈어보고 싶은데요, 나에게 이 런 태도를 취할 권리가 벨린 양에게 있습니까? 당신의 공평한 의 견을 듣고 싶군요. 나를 거들떠보려고도 하지 않으니 말입니다. 나로서는 그렇게 할 수밖에 없지 않았습니까? 달리 내가 할 수 있는 일이 뭐 있었겠습니까?"

"물론이지요. 사직이라는 방법이 있었습니다만, 그러나 그렇게 되면 당연히 당신은 일자리를 잃게 될 테니까 언제가 되어야 결혼할 수 있을는지 도무지 계획을 세울 수 없었겠지요. 확실히 어려운 문제였습니다. 그것은 이해할 수 있습니다. 그러나 나라면 쓸데없는 걱정은 하지 않겠는데요. 바로 조금 전 일이지만, 특별히 기쁜 일도 없을 듯싶은데 어째서 벨린 양이 방글방글 자꾸만 웃을까 하고 생각했답니다. 그런데 아무래도 당신이 이 기차에 탄 것을 알고 있었기 때문에 그렇게 자꾸 웃었던 것 같습니다."

"굿드윈 씨, 그건 거짓말이에요!"

"하지만 나에게는 말도 걸어주려고 하지 않으니."

트루먼이 말했다.

나는 손을 내저으면서 말했다.

"아아, 염려 마시오. 틀림없이 말을 걸어줄 테니까. 당신으로서는 어떤 식으로 해야 할지를 모를 뿐인 겁니다. 그녀 자신이 쓴 방법은 요즘에는 보기 드문 좋은 방법이었지요. 잘 보시오, 이 다음부터는 당신도 할 수 있게 될 테니까. "

나는 하이볼 잔을 기울여 콘스탄서의 무릎에 걸려 둥그렇게 되어 있는 스커트에 1온스 반 쯤 떨어뜨렸다.

콘스탄서는 비명을 지르며 얼른 몸을 뒤로 물렸다. 트루먼도 외마디 소리를 지르면서 몸을 앞으로 구부리고 손수건을 꺼내었다. 나는 자리에서 일어서며 두 사람을 안심시키는 것처럼 말했다.

"상관없습니다……얼룩지지 않을 겁니다. 아니, 얼룩 같은 건 지지 않습니다.……"

그리고 나서 나는 반대편으로 걸어가 아침신문을 집어들고 트루먼이 앉아 있던 자리에 앉았다.

특이한 스타일 탐정 네로 울프를 창조한 렉스 스타우트

S.S. 반 다인, 더실 해미트, 얼러리 퀸의 세 대가(大家)가 잇달아 등장한 1920년대는 실로 미국 추리소설의 황금시대였다. 다음 1930년대에는 얼 스탠리 가드너 같은 일급 대중 추리소설가도 나왔으나, 앞서의 거장(巨匠)들 뒤를 이어 지적이고 빼어난 작품을 남긴 렉스 스타우드(Rex Stout)를 이 시기의 대표자로 보는 게 옳을 것이다.

특이한 스타일 탐정 네로 울프를 창조해 낸 렉스 스타우트는 1886년 미국 인디애나 주에서 태어나 유년시절에 퀘이커 교도인 부모를 따라 캔자스 주로 옮겨가 그곳에서 자랐다.

스타우트는 18살 때 해군에 들어갔다. 2년 뒤 다시 사회로 나왔는데 그는 변호사가 되려고 공부하기도 하고, 〈스미스 세트〉지(誌)에 보낸 시가 채택되자 시인을 꿈꾸기도 했으나, 결국은 20살부터 5년 동안은 단편소설을 온갖 잡지에 기고하고 또 음악이며 연극이며 부인 문제 등에도 머리를 디미는 등 분방하게 지냈다.

30살이 되자 그는 결혼했다.

그 뒤로 〈학교은행제도〉라는 것을 고안해 내어 미국의 4천 개 도시에 이 제도를 선전하고, 자기 자신도 10년 동안에 상당한 저축을 쌓아올렸다.

돈이 생기자 그는 소설에 눈을 돌려 파리로 가서 공부한 다음 심리적인 작품을 서너 개 써서 출판했다. 그러나 이것은 그다지 성공하지 못하고 2년 동안에 저축도 다 써버렸으므로 수입을 얻기 위해 탐정소설을 쓰기 시작했는데 이것이 성공했다. 그의 장편추리소설 제1작은 《독사(毒蛇, 1934)》로, 이 작품은 명작으로 꼽히고 있다. 그 뒤 스타우트는 1년에 두 작품 정도, 많은 해에는 네 작품 정도의 장편과 수많은 단편을 써내어 미국 추리소설계의 장로(長老) 지위에까지 오르게 되었다.

그가 청년시절에 변호사가 되려고 생각했던 것은 사회의 부정을 미워했기 때문이었는데, 그는 서재형 작가가 아니어서 제 2차 세계대전이 일어나자 조국을 위하여 나치스 타도의 세론(世論) 환기에 크게 활약하여 전시 작가조합의 위원장도 지냈다. 그는 이러한 일을 매우 좋아하여 문학자세계국가연맹위원장, 저작가조합회장 등을 역임했으며 1951년에는 미국문예작가협회장 및 미국 탐정작가 클럽의 14대 회장에도 취임하였다.

스타우트가 창안한 탐정은 뚱뚱하게 살찐 타입으로 그 때문인지 그다지 밖으로 나가지 않고 미식(美食)과 난초 재배와 독서와 라디오를 즐기며 유유자적하게 살고 있다는 유쾌한 설정으로──이름은 네로 울프, 이 사립탐정의 두뇌는 물론 명민하지만, 왓슨 역의 아치 굿드윈이 단순한 '사건 설명자'에 그치지 않고 울프와 동등하게 활약하며 울프를 비판하기도 하고 두말 못하게 만들기도 함으로써 왓슨 역의 새로운 면에 착안한 것은 참으로 주목할 만한 점일 것이다. 울프와 굿드윈 콤비 외에도 스타우트는 몇몇 다른 탐정을 착안했지만 그다지 호평을 받지 못하여, 렉스 스타우트의 네로 울프라는 고정 관념

이 확립되어 있다. 재미있는 점은 스타우트도 멋들어진 턱수염을 가지고 있는데 뚱보 울프 역시 훌륭한 턱수염이 나 있어 이 두 사람의 성격이 어느 정도 비슷하리라는 것이다.

스타우트는 늘그막에 코네티컷 주 던베리에 자리잡고 농장일을 돌보는 한편 소설을 쓰면서 편안한 나날을 보내다가 1975년에 세상을 떠났다.

이 작품은 제목을 보아도 알 수 있듯이 요리장이 많이 등장하고 있다. 따라서 이 작품의 특이한 주제가 되어 있는 프랑스 요리와 그 전문가로서의 스타우트를 조금 다루어보겠다.

스타우트의 안락의자 탐정 네로 울프는 맥주와 난초를 좋아하여, 옥상에 있는 재배실에 1만 그루의 난초를 갖고 있다는 것 등은 잘 알려져 있으나, 울프의 식사 강의에 대해서는 좀 특수한 전문지식이 필요하기 때문인지 영미의 평론가도 말을 꺼내려고 하지 않은 것 같다.

맛에 대해 통달한 울프는 그 점에서도 작자의 분신(分身)이어서, 스타우트도 미식가로 자인하며 자신이 손수 복잡한 요리를 만드는 게 자랑인 것 같다.

스타우트는 어째서 프랑스 요리에 대단한 흥미를 갖고 있었을까? 그즈음 미국에서는 현저한 국력의 증대와 산업이 발전하는 반면 사회생활의 거친 후진성이 눈에 띄기 시작했다. 해미트의 주인공은 재미도 멋도 없는 일상생활의 수라장(修羅場)에서 줄곧 살아서, 반다인이나 엘러리 퀸의 얼마쯤 스누프한 명탐정은 프랑스식 식사를 동경하고 있었다. 이러한 선배들의 기질을 길러온 사회 정세가 스타우트에 이르러 약간 특이한 역설적인 개화(開花)를 보았다고 생각된다. 그의 경우는 이미 스누프하지는 않다. 일에 열중하기 잘하고 생활의 파이니스를 찾는 그에게 있어 복잡하고 만들기 어려운 요리는, 유행이나 전통을 존중해서라기보다 아마도 조잡한 생활에 대한 반발이었을 것이다.

이 책에도 이름이 나오는 '맛의 프랑스 대사'라는 말을 들은 오귀스트 에스코피에가 뉴욕의 워돕 아스토리아 호텔이 창업하게 되자, 요리 담당자로서 초대되어 처음으로 근대 요리 기술의 기초를 미국에 둔 것은 그의 선배들의 시대였다. 스타우트는 네로 울프를 만들어내기 전에 창작활동을 지향하여 파리에 건너갔는데, 그곳에서의 경험으로 말미암아 요리 연구에 뜻을 둔 것이 밑바탕이 되어 있었던 것이다. 그러나 그의 요리에 대한 열의가 역시 특이하고 독특한 것이라는 점은 말할 나위도 없을 것이다.

스타우트는 프랑스 요리의 찬미자이지만, 오직 프랑스 요리만을 찬미하지는 않는다. 그는 자기 나라의 음식맛도 인정하고, 고급 기술에 의한 자기 나라 산물의 활용도 생각하고 있다. 그 점은 이 작품을 읽으면 잘 알 수 있는데, 그의 요리의 이미지는 아마도 현실적인 미국 요리보다 몇 걸음 앞선 것이리라. 조미료를 많이 쓰고 만들기가 복잡해서 좀 좋아할 수 없는 점도 있으나, 거기에 그의 특이함이 있다는 것을 알 수 있다.

이 작품에 나오는 요리는 공인된 요리법에 의한 것이 아닌 아주 독특한 것이므로 읽어 나가면 머리를 갸웃거리게 하는 부분이 많다. 그런데 다행히도 원서(原書) 끝부분에 지은이가 18종류 요리법을 게재해 두었으므로(Recipes from the Fifteenth Meeting of LES QUINZE MAITRE : 〈15명의 명요리장〉에 따른 조리법), 그것을 읽고서야 겨우 이해할 수 있었다. 이름은 같으나 현재의 프랑스 요리와 다른 것도 있어 말미의 요리법을 읽지 않고는 잘못을 저지를 뻔했던 것이다. '치킨 말렝고'는 나폴레옹이 피에몽에서 전쟁을 치를 때 생겨난 '프레말랑고'와 같지 않다. 다만 '롭스터 뉴버그'는 ——우리나라의 레스

토랑에서도 곧잘 내는 현대 프랑스 요리인데——이것이 오히려 원점에 가까울지 모른다. '테네시 오포섬' 같은 것은 프랑스 요리사도 알지 못할 것이다. 이 작품 속에서 중요한 역할을 하고 있는 '소시스 미뉴이'나 '소스 프랑탕'의 제조법도 역시 나와 있는데, 일반 독자에게는 그다지 흥미가 없으리라고 생각되므로 소개하지 않는다. 본문 가운데서 읽는 것만으로도 충분하니까. 또 양념이나 향미 야채의 이름은 우리 이름으로 옮기더라도 낯이 설 것이고, 본래의 요리와 조금 다른 경우도 있으므로 대개 영어로 그냥 두었다. 요즘은 백화점이나 수퍼마켓 같은 데서도 서양 채소류를 볼 수 있으므로 때로는 그런 곳을 한 바퀴 돌아보는 것도 외국소설을 읽는 데 즐거운 참고가 되리라고 생각한다.

덧붙임
본문 가운데 나오는 요리 이름 및 요리사 이름 등에 독자들이 익숙지 못한 것이 많을 것으로 생각하여 간단한 설명을 붙여두기로 한다.

바텔——17세기 프랑스 콩데 대공(大公) 집안의 주방장이었던 요리사.
에스코피에——프랑스의 근대 명요리사.
카이엔느——남미산 고추.
크레올 트라이프——소의 위장과 돼지 족발을 함께 요리한 것.
글래쉬——헝가리의 쇠고기 요리.
시틀——사과술.
치킨 블로스——닭을 고아 만든 맑은 수프.
치킨 말렝고——치킨 소테의 한 종류. 프랑스 요리 말랑고와는 다르다.

테네시 오포섬——버지니아의 주머니쥐로 만든 찜 요리.

테라핀——북미산 식용 거북이.

필라델피아 스내퍼 수프——자라 수프.

블리아 사발랑——18~19세기 프랑스의 미식가.

메드블룩 드레싱——샐러드에 끼얹는 소스.

루클스——고대 로마의 음식맛에 정통했던 사람.

레드 스내퍼——적어(赤魚).

롭스터 뉴버그——큰 새우를 우유에 졸인 요리.